Impressum:

© 2016 by Trutz Hardo
2. Auflage

Umschlaggestaltung, Bildmaterial: Trutz Hardo
Titelfoto: Anja by pixabay.com
Satz: Angelika Fleckenstein; spotsrock.de

Verlag: tredition GmbH Hamburg

ISBN: 978-3-7345-1232-2 (Paperback)
          978-3-7345-1233-9 (Hardcover)
          978-3-7345-1234-6 (eBook)

Printed in Germany

Bibliografische Information der Deutschen Nationalbibliothek: Die Deutsche Nationalbibliothek verzeichnet diese Publikation in der Deutschen Nationalbibliografie; detaillierte bibliografische Daten sind im Internet über http://dnb.d-nb.de abrufbar.

Trutz Hardo

Reise ins spirituelle Afrika

Von Zentralafrika bis Südafrika

Weltreise Teil IV

Inhaltsverzeichnis

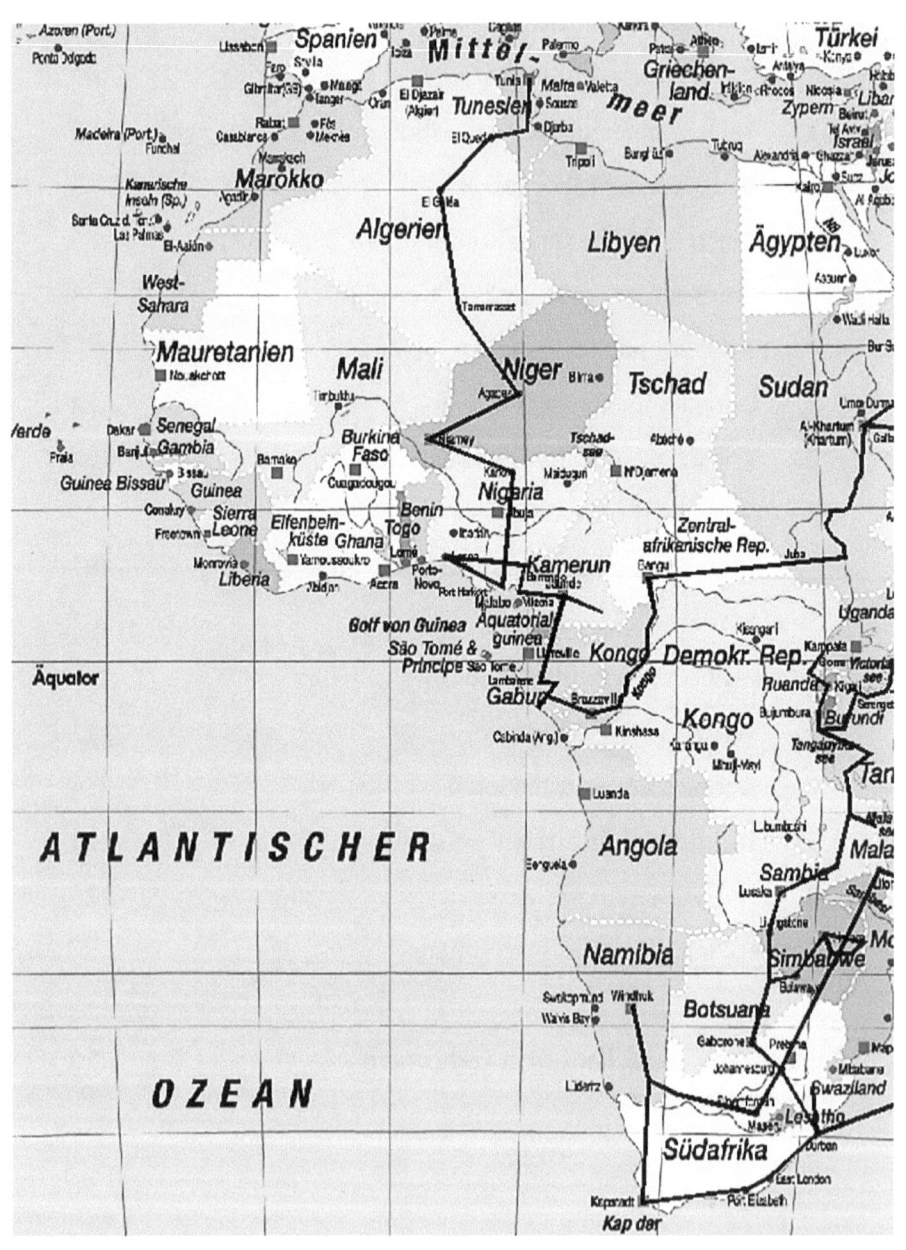

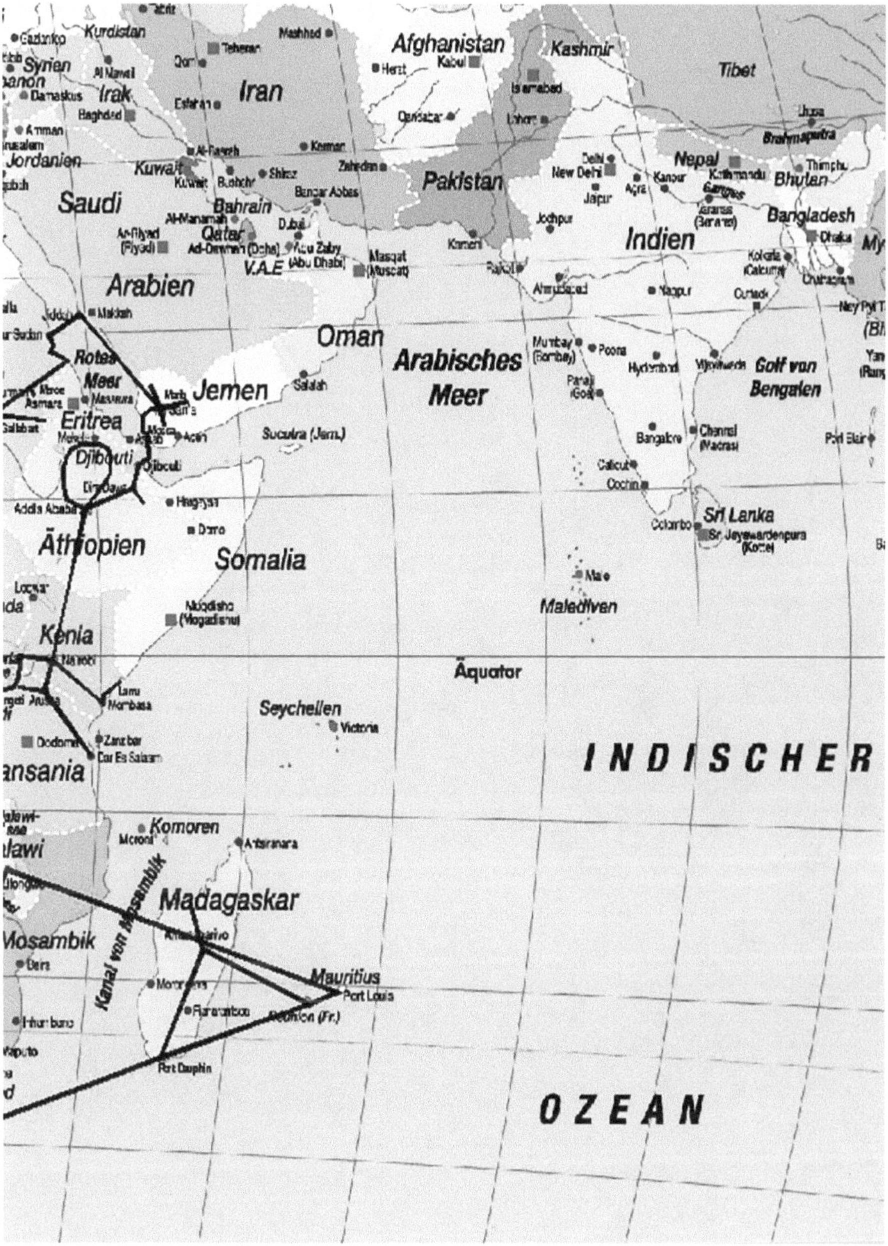
Kurdistan
Syrien
Damaskus
Irak
Baghdad
Amman
Jordanien
Teheran
Mashhad
Iran
Esfahan
Kerman
Shiraz
Zahedan
Bandar Abbas
Afghanistan
Kabul
Herat
Kashmir
Islamabad
Lahore
Tibet
Lhasa
Brahmaputra
Kuwait
Saudi
Bahrain
Al-Manamah
Ar-Riyad
Qatar
Ad-Dawhah (Doha)
Abu Zaby (Abu Dhabi)
V.A.E
Masqat (Muscat)
Arabien
Makkah
Pakistan
Karachi
Delhi
New Delhi
Jaipur
Agra
Kanpur
Nepal
Kathmandu
Ganges
Thimphu
Bhutan
Bangladesh
Dhaka
Jodhpur
Indien
Ahmadabad
Nagpur
Kolkata (Calcutta)
Cuttack
Chittagong
Oman
Rotes Meer
Jemen
Salalah
Arabisches Meer
Mumbai (Bombay)
Poona
Hyderabad
Panaji (Goa)
Golf von Bengalen
Eritrea
Asmara
Massawa
Aden
Djibouti
Sucutra (Jem.)
Bangalore
Chennai (Madras)
Port Blair
Calicut
Cochin
Addis Abeba
Hargeysa
Äthiopien
Somalia
Colombo
Sri Lanka
Sri Jayewardenepura (Kotte)
Male
Malediven
Mogadisho (Mogadishu)
Kenia
Nairobi
Äquator
Lamu
Mombasa
Seychellen
Victoria
Dodoma
Zanzibar
Dar Es Salaam
Tansania
INDISCHER
Komoren
Moroni
Antsiranana
Malawi
Madagaskar
Kanal von Mosambik
Mosambik
Beira
Mauritius
Port Louis
Réunion (Fr.)
Inhambane
Maputo
Port Dauphin
OZEAN

1. Kapitel
Von der Mitte Afrikas nach Simbabwe

1. Im Militärgefängnis von Burundi

Ich verließ Nairobi am 21. Juli und ließ mich wieder von Privatwagen mitnehmen. An einem Natronsee konnte ich Tausende von Flamingos mit ihren rosafarbigen langen Beinen bewundern und auch das Geräusch ihrer Flügel hören, als sie sich durch einen abgefeuerten Schuss alle zugleich in die Lüfte schwangen. Natürlich kramte ich meine Kamera schnell hervor, um dieses Ereignis festzuhalten. Später glaubte ich sogar ein Ufo auf diesem Foto entdecken zu können. Am *Londiani* Berg nahm ich die Straße nach Südwesten, bedauernd, dass ich nun nicht auf der Hauptstraße von Nairobi nach Kampala, der Hauptstadt von Uganda, weiterreisen konnte. Ich hätte jenes Land und seine Leute auch gern besucht. Am Abend gelangte ich nach *Kericho*.

Das Geruckel auf den oft ungeteerten Straßen samt den Schlaglöchern ließen mich, der ich entweder vorn neben einem Fahrer saß oder hinten auf der Ladefläche eines Lastwagens stand oder saß, wach bleiben, sodass ich viel Gelegenheit hatte, an meinen beiden Buchvorhaben weiterhin zu planen. Und immer wieder musste ich an Maria denken. Was würde sie jetzt machen? Sicherlich würde sie studieren. Aber wo und was?

Schon am nächsten Tag, nachdem die Straße an Teeplantagen entlang führte, überquerte ich die Grenze nach *Tansania* und erreichte am übernächsten Tag Mwanza, die zweitgrößte Stadt des Landes. Sie breitet sich direkt an einer Bucht des *Viktoriasees* aus und avancierte zum bedeutendsten Handelshafen dieses größten Binnensees Afrikas. Dieser ist nach dem Obersee in Nordamerika der zweitgrößte Süßwassersee der Welt, und mit einer Länge von 337 und einer Breite von

240 Kilometer entspricht seine Fläche ungefähr der Größe unserer Beneluxländer. Er bildet auch das Hauptreservoir für den weißen Nil. Der erste Europäer, der diesen See 1858 zu sehen bekam, war Engländer und benannte diesen nach seiner Königin Victoria. Reger Schiffsverkehr verbindet die Orte der fruchtbaren Gegenden. Nachdem *Mwanza* in der deutschen Kolonialzeit an das Eisenbahnnetz angeschlossen war, konnten auch die reichen Erträge, die man an und um diesem See erwirtschaftete, an die Küste des indischen Ozeans befördert werden, von wo dann Kaffee, Tee, Sisal, Baumwolle, Edelhölzer und andere Produkte nach Übersee exportiert wurden. Wie in allen Städten des Landes begegnet man den deutschen Kolonialbauten, die einst für die Verwaltung des Landes errichtet worden waren und zur Zeit meines Besuches noch der sozialistischen Regierung für Bezirksverwaltung, Polizei, Militär und Post- und Bahnwesen dienten. Die Stadt ist von felsigen Hügeln umgeben. Ein in der Stadt sich erhebender Felsklotz wurde noch stolz als Bismarckstuhl bezeichnet. Hier existierte auch noch der deutsche Friedhof, sind doch viele der Kolonisten damals an Tropenkrankheiten wie an Malaria und dem Schwarzwasserfieber gestorben. Tansania ist im Nachhinein noch immer der deutschen Kolonialregierung für die Erschließung des Landes durch Straßenbau und Schienenverlegung dankbar. Die Engländer haben für ihre eigenen Interessen daraus Nutzen gezogen und konnten die Erträge des Landes auf dem Weltmarkt gewinnbringendst veräußern. Dies empfanden die Einheimischen als rücksichtslose Ausbeutung. Als Deutscher wurde ich hingegen immer gern überall aufgenommen.

Ein Landsmann, den ich in der Stadt traf, erzählte mir von seinem deutschen Freund, der auf einer kleinen Insel alleine lebte und sich sicherlich freuen würde, wenn ich ihm einen Besuch abstatten würde. Und da ich bei solchen Begegnungen immer viel über das Land und seine Bewohner erfuhr, wie ich es schon bei Bert von Mutius in der Nähe von Arusha erlebt hatte, bestieg ich an einem Nachmittag eine Fähre, die mich dann auf diese Insel brachte. Das Haus befand sich in unmittelbarer Nähe der Anlegestelle. Ich schritt auf dieses zu und klopfte an die Tür. Obwohl ich drinnen Stimmen vernommen hatte, wurde mir, der ich wiederholt kräftiger an die Tür pochte, nicht aufgetan. Auch, als ich um das Haus herumging, und mein „Hallo!" ertönen ließ, öffnete niemand. Und da es schon zu dämmern begann, ging ich zur verlassenen Fähre zurück und legte mich auf der Kommandobrücke nieder, von wo aus ich Lichtschein in jenem Haus erkennen konnte. Es wurde während der Nacht empfindlich kalt, zumal ein kräftiger Wind blies. Trotzdem ich in meinen dünnen Schlafsack gekrochen war, fror ich, lag doch der große See in einer Höhe von 1.130 Meter. Am nächsten Morgen wachte ich mit einer dicken Erkältung auf und fuhr mit dem Fährboot nach Mwanza zurück. Dort begegnete ich jenem Deutschen, dem ich über meinen erfolglosen Besuch berichtete. Und er erklärte mir den vermutlichen Grund für das Nichtöffnen der Tür. Am vorgestrigen Tag sei dessen Freundin aus Deutschland zu Besuch gekommen. Und sicherlich hatten die beiden ungestört bleiben wollen. „Va bene" würde der Italiener nun sagen.

In Mwanza am Viktoriasee bezeichnet man diesen Felsbrocken als „Bismarckstuhl".

Mein Oktavbüchlein füllte sich wieder mit Gedanken, die ich seit Nairobi mit mir herumtrug. In meinem Roman muss auch das 20. Jahrhundert aus philosophischer Sicht behandelt werden, denn es war ein Jahrhundert der Ideologien, in welchem sich der Kommunismus mit dem Nationalismus um die Vorherrschaft in Europa in einen erbitterten Kampf stützte, an dessen Ende jedoch der Materialismus siegte. Ein im Roman zu Wort kommender Philosoph sagt zu Molar: *„Der Kommunismus kann sich nur durchsetzen, wenn die Menschen geistig erleuchtet werden, wenn sie das Ziel der Gemeinschaft über ihr eigenes Wohl setzen, das heißt auch, wenn sie die anderen lieben gelernt haben wie sich selbst. Der Kommunismus muss im Inneren geboren und nicht von außen aufgezwungen werden, da er somit nur Widerwillen erreicht. Und der Kommunismus verbreitet Hass, nicht Liebe. Deshalb musste er scheitern."*

Und da an der westlich des Viktoriasees gelegenen Seite Tansanias bürgerkriegsähnliche Zustände herrschten, deren eine Partei von dem benachbarten Uganda unterstützt wurde, musste ich, um nach Ruanda zu gelangen, den Umweg über *Tabora* nach *Kigoma* nehmen, während ich lieber das Schiff von Mwanza nach Bukoba genommen hätte, von wo aus es nur 200 Kilometer bis zur Grenze Ruandas gewesen wären. Kigoma liegt am *Tanganyikasee*, welcher mit 660 Kilometern der längste Süßwassersee und mit 1.470 Meter zugleich nach dem Baikalsee-See der tiefste der Welt ist, jedoch nur eine relativ geringe Breite von 12 bis 72 Kilometer misst. Wegen seiner relativen Enge wirkt er durch die Berge auf der kongolesischen und auf der tansanischen Seite an manchen Stellen wie eine tiefe Schlucht. Berühmt wurde dieser See in der europäischen Welt, nachdem der britische Journalist *Henry Morton Stanley* 1871 mit kundiger Hilfe arabischer Sklavenhändler dort den lange vermisst geglaubten englischen Missionar *David Livingstone* im benachbarten *Ujiji* vorfand und ihn mit der zu einem Bonmot gewordenen Begrüßung ansprach: „Mr. Livingstone, I presume." (Ich vermute, Sie sind Herr Livingstone.) Die deutschen Kolonialherren hatten die Bahnstrecke auch nach Kigoma gelegt, um von hier aus die Güter, die von oder mit den hier wohnenden Völkern erwirtschaftet wurden, zum Hafen am indischen Ozean zu befördern. *Kaiser Friedrich Wilhelm II* hatte seinen Besuch in dieser Kolonie angekündigt und auch wissen lassen, dass er ebenfalls nach Kigoma kommen wolle. Ihm zu Ehren wurde nun ein für diese abgeschiedene Gegend sicherlich pompös wirkendes dreistöckiges Bahnhofsgebäude errichtet. Doch der Weltkrieg verhinderte den Besuch seiner kaiserlichen Majestät. Von hier aus, wie ich in Mwanza erfahren hatte, gab es einen geregelten Schiffsverkehr den See hinauf nach Burundi, von wo aus ich nach Ruanda zu gelangen hoffte.

Das Schiff war übervoll mit Leuten, die mit der Bahn angekommen waren oder in Kigoma eingekauft hatten und nun meist nach Burundi und dann weiter über Land nach Ruanda wollten, schien dies doch für sie jetzt der einzige Weg zu sein, nachdem Uganda isoliert worden war. Von einem erhöhten Deck aus schaute ich auf das Treiben der eng aneinander liegenden oder beieinander stehenden Reisenden. Für alle waren nur zwei überdachte Toiletten, bestehend aus einem einfachen Loch, vorhanden, über das man sich zu kauern hatte. Doch das Spülwasser funktionierte nicht. Nach einigen Stunden waren beide Toiletten übervoll, und die Menschenkloake schwappte, begünstigt durch das Geschaukel des Schiffes, aufs Deck. Keiner konnte mehr die Toilette benutzen. Ich sprach daraufhin den Kapitän an, jemanden aus seiner Mannschaft die Verstopfung beheben zu lassen. Doch der zuckte mit den Achseln. Was sanitäre Anlagen betrafen, so habe ich in Afrika schon so manchen Schock über mich ergehen lassen müssen. Doch dies war bisher das Schlimmste. Der Gestank drang nun zu mir hoch. Die Leute, die sich auf dem unteren Deck befanden, versuchten ihr Gepäck vor der stinkenden Lache in Sicherheit zu bringen. Wie eigenartig, dass solche Erinnerung haften bleiben, während doch bestimmt viele andere, sehr schöne und interessantere Erlebnisse meinem Gedächtnis entschwunden sind.

Endlich legten wir am 6. August in *Bujumbura*, der Hauptstadt der *Republik Burundi* an. Hier war ich wieder in einem frankophilen Land, in welchem, wie auch in Ruanda und im Kongo, als Konversation der Gebildeten Französisch gesprochen wurde. Dieses Land ist um ein Drittel kleiner als die Schweiz. Es wird von der Minderheit der Tutsi regiert, da diese, vom Norden eingedrungen, schon seit über 400 Jah-

Ein Kranker wird ins Krankenhaus getragen.

ren über die Mehrheit des *Hutu-Volkes* herrschten und dieses als minderwertig ansahen, was natürlich den Groll der dadurch Verachteten weiterhin anschwellen ließ, ein tiefsitzender Groll, der sich 1972 nach einem Aufbegehren der Hutu in einer gewaltigen Kraftprobe zwischen beiden Stämmen entlud. Und da die Tutsi-Regierung über Militär- und Polizeigewalt samt schwerer Waffen und Ausrüstungen verfügte, behielte sie die Oberhand. Über 100.000 der etwa zwei Millionen Hutus ließen ihr Leben. Und die Regierung beeilte sich, die Gelegenheit wahrzunehmen, alle gebildeten Hutu-Männer, also die geistige Elite wie Ärzte, Lehrer und höhere Verwaltungsbeamte umzubringen, damit bei den Unterdrückten kein kluger Mann sein Volk zu einem erneuten Aufstand aufrufen könne – eine Praxis übrigens, die Hitler mit den Polen durchführte. Einige Jahre später sollte sich anlässlich des Volksaufstandes in Ruanda hier ein ähnliches Drama wiederholen, bei welchem diesmal die Hutus Hunderttausende der Tutsi abschlachteten.

Es war kein Wunder, dass ich überall in *Bujumbura* Militär und Polizisten sah, um jegliches Zusammenstehen von Hutu-Männern sofort aufzulösen. Ich fühlte mich wie in einem Polizeistaat. Die Mehrheit der Bevölkerung litt unter der Willkür, konnten sich doch die bewaffneten Tutsi-Soldaten noch nachträglich an den Unterdrückten wie anderen Frauen rächen. Denn wer von den Wehrlosen würde es wagen, einen Angehörigen dieser Herrenrasse zu verklagen, waren doch praktisch alle Verwaltungsangestellten, also auch die Richter, Tutsis. Ich wusste, dass ich diesen Unrechtsstaat so schnell wie möglich wieder verlassen musste. Wie so manches Mal auf meinen Reisen fragte ich mich nach einer Missionsstation durch, da man hier oft sehr billig übernachten konnten, waren doch die Missionare froh, auf diese Weise ein zusätzliche Einkommen zu beziehen, um all die Not unter den Bedürftigen zu mildern.

Die mir bezeichnete Mission wurde von italienischen Geistlichen geleitet. Man nahm mich freundlich auf und wies mir ein kleines Zimmer zu. Zum Abendessen wurde ich zu den christlichen Brüdern geladen, die mich nicht nach meiner Religion fragten, nachdem ich zu Tisch beim gemeinsamen Gebet nicht anschließend das Kreuz über meine Brust geschlagen hatte. In meinem Zimmer hing ein Bild von Maria, der Heiligen Mutter Gottes. Ich bekam einen Schreck. Sie sah ja genauso aus wie meine Maria in Berlin. Und wieder war ich von meinem Liebeswahn zu jener fernen Geliebten ergriffen. Ich hatte sie seit eineinhalb Jahren nicht mehr gesehen, und trotzdem begleitete sie mich jeden Tag. Woher kommt solch eine unbegreifliche Sehnsucht nach einem weiblichen Wesen, das ich doch eigentlich gar nicht richtig kannte und dem ich als Lehrer nur einmal kurz die Hand bei der Abiturfeier gereicht hatte? Damals wusste ich noch nichts aus unseren früheren Leben. Denn, wie mir späterhin als Rückführungstherapeut immer wieder bewiesen werden sollte, reichen heftige Liebschaften in frühere Leben zurück. Je mächtiger die Liebe, desto intensiver kannte man sich aus früheren Liebesleben. Mein Vater, der Dichter Molar, musste zu seiner Geliebten ebenfalls wie ich von einem Liebeswahn befallen worden sein, dass er seine vier Kinder weggab, um allein für diese neue Frau frei zu sein und mit ihr dann wiederum zwei Kinder zu zeugen. Ich werde also in meinem geplanten Roman seine

Geliebte ebenfalls Maria nennen. Denn dann werde ich sie beim Schreiben mit meiner ganzen Liebesleidenschaft vor Augen sehen und mich in die Gefühle Molars hineinversetzen können, um seine Liebe – nein, auch meine Liebe – in Liebesgluten nachzuempfinden. Doch er hatte es geschafft, seine Maria letztendlich zu erobern. Sollte ich es vielleicht auch schaffen? Im kommenden Monat hatte sie Geburtstag. Ja, ich werde ihr über meinen Freund meinen Roman *T & F* zukommen lassen, der meine Liebe zu meiner einstigen Medizinstudentin zum Inhalt hat. Doch hätte diese sich nicht damals einem anderen zugewandt, würde ich nie meine Weltreise unternommen haben. Und hätte sich Maria meiner Werbung ergeben, wäre ich jetzt Studienassessor und diese Reise durch Afrika hätte niemals stattgefunden. Vielleicht wollte meine unsichtbare Führung, dass ich diese Durchquerung des Schwarzen Kontinents aus dem Grunde unternahm, um aus der Distanz zu meinem bisherigen Denken zu höheren Erkenntnissen zu gelangen, die für meinen Molar-Roman von Bedeutung werden sollten.

Durch das Fenster schien der Mond in mein Zimmer. Die Gedanken an Maria und meinen Roman hatten mich wieder so sehr aufgewühlt, dass ich beschloss, noch einen kleinen Spaziergang zu unternehmen. Ich verließ also das eingezäunte Missionsgebäude und ging auf einem Feldweg an wunderbar riechenden Büschen entlang. Linkerhand hinter einer Wiese entdeckte ich ein Restaurant, dessen Gäste unter freiem Himmel saßen. Wie willkommen! – dachte ich. Dort werde ich noch eine Cola trinken und die Mondnacht in Gedanken an Maria genießen. Doch als ich näher trat, entdeckte ich, dass alle Gäste dort Militäruniformen trugen. Ich wollte gerade umkehren, als ich schon eine Stimme auf Französisch hörte: „Arretez! Venez ici!" (Halt! Kommen Sie näher!) Ich blieb stehen. Und als sich die Aufforderung, näher zu kommen, wiederholte, schritt ich nun zögernd auf diese Männer zu, die, wie ich nun an ihrer Bekleidung sah, Offiziere waren. Der mich gerufen hatte, zitierte mich nun an seinen Tisch. Ich wurde von ihm in weiterhin befehlshaberischem Ton gefragt, wer ich sei. Ich nannte meinen Namen. Dann forderte er mich auf, ihm meinen Pass zu zeigen. Ich entgegnete, dass ich alle meine Sachen sowie auch meinen Pass in der italienischen Mission gelassen hätte. Er machte mir nun Vorhaltungen, was mir einfiele, ohne Ausweisdokument hier herumzuspazieren. Ich sagte, dass ich dieses eben holen könne. Doch er wehrte ab und winkte zwei an der Tür stehende Soldaten herbei, mich abzuführen. Wohin sollte ich gebracht werden? Was hatte ich denn verbrochen? Hielt man mich für einen Spion? Ich wurde zu einem Militärfahrzeug eskortiert. Rechts und links saß jeweils ein Uniformierter neben mir, während der Fahrer seinen Wagen durch die dunkle Stadt lenkte. Schließlich hielt er vor einem Gebäude. Das verschlossene Tor wurde auf ein Hubsignal hin geöffnet. Ich musste im Hof des Militärgefängnisses aussteigen und wurde zu dem wachhabenden Offizier gebracht. Diesem versuchte ich verstehen zu geben, dass ich aus Versehen mich diesem Offizierskasino – denn um ein solches musste es sich wohl gehandelt haben – genähert hatte. Er, sich in der Eingeborenensprache mit einem Untergebenen unterhaltend, ordnete an, mir im Hof eine Bank zuzuweisen. Er sagte mir noch, dass sich am Morgen der Vernehmungsoffizier mit mir auseinandersetzen würde. Dem könne ich dann alle Umstände erklären.

Wir schritten also über den Hof. An einer Wand befand sich eine schmale Bank, auf die er mich hinzulegen befahl. Einerseits war ich froh, nicht in irgendein stickiges und stinkendes Loch, wo sicherlich schon einige Inhaftierte auf engstem Raum schliefen, hineingeschubst worden zu sein, andererseits war es schon sehr kühl geworden, und ich hatte nichts, womit ich mich hätte zudecken könne. Was musste wohl alles durch meinen Kopf gegangen sein? Was könnte man mir vorwerfen? Sollte man mich der Spionage bezichtigen? Eventuell wollte jener Offizier mit seinen vielen Orden auf der Brust – vielleicht ein General höchst persönlich – sich vor den anderen aufspielen? Vielleicht hielt man mich für einen Journalisten, der die Machenschaften dieser Militärs und des Staates auskundschaftete, um für sein Magazin eine verurteilende Reportage zu schreiben? Und mir wurde klar, dass das Marienbild an der Wand meine Gedanken, als ich schon im Bett lag, aufgewühlt hatte, sodass ich, an meine Maria denkend, diesen nächtlichen Spaziergang unternahm. Und diese Gedanken an Maria hatten mich nun ins Gefängnis gebracht. Trotz der Kälte musste ich wohl nach einigen Stunden des Frierens eingeschlafen sein.

Als ich am Morgen aufwachte, setzte ich mich auf die Bank. Schließlich wurde ich ins Büro eines Offiziers begleitet. Vor ihm stehend musste ich auf all seine Fragen Antworten geben, die er notierte. Er machte mir ebenfalls wieder Vorhaltungen, warum ich ohne Ausweispapiere nachts in der Stadt herumgelaufen sei. Schließlich ordnete er an, dass zwei Soldaten mich zur Mission fahren sollten, um meinen Pass zu holen und zurückzukehren. In dem Missionshaus war man schon aufgeregt, da ich nicht zum Frühstück erschienen war und man mein Zimmer leer gefunden hatte. Wieder vor dem Offizier in seinem Büro stehend, überreichte ich ihm meinen Reisepass. Er sah ihn sich an und sagte, dass ich noch am selben Tag die Republik zu verlassen hätte.

Wohl keine Stunde später stand ich mit meinem Rucksack an der Ausgangsstraße, die nach Norden führte. Dennoch schaffte ich es nicht, wie mir befohlen, an diesem Tag über die Grenze nach Ruanda zu gelangen, sondern ich übernachtete in einem Ort wiederum bei italienischen Missionaren.

2.   In Ruanda, dem Herzen Afrikas

Ruanda und *Burundi* bestanden aus einem, manchmal aus zwei oder mehr Königreichen, die von Tutsi-Herrschern regiert wurden. Von 1894 bis Ende des Ersten Weltkrieges gehörten sie zu Deutsch-Ostafrika, kamen dann aber als Mandat mit dem Namen *Ruanda-Urundi* von 1922 bis 1962 unter belgische Verwaltung. Danach trennten sich beide Länder voneinander, nachdem Ruanda seinen König ins Exil zu gehen gezwungen hatte und eine Republik gründete, deren Regierung sich durch Mehrheitswahlrecht aus Hutus zusammensetzte, während sich Burundi erst 1966 als Republik mit einer Tutsi-Regierung etablierte. Bei dem Machtwechsel der Hutus unter ihrem ersten Präsidenten *Grégoire Kayibanda* flohen über 150.000 Tutsis in die Nachbarländer aus Furcht vor der Rache der bisher unterdrückten Mehrheitsbevölkerung. Ruanda mit seinen damals sechs Millionen Einwohnern, wovon über 80 Prozent den Hutu-Stämmen angehörten, ist an Flächenausdehnung noch etwas kleiner als Belgien. Nach einem gelungenen Staatsstreich wurde 1973 durch die Truppen eines Hutu-Generals namens *Juvénal Habyarimana* die Regierung ausgewechselt. Die einstigen Tutsis waren, soweit sie nicht geflohen waren, nun die Benachteiligten. 1990 hatten sich die in Uganda lebenden Tutsis zu einer Exilpartei zusammengeschlossen und fielen nun als stark bewaffnete Rebellen in ihr Heimatland ein. Habyarimana entschloss sich, um einen Waffenstillstand und anschließenden Frieden zwischen beiden Völkern herzustellen, die Partei der Tutsis in die Regierung zu integrieren. Viele Hutus waren darüber empört, dass nun wieder Tutsis, die sie doch Jahrhunderte lang unterdrückt hatten, in einigen Regierungs- und Verwaltungsposten über sie bestimmen sollten.

1994 explodierte das Flugzeug, in welchem die beiden Präsidenten von Ruanda und Burundi saßen. Obwohl dieses durch rebellische Hutus abgeschossen worden war, gab man den Tutsis die Schuld. Und nun begann ein Aufschrei innerhalb der Hutu-Bevölkerung: „Tötet die Tutsis!" Daraufhin fand wohl die größte bisher in Afrika an einem Volk durchgeführte Abschlachtung statt. Über eine Million Menschen jeglichen Alters und Geschlechts wurden auf oft grausamste Weise ermordet. Die überwältigende Mehrheit der Ermordeten waren Tutsis. Wem es gelang zu entkommen, floh in die benachbarten Länder, vor allem nach der westlich gelegenen Demokratischen Republik Kongo. Viele kehrten erst nach 1996 in ihr Land zurück. Bei diesem Genozid schaute die ganze Welt voller Entsetzen untätig zu. Doch kurze Zeit danach wurde ein Internationales Gericht ins Leben gerufen, das über die mehr als 100.000 Männer richten sollte, die der Beihilfe am Völkermord beschuldigt worden waren. Um alle Fälle gerecht zu beurteilen, hätte man vielleicht 300 Jahre benötigt.

Hier werden die Babys auf die Waage gelegt und dann medizinisch untersucht.

Als ich mich am 10. und 11. August 1976 zwei Tage lang in der von Bergen umgebenen Hauptstadt Kigali mit seinen etwa 200.000 Einwohnern aufhielt, war die Spannung zwischen diesen beiden Völkern zu spüren. Die Tutsis erkannte man meistens an der etwas helleren Hautfarbe, dem feiner geschnittenen Gesicht und an ihrem stolzen Gang. Hier gab es eine von Deutschen aufgebaute Radiostation, wie sich im Übrigen die Deutsche Bundesrepublik bei vielen Projekten engagierte. Nachdem ich in ausliegenden Zeitschriften auf der deutschen Botschaft über mein Land die letzten Neuigkeiten gelesen hatte und am folgenden Tag auch mein Visum für Zaire abholen konnte, fuhr ich Richtung Norden. Ich war überrascht von der Schönheit des Landes. Es war viel zu schade, einfach an den Bergen vorbeizufahren. Ich ließ mich absetzen und wanderte in die Gegend hinein. Ich musste immer wieder stehen bleiben, um den Liebreiz der sich mir darbietenden Landschaft mit ihren fruchtbaren Feldern und Vulkanhügeln zu genießen. Feldarbeiter schauten erstaunt auf, als sie einen mit

Rucksack und Regenschirm daher marschierenden weißen Fremden auf ihren Feldpfaden erblickten. Ich winkte ihnen zu und wurde so manches Mal eingeladen. Ich malte mir aus, mir hier einmal auf einem der sanften Hügel an einem unterhalb liegenden See ein Haus zu bauen. Seit Nepal, Bali und den Hochebenen von Peru hatten mich keine Länder mit ihrer landschaftlichen Schönheit derart beglückend angesprochen. Ich war im Herzen Afrikas angekommen. Ich fühlte mich zu Hause. Hatte ich vielleicht in einer früheren Inkarnation hier schon gelebt? Doch noch wusste ich nichts über meine früheren Leben.

Auf dem Weg in den Norden staunte ich über die Schönheit des Landes. Die armen Bewohner schauten mich verwundert an, denn noch nie sahen sie einen weißen Mann mit Rucksack bei ihren Hütten.

Am 12. August erreichte ich *Ruhengeri*, die Bezirkshauptstadt der den gleichen Namen tragenden Provinz im Nordwesten des Landes. Von hier aus ging ich wiederum in die schönen Landschaften hinein. Im Norden erhoben sich die mit dichten Urwäldern bedeckten Berge.

Einige Kilometer südlich der Stadt schritt ich durch eine großflächige, nach beiden Seiten eines Weges sich ausbreitenden Bananenplantage. Wie ich entdeckte, befand sich alle 50 Meter auf jeder Seite eine Hütte, in der jeweils eine Familie wohnte, die für einen ihr zugeteilten Plantagenabschnitt verantwortlich war. Und während ich auf jenem grasbewachsenen Weg einherschritt, traute ich meinen Ohren nicht. Denn eine jede Familie verfügte über ein batteriebetriebenes Transistorradio. Mit diesem Gerät konnten sie jedoch nur den Sender Kigali hören. Die Radios waren anscheinend Tags über permanent eingestellt. Und nun, während ich an den Hütten vorbeiging, vernahm ich Beethovens achte Symphonie. Hätte sich dieser Komponist einmal träumen lassen, dass seine Musik mitten in Afrika von Millionen Menschen gehört werden würde?

In einem Restaurant lernte ich einen amerikanischen Biologiestudenten kennen, der drei Wochen lang während seiner Semesterferien bei der berühmten Gorillaforscherin *Dian Fossey* (1932-1985) verbracht hatte, und nun gerade nach Ruhengeri zurückgekehrt war. Er habe oben in den Bergen, wie er mir berichtete, ihr sehr hilfreich bei ihren vielen Arbeiten zur Hand gehen können. Sie lebe dort in einer Hütte. Zwei, manchmal drei schwarze Helfer wohnten in einer anderen, und eine stehe für eventuelle Besucher bereit, da immer wieder Biologiestudenten bei diesem Forschungsprojekt dabei sein wollen. Und ich fasse jetzt einmal zusammen, was ich von ihm, den ich *Aron* nenne, oder von anderen noch gehört oder später auch über Dian und die Berggorillas gelesen hatte.

1902 hatte zum ersten Mal der deutsche Forscher *von Beringe* diese Gorillas entdeckt und sie beschrieben, weshalb sein Name der Artenbezeichnung Gorilla *Beringe* hinzugefügt wurde. Diese Tiere leben in den hochgelegenen dichten Regenwäldern des *Virunga Nationalparks*, der von erloschenen Vulkanen durchzogen ist. Dieser Park zieht sich vom Nordwesten Ruandas in den Südwesten Ugandas und in die östlichen Berglandschaften und Steppen Zaires hinein. Die Gorillas leben in kleineren Familienverbänden, bestehend aus einem meist sehr starken Männchen – er ist der Anführer –, einem ihm unterstellten männlichen Verwandten und einigen Weibchen samt ihrem Nachwuchs. Finanziell und ideell unterstützt von dem berühmten Anthropologen *Louis Leakey*, der schon in den 1930er Jahren in der *Oduvai-Schlucht* Tansanias die bis dahin ältesten Menschenknochen finden konnte, suchte die damals 24-jährige Therapeutin Dian Fossey zuerst *Jane Godall* auf, die das Verhalten der Schimpansen in den Urwäldern Zaires studierte, um sich in die Methoden, wie man mit wilden Affen umzugehen habe, einweihen zu lassen. Mit diesen Erfahrungen ausgerüstet, schlug sie schließlich ihre zwei Zelte mit ihren zwei Helfern auf den Zaire zugehörigen 3.000 Meter hohen Bergen des Virunga Nationalparks auf und begann mit ihrer Beobachtung der Berggorillas, der größten Affenart Afrikas, ja der ganzen Welt. Zuerst wichen ihr die Tiere bei ihrer Annäherung aus. Dann lernte sie sich durch Laute ihnen bemerkbar zu machen und auch durch gewisse ihnen abgelauschte Töne zu vermitteln, dass sie keine Angst vor ihr zu haben brauchten, da sie sich ihnen in Freundschaft näheren wollte. Und schließlich gelang es ihr, deren Zutrauen zu gewinnen, sodass sie sogar den ein oder anderen von ihnen in die Arme nehmen konnte. Einer spielte schließlich mit ihrem Haar. Ihnen allen hatte sie einen Namen gegeben. Wenn es stark regnete – und das geschah in diesen hochgelegenen Regenwäldern sehr häufig –, schützten sich die Affen, indem sie eng beieinander standen und ihre Arme gegenseitig über ihre Köpfe stülpten. Und als diese mutige junge Frau ein andermal allein von einem starken Regen überrascht wurde, kam einer dieser dunkelgrauen Felltiere auf sie zu und beugte sich schützend über sie. Als schließlich ihr Buch *Gorilla im Nebel* veröffentlicht wurde und viele Zeitschriften und Fernsehsendungen es besprachen, wurde sie beinahe über Nacht zu einer Berühmtheit, denn der Amerikaner schätzt mutige Frauen, die sogar Dinge vollbringen, vor denen selbst ein Mann zurückschrecken würde. 1970 ging sie nach England, um in Cambridge ihre Doktorarbeit zu schreiben.

Wieder in den Bergen mit ihren Gorillas lebend, wurde sie von einem Rebellenführer aufgefordert, die Region zu verlassen. Ja, sie wurde sogar einige Wochen inhaftiert und konnte nur durch Bestechung ins Nachbarland entkommen. Sie war für die Afrikaner ein Störenfried. Denn seit jeher betrachteten die Einheimischen die Affen als

„Fleisch in den Bäumen". Dian jedoch wandte sich mit aller Macht gegen die Tötung dieser vom Aussterben bedrohten Tiere. Um weiterhin den geliebten und zu beschützenden Tieren nahe zu sein, schlug sie ihr Camp in den nördlich von Ruhengeri gelegen Bergen von Ruanda auf. Und obwohl die Gorillas wie auch die anderen Tiere offiziell im Virunga Nationalpark geschützt waren, musste sie immer wieder verschiedene Tiere aus den meist für Buschantilopen aufgestellten Fallen befreien, auch gelegentlich einen ihrer Gorillas. Doch die Einheimischen machten besonders auf diese Berggorillas Jagd. Denn einige ausländische Zoos zahlten hohe Preise für ein gutes Exemplar. Selbst die Hände, der Kopf und das Fell erzielten beste Bezahlung. Schließlich musste Dian sich mit einem Gewehr bewaffnen und bedrohte damit die Wilderer. Ja, sie schrie ihnen zu, damit sie Angst vor ihr bekämen, dass sie eine Zauberin sei, die sich an ihnen rächen würde. Trotz allem fand sie eines Tages ihre zwei Lieblingsaffen mit abgeschnittenem Kopf. Um die Affen weiter zu schützen, hatte sie den Tierjägern den Krieg erklärt und gründete auch mit bewaffneten Schwarzen eine Schutzgruppe gegen Wilderer. Sie nannte dieses Vorgehen „active conservation" (aktiver Tierschutz). Die Regierung verwies sie 1981 des Landes, weil sie unerlaubte Aktionen durchführte. Sie durfte jedoch 1983 wieder in die Regenberge zu ihren Tieren zurückkehren. 1986 wurde sie jedoch von der Kugel eines Wilderers niedergestreckt. Auf ihrem Grabstein ist zu lesen: *„No one loved gorillas more"* (Niemand liebte Gorillas mehr).

Nun habe ich in dem Bericht über diese mutige Frau vorausgegriffen. Noch befand ich mich im August 1976. Doch *Aron* hatte mich durch die Schilderung seiner Erlebnisse dort oben in den Bergen bei dieser ganz zurückgezogen lebenden Frau in Spannung versetzt. Auf meine Frage, ob sie denn einen Freund habe, antwortete er, dass sie ein, zweimal im Monat nach Ruhengeri komme, wo sie einen Freund besuche. Im Augenblick sei niemand anderes oben als sie und ihre beiden Helfer. Und auf meine weitere Frage, ob sie denn dort oben jemand wie mich gebrauchen könne, meinte er, dass dieses sicherlich der Fall sei, doch wolle sie zuvor erst einen Besucher kennen lernen oder nur jemanden von einem ihr bekannten Biologen Empfohlenen zu sich in ihr Camp heraufkommen lassen. Auch müsse er alle ihre Anordnung strengstens befolgen und dürfe auch keine Angst vor den Gorillas zeigen. Ich glaubte nun, der Richtige für solch eine Mitarbeit zu sein. Ich ließ mir von Aron den Weg zu ihr beschreiben. Er gab mir den Hinweis, oben auf den Feldern vor Beginn der Wälder einen Boten mit einem Schreiben zu ihr zu schicken, hasse sie es doch, wenn unangemeldet Weiße sie aufsuchten.

Es hatte geregnet. Die Pfade, die den Berg hinaufführten, waren teilweise glitschig. Aron hatte mir den Namen eines Mannes auf halber Berghöhe genannt, der öfter Lebensmittel und andere Dinge den Berg hinauf zum Camp brachte. Diesen, mich zu ihm durchfragend, traf ich nun in seiner aus Bambus erbauten Rundhütte, die sicherlich einen Durchmesser von acht Metern hatte. Ihn fragte ich, ob er gewillt sei, eine Nachricht zu Dian hochzubringen, würde ich ihn doch auch für seinen Botendienst bezahlen. Er willigte ein und meinte, dass er vor Sonnenuntergang wieder zurückgekehrt sein werde. Also machte er sich mit meinem Schreiben auf den steilen Weg nach oben. Auf diesem Zettel hatte ich Dian mitgeteilt, dass ich gerne bei ihr für einige Zeit, solange mein Visum Gültigkeit hätte, arbeiten wolle. Als es nach einigen Stunden schon dunkelte, war mein Bote noch nicht zurückgekehrt. Da ich sowieso erst frühesten am nächsten Tag den Weg nach oben zu ihrem Camp hätte hochmarschieren können, hatte ich die Frau des Boten gefragt, ob ich die Nacht in ihrer Hütte verbringen könne. Sie zeigte mir ihre Vorratskammer, wo ich auf engstem Raum meinen Schlafsack ausrollte. Auch bot sie mir etwas zum Essen an, während das Baby an ihrer Brust saugte. Nachdem auch ihre beiden anderen Kinder sich schlafen gelegt hatten, zog ich mich in meine nur durch eine dünne Bambuswand getrennte Kammer zurück. Es wurde empfindlich kalt, befanden wir uns doch auf einer Höhe von gut 2.000 Meter. Um die Hütte nun warm zu halten, hatte die Frau in der Mitte des Raumes ein Feuer aus Holzkohle brennen lassen. Und da es draußen regnete, hatte sie wohl die Lüftungsklappe auf dem Dach durch die herabhängende Schnur zugezogen. Nun verbreitete sich der Qualm in der ganzen Hütte und drang auch zu mir herein. Ich musste husten. Dies weckte wiederum das Baby auf, das dann durch die ungewohnten Laute zu weinen anfing. Immer wieder, wenn ich hustete, begann es zu weinen. Ich versuchte nun mit aller Macht, meinen Husten zu unterdrücken, wolle ich doch dem Kind nicht seinen Schlaf rauben. Schließlich musste es eingeschlafen sein. Doch dann raschelte etwas neben meinem Kopf. Natürlich konnte es sich nur um Ratten oder Mäuse handeln, die in der Vorratskammer nachforschen wollten, ob Körner unbedachtsamerweise liegen gelassen worden waren. Viele Gedanken mussten damals durch meinen Kopf gegangenen sein. Würde ich wohl die nächste Nacht schon im Gorilla-Camp schlafen? Hoffentlich würden oben warme Decken für mich vorhanden sein, werden doch die Nachttemperaturen dort noch tiefer sinken als hier.

Noch vor Mittag kam der Mann zurück und überreichte mir die schriftliche Antwort von Dian. Er entschuldigte sich, nicht gestern Abend zurückgekehrt zu sein, war doch „Madame" noch irgendwo im Urwald gewesen und sei erst bei Dunkelheit zurückgekehrt. In diesem Schreiben teilte sie mir mit, dass sie nicht über Geld verfüge, um mich bei ihr einstellen zu können. Und mir fuhr es durch den Kopf, dass ich doch gar keine Bezahlung haben wollte. Sollte ich ihr also nochmals diesen Mann mit einer erneuten Botschaft hinaufschicken, in welcher ich ihr erklärte, dass ich ja gerne umsonst bei ihr arbeiten würde? Vielleicht wollte sie gar keinen neuen Mitarbeiter haben, und diese Antwort beinhaltete eine versteckte Absage? Wenn ich also meinen Boten wieder nach oben schicken würde, käme er vielleicht auch erst am folgenden Tag zurück und ich hätte noch einmal in dieser nachts verqualmten Hütte schlafen müssen. Außerdem regnete es wieder. Somit entschloss ich mich, nach Ruhengeri zurückzukehren. Sicherlich wäre mein Leben dort oben bei den Gorillas ein großes Abenteuer gewesen. Aber erlebte ich nicht schon genug Abenteuer? Somit blieben für mich die Gorillas im Nebel.

3. Mit Anna Karenina auf dem aktivsten Vulkan von Zaire

Schon am übernächsten Tag überschritt ich bei *Gisengi* die Grenze und kam nach *Goma* in *Zaire*. Diese ehemalige belgische Kolonie ist in seiner gewaltigen Ausdehnung 77-mal größer als Belgien. Und trotzdem ist es nach dem Sudan und Algerien nur der drittgrößte Staat Afrikas. Obwohl es durch seine Bodenschätze wie Kupfer, Kobalt, Uran, Erdöl, Gold und Edelsteine zu einem der reichsten Länder der Welt gehört und mit Brasilien über den größten Baumbestand der Erde verfügt, zählt es dennoch zu einem der zehn ärmsten Länder unseres Planeten. Ausländische Firmen haben günstigste Konzessionen von der Regierung eingehandelt, und die Obersten des Landes wissen, wie man sich an dem Geldregen bereichern kann. Doch die Mehrheit der Bevölkerung bleibt von dem Reichtum ihres Landes ausgeklammert. Auf der Berliner Konferenz 1884/85 wurde über die Aufteilung Afrikas verhandelt, wobei dem belgischen *König Leopold II.* der Kongo als „persönliches Lehen" zugesprochen worden war. Der Journalist und Livingstone-Auffinder *Henry Morton Stanley* hatte sich über dieses Gebiet dahingehend geäußert, dass es keinen Penny wert sei, da man die eventuell erwirtschafteten Produkte nicht exportieren könne, gebe es doch im Lande keinerlei Transportmöglichkeiten. Dieser König war einer der grausamsten unserer Neuzeit. Wer von den schwarzen Arbeitern nicht die vorgeschriebene Quote an Elfenbein oder Kautschuk erbrachte, dem ließ er die Hände abhacken oder gar die Nase abzwicken. Leider gab es damals noch keinen internationalen Gerichtshof. Die Schwarzen wurden wie Vieh behandelt, wie man es ja aus der Sklavenzeit nicht anders gekannt hatte. 1908 übergab dieser König sein Lehen an die belgische Regierung, die es zu einer Kolonie erhob. Nachdem die Briten Ghana 1957 die Unabhängigkeit gewährten, verbreitete sich das Schlagwort „Entkolonialisierung" über ganz Afrika. Mit Gewalt wie zum Beispiel die Mau-Mau-Aufstände in Kenia oder durch die der Not gehorchenden Einsichtigkeit der Kolonialherren erhielten in den Folgejahren die afrikanischen Kolonien ihre Unabhängigkeit. So wurde auch damals die Belgische Kolonie 1960 in eine Demokratische Republik umgewandelt, die sich 1971 durch Präsident *Mobutu Sese Seko* den Namen Zaire zulegte, um die ewige Namensverwechslung mit dem nördlichen Nachbarstaat *Republik Kongo* zu vermeiden. Doch nach Absetzung seines seit 1965 diktatorisch regierenden Präsidenten nahm dieser Staat 1997 wieder offiziell den Namen *Demokratische Republik Kongo* an, obwohl man weiterhin von diesem als Zaire spricht. Dieses so riesengroße Land besitzt nur einen 40 Kilometer breiten Zugang zum Atlantischen Ozean. Somit müssen ihre im Süden reich vorgefundenen Bodenschätze über die Nachbarländer zu deren Häfen transportiert werden, die an diesen Durchgangstransporten gut verdienen.

Im Osten des Landes befinden sich hohe Berge, die zugleich die Grenze zu Uganda und Teile von Ruanda bilden. Die nördlichsten von ihnen bildet das *Ruwenzori Gebirge*, dessen höchster Berg eine Höhe von 5.119 Meter erreicht. Auf diesen hohen Gipfeln liegen ganzjährlich Eis und Schnee. Südlich davon breiten sich im *Virunga Nationalpark* mit einer Fläche von annähernd 8.000 Quadratkilometern ebenfalls in nordsüdlicher Richtung die Vulkanberge des *Gorilla Nationalparks* aus und in westöstlicher Richtung im sogenannten Vulkano Nationalpark neben kleineren auch riesige Vulkane, von denen zwei noch zu den aktiven zählen. Und der aktivste von ihnen heißt *Nyiragongo*. Er ist 3.470 Meter hoch, und der Umfang des Kraterrandes misst nahezu zwei Kilometer, während 250 Meter tiefer die immer aktive Lava brodelt. 1912, 1938 und 1948 waren die letzten Ausbrüche mit jeweils verheerenden Folgen. Und man wusste nie, wann dieser feuerspuckende Bergriese wieder einmal Steine und Asche in die Luft schleudern und rotglühende Lavaströme nach unten fließen lassen würde, wobei wiederum der Baumbestand, Behausungen, aber auch Menschen- und Tierleben in Gefahr gerieten. Trotz dieses Risikos eines unerwarteten Ausbruchs war er ein Magnet für Reisende, die diesen Berg besteigen wollten, um sich des Nachts in den Kraterrand zu setzen und das Schauspiel der blubbernden und manches Mal kurz hochpeitschenden roten Lavagluten mitzuerleben. Dieses Spektakel wollte ich mir auf keinen Fall entgehen lassen.

Am Morgen gelangte ich von *Goma* am *Kivusee* zum Fuße des *Nyiragongo*. Dort wollte sich nach dem Mittagessen, angeführt von afrikanischen Bergführern, eine kleine Menschengruppe aufmachen, den Vulkan zu besteigen. Ich schloss mich ihr an. Meinen Rucksack samt Schlafsack hatte ich vorsorglich dabei, wollte ich doch oben die halbe oder die ganze Nacht verbringen. Da die Bergführer die Gruppe anfeuerten, nicht zurückzubleiben und einen schnellen Marsch vorlegten, geriet ich bald außer Puste und musste zum Unwillen der Antreiber länger pausieren. Schließlich gaben sie auf, mich anzutreiben. Ich setzte mich auf einen Baumstamm und schlug wieder meinen Tolstoi-Roman *Anna Karenina* in englischer Übersetzung auf, den ich schon in Ruhengeri zu lesen begonnen hatte und nun mit größtem Eifer weiterlas. Es war ein Roman, der auch den vierten Quadranten, den spirituellen, ansprach. Und manche Sätze schrieb ich mir sogleich in mein Oktavheft wie die folgenden: *„Der ewige Irrtum des Menschen besteht in der Vorstellung, dass das Glück in der Erfüllung seiner Wünsche liegt. ... Wenn der Mensch denkt, dass der Tod das Ende von allem ist, dann gibt es für ihn auch nichts, was lebenswert wäre. ... wir müssen nicht dem nachstreben, was uns anzieht oder was wir haben wollen, doch wir sollten für das Unfassbare, für Gott, leben, den niemand verstehen oder erfassen kann. ... Es ist falsch, nur für den Magen zu leben. Wir müssen für die Wahrheit, für Gott leben. ... Wenn gutes Verhalten sich nur darauf gründet, dass man dafür belohnt wird, dann ist es eigentlich kein echtes gutes Verhalten. Das richtige gute Verhalten ist jenseits von Ursache und Wirkung.“*

Ich darf nicht wieder Literatur verfassen, um den Leser nur mit spannenden Geschichten und erbaulichen Gedanken in möglichst feingeschliffener Sprache zu erfreuen. Nein, ich habe von dem mir zugeflossenen Wissensschätzen zu künden, um des Lesers Bewusstsein zu erweitern und ihm zu verdeutlichen, dass es mehr gibt, als uns die Schulweisheit vermittelt. Der Mensch nährt sich von seinen vier Quadranten, nämlich von seinem körperlichen, der auch die Sexualität einschließt, von seinem seelischen, seinem geistigen und schließlich auch von seinem spirituellen Quadranten, der in den literarischen Werken zu kurz kommt oder meist gar nicht in Erscheinung tritt. Mein *Molar-Roman* muss alle vier Quadranten zu füttern in der Lage sein. Er muss ganz spannend sein, er muss die Emotionen wecken, er muss über die geschichtlichen Tatsachen der Zeit zwischen 1933 und 1949 informieren, er muss auch auf die Geheimnisse hinweisen, die in uns verborgen liegen. Und er muss unbedingt in irdischer und vor allem in spiritueller Hinsicht ein Liebesroman werden. Ja, im Ganzen soll dieser Roman ein Bewusstseinserweiterungsroman werden. Jawohl!

Mir wurde bewusst, dass ein Hinaufklettern auf Berge zugleich ein Höhenflug der Gedanken ist, vor allem, wenn man nicht nur den Berg hinauf hetzt, sondern sich immer wieder niedersetzt und seinen Gedanken freien Raum lässt. Man gewinnt Abstand vom Flachland, das heißt auch von der Oberflächlichkeit des Lebens, und betrachtet die Dinge des Lebens aus einer höheren Sicht. Die Menschen steigen nicht nur auf einen Berg, um die Höhenluft oder einen herrlichen Ausblick zu genießen, sondern unbewusst zieht es sie hinauf auf die Gipfel, um Abstand zu nehmen von ihrer Alltäglichkeit und um dem Höheren in uns oder, wie Tolstoi sich ausdrückt, um dem Unfassbaren, um Gott näher zu sein.

Und immer wieder pausierte ich, der ich nun ganz allein den steilen Berg hochschritt, betrachtete die herrliche Landschaft mit seinen Vulkanen, Tälern und fruchtbaren Feldern. Und der erloschene Vulkan *Karesimi*, der noch um 500 Meter höher ragt als der *Nyiragongo*, stellte sich in aller Majestät dar. Und dann setzte ich mich wieder und las in Tolstois Roman. Er führte mich ebenfalls auf Höhen, Höhen des Geistes und des Herzens. Ich muss meinen Romanhelden Molar ebenfalls ein Höhenerlebnis für dichterische Aufschwünge erleben lassen, war er doch anlässlich der Hochzeitsreise mit seiner zweiten Frau und uns vier Kindern zur Zugsspitze gefahren. Noch vor Dämmerung, die in den Subtropen und wie hier besonders am Äquator schon früh hereinbricht, kam ich oben in der Innenseite des Kraterrandes an. Die Bergführer machten mir Vorwürfe, wo ich so lange geblieben sein mochte. Sie hatten sich schon Sorgen bereitet, waren sie doch verantwortlich für ihre zu Betreuenden.

Und dann musste ich staunen über den großartigen Anblick, der sich mir bot. Selbst bei der hereinbrechenden Dämmerung war das brodelnde Rot der Lava gut zu erkennen. Doch je dunkler es am Himmel und um uns herum wurde, desto lebendiger schien es tief unten zu werden. Man reichte uns das hier oben zubereitete Essen und Tee. Auch war noch eine Decke für mich übrig geblieben, hatten die anderen sich doch schon mit zwei, wenn nicht mit drei Decken versehen.

Die Nacht würde kalt werden. Obwohl unten im Krater Temperaturen von über 1.000 Grad herrschten, wurde es hier oben zunehmend kälter, sodass ich selbst im Schlafsack mit zusätzlicher Decke fror. Doch alle unsere Blicke waren auf das Innere des Kraters gerichtet. Es war ein Schauspiel unbeschreiblicher Art. Was fasziniert den Menschen eigentlich, wenn er wie gebannt lang anhaltend in Feuergluten blickt? Ist es die Faszination, dass alles Materielle sich einmal in Licht auflösen muss als eine tief in uns wohnende Ahnung unseres wahren Seins, dass wir jeweils am Ende einer Inkarnation lichtvolle Verwandlungen erleben, nachdem wir wiedererholt mit unserer Seele in die Materie hineinversetzt worden waren? Und wenn uns schon das Hineinschauen in ein Lagerfeuer gebannt halten kann, so steigert sich mit der Größe des Feuers auch unser Gebanntsein. Unter uns erstreckte sich eine nahezu kreisrunde Fläche von über 200 Meter Breite mit dem rotglühenden Feuer brodelnder Lava. Und manches Mal schoss ein Lavastrahl einige Meter in die Höhe. Von dem Widerschein des rötlichen Glanzes zeigten sich unsere Gesichter etwas gerötet, obwohl die heißen Gluten nicht bis zu den 250 Metern heraufdrangen, um uns zusätzlich zu wärmen.

Vom Kraterrand des Nyragongo schauten wir in die tief unten brodelnde Lavagluten.

Die erste Gruppe verließ gegen Mitternacht die Loge dieser Freilichtbühne, über der sich der Sternenhimmel ausgebreitet hatte, um mit Taschenlampen und einem der Führer wieder hinabzusteigen. Doch einige wollten bis zum Morgen bleiben, zu denen ich auch gehörte, waren doch jetzt genügend Decken vorhanden, um weiterhin ohne Kältegefühle in den heißen Gluttopf hineinzublicken. Nach durchwachter Nacht und den zwischendurch gereichten Tees, stiegen wir am frühen Morgen wieder den Berg hinab und fuhren zur 20 Kilometer entfernten Stadt *Goma* zurück.

Schon ein Jahr später grollte wieder dieser Berg. 2.000 Menschen sollen bei diesem alle überraschenden Ausbruch umgekommen sein und sicherlich Tausende von Tieren. Doch der schlimmste Ausbruch seit 100 Jahren ereignete sich im Jahre 2002. 400.000 Menschen mussten ihre Häuser zurücklassen oder flohen in Panik, denn 147 Dörfer wurden von Lava und dem dadurch entstandenen Feuer niedergebrannt oder von Ascheregen überschüttet. Die Lava strömte sogar bis nach Goma und steckte viele Häuser in Brand.

4. Beinahe von elf Löwinnen gefressen

Der *Virunga Park* wurde schon 1925 gegründet und erfasst Teile von Uganda, von Ruanda und vor allem von Zaire, der Demokratischen Republik Kongo. Ich wollte mehr von diesem sich weit nach Norden hin ausdehnenden Park erkunden, weshalb ich mich in *Goma* bei Europäern nach den besonderen Attraktionen erkundigte. Zu jener Zeit gab es in diesem großen Naturpark noch keine geteerten Straßen. Wenn es geregnet hatte, verwandelten sich diese Pisten in Schlammstrecken, darum fuhren hier außer Landrovern nur Lastwagen entlang, die zugleich aus Mangel an Bussen den Personentransport auf der Ladefläche bewerkstelligten. Also stand ich an der Straße und streckte meinen Arm den äußerst selten daherkommenden LKW entgegen. Es war selbstverständlich, dass man den Fahrern eine Gebühr zu zahlen hatte, konnte ich ihnen doch nicht erklären, dass ich umsonst mitgenommen werden wollte, wie es doch allgemein auf meinen Reisen geschah. Übrigens wurde der weiße Mann in Afrika immer als ein wohlhabender angesehen, weshalb man nicht auf die Idee gekommen wäre, dass jemand ohne Bezahlung ein- oder aufsteigen möchte. Mein nächstes Ziel waren die nördlich des Virunga Parks gelegen Ruwenzori Gebirge. Der Lastwagen, der mich mitnahm, war mit Ölfässern beladen, auf denen nun meist stehend oder auf ihrem Gepäck sitzend viele Mitreisende enggedrängt Platz gefunden hatten. Es ruckelte so stark, dass ich nicht in meinem Tolstoi-Roman hätte weiterlesen können. Aber dazu hätte ich mich jetzt sowieso nicht verleiten lassen können, denn die Aussicht von diesem an Vulkanbergen vorbei und dann durch Steppen brummenden Gefährt war viel zu interessant, als dass ich etwas von den sich mir darbietenden Naturschönheiten und auch Ereignissen versäumen wollte. Denn in diesen Savannen sah ich die verschiedensten Tiere zu Land oder in der Luft.

Ein Mitreisender klopfte auf das Dach des Fahrers, um an einer Kreuzung auszusteigen. Nachdem der Wagen angehalten und er hinabgeklettert war, ging er nach vorn, um seine Mitfahrt zu bezahlen. Alsdann kam er auf meine Seite und rief den oben Stehenden zu, seine in einem Tuch zusammengefalteten Habseligkeiten herunterzuwerfen. Dieses, wie ich entdeckte, lag auf einem der Ölfässer, aus welchem durch einen undichten Verschluss Öl hervorgedrungen war und die ganze Unterseite seines Gepäckstücks durchtränkt hatte. Es wurde ihm nun heruntergeworfen. Er hob es auf und stemmte es nach oben, sodass wir sahen, wie das Öl aus seinem Tuch, das wohl sein ganzes Hab und Gut beinhaltete, heraustropfte. Doch dieser Mann lachte, was mich sehr verwunderte. Dann öffnete er den Beutel und entnahm ihm seinen Reisepass. Einen solchen zu erhalten ist für Afrikaner meist eine schwierige Angelegenheit, da er für ihre Verhältnisse viel Geld kostet, weshalb viele ihn sich nicht leisten können und deshalb schwarz an unkontrollierten Stellen die Grenzen überqueren. Dieser Pass, den er nun hochhielt, war durch und durch von Öl getränkt und sicherlich gänzlich unbrauchbar geworden. Ich war gespannt, ob ihm nun nicht sein Lachen vergehen würde, müsste er doch jetzt entsetzt und wütend reagieren. Alle schauten auf ihn hinunter. Und er lachte,

lachte aus vollstem Herzen. Und alle stimmten nun in sein Lachen ein. Wie hätte wohl ein Weißer reagiert, wenn sein Pass auf einmal durch solch eine Entstellung wertlos geworden wäre? Doch dieser Afrikaner lachte! Was für eine große Lektion hatte ich aus seinem Verhalten für mich gewonnen. Man darf die Schicksale des Lebens nicht zu ernst nehmen. Sich zu ärgern lohnt nicht, dazu ist das Leben viel zu schade. Denn auch, wenn Schicksalsschläge uns in die Tiefe stürzen, geht es doch immer wieder irgendwann bergauf. Schicksalsschläge, wie mir immer mehr klar geworden war, ereignen sich nicht zufällig. Sie stehen schon vor unserem Geburtsantritt fest. Sie gehören zu unserem Lebensplan und dienen in der Schule des Lebens als Lern- oder Prüfungsaufgaben oder natürlich auch als karmisches Ausgleichsgeschehen. Wer diese als solche erkannt hat, nimmt sie als Vorgegebenes hin und macht aus solchen Verhängnissen das ihm Bestmögliche. Im Jenseits werden wir erkennen, warum diese Schicksale uns als Lernmöglichkeiten dienlich waren. Ja, auch mein Molar-Roman muss den Lesern noch im Diesseits Blicke hinter den Schleier unseres Daseins werfen lassen können.

Der kleine Ort *Mutwanga*, gleich oberhalb des Äquators, liegt direkt unter der Kette des *Ruwenzori-Gebirges*, dessen bis über 5.000 Meter hinaufragende Höhen wie der von oben herabwinkende *Mount Stanley* mit Schnee und Eis bedeckt sind. Seit ich in den Nordwesten Ruandas gekommen war, gelangte ich von einer bezaubernden Naturlandschaft in die andere. Werden nach hier einmal Touristenströme fließen? Noch war alles vor den Augen der Pauschalreisenden verborgen geblieben. Dieses ganze Gebiet von Goma bis hierher sollte schon drei Jahre später von der UNESCO zum Weltkulturerbe erklärt werden. Und 1994 wurde es als „gefährdetes Weltkulturerbe" deklariert, da immer mehr Flüchtlinge unerlaubt in den Virunga Nationalpark einströmten, Felder bebauten, die geschützten Tiere verjagten oder gar töteten, um Fleisch für die Hungernden zu haben und auch die Felle der Löwen und die Zähne der Elefanten teuer zu verkaufen. Und einige Jahre später wurde dieser Park samt angrenzendem Bergland zum Gebiet von Rebellen, die sich gegen die Zentralregierung in Kinshasa erhoben und sogar sich nicht scheuten, Kindersoldaten mit Gewehren auszubilden, wie es schon in Eritrea, Somalia, Angola und in Uganda geschehen war. Diese Aufständischen, die sich oft, von den Regierungstruppen gejagt, in die Regenwälder zurückziehen mussten, schlachteten auch die vom Aussterbenden bedrohten Berggorillas ab. Der Touristenstrom in diese Weltwundergegenden wird sich also noch hinauszögern.

In *Mutwanga* traf ich einen Studenten, der mir Folgendes erzählte. Er habe einen 18-jährigen Bruder, der vom bösen Geist befallen sei. Er liege oft bewusstlos, krabbele auf allen Vieren herum und rede wirr. Mein Berichterstatter meinte, dass eine Hexe, die sich als solche auch schon ausgegeben habe, diejenige sei, die nicht nur seinen Bruder, sondern eine ganze Reihe von anderen jungen Männern dahin gebracht hätte, dass sie auf allen Vieren kröchen und verwirrtes Zeug redeten oder gar ihre Sprache vollkommen verloren hätten.

Von Mutwanga aus wollte ich nun zu dem südlich gelegenen *Edwardsee* gelangen und hielt deshalb Ausschau, ob ein Lastwagen in diese Richtung fahren würde. Mit einem solchen, hinten auf der Ladefläche mit vielen anderen Reisenden aus Platzmangel stehend, erreichten wir nach Durchquerung von Savannenebenen *Visthumbi*, einen kleinen Ort direkt am 900 Meter hoch gelegenen *Edwardsee*. Dieser See befindet sich mit einer Länge von 77 Kilometer und 42 Kilometer Breite mitten im Virunga Nationalpark, der außer den schon beschriebenen Bergen auch Seen und weitausgedehnte Savannen umfasst. Von dem *Georgesee* fließt das Wasser in den *Edwardsee*, der es wiederum zum nördlich gelegenen *Albertsee* führt, dessen Ausfluss in einen der Arme des *Weißen Nils* mündet, der schließlich vereint mit dem Fluss, der vom Viktoriasee in ihn mündet, den Sudan durchquert, bis er in Karthum sich mit dem aus Äthiopien kommenden Blauen Nil zum ägyptischen Nil formiert. Schon im Altertum bis hin ins 19. Jahrhundert hinein gab es das große Rätselraten, wo denn eigentlich die Quellen des Nils seien. Und wiederum vermehrte sich der Entdeckerruhm des inzwischen berühmtesten Afrikaforschers *Henry Morton Stanley*. Er hatte schon 1875 diese Gegenden durchreist, aber erst 1888 bei einem ausgedehnteren Besuch diesen See entdeckt, dem er den Namen Edward gab, um den Prinzen von Wales, den späteren *König Edward VII.*, zu ehren. Dieser See wird zur östlichen und westlichen Seite hin von Bergen flankiert, während sich an der Süd- und

Nordseite Savannen erstrecken, in denen sich viele Steppentiere, wie man sie aus der Serengeti kennt, aufhalten und offiziell geschützt sind. Doch welcher ertappte Wilderer würde nicht einen Parkwächter zu bestechen versuchen? Und sicherlich können diese relativ wenigen Gesetzeshüter nicht den ganzen Park zu jeder Zeit überwachen.

In Visthumbi sitzen die Marabous auf den Dächern.

Visthumbi mochte aus 40 bis 50 einstöckigen Steinhäusern und Bambushütten bestanden haben. Überall waren Fische zum Trocknen über Schnüre aufgespannt oder lagen auf Matten ausgebreitet. Wie ich bald erkundete, soll dieser See zu den an Fischen reichsten Gewässern Afrikas gehören. Ich konnte mich in einem kleinen Zimmer einquartieren. Als ich bei Dunkelheit vor dem See, auf dessen überliegender Seite sich die Berge von Uganda hochrecken, durch die Dorfstraße spazierte, kam mir eine etwa 1,50 Meter große Gestalt mit einem dünnen Hals entgegen. Und als sie an mir vorbeiging, entdeckte ich, dass sie gar kein Mensch war, sondern ein *Marabou*, einer der größten Vögel unserer Erde, die anders als die Pinguine zwar noch fliegen können, aber wie diese aufrecht, wenn auch nicht so watschelnd, nahezu wie ein Mensch einherzuschreiten vermögen. Der weißgraue Marabou ist der größte in der Familie der Störche. Die Spannweite ihrer Flügel beträgt bis zu 2,50 Meter. Und da sie in diesem Park geschützt sind, darf kein Mensch sie verjagen, ja, diese Langschnäbeligen, die sich sonst mit den Geiern vorwiegend von Aas ernähren, dürfen sich hier wie im Paradies fühlen. Sie gehen zu den überall zum Trocknen ausgelegten und aufgehängten Fischen und bedienen sich nach Herzenslust.

Überall werden die Fische zum Trocknen ausgelegt.

Als ich die mir ins Zimmer gestellte Petroleumlampe ausgeblasen hatte und mich zum Schlafen niederlegte, wurde ich von einem grunzenden Schnauben geweckt, das sich mal näher, mal weiter entfernt vernehmen ließ. Schließlich war es ganz laut direkt vor meinem Fenster zu hören. Was mochte das wohl sein? Ich kramte meine Taschenlampe hervor, öffnete das Fenster und erblickte vor mir eine Familie von Flusspferden aus der Familie der Hippopotamus, wie ich diese

Tiere schon zahlreich in den Nilsümpfen im südlichen Sudan vorgefunden hatte. Sie werden bis zu 4,50 Meter lang und 1,50 Meter groß und können bis zu dreieinhalb Tonnen Gewicht haben. Ihre graubraune Haut besitzt an manchen Stellen eine leicht rosafarbene Tönung. Tagsüber halten sie sich meistens in Gewässern auf. Sie können auch bis zu zehn Minuten unter Wasser bleiben und auf dem Wassergrund entlang laufen. Nachts kommen sie an Land und fressen meist Gräser. Doch hier in Visthumi liegen noch leckere Reste von Obstschalen und Salatblätter und Mohrrübengrün herum, sodass sich ein abendlicher Familienspaziergang durch das Dorf allemal lohnt. Auch sie dürfen nicht verscheucht werden. Ein Parkwächter passt darauf auf, dass sich die Bevölkerung an die Regeln hält, müssen diejenigen doch bei einem Verstoß sich eine andere Bleibe außerhalb des Parks suchen. Doch niemand will hier wohl wegziehen, garantiert doch der Fischfang ein geregeltes Einkommen. Jeden Tag kommt zumindest ein Lastwagen, um den getrockneten Fisch oder auch frischen Fisch aufzuladen, nachdem man notwendige Waren abgeladen hat, wie zum Beispiel auch europäisches Gemüse, also Salate, Mohrrüben, Rote Beete, Kohl, Kohlrabi und anderes, das von den Europäern einst schon auf den hochgelegenen kühleren Berghängen angepflanzt worden war, sodass ich hier wieder europäisches Gemüse zu essen bekam.

Am Vormittag hatten Marktfrauen ihre Waren an Ständen oder aber auch auf dem Boden ausgebreitet. Und wie verwundert war ich, als ein Elefantenbulle ganz gemächlich sich ihnen näherte und einfach ein ganzes Bündel Mohrrüben mit dem Rüssel nahm und genüsslich in sein Maul stopfte. Dann tapste er zum nächsten Stand und ergriff wieder etwas, was ihm mundete. Danach trottete er in aller Ruhe wieder zum See hin, um dort ein Bad zu nehmen. Die Menschen waren derartige Besuche gewöhnt. Sie mussten sie gewähren lassen, denn der Park gehörte den Tieren und nicht ihnen. So traten sie bei seinem Kommen ehrfürchtig zur Seite, hoffend, dass er sich nicht an ihrem Stand vergreifen würde. Ich blieb drei Tage in diesem so interessanten Ort.

Dann bestieg ich einen Lastwagen, der mich 20 Kilometer weiter an einer querverlaufenden Piste absetzte, da ich dort auf ein weiteres Transportmittel warten wollte. Nun stand ich mitten in der Savanne.

Wann würde wohl ein nächster Laster kommen und mich in die von mir vorgesehene Richtung mitnehmen? Ich setzte mich und machte mir wieder Notizen in mein Oktavheft zu meinem Molar-Roman. Dann las ich eine Weile in einem der mitgeführten englischen Bücher. Doch wenn ich zwei Stunden auf diese Art zugebracht hatte, erhob ich mich gewöhnlich, nahm meine C-Flöte hervor und spielte mir eine lustige Weise oder auch jene traurige des Hirten im dritten Akt des Tristan, die da heißt „Noch ist kein Schiff zu sehn". Nachdem ich ein paar Melodien gespielt hatte, schnallte ich meinen Rucksack auf und machte mich auf den Weg in der Hoffnung, dass bald ein Lastwagen nahen würde. Nachdem ich schon eine kleine Strecke gegangenen war, hörte ich das Brummen eines Motors. Gott sei Dank. Endlich brauchte ich nicht mehr unter dem der heißen Sonne wegen aufgespannten Regenschirm durch die Savanne zu laufen, gab es doch hier genügend wilde Tiere, die sich gefreut hätten, wenn ihnen ein weißer Happen in den Rachen gelaufen käme.

Nun stand ich auf der Ladefläche ganz vorn. Und nach einigen Hundert Metern entdeckte ich elf Löwinnen, die direkt neben der Piste beieinander lagen. Ich bekam einen Schreck. Ich wäre diesen Tieren als Fressen sicherlich sehr willkommen gewesen, ist es doch auch für diese Wildkatzen immer beschwerlich, sich das Futter zu erjagen. Wie froh wären sie sicherlich gewesen, wenn sich ihnen eine Mahlzeit von selbst dargeboten hätte.

5.   Abschied von Tansania

Von *Goma* aus trampte ich in den ersten Septembertagen über *Kigali* wieder nach *Burundi* zurück, um von *Bujumbura* das Schiff nach *Kigoma* in Tansania nehmen zu können. Ich hoffte von keinem der Militärs wieder entdeckt zu werden, war mir doch aufgetragen worden, das Land sofort zu verlassen. Von Kigoma aus hätte ich gerne das Schiff weiterhin genommen, das normalerweise den langen *Tanganyikasee* bis Sambia hinunterzufahren pflegte, aber diese Verbindung war damals eingestellt. Es galt also mal wieder, einen Umweg quer durchs Land einzuschlagen, der mich 200 Kilometer zuerst nach dem östlich gelegenen *Tabora* brachte, von wo aus ich mich nach Süden wandte, um an einem Ort in den Zug zu steigen, der mich nach Mbeya unweit der Grenze zu Sambia beförderte. Den Schienenweg hatten vor kurzem erst die Chinesen als „Entwicklungshilfe" für Tansania erbaut, da diese Strecke von Daressalam kommend dann weiterführte nach Lusaka in Sambia. Doch der eigentliche Grund für die Verlegung dieses Schienenstranges lag darin begründet, dass Sambia, nachdem die Grenzen zu Simbabwe und damit der Weg zu einem Hafen in Mosambik geschlossen waren, nicht mehr seine Bodenschätze ohne Risiken durch das vom Bürgerkrieg heimgesuchte Angola zu einem Hafen an dem Atlantischen Ozean befördern konnte. Und natürlich ließ sich China diese teurere Schienenverlegung durch besonders günstige Handelskonditionen bezahlen.

Der Zug, in den ich einstieg, war übervoll mit Menschen und Gepäck, sodass gut die Hälfte der Mitreisenden stehen musste. Oft blieb der Zug mehrere Minuten, doch einmal sogar über zwei Stunden lang stehen, um auf einen entgegenkommenden Zug dieser eingleisigen Strecke zu warten. Dies nutzten die Fahrgäste, um sich draußen ungeniert hinzukauern und ihren Darm zu entleeren, waren doch die Toiletten im Zug nicht mehr zu gebrauchen. Ich hatte Glück, mich irgendwann auf einen freigewordenen Sitzplatz niederlassen zu können. Es war draußen schon dunkel geworden. Neben mir hielt sich ein junger stehender Mann an dem herabhängenden Griff fest. Er kämpfte mit dem Schlaf, sodass seine Beine immer wieder einsackten und er dadurch aufwachte, während ich mich nach hinten anlehnen und meine Augen geruhsam schließen konnte. Trotzdem wachte ich immer wieder auf und beobachtete den jungen Mann neben mir. Sollte ich ihm meinen Platz einmal anbieten und ihm diesen wenigstens für eine Weile überlassen? Mir war damals schon klar, dass wir Menschen im Grunde alle eins sind. Ich war er, er war ich. Wir waren alle nur Zellen von einem einzigen Körper. Jede Zelle darin war wichtig für den Zusammenhalt des ganzen Körpers. Keine Zelle sollte sich als etwas Besonderes dünken. Warum sollte ich als einer dieser Zellen nicht der anderen Zelle meinen Patz geben? Deshalb bot ich ihm nun meinen Platz an und sagte, dass er sich für einige Zeit niedersetzen möge, während wir später wieder tauschen wollten. Verwundert darüber, dass ein Weißer, den man doch in Afrika noch als einen von der Schöpfung privilegierten Menschen ansah, ihm seinen Platz anbot, kam er nur zögerlich meinem Angebot nach. Also stand ich dann und hielt mich am Griff fest. Ich lernte damals im Stehen zu schlafen, indem ich den Kopf an den Oberarm lehnte. Doch durch das Geruckel des Zuges wachte ich immer wieder auf. Schließlich entdeckte ich im Gepäcknetz eine Zeitung. Diese breitete ich nun auf dem Boden aus, legte den Schlafsack darüber. Und den Kopf an meinen Rucksack schmiegend, schlief ich dann tatsächlich ein. Ich hatte mir damals schon zur Maxime meines Handelns das Sittlichkeitsgebot zueigen gemacht, das analog zu Kant folgendermaßen heißt: Behandele den anderen so, als ob du der andere wärest.

Hier ist eine stillgelegte Eisenbahnstrecke, die vormals von Deutschen verlegt worden war.

Mbeya war die am südwestlichsten gelegene Stadt Tansanias. Von hier schrieb ich am 10. September einen Brief an meine Schwester.

„Liebe Uta!

Ich bin noch nicht „untergegangen", im Gegenteil, ich schwimme noch in vollen Zügen durch Afrika und werde in etwa zwei Monaten wohl an Land sein, d. h. in Südafrika, wo ich mich nach einer Arbeit umsehen werde. Allmählich sehne ich mich danach, wieder ein eigenes Zimmer zu haben, Musik zu hören und vielleicht mein eigenes Essen kochen zu können. Zum Lesen habe ich auf meinen Reisen genügend Zeit, denn wenn man an den Straßen oft stundenlang auf eine Mitfahrgelegenheit warten muss oder auch schließlich sich aufrafft, mit einem Bus zu fahren, der oft stundenlang, manchmal tagelang Panne hat, dann möchte man als „gebildeter" Europäer die Wartezeit auch nützlich verbringen. Seit Addis Abeba und Nairobi hat sich mein Rucksack in eine Wanderbibliothek verwandelt, sodass fünfzig Prozent seines Rauminhaltes und fünfundsiebzig Prozent seines Gewichts der Lesestoff beansprucht. Letzte Woche las ich Tolstois „Anna Karenina", gestern beendete ich z. B. ein Buch über Kontakte mit Geistern, heute begann ich in einem Buch über „Magie und Mystik in Tibet" und beabsichtige, gleich in hiesige Stadtbibliothek zu gehen, um ein Buch über Hitler und seine Vorsehungen auf seine „Verwendbarkeit" durchzusehen. Meine Reisen, wie ich schon einmal konstatiert habe, sind „Entdeckungsreisen", jedoch nicht insofern, dass ich neue (wenn auch für mich neue) Erdteile erkunde, sondern mich vielmehr geistig in für mich unerforschte Territorien begebe, „denn mich treibt's halt", mein Leben für die Erforschung der Fragen nach dem Woher?, Wohin?, Weshalb? und Wofür? dranzusetzen. Nicht, dass ich mir törichterweise einbilden sollte, endgültige Resultate zu finden. Es geht eben um das Erforschenmüssen als Dienen an sich. Wenn man so will, bin ich ein Gralsritter des 20. Jahrhunderts, dessen Verpflichtungen natürlich noch mannigfaltigerer Art sind und dessen Handlungen durch ein höheres Bewusstsein getragen sein müssen.

Nachdem ich mich in Nairobi wieder gelabt hatte und meinen Körper samt Zähnen entweder verarzten oder verkleistern lassen konnte, zog ich wohlgestärkt in das Innere Afrikas. Leider konnte ich der politischen Situation in Uganda wegen nicht durch jenes als paradiesartig gepriesene Land Idi Amins ziehen, musste also den Umweg um den Viktoriasee herum auf mich nehmen, um in die Bergländer Zentralafrikas vorzustoßen. In Burundi verbrachte ich eine Nacht auf der Polizeistation, weil ich unwissend am Abend mich einem Restaurant genähert hatte, das sich dann plötzlich als Offiziersmesse entpuppte. So war ich natürlich sofort als mutmaßlicher Spion überführt, denn welch andere Interessen konnte schon ein Weißer, der ohne Anstellung oder Auftrag zu reisen vorgab, haben, als geheimen Missionen nachzugehen. In Ruanda, wie Burundi einst deutsche Kolonie, kam ich aus dem Staunen über die Naturszenerie gar nicht mehr heraus, und es hätte nicht viel gefehlt, dass ich mir an einem Berg mit See- und Vulkanaussicht ein Stück Land gekauft hätte. Das Glück, das mir im letzten Jahr bei dem Ersuch eines Visums für Zaire abhold war, war diesmal bei einem zweiten Ersuch gnädig, d. h., ich verweilte zwei Wochen lang in den Bergen Ost-Zaires und konnte, wenn auch nur von der Talsohle aus, das mit ewigem Schnee und Eis bedeckte Massiv des Ruwenzori, welches schon den alten Ägyptern als Mondgebirge bekannt war, staunend wahrnehmen. Alle drei Berge oder Gebirge Afrikas (Kilimandscharo, Mount Kenya und Ruwenzori), die das ganze Jahr über Schnee oder Eis beherbergen, liegen etwa auf oder sehr nahe dem Äquator. Außerdem bestieg ich in Zaire noch einen Lavablasen blubbernden Vulkan, dessen Kratereinblick besonders bei Dunkelheit bannende Vorstellungen bietet. Morgen will ich von hier (Südtansania) aus nach Malawi weiter. In vier Wochen sollte ich in Zambia, in acht Wochen in Kapstadt sein, wo das German General Consulat, PO-Box 4273 meine vorläufige Adresse sein wird.

Von euch allen hoffe ich bald zu hören und wünsche Dir, liebe Uta, alles Liebe zum Geburtstag. Herzliche Grüße Euer Trutz"

In *Mbeya* traf ich wieder eine schwarze Schönheit, die mich gerne in mein Bett begleitet hätte. Aber seitdem ich Marias Bild in jenem Zimmer der Mission in Burundi gesehen hatte, mochte ich mich nicht mehr mit käuflichen Mädchen abgeben, sondern allen sexuellen Begegnungen aus dem Weg gehen, sodass ich seit Nairobi mich auch nicht mehr mit afrikanischen Frauen einlassen wollte. Wie stark kann doch selbst eine irreale Liebe in unseren Sinnen und Trachten einwirken und aus uns Mönche oder Frauenkonsumierer machen. *Molar muss, so ist in meinem Oktavheft zu lesen, bei Maria einen Rivalen vorfinden. Er muss um sie kämpfen – um etwas Unmögliches, das er trotzdem mit Energie erreicht. Maria wird zur Dichtung(!), die jedoch Molar paradoxerweise vom Dichten abbringt. Er hat mit der Erringung Marias seinen dichterischen Höhenflug vollendet. Maria erlöst ihn von seinem Traum, Dichter zu sein. Mit der Heirat setzt sein bürgerliches Leben dort wieder ein, wo der Krieg und die Flüchtlingszeit es ihm entrissen hatten. Der Krieg wirkte sich also positiv auf Molar aus wie auch auf das Gewissen der Menschheit im Allgemeinen. Der Krieg war ein Interlude im bürgerlichen Leben, ein Wachrütteln aus einem Traum der ewigen Lebensgier. Der Krieg ist des Teufels Machwerk, und dennoch verhilft es zum Guten, indem er dem Menschen die Nichtigkeit und Illusionen des Lebens veranschaulicht. Das, woran man hängt und wofür man lebt, wird entrissen. Ein neues Ermahnen der Frage: Wofür lebt man? wird durch den Krieg aufgeworfen. Doch nur die Wenigsten finden die Antwort. Und gleich nach dem Krieg beginnt ein neues Rennen nach Werten, die es zu besitzen gilt. Man klammert sich wieder an die Welt, die noch vor kurzem wankte und zusammenfiel. Krieg, Pest und Beben dienen dazu, den Menschen zur Besinnung zu bringen, ihn nach dem Sinn seines Daseins fragen und sein Weltbild revidieren zu lassen. Der Molar-Roman muss die Katastrophe des Krieges in seinen Auswirkungen auf das „Überdenken" des Warum-existiere-ich des Einzelnen mit seinen positiven und negativen Entscheidungen wiedergeben. Es muss von Leuten gesprochen werden, die eine Umkehr und Abkehr vom Lebensstrudel gewonnen haben, während die Mehrheit der Menschen in diesen Strudel erneut hineingerissen wird. 1949 ist ein Jahr der Wende. Der Strudel, der sich seit 1939 rückwärts drehte, dreht sich wieder vorwärts. Es ist ein Jahr der Rückbesinnung und der Erwartungen.*

Als ich per Anhalter an die Grenze zu *Malawi* kam, blieb der Schlagbaum geschlossen. Niemand wurde über die Grenze gelassen, obwohl ich ein gültiges Visum vorzeigen konnte. Ich wollte wissen, was der Grund dafür sei. Ich erfuhr dann von den Mitreisenden, die ebenfalls vergeblich die Grenze passieren wollten, dass *Präsident Banda*, vor dem das ganze Land zitterte, an jenem Tag dieser Gegend einen Besuch abstattete, weshalb aus Furcht, dass Terroristen das Erscheinen des Diktators für ein Attentat ausnützen könnten, diese Grenze geschlossen bleiben musste. Als ich fragte, wie lange denn diese Grenzstation für Reisende gesperrt blieb, zuckte man mit den Achseln und meinte, vielleicht einen Tag, vielleicht zwei Tage oder gar eine ganze Woche lang, wusste doch keiner, wie lange sich Banda in dieser Gegend aufzuhalten gedachte und wurden doch die Länge seines Aufenthaltes und seine spontanen Reisezeile bis zur letzten Minute aus Vorsichtsmaßnahmen geheim gehalten. So beschloss ich, mit der nächstbesten Mitfahrgelegenheit nach Mbeya zurückzufahren und am nächsten Tag die Grenze zu Sambia bei *Tunduma* zu überqueren. Ich wollte alles versuchen, um Malawi, das mir ebenso wie Uganda wegen seiner Schönheit gepriesen worden war, noch zu bereisen. Mal sehen, ob sich das noch irgendwann verwirklichen lässt. Bevor ich am nächsten Tag weiterfuhr, notierte ich mir noch in mein Büchlein über Wagners Gletscherwanderung, wo er über sich und sein Erdenlos sinniert: *Einsamkeit ist des Künstlers Los. Es ist so leicht, vor dem gefährlichen Weg zu verzagen und umzukehren. Darin beweist erst einer sein Künstlertum, dass er unverzagt weitergeht, nicht auf seine ängstlichen wohlmeinenden Freunde hört, die ihn zurückhalten wollen, und nicht nach den anderen Schwachen sieht, die umkehren. Immer das große Ziel vor Augen, die große Tat.*

6.   In Sambia wieder verhaftet

Mit verschiedenen Mitfahrgelegenheiten erreichte ich die Hauptstadt *Lusaka*. Sie dürfte damals 700.000 Einwohner gezählt haben und besaß eine eigene Universität und einen groß angelegten Botanischen Garten. Und da dieses Land über keine Botschaften von Südafrika und Simbabwe mehr verfügte, wo ich mir ein Visum für jene beiden Länder hätte besorgen können, erfuhr ich, dass man nur von Botswana aus nach Simbabwe einreisen könne und in Francistown ein Visum erhalte. Der Weg dorthin führte über *Livingstone*, das ganz nahe an den Victoriafällen gelegen ist, die ich sowieso aufsuchen wollte. Auf dem Weg nach Livingstone entdeckte ich einen Tramper. Er war ein weißer Student, der Ostafrika besucht hatte und nun nach Simbabwe, seiner Heimat, zurückreiste. Es war für mich höchst selten, dass ich auf den Straßen durch Afrika einem Tramperkollegen begegnete. Ich will ihn *Marc* nennen. Zusammen fuhren wir nun zu den berühmten *Viktoriafällen*. Diese sind mit den von mir schon besuchten Wasserfällen von Iguazu in Brasilien und den Niagarafällen in Nordamerika die gewaltigsten unserer Erde. Man kann ihr Getöse schon gut von einem Kilometer Entfernung vernehmen. Sie wurden von dem Missionar und Entdecker *David Livingstone* als erstem Europäer 1855 entdeckt und nach seiner Königin Victoria benannt. Diese Fälle sind mit einer Breite von über anderthalb Kilometern zweimal so breit wie die Niagarafälle und stürzen sich bei einer Höhe von 108 Meter fast doppelt so tief wie jene hinab. Sie befinden sich etwa in der Hälfte des Sambesiflusses. Dieser kommt aus Angola und ergießt sich in Mosambik in den Indischen Ozean. Er bildet auch die Grenze zwischen Simbabwe und Sambia und ist nach dem Nil, dem Kongo und dem Niger der viertgrößte Fluss des Schwarzen Kontinents. Da sich durch das Wassergesprüh fast ständig ein Nebel über den herabstürzenden Wassermassen bildet, nannten die Einheimischen diese Fälle „Der donnernde Rauch". Dieser Fluss stürzt sich nicht in ein Becken, sondern prallt auf hervorragende Felsen, sodass man nicht wie bei den Niagarafällen sich in einem isolierten Fass hinunterspülen lassen könnte, ohne dass es zerschellen würde. Ich hatte mir für ein besonderes Highlight noch den letzten LSD-Trip aufgehoben, den ich nun herunterschluckte. Ich lehnte mich über einen Ast, um von diesem direkt in die Tiefe des dort aufplanschenden Wassers sehen zu können. Es war ein faszinierender Anblick, obwohl ich mich festzuklammern hatte, um nicht hinunterzufallen. Wie glücklich ich doch war, auf meinen Reisen die meisten dieser großartigen Naturwunder der Welt, wenn auch manchmal mit Schwierigkeiten, aufsuchen zu können. War ich nun deswegen privilegiert? Könnten andere nicht gleiche Abenteuer bestehen oder gar wie ich um die ganze Welt trampen? Und da ich mich mit allen Menschen als Einheit fühle, führte ich diese Reisen denn nicht als Stellvertreter, wenn ich so sagen darf, für uns alle durch? Ist denn nicht ein jeder Stellvertreter für uns alle, der sein Leben als ein, wenn auch kleiner Aspekt der gesamten Menschheit lebt? Dieses Zusammengehörigkeitsgefühl war mir zu einer Selbstverständlichkeit geworden. Wir gehören als Einheit, wenn man es so ausdrücken möchte, zu einer Superseele, und ein jeder ist nur ein Aspekt von ihr. Wer das verstanden hat, wird sich nie über jemand anderen erheben oder sich unter jemanden stellen wollen.

Die Einheimischen nennen diese tönenden Wasserfälle wegen ihres nebelartigen Dunstes „Donnernder Rauch".

Weiter östlich spannt sich über die Schlucht eine mächtige Stahlbrücke, über die bis zur Grenzschließung der Schienen- und Straßenverkehr geleitet wurde. Diese war schon 1905 als Eisenbahnbrücke erbaut und 1930 für den Straßenverkehr erweitert worden. 400 Kilometer weiter im Osten hatte man den Sambesi durch zwei Dämme gestaut, wodurch der 280 Kilometer lange Karibasee entstand. Auf der anderen Seite dieses mächtigen Wasserfalls befindet sich die Stadt Victoria Falls, von wo aus sich ebenfalls Menschen zu den Wunderwasserfällen begeben, sodass man ihnen zuwinken kann. Fast kam es mir so vor, dass dieser Fluss nun eine ähnliche Trennlinie bildete wie die Mauer in Berlin. Wie viele Tausende von Menschen haben Verwandte noch auf der anderen Seite und können sie jetzt nicht mehr besuchen? Sollten auch solche persönlichen Schicksale vorausbestimmt sein? Haben etwa alle politischen Entscheidungen, so grausam sie auch sein mögen, einen höheren Sinn?

Im Hintergrund sieht man die 1905 erbaute Eisenbahnbrücke, die den Sambesifluss überquert.

Zurückgekehrt nach *Livingstone* saßen Marc und ich in einem Restaurant. Doch wo sollten wir diese Nacht verbringen? Er hatte wie ich seinen Schlafsack dabei. Und da ich schon beim Durchschreiten der Stadt ein im Bau befindliches Haus erspäht hatte, schlug ich vor, dass wir dort die Nacht über schlafen könnten. Marc war froh, nicht allein irgendwo nächtigen zu müssen, denn ein Zimmer konnte er sich nicht mehr leisten. Bei Dunkelheit schlichen wir uns in das Gebäude hinein, hoffend, dass uns niemand beobachtet haben könnte. Wir hatten uns gerade in unseren Schlafsäcken zur Ruhe gelegt, als plötzlich Stimmen von Männern ertönten, die sich uns mit Taschenlampen näherten. Es waren Polizisten. Sicherlich hatte uns doch jemand bei dem Betreten des Rohbaus erblickt und der Polizei einen Hinweis gegeben. Wir mussten unsere Sachen zusammenzupacken und wurden mit dem Polizeiwagen zu einem größeren Gebäude gefahren, wo man uns einem wachhabenden Offizier gegenüberstellte. Marc zitterte vor Angst. Denn er hatte einen rhodesischen Pass des den Sambianern verhassten von Weißen dominierten Apartheitsstaates. Und Marc war in hiesigen Augen ein weißer Angehöriger dieses Unrechtsstaates, welcher die Rechte der Schwarzen unterdrückte und sie ausbeutete. Man könnte ihn nun ohne Gerichtsbeschluss hinter Gitter bringen, denn kein Vertreter seines Landes wäre in Sambia vorzufinden, um sich für seine Freilassung einsetzten zu können. Ich wenigstens könnte immer noch jemanden von der deutschen Botschaft in Lusaka bitten, im Falle einer längeren Festnahme sich um mich zu kümmern.

Im scharfen Ton wurden wir nun von jenem höheren Polizeioffizier verhört, nachdem wir ihm unser Pässe vorzuzeigen hatten. Ich verwies auf die Stempel in meinen Pass und sagte, dass ich mir die ganze Welt ansehen möchte und zu Hause auch über die Schönheit dieses wunderbaren Landes berichten werde. Marc habe ich unterwegs getroffen, und wir hätten beschlossen, zusammen nach Botswana zu reisen. Ich lobte weiterhin Sambia und die Freundlichkeit seiner Bewohner, was natürlich der Wahrheit entsprach. Schließlich hielt er uns vor, dass wir gegen die Gesetze verstoßen hätten, müssten doch Ausländer – und er meinte damit die Weißen – entweder bei Bekannten in deren Haus wohnen oder in Hotels oder auf Campingplätzen untergebracht zu sein haben. Nach weiteren Erklärungen ließ er uns in einen Raum führen mit dem Hinweis, dass wir am nächsten Tag das Land zu verlassen hätten, da die Art und Weise, wie wir Sambia durchreisten, nicht gestattet sei. Als wir wieder allein in jenem Raum unsere Schlafsäcke ausbreiteten, merkte ich, wie Marc hörbar aufatmete. Was wäre mit ihm passiert, wenn er ohne meine Begleitung festgenommen worden wäre? Man hätte ihn als Spion für Simbabwe halten und ihn, um Geständnisse herauszupressen, der Folter unterziehen können, wusste er doch von solchen Fällen, die man sich in seinem Land erzählte. Er wollte auf jeden Fall am nächsten Morgen gleich mit dem ersten Bus zur Grenze nach Botswana weiterfahren, während ich mir wieder vornahm, in gewohnter Weise an der Straße zu stehen und meinen Arm den Wagen entgegenzustrecken.

Wie verwundert war ich, als ein Personenwagen anhielt, dessen Fahrer eben jener Polizeioffizier war, der Marc und mich verhört hatte. Er lud mich ein, mitzufahren. Innen saßen seine Frau und ihre beiden Söhne. Sie unternahmen einen Ausflug. Er entschuldigte sich für sein gestriges forsches Verhörverhalten und lud mich samt seiner Familie in ein Restaurant ein, wo ich dann ohne Verhör über meine Reisen berichtete. Ein weiterer Wagen brachte mich zur Grenzstation. Interessant ist vielleicht zu erwähnen, dass sich in der Nähe der so genannte *Caprivi-Zipfel* befindet. Denn als Ende des 19. Jahrhunderts Deutschland Südwestafrika als Kolonie zugesprochen wurde, bestand der amtierende Reichskanzler *Caprivi* darauf, einen Zugang zum Sambesifluss zu bekommen, weshalb die anderen europäischen Großmächte ihm einen 450 Kilometer langen und bis maximal 105 Kilometer breiten Landstreifen gewährten, der nun den Wünschen gemäß die deutsche Kolonie an den Sambesi anschloss. Warum ich das hier einfüge, hat seinen Grund darin, um Ihnen, verehrter Leser, einmal eine Vorstellung davon zu geben, wie man sich am Ende des 19. Jahrhunderts das Territorium Afrikas aufteilte, ohne danach zu fragen, ob man dadurch die Gebiete von Völkerschaften durchtrennte. Die europäischen Großmächte schnitten sich die Größe der Stücke des afrikanischen „Kuchens" nach ihren Interessen zurecht. Die Afrikaner hatten sich zu fügen. Erst späterhin und vor allem seit Beginn der fünfziger Jahre des 20. Jahrhunderts begehrte man gegen die Bevormundung der weißen Herrschaft auf, und zwar nicht nur mit verbalen Mitteln, sondern mit rebellischer Waffengewalt. Dieser Caprivi-Zipfel wurde zu meiner Zeit von den südafrikanischen Truppen als Aufmarschgebiet gegen die angolanischen Soldaten, die Südwestafrika angriffen, benutzt. Denn Südwestafrika, das heutige Namibia, war Mandatsgebiet Südafrikas.

Botswana, dessen Grenze ich am 19. 9.1976 überschritt, war das neunundneunzigste von mir besuchte Ausland. Es ist so groß wie Frankreich und Belgien zusammen und besteht zum größten Teil aus sandigen Wüsten, Steppen und steinigem Boden. 1966 erhielt das ehemalige *Bechuanaland* von Großbritannien die Unabhängigkeit. Es zählt zu den allerärmsten Ländern unserer Erde. Ich hatte Glück, von einem Kleinbus mit Familie mitgenommen zu werden. Sie wollten einen Wildpark in Botswana aufsuchen. Und ich fragte sie, ob sie mich auch dorthin mitnehmen würden. Das Problem bestand nun darin, dass sie im Inneren des Busses keinen Schlafplatz mehr für mich zur Verfügung hatten. Dann, so meinte ich, könne ich doch auf dem Dach schlafen. Damit gaben sie sich zufrieden. Mitten im Wildpark rasteten wir. Es wurde, was diese Familie schon in Erfahrung gebracht hatte, darauf hingewiesen, dass man nicht in Zelten schlafen sollte, da es doch schon vorgekommen sei, dass Löwen eingedrungen waren. Also breitete ich meinen Schlafsack auf dem Dach aus. Wie herrlich war es doch, unter dem freien Himmel schlafen zu können. Doch auf einmal bekam ich einen Schreck. Ich hörte ganz in meiner Nähe das Brüllen eines Löwen. Dann vernahm ich noch aus anderen Richtungen ein gleiches, manchmal sich wiederholendes Brüllen. Da ich mich nur über Tag in der Serengeti aufgehalten hatte, waren mir diese Laute des Königs der Wildnis noch unbekannt geblieben. Wenn man diese vor allem unvermutet das erste Mal zu hören bekommt, durchfährt es einen durch Mark und Bein. Löwen sind sehr neugierig und wollen wissen, wer sich da in ihr Revier hineinbegeben hat. Was nun, wenn ein Löwe auf die Motorhaube und von dort auf das Dach zu mir heraufgesprungen käme? Auch sollte es hier noch Leoparden geben, für die es noch leichter wäre, heraufzuspringen und mich als ihnen präsentiertes Frischfutter zu verspeisen. Somit konnte ich noch lange nicht schlafen und hoffte, dass mittlerweile die Löwen sich schon wo-anders sattgefressen haben konnten, um nicht noch Hunger auf mich zu haben. Doch irgendwann musste ich eingeschlafen sein.

In der kleinen Stadt *Francistown* fand ich heraus, dass ich gar kein Visum für Rhodesien benötigte, gehörte ich doch zu den Weißen, die dort herzlich willkommen waren. In dieser Stadt verweilte ich zwei Tage. In meinem Oktavheft notierte ich mir weiterhin viele Gedanken zum Molar-Roman, von dem ich wusste, dass er sehr umfangreich werden würde. Darin lese ich: *Dichter müssen aus der Vergangenheit die Zukunft „erraten" und diese veranschaulichen. Das Leben ist stets nur Mittel zum Zweck. Der Zweck ist das Näherkommen zu Gott.*

7.   In der Spiritistenkirche des Apartheitsstaates Rhodesien

Als ich am 25. September 1976 nach *Simbabwe* kam, sollte es noch etwas über drei Jahre lang *Rhodesien* heißen. 1965 erhielt es von den Engländern seine Selbständigkeit, wurde aber bis 1980 von der Min-derheit der Weißen regiert. In dieser Zeit war sehr darauf geachtet worden, dass sich die Weißen weiterhin von den Schwarzen abzuson-dern hatten, dass es also Kinos nur für Schwarze oder solche nur für Weiße gab. Das Gleiche galt für alle öffentlichen Institutionen wie Parkanlagen, Schwimmbäder und auch Kirchen. Diese Trennung von Schwarz und Weiß führte den Namen Apartheit (von Englisch *apart* = getrennt).

Simbabwes territoriale Ausdehnung entspricht der von Polen und Österreich zusammen. Man nimmt an, dass die Bantu-Neger, die in-zwischen die meisten Länder Afrikas bevölkern, zwischen dem 5. bis 10. Jahrtausend von südlich der Sahara, allmählich durch Afrika zie-hend, auch nach Rhodesien gekommen waren und die dort lebenden Völker in die unfruchtbaren Gegenden vertrieben hatten, die heute noch in der Kalahari-Wüste und auf anderen kargen Flächen leben. Um 1550 wurde der damalige Großkönig von einem portugiesischen Jesuitenpater zum Christentum bekehrt. Schon wenig später drangen portugiesische Soldaten in das Land, um nach Gold zu suchen, besagte doch die Legende, dass hier das antike Punt zu finden war, aus dem die alten Ägypter ihren Goldreichtum bezogen. Ab Mitte des 19. Jahrhunderts kamen immer mehr Europäer und weiße Afrikaner, die sich schon seit einigen Generationen in Südafrika niedergelassen hatten, aus dem Süden, um hier zu jagen, Handel zu treiben und vor allem auch nach Bodenschätzen wie Gold, Silber und Edelsteinen zu forschen. Ihnen schlossen sich auch Missionare an. 1889 gründete *Cecil Rhodes* die *Südafrika Kompanie*, um das Land durch Farmwirtschaft, Bergbau und Schienenwege zu erschließen. Trotz Gegenwehr afrikanischer Stämme hatten sich zum Ende des Jahrhunderts schon etwa 20.000 weiße Siedler dort niedergelassen und großangelegte Farmen gegründet unter Ausnutzung der billigen ortsansässigen Arbeitskräfte. Die Bahn war schon 1896 bis Bulawayo gebaut worden. Das damalige Südrhodesien entwickelte sich buchstäblich zu einem Eldorado, da man hier vor allem auch beträchtliche Mengen an Gold fand.

Zur Zeit meines Besuches wurde Rhodesien von Premierminister *Ian Smith* geleitet, der sich mit aller Macht gegen die schwarze Mehrheit zu behaupten versuchte, da immer mehr von den aus Mosambik, Angola und Sambia operierenden schwarzen Oppositionsparteien Druck auf das Apartheitsregime ausgeübt wurde. Immer häufiger kamen bewaffnete Einheiten über die Grenzen und hetzten ihre Parteianhänger zum öffentlichen Widerstand gegen die Weißen auf, wobei sie Anschläge und sogar Morde verübten. Einen ihrer Anführer, der 1924 geborene Lehrer *Robert Gabriel Mugabe*, hatte man nach elfjähriger Haftverbüßung wieder der Freiheit übergeben. Während dieser Haftzeit musste er auch Folter und andere Demütigungen erlebt haben, woher sicherlich sein unbändiger Hass auf Weiße zu erklären ist. Mugabe wurde 1980 zum ersten Präsidenten seines nun von Schwarzen regierten Landes. Von da an verließen immer mehr Weiße das Land und ließen ihre ertragreichen Farmen zurück, die ihnen ohne Gegenleistung konfisziert worden waren. Schließlich enteignete der Präsident auch die Besitzungen der letzten noch Zurückgebliebenen und verteilte ihre Häuser und Felder an die Landbevölkerung, die jedoch auf diesen Böden nur ein Weniges des vorhergehenden Ernteertrages erwirtschafteten. Denn Mugabe hatte sich kommunistischen

Leitzielen nach dem Vorbild anderer von der UDSSR unterstützten afrikanischen Länder verschworen. Es gelang ihm bald, nach kommunistischem Muster eine Einheitspartei zu gründen. Auch heute noch im Jahre 2008 regiert er als Diktator und führte sein in einer rasanten Inflation sich befindendes Land zu einem wirtschaftlichen Bankrott, sodass die Menschen dort kaum noch Arbeit finden und neben AIDS und anderen Krankheiten der Hunger die Bevölkerung dezimiert. Die Rate der Arbeitslosen übersteigt schon die 80 Prozentmarke. Über drei Millionen schlüpften heimlich über die Grenze nach Südafrika in der Hoffnung, dort Arbeit zu finden.

Von der Grenze aus nahm mich ein Engländer mit, der sich mir als *John Fox* vorstellte. Von ihm erfuhr ich nun vieles über die augenblicklich sich düster zusammenbrauenden Zustände des Landes. Überseeländer verhängten Sanktionen gegen Rhodesien, um Druck auf das Apartheitsregime auszuüben, doch endlich eine Regierung zuzulassen, die sich auf das Mehrheitswahlrecht stützt. Aus diesem Grund sah John nun „schwarz" für die Zukunft seines Landes. Ich hätte mit ihm noch bis zur Hauptstadt Salisbury, dem nachmaligen Harare, mitfahren können, doch als wir die große Stadt *Bulawayo* durchfuhren, bat ich ihn, mich hier abzusetzen. Ich wollte mir doch diesen Ort erst einmal näher betrachten. Er gab mir seine Adresse in Umtali, den er als den schönsten Ort Rhodesiens bezeichnete, und lud mich ein, bei einem Besuch dieser Stadt gerne der Gast seiner Familie zu sein.

Als ich die ersten Schritte durch die Geschäftsstraße ging, traute ich meinen Augen nicht. Denn ich glaubte, gar nicht mehr in Afrika zu sein, sah es doch hier eher wie in den USA, Kanada oder Australien aus. Üppige Kaufläden reihten sich aneinander mit Waren, die ich im übrigen Afrika noch nie zu sehen bekommen hatte. Und als ich gar einen Supermarkt betrat, war ich ganz perplex. Da gab es neben unzähligen anderen Esswahren und Zutaten zum Beispiel über 20 verschiedene Marmeladensorten. Ich war immer froh, wenn ich irgendwo in Afrika ein einziges Marmeladenglas kaufen konnte. Ich musste mir dort vorgekommen sein, wie späterhin nach der Maueröffnung 1989 ein DDR-Bürger, der zum ersten Mal einen westdeutschen Supermarkt betrat und all die Sachen vorfand, von denen er noch nicht einmal hätte träumen können.

Schließlich fragte ich jemanden, wo es eine Jugendherberge gäbe. Er deutete in eine Richtung und sagte, ich solle dann in einer bestimmten Straße rechts einbiegen und nochmals nachfragen. Also ging ich in die mir angedeutete Richtung und kam an einer Buchhandlung vorbei. Ich blieb stehen und musterte die Buchauslage. Ich entdeckte dort sogar ein Buch über ein spirituelles Thema. Ich betrat den Laden und ließ meine Blicke durch die Regale schweifen. Doch dann entdeckte ich zwei Regale mit Büchern zum Ausleihen. Und als ich mir diese genauer ansah, war ich auf einmal hoch erfreut. Denn dort stand genau das Buch, das ich mir zu lesen schon lange gewünscht hatte, da ich es in den Anzeigen anderer spiritueller Bücher entdeckt und mir den Titel nebst anderen Büchern in eines meiner Oktavhefte notiert hatte. Es war das Buch von einem Herrn *Phillip Ian Phillips* mit dem Titel *„Is Death the End"* (Ist der Tod das Ende). Ich wählte außer jenem noch ein Buch über Hypnose und ein anderes über Jenseitskontakte aus, und gegen eine Leih- und Hinterlegungsgebühr konnte ich alle drei nun mitnehmen. Ja, ich wollte das Wochenende auf jeden Fall hier in der Jugendherberge zubringen und diese drei Bücher durchlesen. Ich fragte den Ladenbesitzer, wo denn genau diese Jugendherberge sei. Er erwiderte, dass es in der Stadt keine derartige gebe, wohl aber ein Jugendheim, dessen Örtlichkeit er mir nun in einer ganz anderen Richtung beschrieb. War jener Mann, der mich zuvor den Weg zu einer angeblichen Jugendherberge wies, in seiner Aussage von unsichtbarer Seite her beeinflusst worden, damit ich an dieser Buchhandlung vorbeikommen und diese nun mitgeführten Bücher lesen sollte? Noch war ich mir im Zweifel über diese Möglichkeiten und würde wohl alles eher noch dem Zufall zugeschrieben haben. Ich hatte noch viel über das Einwirken der uns unsichtbar Begleitenden zu lernen.

In dem Jugendgästeheim konnte ich für wenig Geld ein Mehrbettzimmer mit anderen Jugendlichen beziehen. Und alsbald stürzte ich mich auf das Buch von Herrn *Phillips*. Der Autor war ein hoher Beamter im Wirtschaftsministerium in London gewesen. Mit seiner Frau besuchte er spiritistische Zirkel. Ihnen beiden wurde von jenseitigen Freunden mitgeteilt, dass er einmal ein Buch schreiben würde, um das Wissen über ein Leben nach dem Tod verbreiten zu helfen. Auch meldete sich eine jenseitige Frau, die nun vorgab, mit diesem Ehepaar ein ewiges Dreieck zu bilden, da immer zwei von ihnen inkarniert seien, während die dritte Person jeweils im Jenseits bliebe, um die beiden auf Erden Befindlichen durch Rat zu begleiten und sie vor Gefahren zu schützen. Das nun Interessante an diesem Buch, das wie kaum ein zweites die Existenz eines Jenseits und die Kontaktmöglichkeiten dahin nachwies, war, dass Herr und Frau Philipps nun zu den verschiedensten Medien auch außerhalb Englands, sei es nach Kanada, nach Australien und Südafrika, reisten, um dort den Kontakt „nach drüben" herstellen zu lassen. Und immer wieder kam jene jenseitige dritte Person dieses Triangels durch, mit der sie sich weiterhin unterhielten. Wie gerne würde ich diesen Herrn wohl selbst aufgesucht haben, aber er lebte sicherlich irgendwo in England. Ist doch ein persönlicher Bericht unter vier Augen überzeugender als ein solcher in einem Buch.

Ich unternahm einen Spaziergang und stellte fest, dass sich um die Ecke, wo ich wohnte, eine Kirche der Spiritisten befand, die den Namen des mir schon aus Büchern bekanntesten englischen Heilers führte und sich „*Harry Edwards Spiritual Church*" nannte. Ich hatte gelesen, dass in solchen Kirchen oft Medien Durchgaben aus der jenseitigen Welt weitergaben. Heute war Samstag. Morgen würde sicherlich ein Gottesdienst abgehalten werden. Leider standen keine Öffnungszeiten an einer Mitteilungstafel. Doch sicherlich, so dachte ich, wird morgen um zehn oder elf ein Gottesdienst stattfinden. In Vorfreude auf den nächsten Tag vertiefte ich mich alsbald wieder in mein Buch.

Ich fand mich am folgenden Tag sowohl um zehn Uhr als auch um elf Uhr vor dieser Kirche ein, doch die Flügeltür blieb verschlossen. Wie schade! Vielleicht war sie vorübergehend oder sogar ganz geschlossen. Also las ich wieder in meinen Büchern. Um sieben Uhr abends gab es in dem Jugendheim Abendbrot. Um Viertel vor Sieben unternahm ich noch einen kleinen Spaziergang um das Karree herum – und siehe da, die Kirchentüren der Spiritistenkirche standen weit offen, und Leute strömten durch sie hinein. Natürlich dachte ich nicht mehr an das Abendessen. Als ich nun in den Kirchenraum eintrat, bemerkte ich, dass sich hinten in den letzten Reihen sogar Schwarze niedergelassen hatten. Aber das war doch strengstens verboten? Durchbrachen die Spiritisten diese Verordnungen? Hoffentlich müsste diese

Kirche nicht deshalb bald geschlossen werden. Ich setzte mich in die erste Reihe, um alles ganz genau mitverfolgen zu können.

Zuerst, wie ich es aus den Gottesdiensten während meiner frühen Schülerzeit kannte, wurde ein Lied gesungen. Als Nächstes trat ein Gemeindesprecher an das Pult, sprach mit allen ein Gebet und wies dann auf die Ereignisse hin, die in der kommenden Woche in der Kirchengemeinde stattfinden sollten. Danach kündigte er das Auftreten zweier Medien für den heutigen Gottesdienst an, wovon jetzt eines von diesen hervortrat und den Redner am Pult ablöste. Es war ein älterer Mann, der alsbald seine Augen schloss. Allmählich geriet sein Kopf in Zuckungen, denn wie man alsbald erkennen konnte, ging offenbar ein Jenseitiger in ihn hinein, um zur Gemeinde zu sprechen. Nachdem dieser Geist die Anwesenden begrüßt hatte, hielt er einen Vortrag über den eigentlichen Grund unseres Hierseins auf Erden. Es war eine so eindringliche Rede, wie ich sie nie vorher von einer Kanzel vernommen hatte. Ich war von dem Inhalt tief ergriffen, verdeutlichte er doch, dass alles auf Erden einem tieferen Sinn zugrunde liegt. Wir werden in das Was hineingeboren, das Wie jedoch bleibt uns als zu bewältigende Aufgabe anheim gestellt. Und die Lösungsaufgabe heißt immer LIEBE.

Nachdem wieder gemeinschaftlich gesungen wurde, trat nun eine Mittfünfzigerin auf das Podium und stellte sich als *Lorraine McLeod* (ausgesprochen Mäcklaud) vor. Sie war ein hellsichtiges Medium und konnte Verbindungen zu Verstorbenen herstellen, indem diese telepathisch zu ihr sprachen oder sich ihr auch zeigten. Sie sagte zum Beispiel, sie höre den Namen X. „Ist jemand mit diesem Namen anwesend?" Zwei Hände streckten sich empor. „Hat jemand von Ihnen beiden eine verstorbene Mutter mit dem Namen Freda?" Jetzt senkte sich einer der beiden Arme, und die andere nun geredete Person bestätigte, dass sie X heiße und ihre Mutter Freda sei. Lorraine gab ihr nun die Botschaft weiter, welche die Jenseitige ihr zuraunte. Es war ein Hinweis, dass X sich keinerlei Sorgen um ihre Schwester machen solle, die im Krankenhaus liege. Sie würde bald entlassen. Nachdem noch einige Hinweise für jene Frau gegeben worden waren, deutete Lorraine auf eine Frau und deren erwachsene Tochter. „Ich sehe einen Mann hinter Ihnen beiden. Er hält seine Hände auf ihre Schultern. Er sagt, er sei Ihr Mann? Ist ihr Mann" – und sie redete die ältere Frau dabei an – „in spirit (im Jenseits)?" Jene bestätigt es. „Heißt er James?" Und jene ließ unter Aufschluchzen ein „Ja!" vernehmen. Nun übermittelte das Medium, was dieser ihr und ihrer beider Tochter zu sagen hatte. Dabei entdeckte ich, dass so manches Auge der Anwesenden nass wurde. Und noch einigen anderen übermittelte Lorraine Botschaften der Jenseitigen. Ich hatte von solchen spirituellen Mitteilungen unter anderem in dem Buch von Herrn Phillips gelesen. Aber diese Jenseitsvermittlungen nun einmal unmittelbar mitzuerleben, war eine beeindruckende Steigerung des Gelesenen. Ich hoffte, dass ich nun auch eine Botschaft erhalten möge. Aber dem war nicht so. Die Jenseitigen werden wohl am besten wissen, wem sie etwas übermitteln wollen. Auf jeden Fall, so nahm ich mir vor, wollte ich versuchen, dieses Medium noch privat zu sprechen.

Nachdem wieder ein Choral gesungen worden war, trat wiederum der erste Redner hervor und sagte, dass, wer auch immer möchte, hinter der Bühne zu einer Tasse Tee und Biskuits eingeladen sei. Unter den Orgelklängen erhoben wir uns, und die meisten strebten dem Ausgang zu, aber etwa ein Drittel der Versammelten stieg auf den Treppen seitlich der Bühne nach oben. Ihnen schloss ich mich an. Hier hinter der Bühne waren Tische aufgestellt mit Keksen und Teekannen, sodass man sich selbst bedienen konnte. Einige Leute hatten sich um die beiden Medien gruppiert, um sich Termine für eine mediale Einzelberatung geben zu lassen. Auch ich stellte mich nun schließlich Lorraine vor und fragte, ob sie bei mir etwas gesehen hätte. Und sie entgegnete, dass sie, der ich in der ersten Reihe saß, ein dickes Buch auf meinen Knien aufgeschlagen sah. Ich wusste sofort, dass es sich nur um meinen im Kopf entstehenden Roman handeln konnte. Doch nachdem sie mich nach meinem Woher und Wohin erkundigte hatte und ich ihr sagte, dass ich gerne mehr über den Spiritismus und die Kommunikation mit Geistwesen erfahren möchte, entgegnete sie, dass sie am nächsten Abend einen bereits begonnenen Kurs zur Entwicklung medialer Fähigkeiten zu Hause gebe, der sich über einige Wochen erstrecke. Ich sagte ihr, wie gern ich daran teilgenommen hätte, doch sei ich nur auf der Durchreise. Sie lud mich spontan als Gast für den morgigen Abend ein. Und da sie mehr über meine Reisen erfahren wollte, unterbreitete sie mir anschließend den Vorschlag, einige Tage bei ihr zu wohnen, falls ich bereit sei, mit einer kleinen Kammer in ihrer Wohnung Vorlieb zu nehmen.

Das waren ja großartige Überraschungen. Selbstverständlich sagte ich zu. Und wir verabredeten, dass ich am nächsten Morgen zu ihr ziehen würde.

Bevor ich anderen Tags meine Sachen zusammenpackte und zu Lorraine aufbrach, schrieb ich an meinen Berliner Freund diesen Brief:

Bulawayo, den 26.September 1976

„Lieber Jochen!

Als ich vor zwei Tagen nach Rhodesien, meinem 100. Ausland, trampte, kam ich noch gerade zurecht, um Ian Smith's Rede über die Beilegung des Rhodesienkonflikts im Fernsehen zu verfolgen. Die politischen Spannungen scheinen sich allmählich zu lockern. Rhodesien ist ein Wohlstandsland, und ich glaubte gar beim ersten Anblick, in Amerika zu sein. Mir kommt es nun so vor, als ob ich siebzehn Monate durch das Meer „Afrika" bei hohem Wellengang geschwommen bin und endlich das andere Ufer erreicht habe.

Auf Umwegen wirst Du auch in Zukunft von mir zur Aufbewahrung Bücher, meist spiritistischer Art, zugeschickt bekommen, in denen ich jene Kapitel, die für Dich interessant erscheinen dürften, markiert habe. Ebenso, wie ich ein Missionar der Klassischen Musik und der hohen Dichtung bin, habe ich mir jetzt auch noch vorgenommen, mir angenehme Mitmenschen von dem Leben nach dem Tode zu überzeugen, indem ich ihnen mir geeignet erscheinende Bücher zuschicke mit der Bitte, sie weiterzuleiten an andere Adressaten, als deren letzter Du angeführt bist. ... Während meiner Afrika-Durchschwimmung hat sich mein weiteres Leben mit seinen Vorhaben gefestigt. Da meine Berufung die des Schriftstellers ist, dürfen andere Berufe nur kurzweilig und nur Mittel zu ersterem sein, um diesen zu ermöglichen. Ich werde, einmal nach Europa zurückgekommen, wohl jedes Jahr eine Saison als Kellner fungieren müssen, wonach mir noch zwei Drittel des Jahres für meine

Schreibpflichten verbleiben, von denen ich gerne die eine Hälfte in Deutschland (in der Nähe zu notwendigen Bibliotheken!), die andere vielleicht (Winter!) in Griechenland (Kreta) verbringen möchte. Vor allem werde ich bei meiner Rückkehr 1980 versuchen, ein Darlehen aufzunehmen, um mit diesem mir eine Bleibe zu schaffen, wo ich endlich meine Bücher und Sonstiges geordnet unterbringen kann, da jenes auf fremden Speichern und feuchten Kellern vergilbt und verfault.

Ich lese jetzt in einer umfangreichen Nietzsche-Anthologie, und mir scheint, dass der Röckener die Perspektive eines Jenseitigen, also eines Geistes, einnimmt, der damit jenseits von Gut und Böse steht. Nietzsche muss auf jeden Fall an Reinkarnationen geglaubt haben, wenn er (an seinen Freund) schreibt: „Meine Lehre sagt, so zu leben, dass Du wünschen musst, wieder zu leben. – Du wirst es jedenfalls." Nietzsche predigt zwar die ewige Wiederkehr des Gleichen. Wie er aber über menschliche Inkarnation gedacht hat, darüber möchte ich bei Dir, als Fachmanne ersten Ranges, Bescheid einholen. Ich freue mich auf das in Kapstadt wohl schon auf mich wartende Paket, beladen mit Krause und Wagner. Übrigens, falls mein Führerschein nicht dieser Sendung beigelegt sein sollte, bitte ich Dich, diesen mir zuzuschicken. In 4-6 Wochen hoffe ich am Tafelberg zu sein.

Herzliche Grüße auch an die mir Wohlgesonnenen Dein Trutz"

8.   Meine erste Teilnahme an Séancen

Lorraine empfing mich sehr herzlich. Sie hatte in einem kleineren Zimmer schon alles für mich vorbereitet, sodass ich dort den Inhalt meines Rucksacks auspackte und meine Bücher auf dem Tisch aufstellte. Und nun musste ich ihr ausführlich über meine Weltreisen erzählen. Ich meinerseits wollte alles über sie und ihre Verbindungen zum Jenseits wissen. Sie war mit verschiedenen Jenseitigen in Kontakt, die sich ihr für bestimmte Aufgaben zur Verfügung stellten. Ihre persönlichen Geistführer waren zum einen ein *Horatio* und ein Herr

William Wilberforce, jener Politiker, der sich anfangs des 19. Jahrhunderts für die Befreiung der Sklaven einsetzte. Dieser stand ihr nun als spiritueller Lehrer zur Verfügung. Auf ihren Reisen wurde sie von den Geistwesen *Natalia* und *Isolde* begleitet, die sich um ihr Wohlbefinden kümmerten. Ihr „doorkeeper" (Türwächter) hieß *Walter*. Er war derjenige, der bei Séancen und vor allem auch bei den medialen Durchsagen, wie sie diese in der Kirche demonstriert hatte, entschied, wer von den Verstorbenen nun als erster oder nächster an die Reihe für eine Mitteilung kam. Ein sich als *Theodorus* bezeichnender Jenseitiger war ein „rescue helper" (Helfer bei Befreiungsarbeit), während ein Meister sich *Dee On* nannte und neben Wilberforce bei Séancen Vorträge hielt oder auf Fragen der „sitters" (Beisitzenden) antwortete.

Am Abend kamen sechs Schüler von Lorraine zu jenem „development course" (Entwicklungskurs), um weiterhin an der Entwicklung ihrer medialen Fähigkeiten zu arbeiten. Nach einem gemeinsamen Gebet wurde sich unterhalten, ob man in der Zwischenzeit zu Hause schon oder wiederholt Kontakt mit der „anderen Seite" aufgenommen hatte. Dann schlossen alle die Augen, und Lorraine bat die Geistwesen, sich wieder einzustellen und den Anwesenden bei ihrer zur entwickelnden Medialität zu helfen. Das Medium konnte erkennen, wer von den ihnen Helfenden gerade anwesend war. Sie sollten innerlich bei weiterhin geschlossenen Augen hören, was der ein oder andere der Unsichtbaren ihnen vermittelte und dann über das telepathisch Vernommene berichten. Ich selbst, der ich alles mitmachte, aber oft die Augen öffnete, um die Teilnehmer zu beobachten, oder auch, um einen der Unsichtbaren in seinen Umrissen oder als Licht möglicherweise zu erkennen, spürte nur ein Streicheln über eine meiner Wangen, vernahm aber keine mir zuraunende Stimme. Einer der Anwesenden jedoch konnte einen Jenseitigen durch sich zu Wort kommen lassen, der eine an alle gerichtete Botschaft verlauten ließ. Für mich, den Neuling, war alles sehr spannend.

In den folgenden Tagen, wenn meine Gastgeberin für jemanden eine Einzelsitzung abhielt, durfte ich bei der betreffenden Person, so diese es gestattete, dabei sein, oder ich begleitete Lorraine, wenn sie zu kranken Leuten gebeten wurde, um dort für diese eine Jenseitskommunikation herzustellen. Eines Tages sagte sie zu mir, dass sie einen Mann bei mir stehen sehe. Er sei, wie er ihr mitteilte, Arzt und hätte die Aufgabe, sich auf meinen Reisen um mein körperliches Wohl zu kümmern. Und als ich nach dessen Namen fragte, sagte sie mir, dass sie diesen der schwierigen Aussprache wegen nicht auszusprechen vermöge, doch sie bat ihn, diesen mir zu buchstabieren. Und aus den genannten Buchstaben ergab sich der Namen *Dr. Gebhardt.*

Lorraine gehörte einer Vereinigung an, die sich der *Lalasal-Kreis* nannte. Ein Medium aus Südafrika namens *Cyril Wild* hatte von einem tibetischen Mönch namens Lalasal über die Jahre Botschaften erhalten, von denen er eine Auswahl in zwei Büchern mit dem Titel „No *Matter"* und „*More Matter"* zusammenstellte. Diese gab sie mir zum Lesen. Und einige Sätze daraus schrieb ich in eines meiner Oktavhefte hinein: *Die ganze Wahrheit wird von niemandem gefunden werden. Selbst in den geistigen Ebenen, in denen es reichlich Gelegenheiten gibt, mehr über die tieferen Wahrheiten zu lernen, selbst da wird man nie die ganze Wahrheit erfahren können. Wenn Gott zu dir spricht, dann nur erhältst du vollkommene Wahrheit. Aber wenn dein Geistführer zu dir spricht, kann er dir nur jene Wahrheit vermitteln, die er als solche wahrnimmt. Die ganze Wahrheit können wir erst dann erfahren, wenn wir mit Gott eins geworden sind. ... Wenn ein inkarnierter Geist sein Ego gänzlich unter Kontrolle hat und sein Selbst vergessen kann, dann befindet er sich zum letzten Mal als Mensch auf Erden. ... Wenn das Leben überhaupt einen Sinn hat, dann ist es der, zu lernen. Und man kann nicht alle Lektionen in einem einzigen Leben erlernen. ... Eine der größten Energiequellen kann für einen darin gefunden werden, wenn man sich bewusst geworden ist, dass man nie allein sein kann. Denn wir können nie allein sein, da wir in uns den Göttlichen Funken haben. ... Einen „vollkommenen" Menschen wird man nicht auf Erden finden. Man soll auf Erden danach streben, seine Mängel zu verringern, denn man wird so lange nicht das Ende der Reise erreichen, bis man sich von allen Mängeln befreit hat. Gott hatte bei der Erschaffung des Menschen ihm den Trieb eingeben, nach seiner Vollendung zu streben. Dieser Trieb ist in manchen noch verborgen, in anderen ist er im Begriff aufzuwachen, und in einigen ist dieser Trieb sehr lebendig. Alle Menschen gehen durch diese Phasen.*

Ich könnte Ihnen, liebe Leser, noch viele dergleichen wunderbare Sätze aus diesen beiden oder anderen Büchern wiedergeben, die von Jenseitigen einigen Medien durchgegeben worden waren. Aber ich werde mich nur auf wenige Auszüge beschränken. Und in mir tauchte ein Bedauern auf, dass wir diese Bücher nicht in Deutschland zur Verfügung haben, gibt es doch auf Englisch viel mehr Bücher über Botschaften aus dem Jenseits als bei uns. Noch wusste ich damals nicht, dass ich in einigen Jahren das erste Buch von *Cyril Wild* übersetzen und im mitbegründeten Silberschnur Verlag als dessen erste Verlagserscheinung veröffentlichen würde unter dem Titel *„Ein tibetanischer Mönch spricht aus dem Jenseits"*.

In Nairobi hatte ich in einer Buchhandlung das Buch von *Joan Grant* mit dem Titel *„Many Lifetimes"* entdeckt. Hierin beschreibt die Autorin, wie ihr Mann, ein Psychiater, sie in frühere Leben zurückführte. Ich fragte Lorraine, ob sie bereit sei für ein Experiment, eines ihrer früheren Leben wieder zu erleben. Ich weiß leider nicht mehr, welches Leben wir aufdeckten. Auf jeden Fall war es für sie und für mich, der ich zum ersten Mal solch eine Rückführung durchführte, ein großes Erlebnis. Damals hätte ich mir nie vorstellen können, dass ich einmal Tausende von Menschen ihre früheren Leben in Gruppen- oder Einzelrückführungen und vor allem in Reinkarnationstherapien erfahren lassen würde.

Am letzten Mittwoch eines Monats gab das Tieftrancemedium *Claude Oats* bei sich im Haus eine Séance, zu der nur feste Mitglieder zugelassen wurden. Doch Lorraine rief ihn an und bat ihn, ob ausnahmsweise ein Gast aus Deutschland dabei sein dürfe. Er wolle, so erwiderte er, erst seine Geister um mögliche Erlaubnis fragen. Und wenig später rief er zurück und sagte, dass ich gerne willkommen sei. Lorraine erklärte mir, dass es sich bei dieser Séance um Befreiung von Seelen handele, die nach ihrem irdischen Tod nicht den Weg ins Jenseits gefunden hatten.

Claude war ein kleiner, aber muskulöser Mann. Er und seine Frau begrüßten uns und wiesen uns die Plätze zu. Er nahm auf einem erhöhten Stuhl mit Armlehnen Platz, während sich die drei Medien, bestehend aus seiner Frau, Lorraine und einer Janine, sich direkt vor ihm auf ihrem Stuhl niederließen. Die etwa zehn übrigen Zirkelmitglieder hatten in der Reihe dahinter und an den Seiten Platz gefunden. Diese, wie mir erklärt wurde, waren ebenfalls für die Séance wichtig, um die Energie im Raum aufzuladen, welche man für ein gelungenes Vorgehen benötigte. Nachdem das Licht abgedunkelt worden war und man ein Gebet gesprochen hatte, fiel Claude in tiefe Trance. Wir schauten auf ihn. Plötzlich mit einem Ruck setzte er sich ganz gerade hin und seine Schultern schienen sich zu vergrößern. Dann sprach eine tiefe Stimme im freundlichsten Ton. Es war sein Geistführer namens *Padre*, der sich meldete, uns alle begrüßte und sagte, dass er mit seinen Helfern heute Abend mehrere Verstorbene herbeibringen möchte, die den Weg ins Jenseits noch nicht gefunden hätten und als erdgebundene Geister herumirrten. Plötzlich befand sich Lorraine in Trance, und ein Junge sprach in einer noch kindlich wirkenden Stimme durch sie und fragte, ob wir seinen Hund Skippy gesehen hätten. Auf das Befragen von Claude's Frau hin sagte er, dass er zehn Jahre alt sei und *Gordon* heiße. Er befasste dauernd sein (ihr) Knie. Weiterhin konnte er berichten, dass er seinen Hund suche. Doch dann sei er auf einmal einen Abhang hinuntergefallen und wisse seitdem nicht mehr, was geschehen sei. Die Zeit war also mit seinem plötzlichen Tod einfach für ihn stehen geblieben. Und dann meldete sich wieder der Padre durch Claude und sagte: „Gordon, hier ist dein Skippy!" Und auf einmal durch die Stimme von Lorraine rief er aus: „Skippy, mein Skippy! Wo warst du denn die ganze Zeit? Ich habe dich überall gesucht." Und Claudes Frau sprach nun zu ihm und sagte: „Du kannst jetzt mit ihm gehen. Er wird dich nach Hause begleiten, wo es viel schöner als auf der Erde ist." Padre bedankte sich bei Lorraine, die wieder aus dem Trancezustand zu sich gekommen war, für ihr Mitwirken und verkündete, dass der Junge sich nun in der „spirit world" (Geisterwelt) befinde.

Doch plötzlich erhob sich Claude mit veränderten Gesichtszügen, womit zu erkennen war, dass ein anderer Verstorbener von ihm Besitz genommen hatte. Janine fragte ihn, wer er sei. Dieser Erdgebundene nannte aber keinen Namen. Es wurden nun jenseitige Helfer herbeigebeten, die ihn ins Jenseits führten. Als sich das Tieftrancemedium gesetzt hatte, sprach wieder eine andere Stimme durch ihn, die sich mit Namen nannte und sagte, dass sie Claude, Janine, Lorraine und Claudes Frau danken möchte, dass sie ihr vor einem Jahr geholfen hätten, sich von ihrer Erdgebundenheit zu befreien. Die drei Frauen schienen sich dieser Person zu erinnern. Anschließend wurden noch zwei oder drei Seelen, die Padre in diese Sitzung geführt hatte, mit Hilfe der irdischen und jenseitigen Helfer befreit. Als noch ein anderer Geist mit Namen *Doc* durch Claude gesprochen und zusammen um Heilung für Kranke gebetet hatte, übernahm zum Schluss Padre wieder das Wort und dankte allen für ihr Erscheinen und die wunderbare Hilfe, die in Gemeinsamkeit bewirkt wurde.

Ich war tief beeindruckt von diesen geisterhaften Vorgängen. Lorraine erzählte mir auf dem Nachhauseweg, dass ihr Team schon Hunderten von Erdgebunden geholfen hatte, den Weg ins Licht zu finden, das heißt, in die jenseitige Welt, die unser aller eigentliche Heimat ist. Auf Erden befinden wir uns nur wie auf einer Reise, wobei wir vergessen haben, woher wir in Wirklichkeit gekommen sind. Erst wenn wir wieder zurückgekehrt sein werden, fällt uns alles wieder ein. Und obwohl ich mich ganz in meinen Gedanken mit den Jenseitigen durch Gespräche mit Lorraine und durch Bücher befasste, kamen mir in jenen Tagen immer wieder Ideen zu meinem Molar-Roman, sodass ich in mein Oktavheft Folgendes eintrug:

Der Künstler muss sich dessen bewusst sein, dass er Instrument ist, dessen Verdienst eigentlich darin besteht, dass er demütig und willig ist, sein Ich hinter dem Wir der mitwirkenden höheren Geister zu stellen. Denn dient er ihnen, dient er der Menschheit und somit auch sich selbst. Künstler, die ihr Schaffen als ganz Eigenstes ausgeben, sind eben keine von höherer Seite beeinflussten Künstler, sondern Imitatoren und Ordner dessen, was ihre Sinne aufnehmen. Hohe Kunst kann nie von Irdischen allein geschaffen werden, es bedarf des göttlichen Einflusses und den der Geister. Später sollte ich lesen, dass *Goethe* sich dahingehend geäußert hatte, dass alle seine Dichtungen ihm eingegeben worden seien, während er nur den Faust II selbst verfasst habe.

Als ich mich schließlich von Lorraine verabschiedete, da ich nach *Salisbury* reisen wollte, um dort mein Visum für Südafrika zu besorgen, gab sie mir die Adresse einer Freundin mit, die dort ebenfalls Medium war. Dort angekommen, standen die herrlichen Jacarandabäume in blauer Blüte. Diese Stadt wurde 1890 gegründet und trug den Namen des damaligen englischen Premierministers Lord Salisbury. Erst 1980 nach der Abdankung der weißen Regierung sollte diese Stadt mit ihren 500.000 Einwohnern den Namen *Harare* annehmen. Nachdem die Eisenbahnstrecke 1899 bis zu der am indischen Ozean befindlichen Stadt *Beira* in Mosambik verlegt worden war, wuchs Salisbury zu einem Handelszentrum heran. Anglikanische, katholische und holländisch reformierte Kirchen dominierten neben Regierungs- und Geschäftsgebäuden das Stadtbild. Innerhalb eines Tages konnte ich am 5.10.1976 mein Südafrika-Visum mit einer Gültigkeit für ein Jahr bei der dortigen Botschaft abholen.

Einen Tag später war ich bei Frau *Stella Todd* zu einer Séance eingeladen, jenem Medium, dessen Adresse ich von Lorraine bekommen hatte. Wieder war der Raum etwas verdunkelt, damit sich eventuelle Konturen von Geistwesen zeigen konnten. Jeder der Anwesenden bekam eine Botschaft, ohne dass Stella sich in einer tiefen Trance befand. Schließlich richteten sich ihre Augen auf mich und sie sagte, dass eine Frau neben mir stehe. Dann fragte sie, ob mir der Name *Helge* etwas sage. Ja, natürlich, so heißt meine Kusine. Ich wusste sofort, dass es sich bei dieser Frau nur um deren Mutter, die Schwester meines Vaters Molar, handeln konnte. Ich fragte nun meine verstorbene *Tante Gretel*, ob sie mich bei der Abfassung meines Romans inspirieren könne, werde sie doch darin unter dem Namen Heidrun eine besondere Rolle einnehmen. Und sie ließ mich durch Stella wissen, dass sie beim Niederschreiben des Romans dabei sein werde. Ich solle diesen mit viel Leidenschaft, wenn auch mit Mäßigung schreiben. Auch solle ich bei meinem Schaffen nicht verzagen, würde doch dieser Roman erst nach meinem Tod gewürdigt werden.

Einer der Teilnehmer erzählte mir später beim Tee, dass er bei dem Ehepaar *Hunt* vor zwei Monaten einer Trompetensitzung beigewohnt habe. Die Geister hätten zwei aus Aluminiumblech gefertigte Schalltrichter, den sogenannten Trompeten, an der Decke kreisen lassen und ihm zu Ehren „Happy Birthday" gesungen. Anschließend, als das Licht wieder angeschaltet war, lag ein Zettel vor seinen Füßen mit einem Geburtstagsgruß, worunter die Initialen H. B., eben diejenigen seiner verstorbenen Frau, zu lesen waren. Was bekam ich alles an Unglaublichem zu hören, was dennoch glaubhaft war! Einige Jahre später wohnte ich in Amerika ebenfalls sogenannten Trompetenséancen bei und erlebte wunderliche Dinge. Wie wohltuend bewies sich dieser von Weißen erfahrene und mit Freude erlebte Jenseitskontakt im Vergleich mit dem angstbereitenden Geisterglauben der Afrikaner. Hier waren Geister der Liebe helfend tätig, dort aber wurden solche oft engagiert, um durch sie persönliche Vorteile zu erhalten oder gar bedrohlich oder zerstörend auf andere einzuwirken. Auf jeden Fall, so nahm ich mir vor, in meinem Roman ebenfalls ein oder zwei spiritistische Sitzungen einzubeziehen, wie es *Thomas Mann* schon in seinem Roman *„Der Zauberberg"* unternommen hatte.

9. Wie ich Fern kennenlernte

Nun stellte ich mich wieder an die Straße, um zu dem 200 Kilometer weiter östlich an der Grenze zu Mosambik gelegenen *Umtali* zu reisen, das mir inzwischen von verschiedener Seite her als der schönste Ort des Landes gepriesen worden war. Und ich, der die zu bewundernden Schönheiten dieser Welt mir aufzusuchen vorgenommen hatte, wollte solche Hinweise nicht unbeachtet lassen. Vor dieser Bergstadt bog der Fahrer nach links ab in Richtung *Inyanga*. Und da, wie er mir sagte, sich dort an dieser Strecke ein Campingplatz befinde, ließ ich mich weiterhin mitnehmen. Inzwischen dunkelte es, und es hatte zu regnen begonnen. Wir kamen an diesem Campingplatz vorbei, auf dem ich zwei Campingwagen entdeckte. Doch bat ich den Fahrer, mich in den nächsten Ort mitzunehmen, wollte ich dort lieber nach einer regennassfreien Unterkunft Ausschau halten. Dort ausgestiegen, entdeckte ich eine Kirche. Unter einem bedachten Seitengang breitete ich meinen Schlafsack aus und war wohl bald eingeschlafen.

Am nächsten Morgen suchte ich ein Café auf und frühstückte. Danach stellte ich mich an die nach Süden führende Straße, die nach

Umtali führte. Ein Pick-up-truck hielt alsbald an. Ich legte meinen Rucksack und Regenschirm auf die Ladefläche und wurde gebeten, vorn mit einzusteigen. Der Fahrer bot mir seine Hand und nannte sich *David*, und seine Begleiterin stelle sich mir ebenfalls mit Handschlag als *Fern* vor. Sie rückte in die Mitte, sodass ich am linken Fenster saß. Und wie so oft wurde ich nach meinem Woher und Wohin gefragt, sodass ich von meinen Reisen erzählte, was sie ganz spannend fanden, hatten sie doch noch nie von solch einem Abenteurer gehört. In gewisser Weise führte ich eines der letzten großen Abenteuer durch, die uns auf Erden noch zur Verfügung standen. Die nächsten großen Abenteuer außer jenen unter Wasser werden wahrscheinlich im Weltraum, also außerhalb unserer Erde erlebt werden. Und als wir an jenem Campingplatz vorbeifuhren, auf dem ich eigentlich letzte Nacht hatte übernachten wollen, standen dort Militärwagen. David fragte mich, ob ich denn noch nicht erfahren hätte, was hier passiert sei. Ich verneinte. Heute, so sagte er mir, sei am frühen Morgen im Radio und Fernsehen durchgegeben worden, dass rhodesische Rebellen, die von der seit 1975 regierenden und dem Kommunismus sich zuwendenden *Frelimo-Partei* Mosambiks mit Waffen versorgt würden, nachts über die Grenze gekommen seien und diesen Campingplatz überfallen und dabei alle, die dort nächtigten, ermordet hätten. Ich war entsetzt. Wie gut, dass es gestern regnete und ich deshalb mich nicht hier unter freiem Himmel neben den Campingwagen gelegt hatte. Eine Kugel hätte mich ebenfalls ins Jenseits geschickt. War es nun Zufall, dass der Himmel es regnen ließ und ich mich im Nachbarort unter ein Kirchenseitendach legte? Oder hatten meine unsichtbaren Freunde die sich anbahnenden schrecklichen Dinge auf diesem Campingplatz vorausgesehen und mich dort nicht übernachten lassen wollen? David erzählte mir, dass sich in letzter Zeit diese Überfälle häuften. Viele Rhodesier seien verunsichert und verließen in Scharen das Land. Ich entgegnete, dass doch ihr Premierminister *Ian Smith* im Fernsehen wiederholt versicherte, dass die Lage sich wieder zum Guten hin stabilisiere. Aber das, so erklärte mir David, verkündigte er doch nur, um die Weißen von panikartiger Landesflucht abzuhalten.

(An diesem Tag, dem 14. Januar 2008, als ich diese Zeilen in *Wilderness* in der Kapprovinz Südafrikas schreibe, treffe ich eine Rhodesierin, die mich auf den letzten Stand der Vorgänge in ihrem Land brachte. Die Supermärkte mit ihren vormals vollen Regalen haben keine Waren mehr anzubieten. Es gibt keine Milch, kein Mehl, keinen Mais, kein Öl. Und die Inflationsrate steigt wie bei der Inflation 1923 in Deutschland. Autos bleiben stehen, da es Benzin nur noch zu horrenden Preisen gibt, denn dieses muss eingeführt worden. Man verfügt kaum noch über Devisen, um es bezahlen zu können. Vor einem Jahr ließ *Mugabe* die Hütten seiner eigenen Leute, die gegen ihn opponiert hatten, mit Bulldozern niederwalzen. In vielen Orten gibt es kein Leitungswasser mehr, und der Strom war jetzt in Bulawayo drei Tage lang ausgestellt. Es herrscht nicht nur unter den wenigen zurückgebliebenen Weißen Panik. Von den einstigen 4.500 von Weißen betriebenen Farmen, werden von ihnen nur noch 200 betreut. Diese Farmer will man auch noch verjagen, denn das einst von Nkrumah, dem 1957 ersten Präsidenten Ghanas, ausgesprochene Schlagwort: „Afrika den Afrikanern!" will der greise Diktator Mugabe noch vor seinem Tod vollendet sehen. Er hatte sich vor der Öffentlichkeit auch nicht gescheut, zu bekennen, ein Bewunderer Hitlers zu sein. Der Wirtschaftsminister Zimbabwes hatte letzte Woche den wenigen weißen Farmern noch gestattet, wenigstens bis zur Ernte im August 2008 bleiben zu dürfen, da man sonst auch des restlichen Ernteertrages noch verlustig gehen würde. Denn den Afrikanern, denen man die Farmen übergibt, verfügen weder über das Wissen noch über die Mittel, die als Voraussetzung für eine ertragreiche Agrarbewirtschaftung gelten. Die Ärzte streiken, da sie im Inflationsgeschehen keine oder nicht genügende Bezahlung erhalten. Es fehlen aufgrund des Devisenmangels Medikamente wie auch Ersatzteile für Maschinen und Autos. Das einst wohlhabendste Land Afrikas wandelte sich seit dem Regierungsantritt Mugabes immer mehr zum ärmsten Land dieses Kontinents. Hunderte von Menschen und vor allem Kinder verhungern täglich, sodass die Sterberate nicht nur der grassierenden AIDS-Plage wegen nach oben schnellt. Wer ausländische Devisen von Freunden aus Südafrika oder aus Übersee zugeschickt bekommt, kann das ein oder andere noch erstehen, ist doch das inländische Geld praktisch wertlos geworden. Der Schwarzmarkt blüht. Es herrscht größtes Chaos, und ein Ende ist noch nicht abzusehen, da Mugabe, der sich mit mehreren Bodygards umgibt, ein starkes Kontrollnetz von Polizei und Militär aufgebaut hat, um seine Macht weiterhin zu behaupten.)

Hinter der Bergstadt Umtali blickt man hinunter auf die ehemalige portugiesische Kolonie Mosambik.

In *Umtali*, dem heutigen *Mutare*, angekommen, brachten David und Fern mich zu dem Haus der Familie Fox, deren Einladung ich nun nachkommen wollte. Die am Berghang gelegene Grenzstadt liegt genau in der Mitte zwischen Salisbury und Beira. Die beide Städte verbindende Eisenbahn geht durch Umtali hindurch, deshalb wuchs dieser Ort mit etwa 50.000 Einwohnern zu einer wichtigen Zwischenstation und zu einem wirtschaftlich erfolgreichen Handelsplatz heran, was sich an der Pracht der Straßen, Gebäude und Parkanlagen abzeichnete. Auch ist die Temperatur durch die Höhenlage hier angenehmer, während das Thermometer im übrigen Land hin und wieder auf über 40 Grad klettern kann. Hier konnte ich viele weiße Militäreinheiten entdecken, musste man sich doch gegen Überfälle der immer wieder über die Grenze einfallenden Rebellen zur Wehr setzen.

John Fox, der mich in seinem Auto vor über zwei Wochen von der rhodesischen Grenze in seinem Wagen nach Bulawayo mitgenommen hatte, war erfreut, mich seiner Frau *Rose* und den zwei Kindern vorstellen zu können. Mir wurde ein großes Zimmer zugewiesen. *Rose* war die Tochter eines jüdischen Ehepaares, dem es noch rechtzeitig geglückt war, Deutschland zu verlassen. Sie hatte von ihren Eltern Deutsch gelernt, sodass wir uns entweder auf Englisch oder auf Deutsch unterhalten konnten. Sie fuhr mit mir und den Kindern auf eine Anhöhe, von wo aus man in die Landschaften Mosambiks hineinschauen konnte. Aus dieser ehemaligen wirtschaftlich blühenden Kolonie Portugals waren schon vor und nach Übernahme der neuen Regierung fast alle Weißen geflohen, sahen sie sich doch als Kapitalisten bedroht, ihre Farmen und Geschäfte zu verlieren. Die Angst ging unter den weißen Rhodesiern um, ob nicht ein Gleiches auch in ihrem Land geschehen würde, was sich dann auch 25 Jahre später ereignen sollte. Roses Bruder war leitender Angestellter einer großen Ölfirma in Kapstadt. Doch ihre Mutter lebte in Bulawayo. Sie, wie Rose mir versicherte, würde sich sicherlich sehr freuen, wenn ich sie besuchen würde, hinge sie doch noch an Deutschland und freue sich immer, wenn sie einem Landsmann begegnen würde.

Mit John besuchte ich eine Pferdefarm. Dort lud er mich zu einem Ritt ein. Ich kam diesem Angebot nur zögernd nach, konnte ich doch gar nicht reiten. Ich hoffte, dass wir nur gemütlich einher traben würden. Doch als er einen Weg bergab einschlug, trieb er sein Pferd zu einem schnellen Galopp an. Und mein Pferd, das ich nicht zu zügeln wusste, sauste nun mit vollem Tempo hinterher. Meine umgehängte Pentax-Kamera schlug mit aller Macht nun auf meinen Brustkorb, was mir große Schmerzen bereitete. Ich wusste nicht, wo und wie ich mich festhalten sollte. Ich rief dem Pferd zu, indem ich mit der einen Hand die Zügel straff nach oben zog, anzuhalten, während ich mich mit der anderen an der Mähne festzuhalten versuchte. Aber mein Hengst ließ sich nicht von seinem eiligen Lauf abhalten. Ich geriet in Panik, denn ich glaubte, jeden Augenblick vom Sattel zu fallen. Ich schrie auch John zu, anzuhalten, aber er war schon zu weit voraus. Durch mein straffes

Hochziehen der Leine bäumte sich das Pferd sogar einmal nach vorne auf, stürmte dann aber weiter. Meine Panik steigerte sich. Sollte durch einen Unfall mein Leben enden müssen? Irgendwann hatte John bemerkt, dass ich ihm nicht gefolgt war. Als er sein Pferd angehalten hatte, musste er wohl endlich meine verzweifelten Schreie gehört haben. Dann war auch ich von Schweiß durchnässt bei John angekommen. Ich zittere am ganzen Körper. Er nahm nun mein Pferd am Zügel, und langsam ritten wir im Schritt zur Farm zurück.

Wie in jeder Stadt suchte ich eine Buchhandlung auf, um mich vielleicht durch einen besonderen Fund überraschen zu lassen. Und tatsächlich. Da entdeckte ich das lang von mir zu lesen erwünschte Buch von *Anthony Borgia „Life in the World Unseen"* („Das Leben in der Unsichtbaren Welt"), dessen Anzeigen ich hinten in anderen Büchern schon entdeckt hatte. In den nächsten Tagen war ich in dieses Buch vertieft. Der schon vor vielen Jahren verstorbene *Monsignore Benson*, Sohn des damaligen Erzbischofs von England, war zu seinen Lebzeiten als zum Katholizismus konvertierter Schriftsteller bekannt, der auch über das Jenseits aus kirchlicher Sicht geschrieben hatte. Er leitete einen Knabenchor. Einer seiner Schüler war eben Anthony. Als nun der Monsignore gestorben war, kam er in die jenseitige Welt und staunte über deren Schönheit. Ihm wurde auch ein anmutsvolles Häuschen mit einem Garten zugewiesen. Als er in sein jenseitiges Domizil eintrat, entdeckte er ein Bücherregal, in welchem er unter anderem auch seine auf Erden verfassten Bücher vorfand. Und er hielt dann das Buch, das er damals über jenseitige Dinge verfasst hatte, in der Hand und wusste, dass der ganze Inhalt die Realitäten einer jenseitigen Welt vollkommen falsch darstellte. In ihm reifte das Bedürfnis, den Erdenmenschen nun mitzuteilen, wie es in Wirklichkeit im Jenseits aussah, so wie er es seit seinem Übergang erlebt hatte. Er suchte nach einem geeigneten Medium und erfuhr, dass eben jener Chorknabe Anthony sich zu einem hervorragenden Medium entwickelt hatte. Ihm diktierte er dieses Buch. Später habe ich noch viele andere Bücher über das Jenseits gelesen. Doch sollte dieses immer das für mich bedeutendste Buch über die Beschaffenheit des Jenseits bleiben. Noch wusste ich nicht, dass ich diesen Herrn Borgia als hochbetagten Mann in England aufsuchen und schließlich dieses Buch zur

Hälfte übersetzen würde, zur andern Hälfte übersetzen ließ, um es im Silberschnur Verlag einmal herauszugeben. Wenn man dieses Buch gelesen hat, schwindet alle Angst vor dem Tod. Denn man kann sich eigentlich nur freuen, bekommen wir doch in der jenseitigen Welt einen neuen perfekten Körper. Die Liebe der dort uns begegnenden Personen, von denen wir einige aus dem Erdenleben wiedererkennen, ist oft überwältigend. Dort trägt niemand jemandem etwas nach. Es gibt keine Eifersucht, keinen Hass, keine Angst, doch viel Freude und herzbeglückende Liebe. Die Gebäude werden mit Gedankenkraft erbaut. Die Schönheit der Landschaften, der Gebäude, der Pflanzen sind prächtiger als alles, was man auf Erden zu sehen bekommt. Alle Geräusche zeigen sich zugleich in Farben. Ja, man muss solch ein Buch selbst gelesen haben, damit die Vorfreude auf ein persönliches Erdenende einen schon im gegenwärtigen Leben begleitet. Denn dann nimmt man auch die irdischen Mühsale leichter, man kann über die oft unangenehmen Dinge im Leben auch lachen, weiß man doch, je mühseliger und beladener ein Leben ist, desto größer wird die Freude im Jenseits sein. Doch auf eines wird immer wieder hingewiesen. Sollte man aus welchen Gründen auch immer sein Leben mutwillig verkürzen wollen, so hat man seine Aufgaben nicht erledigt und wird höchstwahrscheinlich in einer nächsten Inkarnation mit den gleichen Widrigkeiten konfrontiert werden, ist doch alles Erleben, wie auch immer es sich präsentiert, eine wichtige Erfahrung für die nach Licht strebende Seele.

Als ich triumphierend über diesen Buchfund zur Kasse schritt, um es zu bezahlen, stand auf einmal *Fern* neben mir. Wir begrüßten uns herzlich. Auch sie hatte für sich ein Buch gefunden. Ich schlug ihr vor, mit mir in einem Café eine Tasse Kaffee zu trinken. Dieses Gespräch, das wir dort führten, sollte einige Stunden dauern. Fern mochte etwa ein Meter siebzig groß sein und war von mittelschlanker Figur. Ihr blondes Haar trug sie bis zum Nacken. Sie war für mich äußerlich gesehen gar nicht mein Typ, der meinen Schönheits- beziehungsweise meinen Begehrlichkeitsansprüchen Genüge getan hätte. Doch bezauberte sie mich mit ihrem lieblichen und unbeschwerten Wesen und ihrem fast kindlichen Lachen. Die 28-Jährige erzählte mir viel aus ihrem Leben. Sie war Balletttänzerin gewesen und sei öfter im Ensemble auf Bühnen in Südafrika aufgetreten. Sie bedauerte, nun nicht mehr über ihre schlanke Taille zu verfügen. Sie lebte bei ihrer verwitweten Mutter, die eine Farm betrieb. Ich fragte sie auch, ob David, der das Auto fuhr, ihr Freund sei. Sie bestätigte es. Er wolle sie unbedingt heiraten, sei er doch der Sohn eines Nachbarfarmers. Aber sie möchte nicht ein Leben lang als Farmersfrau auf einem Landgut zubringen. Sie habe schon daran gedacht, David zu verlassen und nach Südafrika zurückzugehen und sich dort nach einer Tätigkeit umzusehen. Außerdem hätte David keine Ader für spirituelle Dinge. Und schon waren wir bei dem uns beide sehr interessierenden Thema Spiritualität. Ich berichtete ihr von dem in Bulawayo und in Salisbury erlebten Geisterereignissen. Das alles, so sagte sie, interessiere sie ebenfalls, und sie würde am liebsten auch solchen Séancen beiwohnen. Und da wir über Geistererscheinungen sprachen, erzählte sie mir Folgendes.

Als sie drei Jahre alt war, erschien ihr auf einmal ein kleines Männchen von etwa 50 Zentimeter hoher Gestalt. Er nannte sich *Bobo*. Auch ihr ein Jahr älterer Bruder konnte ihn erkennen. Bobo besuchte Fern häufiger und hatte viele Ideen zum Spielen, sodass sie oft über ihn und seine Späße lachen musste. Eines Tages war er wieder da. Die Mutter hörte, wie ihre beiden Kinder mit jemandem sprachen und fragte, mit wem sie sich unterhielten, sei doch niemand zugegen. „Doch, Bobo ist hier", antworteten die Kinder. Dieser streckte der Mutter die Hand entgegen, und die beiden wiesen sie darauf hin, sie zu ergreifen. Aber die verdutzte Frau konnte niemanden erkennen. Doch, er sei da und deutlich zu sehen, teilten sie ihr mit. Sie befürchtete, dass ihre beiden Kinder irrsinnig seien und ging deshalb mit ihrem Mann zu einem Arzt, um sich zu erkundigen, ob ihre Kinder krank oder möglicherweise verrückt seien und was man dagegen unternehmen könne. Doch der beruhigte sie und meinte, dass solch ein Sprechen mit einem irrealen Wesen gelegentlich bei Kindern aufträte. Dieses Sehen und Sich unterhalten mit einem Unsichtbaren verflüchtige sich aber meistens mit vier, fünf Jahren. Sie sollten sich also keinerlei Sorgen um den Geisteszustand ihrer Kinder bereiten. Und so kam Bobo noch über ein halbes Jahr lang oft zu Fern, und die Eltern ließen diese Unterhaltungen mit dem unsichtbaren Gnom geschehen. Doch eines Tages kam Bobo zu Fern und sagte, dass es heute das letzte Mal sei, dass er kommen könne. Er verabschiedete sich und kehrte nie mehr zurück. Fern, wie ihre Mutter auch mir gegenüber später bestätigte, hatte dann eine Woche lang Tränen in den Augen, wenn sie an Bobo dachte. Hätte man mir solch eine Geschichte vor zwei Jahren noch erzählt, hätte ich diese Spukbegebenheit als Erfindung oder Halluzination abgetan. Aber warum sollte sich diese Geschichte nicht so oder ähnlich ereignet haben, wie sie mir nun von Fern berichtet worden war?

Da ich am nächsten Morgen wieder per Anhalter zurück nach Bulawayo reisen wollte, tauschten wir unsere Adressen aus. Ich gab ihr die des Deutschen Konsulats in Kapstadt. Sie meinte, dass sie mich vielleicht in Johannesburg besuchen wolle, hatte ich doch angedeutet, dass ich dort bei meiner englischen Buchfirma, für die ich in Sydney und in Neuseeland tätig gewesen war, höchst wahrscheinlich wieder arbeiten werde. Dieses Mal wählte ich eine andere Strecke nach Bulawayo, die sich etwa 200 Kilometer südlich von Salisbury nach dem Westen hinzog.

Unterwegs begegnete ich einem *Shoa-Medizinmann*, mit dem ich mich ausgiebig unterhielt. All sein Wissen habe er von seinem Großvater erhalten, der ihn im Halbschlaf unterrichte. Dieser sei schon gestorben, als er selbst erst drei Jahre alt war. Auch erschien er ihm im Traum und teilt ihm mit, welche Krankheiten der ein oder andere im Dorf habe und welche Mittel er benutzen solle, um jene zu heilen. Selbst für das Anfertigen von Amuletten bekomme er von ihm Hinweise. Er zeigte mir sein Muschel- und Stäbchenorakel. Auch benutzte er einen nach obenhin zugespitzten Stab, über den sich ein halbkreisförmig gebogener dünner Draht rotierend bewegen konnte. Wenn er den Großvater oder einen anderen für eine bestimmte Angelegenheit zuständigen Geist befragen möchte, hält er diesen Stab mit dem gebogenen Draht auf dessen Spitze vor sich hin und stellt die Frage. Dreht der Draht sich nach rechts, bedeute es ein Ja, so er sich aber nach links bewege, hieße das Nein. Dies ist ebenso eine Befragungsmöglichkeit wie die des Pendels. Ich erklärte ihm auch mein Eisenmann-Pendel, das ihn sehr beeindruckte. Geisteskrankheiten, so erklärte er mir, heile er durch eine spezielle Salbe, die er auf die Stirn zu streichen pflege. Und wenn er das Blut von getöteten Kindern trinke – mich schauderte es –, werde er hellsehend und könne mir meinen Namen sagen und über mein Woher und Wohin Auskunft erteilen. In

Vor seiner Hütte unterhielt ich mich ausgiebig mit einem Medizinmann.

Mosambik sollte es Medizinmänner geben, die einen Stein in eine mit Wasser gefüllte Schale würfen, um dann dem Besucher ein Spiegelbild von dessen Haus zeigen zu können, auch wenn sich dieses sogar in Europa befinde. In einem benachbarten Berg unterhalb der „Burg" sei ein Goldbergwerk, wo afrikanische Zwerge und Riesen unermüdlich Gold bergen. Dieses werde jedoch dann erst ans Tageslicht befördert, wenn die weiße Regierung abdanke und die schwarze Regierung die Geschicke des Landes leite. Er selbst wie auch zwei andere Medizinmänner begeben sich häufiger in diesen Berg, dessen Bewohner sich in der Unterwelt von Schafen und Ziegen ernährten. In diesem Berg sei alles von strahlendem Licht umflossen. Meiner Frage, ob ich ihn bei solch einem Besuch begleiten dürfe, wich er aus. Ich hielt natürlich alles für unglaubwürdig. Damals wusste ich noch nichts über die Existenz von Parallelwelten, die sich auf einer anderen Schwingungsfrequenz befinden und nur durch Veränderung unserer eigenen Schwingungen besucht werden können. Jedoch sind auch solche Welten wie die unsere nur Maya.

10. Jüdische Schicksale

In Bulawayo freute sich *Lorraine*, mich wieder als Gast bei sich zu haben, hatte sie mir doch bei unserem Abschied gesagt, dass ich bei meiner schon damals geplanten Rückkehr wieder bei ihr wohnen könne. Ich musste ihr erzählen, was ich in Salisbury bei Stella Todd alles erlebt hatte. Ich erwähnte auch das von mir wieder gelesene Buch von Herrn *Phillips* und sagte bedauernd, dass ich diesen Mann, wenn ich nach Europa zurückgekehrt sein werde, gerne in England aufsuchen würde. Und sie entgegnete zu meiner Überraschung: „Der wohnt seit Jahren schon in Bulawayo." Sie rief ihn auf meine Bitte hin an und fragte, ob ich vorbeikommen könne. Und dieser meinte, dass er sich freue, mich zu empfangen.

In seinem Haus in der Lawley Road angekommen, begrüßte er mich. Mr. Philipps war 81 Jahre alt, aber noch immer rüstig und geistig vollkommen präsent. Als wir uns niedergesetzt hatten, erzählte ich ihm, wie ich an sein Buch gekommen sei und gleich den Wunsch gehabt hatte, ihn gern treffen zu wollen, doch wusste ich nicht, in welcher Weltgegend er sich aufhielte, vermutete aber England. Mich habe es verwundert, dass er in mehreren Ländern, die er mit seiner Frau bereiste, immer wieder Medien traf, durch welche die Stimme jener nun jenseitigen Person sprach, welche die Dritte im Bunde ihres ewigen Dreiecks („eternal triangel") in den verschiedensten Inkarnationen sei. Wir unterhielten uns nun ausgiebig über seine vielen und meine wenigen bisherigen Erlebnisse mit den Unsichtbaren aus der geistigen Welt. Er zeigte mir eine Perle, die aus dem Grab der Königin von Saba stammen sollte, die ihm als Apport in einer Séance von einem Geistwesen übergeben worden war. Diese habe er späterhin einem hellfühlenden Medium gegeben. Diese Frau nahm die Perle in die Hand und sagte, dass diese einst der zum Judentum übergetretenen Königin von Saba gehört habe. Somit hatte er von zwei verschiedenen Seiten über die Herkunft erfahren. Weiterhin zeigte Herr Philipps mir einen aus Zink gefertigten fingergroßen Jesus, der ihm in einer Séance in Helsinki apportiert worden war. Schließlich fragte ich ihn, ob er noch Kontakt zu Geistern habe. Er stehe, so erklärte er mir, noch mit seiner Frau und jener Dritten im Bunde mittels eines Oui-Ja-Brettes in Verbindung. Und auf meine Bitte hin, ob wir dieses nun einmal benutzen könnten, holte er ein vielleicht 40 mal 20 Zentimeter großes Brett hervor, auf welchem das Alphabet, ein Nein und ein Ja und die Zahlen 1-10, die 100 und die 1000 aufgedruckt zu sehen waren. Auf ein umgestülptes Glas legte er zwei seiner Finger, worauf sich dieses von allein zu bewegen begann. Auch ich durfte ebenfalls zwei meiner Finger darauf legen. Wir übertrugen nun Energie, mit welcher die Unsichtbaren dieses Glas in Bewegung setzten. Doch leider kamen nur Buchstaben, aber keine zusammenhängenden Wörter heraus. (Ich erlaube mir, bei dieser Gelegenheit eine Begebenheit anzufügen, die ich einige Jahre später in Berlin mit einem älteren Schwesternpaar durchführte. Beim Gläserrücken, das beide hin und wieder benutzten, um mit ihren verstorbenen Eltern den Kontakt herzustellen, ergaben sich nur die Buchstaben H und G. Und eine der beiden beschwerte sich, warum sie keinen zusammenhängenden Satz ausbuchstabieren ließen. Die andere Schwester sagte: „Das sind ja die Anfangsbuchstaben unserer Eltern: Hannelore und Günther." Und sie deutete auf ein auf der Kommode stehendes, von einem Glas überdecktes Foto, das die Gesichter jener beiden wiedergab. Auf einmal ertönte ein Knackgeräusch, und das Glas war genau diagonal gespalten.) Herr Philipps gab mir aus seinem Adressbuch die Namen und Anschriften einer ganzen Reihe von Medien und Spiritistenkirchen in Südafrika, die ich mir vornahm, nach Möglichkeit alle aufzusuchen. Auch riet er mir, einen gewissen Dennis Newman in Johannesburg aufzusuchen, der mit Außerirdischen in medialem Kontakt stehe.

Als ich zu *Lorraine* zurückgekehrt war, wollte sie alles wissen, was ich bei Herrn Phillips erlebt hatte. Wiederum konnte ich bei einem ihrer Zirkel in ihrer Wohnung teilnehmen. Ich hatte Rose in Umtali versprochen, ihre Mutter, Frau *Hilde Schalscha* aufzusuchen, war ich doch sehr daran interessiert, über das Schicksal einer Jüdin zu erfahren, der es geglückt war, noch rechtzeitig Nazi-Deutschland zu verlassen. Nachdem ich mich telefonisch bei ihr angemeldet hatte, klingelte ich an ihrer Tür. Eine schon etwas grauhaarige Frau von etwa fünfundsechzig Jahren öffnete. Ihre Tochter hatte ihr ebenfalls von meinem Kommen erzählt. So war ich ihr kein ganz Unbekannter mehr. Wir führten lange Gespräche. Sie war mit ihrem Mann 1936 aus Köthen in Sachsen-Anhalt nach Italien „offiziell" nur in die Ferien gefahren unter Zurücklassung von Haus und Habe und hatten von dort über verschiedene Wege Südafrika erreicht. Hier mussten sie sich ganz von Anfang an hocharbeiten, bis sich eine lukrativere Arbeit für ihren Mann in Rhodesien anbot. Nun lebte sie von der Witwenrente. Ich musste ihr alles von Deutschland erzählen, auch von ihrem geliebten Berlin, in das sie öfter reisten, um dort die Museen, die Opernhäuser und Theater zu besuchen. Wir beide verstanden uns auf Anhieb sehr gut, sodass ich vermutete, sie aus einem früheren Leben kennen zu müssen. Sie hatte sich bisher noch nicht mit jenseitigen Dingen befasst. Später schickte ich ihr aus Südafrika mehrere spirituelle Bücher, die sie dann mit sich steigendem Interesse las. Sie war eine hochkultivierte Frau und hatte wie ich ein großes Interesse für Musik und Literatur unserer Klassiker, war doch auch vormals Johann Sebastian Bach als Kantor in ihrem Heimatort anstellig gewesen. Mit ihrem Auto machten wir verschiedene Ausflüge in die Umgebung. Ich erinnere mich, dass sie mich zum Naturpark fuhr, in welchem es wundersame Sandsteinformationen zu sehen gab. Ich berichtete ihr auch, dass ich einen Roman über das deutsche Volk zu schreiben plane, in welchem ich dem jüdischen Volk ein Denkmal setzten möchte, denn das ungeheure Grauen darf niemals vergessen werden. Und sie sagte: „Dann müssen Sie auch Frau Sittig kennenlernen."

In einem Pflegeheim hatte sie Frau *Charlotte Sittig* kennengelernt. Als ich ihr vorgestellt wurde und meinen in Deutschland äußerst seltenen Namen Trutz nannte, rief sie aus: „Ach, schon wieder ein Trutz. Ich habe drei Trutze in der Familie." (Später sollte ich zwei von ihnen in Berlin kennenlernen.) In den nächsten Tagen besuchte ich sie wiederholt und erfuhr Folgendes: Ihr Mann war Jude mit Nachnamen Goldbaum. Sie besaßen eine größere Textilwerkstatt in Berlin und wohnten in einer stattlichen Wohnung. Doch wenige Jahre nach der Machtergreifung Hitlers enteignete man ihren Mann. Sie wollte als Arierin die Firma weiterführen, doch mit dem Namen Goldbaum wäre das unmöglich gewesen. Somit sah sie sich gezwungen, ihren Mädchennamen Sittig wieder anzunehmen. Ihrem Mann war verboten worden, das Gebäude der Textilherstellung zu betreten. Er erklärte seiner Frau, wie sie die Firma zu leiten habe. Doch dann setzte man als Geschäftsführer einen Parteigenossen ein, sodass sie keinerlei Befugnisse mehr ausüben durfte. Schließlich hatte man sie ganz entlassen, weshalb sie sich eine einfache Arbeit suchte. Sie, die gewohnt war, sich von einem Fahrer in dem luxuriösen Auto ihres Mannes chauffieren zu lassen und teuren Schmuck und noble Pelze zu tragen, war nun zu einer Arbeiterfrau degradiert. Sie musste hart arbeiten, bekam man dann doch nur während der Kriegszeit jene Essensmarken, die dazu berechtigten, rationierte Waren zu kaufen. Sie hatte ja auch ihren Mann zu ernähren, gab es doch für Juden geringere rationierte Zuteilungen. Für sie durfte bald auch keine Milch mehr ausgeben werden.

Bis 1938 konnten beide noch Ausländer als Untermieter aufnehmen, womit sie sich einen Nebenverdienst verschafften. Mit zwei von ihnen hatten sie sich angefreundet. Es waren chinesische Ärzte. Zur

Untermiete für Nichtjuden bei Juden zu wohnen, wurde jetzt verboten. Herr Goldbaum durfte auch kein Telefon mehr besitzen. Doch kurze Zeit darauf wurde angeordnet, die luxuriöse Wohnung aufzugeben und in eine einfache umzuziehen.

Als 1941 für Juden die Verordnung durchgesetzt wurde, einen gelben Stern deutlich sichtbar in Brusthöhe zu tragen, wollte ihr Mann nicht mehr auf die Straße gehen. Jungen der Hitlerjugend spuckten vor Juden aus, Lausebengel warfen Steine, und sogar kleinere Kinder hatten diesen die Spottlieder abgelauscht, die man den Sternenträgern nachrief. Auch war es vorgekommen, dass jemand aus Spaß einfach einen Juden auf offener Straße ohrfeigte oder verprügelte. Kein Polizist wäre diesem Opfer allgemeiner Verachtung zu Hilfe gekommen.

Als es sich herumgesprochen hatte, dass Juden meist in den frühesten Morgenstunden abgeholt wurden und in den Osten „umgesiedelt" werden sollten, war Charlotte besorgt, dass man ihren Mann ebenfalls fortschaffen würde. Es wurde nun beschlossen, auf der Polizeiwache vorzugeben, Herr Goldbaum habe Berlin verlassen und versuche, über Dänemark nach Schweden zu entkommen. Man untersuchte ihre kleine Wohnung, doch ihr Mann war vorsorglich woanders versteckt worden. Die beiden chinesischen Ärzte gehörten zu den Eingeweihten. Sie halfen nun Charlotte, ihren Mann zu versorgen. Jeder Gang zum Versteck, der nur nachts unternommen werden konnte, war gefährlich, achteten doch die Blockwarte und andere private Aufpasser darauf, dass niemand unerlaubten Dingen nachging.

In den Luftschutzkellern hatte man bei den ersten Bomben auf Berlin auch noch Juden den Zugang gewährt. Charlotte entdeckte, dass es dort in einer Ecke einen Stuhl gab, auf dem der Blockwart ein Schild angeheftet hatte mit der Aufschrift „Jude". Selbst dort, während Bomben auf die Dächer fielen und die Häuser in Brand gerieten, gaben die Nazis darauf Acht, dass Juden nicht neben Ariern saßen.

In einer Nachbarswohnung weinte ein Kind. Seine Eltern hatte man gezwungen, in der Fabrik zu arbeiten. Niemand der Nichtjuden durfte die Wohnung eines Juden betreten. Frau Sittig musste einen alten Juden auffinden, der dann zu diesem Kind hineingehen durfte, um es zu trösten.

Charlotte wusste von versteckten Juden. Diejenigen, die diese versteckt hielten, waren in größter Angst, selbst abgeführt zu werden, doch wohin, wusste man nicht. Durch die vielen auszustehenden Ängste waren die versteckten Juden vollkommen abgestumpft gegen das Leid. Denn jeder dachte, er könne schon morgen durch Bombeneinschlag verbrennen oder verraten oder zufällig entdeckt werden und sein baldiges Ende finden. Es war eine Haltung der Gleichgültigkeit mit der Hoffnung, hoffentlich ist alles bald vorbei – so oder so.

Frau Sittig hatte eine Freundin namens *Meta Rosenberg*. Als deren Mann festgenommen worden war, brachte sie Charlotte einen Koffer und sagte, dass sie diesen ihr bitte aufbewahren möchte, bis sie zurückkehre. Sie wolle sich jetzt der Polizei stellen und sagen, dass man sie dorthin bringen möge, wo ihr Mann sich aufhalte, denn sie wolle mit ihm zusammen sein. Und man hatte nie wieder etwas von ihr gehört. Weiterhin berichtete mir Frau Sittig, dass sie, als sie aus einem brennenden Haus in den Bunker flüchtete, in der Eile kein Stück ihres eigenen Besitzes, sondern nur eben den Koffer mit der wertvollsten Habe ihrer Freundin mitnahm, damit dieser nicht mit verbrennen könnte, würde doch Meta bei ihrer Rückkehr traurig sein, wenn dieser abhanden gekommen wäre.

Im Winter 1943 verstarb Charlottes herzkranker Mann. Eine öffentliche Bestattung käme nicht in Frage, würde man dann doch herausgefunden haben, dass man Herrn Goldbaum verbotener Weise versteckt gehalten hatte. Mit den zwei Chinesen und einer Freundin schafften sie den Leichnam eingewickelt in ein Laken nachts heimlich aus dem Haus und brachten ihn in ein bis auf die Grundmauern niedergebranntes Gebäude.

Während die Frauen Wache hielten, versuchten die beiden Männer mit Spaten ein Loch hinter dem Trümmerhaufen zu graben, aber der Boden war hart gefroren. Gott sei Dank hatte die Freundin im Gartenhaus hinter ihrem Wohnblock einen Schreberschuppen, sodass sie noch einen Pickel herbeibringen konnte. Nach einigen Stunden war der Leichnam zugedeckt. Hoffentlich würde kein Polizist einen Spürhund hier herumschnüffeln lassen. Charlotte durfte selbstverständlich keine Trauerkleidung anlegen und auch nicht mit verweintem Gesicht herumlaufen, denn man hätte den Grund herausfinden und sie in Haft nehmen können. Gegen Ende des Krieges suchte die Polizei nach versteckten Deserteuren, die nicht nur aus der Armee geflüchtet waren, sondern als ältere Männer der „eiserne Reserve" ihren Einzugsbefehl nicht nachgekommen waren oder ihre Waffen wieder abgeworfen hatten und verschwunden waren. Bei deren Suche auch mit Spürhunden hatte man ebenfalls noch versteckte Juden gefunden.

Charlotte erzählte mir viel über die Zeit, als die Sowjetsoldaten Berlin erobert hatten, besonders über die schrecklichen Vergewaltigungen. Doch schon bald gab es genug Frauen, die, nachdem sie schon durch eine Erstvergewaltigung geschändet worden waren, es umgekehrt auf die Russen absahen, um durch sie an Brot und Zigaretten zu kommen, die sie wieder auf dem Schwarzmarkt umtauschten. Um nicht zu verhungern, kam man auf die abwegigsten Ideen. Wer mehr als zwei Stühle zu Hause hatte, wurde von den Russen als „Kapitalist" verhöhnt. Jeder von diesen Soldaten hielt Ausschau nach Uhren, „Uri! Uri!" hörte man sie den zum Stehenbleiben aufgeforderten Passanten sagen. Charlotte war dabei, als einer sich weigerte, seine Armbanduhr herzugeben. Sie schrie ihn an: „Geben Sie Ihre Uhr her! Es geht um Ihr Leben!"

Nach dem Krieg bekam Charlotte wieder die Lizenz für die maschinelle Herstellung von Kleidern. Doch ihre Produktionsstätte war zerbombt, und sie verfügte nicht über Geld, sie wieder neu zu errichten. Da sie keinen Nachweis über den Tod ihres Mannes vorlegen konnte, galt er als vermisst. Freunde rieten ihr, zu behaupten, dass er abgeholt worden sei und er folglich als „Opfer des Faschismus" gelte, würde ihr das doch zu einer Rente verhelfen. Aber sie wollte nicht lügen, sondern erzählte, wie ihr Mann unter welchen Umständen gestorben und begraben worden sei. Doch man glaubte ihr nicht, konnte sie auch keine Zeugen mehr herbeibringen. Denn viele behaupteten, dass ihre Papiere verloren gegangen seien, um sich auf diese Weise einen falschen Namen zulegen zu können, der ihre braune Vergangenheit vertuschen würde. Sie schrieb an Verwandte ihres Mannes nach Südafrika, um ihnen mitzuteilen, was mit ihm geschehen sei und wie es ihr jetzt in dieser chaotischen Nachkriegszeit erginge. Diese luden sie ein, nach Südafrika zu emigrieren und ihr helfen zu wollen. Jetzt, wo ich bei ihr saß, war sie schon vor einigen Jahren nach Bulawayo gezogen und lebte, da ihre Verwandten in Südafrika verstorben waren, nun ganz allein und war nun froh, ihr Herz ausschütten zu können und in mir einen eifrigen Zuhörer gefunden zu haben, der mit vielen weiteren Fragen in sie drang. Denn ich wusste, dass es kein Zufall war, dieser Frau zu begegnen, sollten doch einige ihrer Ereignisse in meinen großen Farbroman einfließen. Alles war von höherer Ordnung so vorgesehen. Meine ganze Afrikareise samt den Begegnungen waren zum Großteil Vorbereitungen für mein umfangreiches Romanwerk.

Charlotte bekam ein Jahr später endlich eine Ausgleichsentschädigung, die sie in die Lage versetzte, nach Berlin zurückzukehren. Dort begegnete ich ihr wieder in einem Altersheim. Ich konnte ihr so manche Besorgungen erledigen, traf auch dort ihren Schwager und dessen Sohn jeweils mit dem Namen Trutz. Nach ihrem Tod in der Mitte der 1980er Jahre wurde mir von dem Erblassverwalter mitgeteilt, dass sie mir 15.000 Mark hinterlassen hätte. Dieses Geld kam gerade richtig für die sehr teure Herstellung des 1985 herausgegebenen ersten Teils des vierbändigen Siebenfarbromans mit dem Titel „Molar". Alles war, wie ich später wusste, bis ins Kleinste von „oben" in die Wege geleitet worden.

In Bulawayo, so lese ich in meinem Notizbuch, kam mir die Idee zu einem der stärksten Kapitel meines Molar-Romas. Der Leser will vom Autor wissen, wo jetzt Hitler sei. Und jener erklärt ihm: „*Hitler wollen wir in seiner tiefen Dunkelheit lassen und nicht aufwecken. Er hat sich selbst in die Dunkelheit verbannt für viele Hundert Jahre. Aber lass uns einen anderen Teufel herbeizitieren, der aufgewacht ist. Ich rufe dich: Assurbanipal!*" Denn dieser Assyrerkönig war einer der grausamsten Herrscher der Menschheitsgeschichte. Er sollte dem Leser erklären, warum er all diese menschenverachteten Taten ausführen ließ.

2. Kapitel
Südafrika

1. Im Zentrum des Apartheitsstaates

Um der durch Rebellenüberfälle unsicher gewordenen direkten Straße von Bulawayo nach Johannesburg auszuweichen, wählte ich die Straße über Botswana, die mich von *Palapye* direkt nach Osten hin in die Metropole des Apartheitsstaates führte. *Südafrika* ist etwas größer als Spanien, Portugal und Frankreich zusammen und dehnt sich über etwa 1.600 Kilometer von Nord nach Süd und von West nach Ost aus. Dieses Land gehört zu den reichsten der Welt. Es verfügt nicht nur über die größten Kohlereserven der Welt, sondern ist vor allem für seine anderen Bodenschätze bekannt, von denen neben Diamanten, Eisenerz, Kupfer, Magnesium, Platin, Chrom, Uran, Silber und Titan an erster Stelle Gold steht. Von den etwa 40 Millionen Einwohnern gehören 75 Prozent der schwarzen Mehrheit an, 13 Prozent sind Weiße, 9 Prozent Farbige, die so genannten „coloureds", und 3 Prozent setzen sich vornehmlich aus Nachkommen der Asiaten zusammen, die als Chinesen, Malaien und hauptsächlich als Inder von den Engländern in der zweiten Hälfte des 19. Jahrhunderts als Arbeitskräfte herbeigeschafft worden waren oder später nachkamen.

Als ich Anfang Dezember 1976 in die Südafrikanische Union wie sie sich damals bezeichnete, kam, wurde die *Apartheit* noch mit aller Strenge durchgeführt. Es gab Schulen, Universitäten, Kirchen, Kinos, Badestrände nur für Weiße oder für Schwarze, denen allerdings die Universität von *Witwatersrand* offen stand, wo auch *Nelson Mandela* sein Jurastudium absolvierte. Kein Schwarzer durfte sich in die Busse für Weiße setzen. Im Park, wenn dieser mal nicht für Schwarze geschlossen war, fand man auf den Parkbänken ein Schild mit „Nur für Weiße" (only whites) angebracht. Jeder Geschlechtsverkehr zwischen

Weiß und Schwarz wurde bestraft, was natürlich viele auch nach außen hin als rassistisch sich ausgebende Männer nicht abhielt, mit ihrem schwarzen Dienstmädchen heimlich zu verkehren. Doch im Allgemeinen waren der schwarzen Bevölkerung außerhalb der Bezirke für die Weißen bestimmte Wohngegenden zugeteilt, deren Behausungen aus Brettern mit Blechdächern bestanden. Am Schlimmsten hatte es jedoch die „Coloureds" getroffen, eben jenem Teil der Bevölkerung, die sich zumeist aus Nachkommen vormaliger sexuellen Vereinigungen zwischen Weiß und Schwarz zusammensetzten. Die Schwarzen verachteten sie, und die Weißen verhielten sich ihnen gegenüber ebenso wie gegenüber den gänzlich Schwarzhäutigen. Sie ließ man nur ungern in die Busse für Schwarze einsteigen, und für sie standen nur wenige eigene Busse zur Verfügung. Zu diesen Mischfarbigen zählten auch die Asiaten, obwohl diese sich wieder von jenen unterscheiden wollten. Diese Inder, Malaien und Chinesen waren zumeist ebenfalls von den Einrichtungen für Weiße ausgeschlossen. Sie bildeten wie die Coloureds ihre eigenen Wohn- und Beschäftigungsbereiche. In den Familien mit gemischter Hautfarbe kam es oft gemäß der Mendelschen Gesetze vor, dass ein Kind fast weiß war, das Geschwister aber schwarz. Oder eines der Kinder hatte glattes Haar, das andere Kraushaar. Viele Mädchen mit eher heller Haut versuchten durch Überpudern ihr Gesicht ganz weiß erscheinen zu lassen, um dann bei den Kontrollen vor den Kinos für Weiße durchzuschlüpfen und einen der neusten Hollywoodfilme zu sehen. Einer meiner späteren weißen Angestellten hatte eine farbige Freundin mit sehr heller Haut. Er traute sich, mit ihr eine Theateraufführung zu besuchen. Doch die Türwärter ließen sich ihren Ausweis zeigen, der sie als Farbige auswies, weshalb beiden der Zugang verwehrt geblieben war. Alle niedrige Arbeit wurde von den ganz Schwarzen zu Mindestlöhnen getätigt.

Die Welt verachtete Südafrika für die egoistische Beibehaltung der Apartheitsregeln, welche der Würde des Menschen Hohn sprachen. Doch die Weißen, die sich nicht für ein Mehrheitswahlrecht entscheiden wollten, fühlten sich von der ganzen Welt getadelt, wollten aber trotzdem nicht nachgeben, um nicht ihrer Privilegien verlustig zu gehen. Denn, so fürchteten sie, würden alle Bürger mit gleichem Wahlrecht eine eigene Partei wählen dürfen, würde die von den Weißen unterdrückte Partei der ANC gewinnen, und eine Regierung der Afrikaner würde sich an den Weißen für ihre Unterdrückung rächen. Und das wollten sie mit aller Macht verhindern. 60 Prozent der Weißen sprechen auch heute noch „Afrikaans", die Sprache der Buren, die sich vom Holländischen ableitet, durchsetzt mit deutschen Wörtern, da viele ausgewanderte Deutsche sich schon mit dem Volk der Buren vermischt hatten. Doch die Geschäftssprache blieb Englisch. Viele Schwarze haben sich eine dieser beiden Sprachen zu eigen gemacht oder sprechen nebst ihrer Stammessprache gar beide „Fremdsprachen".

Nachdem die Holländer schon nach Mitte des 17. Jahrhunderts Handelsstationen an der Küste eröffnet hatten, kamen die ersten Buren um 1700 aus den Niederlanden nach Südafrika. Zumeist waren es Calvinisten, denen sich Hugenotten aus Frankreich anschlossen. Sie betätigten sich überwiegend als Farmer und hatten manche Kämpfe mit einheimischen Stämmen auszufechten. Die Schwarzen wurden von ihnen als Sklaven gehalten. Auch am Sklavenhandel über den Haupthandelsplatz Kapstadt verdienten sie bestens mit. Als man aber in der zweiten Hälfte des 19. Jahrhundert in dem „gelobten Land", wie die Buren ihren „Gottesstaat" nannten, Gold und Edelsteine fand, wurden die Engländer hellhörig. So etwas durfte man sich als erste Weltmacht nicht entgehen lassen, obwohl man schon als Kolonialmacht viele Länder in manchen Erteilen ausbeutete, war doch schon Königin Victoria 1876 zur Kaiserin Indiens gekrönt worden. Von 1899 bis 1902 fochten die Buren mit den Briten einen erbitterten Krieg, welchen erstere in den Anfängen meist siegreich durchführten. Doch als diese, bestehend aus weniger als 100.000 Mann, von den Engländern mit dem damals modernsten Kriegsgerät und 500.000 Soldaten konfrontiert wurden, streckten sie die Waffen. Zehntausende von Buren wurden mit ihren Frauen und Kindern in sogenannte Konzentrationslager gesperrt, wo über 20.000 von ihnen unter unmenschlichen Bedingungen den Tod fanden. Diese Grausamkeiten wurden in der westlichen Welt bekannt. Nicht nur der deutsche Kaiser, auch viele andere Politiker verurteilten das Vorgehen der Briten, und europäische Völker bekundeten ihr Mitgefühl für die drangsalierten Buren. Endlich wurde ein Frieden geschlossen, der den Buren zwar gewisse Freiheiten gewährte, doch England die Obergewalt einräumte. Den Schwarzen billigte man weiterhin keine Rechte zu, obwohl die Engländer den Buren verboten, diese weiterhin als Sklaven zu halten.

Schwarze Gruppierungen hatten sich öfter zu Widerständen erhoben, waren aber den Polizei- und Militäreinheiten unterlegen und wurden grausam bestraft, wenn nicht gar getötet. *Nelson Rolihlahla Mandela*, ein schwarzer Rechtsanwalt, wurde 1944 Mitglied des Afrikanischen Nationalkongresses (African National Congress), abgekürzt ANC, und übernahm schon bald eine führende Position. Als seine Partei 1960 einen unbewaffneten Aufstand gegen die Apartheitspolitik durchführte, wurden Tausende von der Polizei erschossen und der ANC verboten. Nun war auch Mandela bereit, mit Waffengewalt, wie es in anderen Kolonialstaaten schon geschah, gegen die Unterdrückung der Weißen vorzugehen. Er wurde als überführter Widerstandskämpfer in leitender Position von 1962 bis 1990 inhaftiert und musste die meiste Zeit auf *Robben Island*, der gefürchteten Gefängnisinsel vor Kapstadt, verbringen. Trotz seiner Tuberkulose hielt man ihn, der zu lebenslänglichem Zuchthaus verurteilt worden war, weiterhin gefangen, gab aber dann doch schließlich dem internationalen Druck nach, der sich für seine Freilassung einsetzte. Nach seiner Haftentlassung wurde er der Parteiführer der wiedererlaubten ANC-Partei, und nach der ersten freien Wahl löste er 1994 den letzten weißen Präsidenten ab und wurde der erste schwarze Staatspräsident der neu geschaffenen Republik. Obwohl er allen Grund gehabt hätte, sich nun an den Weißen zu rächen und sie des Landes zu verweisen, ging er den friedlichen Weg der Versöhnung. Schon 1993 erhielt er für seine ausgleichende Verständigungspolitik den Friedensnobelpreis. Während ich mich jetzt bei der Niederschrift dieses Reiseberichtes in Südafrika aufhalte, sind die vier Millionen Weißen in Sorge, dass man sie ganz aus dem Lande vertreiben werde, weil man sie immer mehr ihrer Farmen und ihrer Betriebe berauben könnte, hatte doch der soeben erst ernannte Führer der ANC, Jacob Zuma, dem noch eine Gerichtsanhörung wegen eines Bestechungs- und Vergewaltigungsskandals bevorstehen könnte, erklärt, dass ein Drittel des Landes nun von Schwarzen bewirtschaftet werden solle. Wer nachweisen kann, dass sein Land nach 1913 von Weißen in Beschlag genommen worden war, darf dieses jetzt für seinen Stamm zurückfordern. Mit der neuen Regierung wurden aus den ehemaligen vier Provinzen nun neun geschaffen. Und da man unter anderem in die höheren Posten treue Veteranen oder andere Parteigenossen einsetzte, die allerdings von ihrer Ausbildung oder ihren nur bedingten Fähigkeiten her nicht den hohen Verwaltungsansprüchen gerecht werden können, erlebt dies Land einen steten wirtschaftlichen Rückschritt. Die Bestechlichkeit ist groß, und soeben wurde der oberste Polizeiminister wegen nachgewiesener hochgradiger Bestechlichkeit seines Amtes enthoben. Die Verbrecherrate steigt täglich. Weiße, obwohl sie ihre Häuser abgesichert haben, werden hin und wieder sogar auf offener Straße überfallen und oft einfach, wenn sie sich zur Wehr setzen, erschossen. Seit 1995 sind 1500 weiße Landwirte ermordet worden. Viele haben Angst und beginnen vornehmlich nach Australien und Neuseeland auszuwandern oder bereiten sich um ihre Zukunft große Sorgen. Kommt nun ein zweiter Mugabe auf sie zu? Und es kommt hinzu, dass etwa eine Millionen Kinder verwaist sind, deren Eltern an AIDS verstarben. Diese in ganz Schwarz-Afrika grassierende, hauptsächlich durch sexuelle Ansteckung übertragbare Krankheit wird von Kirchengläubigen als Geißel Gottes angesehen.

Johannesburg wurde 1886 gegründet, nachdem man dort wie an keinem anderen Ort Afrikas sehr viel Gold fand. Als ich in diese Metropole kam, war deren Bevölkerungszahl schon auf fünf Millionen Einwohner angewachsen, von denen zwei Millionen der Schwarzen in dem berüchtigten Vorort *Soweto* in kleinen Häusern oder Hütten hausten. Es war geboten, als Weißer diesen Ort nicht ohne Polizeischutz zu betreten. Jeden Morgen kamen mit Bussen oder Bahn Zehntausende von dort oder anderen Vororten in die Stadt und suchten nach irgendwelcher bezahlten Tätigkeit, und müssten sie dafür gegen geringfügigste Bezahlung noch so hart arbeiten. Hauptsache, man konnte seine Familie ernähren. Die Weißen dagegen lebten in ihren Villen oder Apartmenthäusern und führten bei gutem Verdienst ein Wohlstandsleben auf Kosten der schwarzen ausgenützten Mehrheit. Die Innenstadt war mit ihren Geschäftshochhäusern, Plätzen, breiten

Straßen und den oft prachtvollen öffentlichen Gebäuden einer Großstadt Amerikas zu vergleichen. Doch für die vielen schwarzhäutigen Zukurzgekommenen, die durch die Straßen bettelnd gingen oder herumlungerten, hoffend, dass kein Polizist sie wegjagte, gab es zum Beispiel keine ausreichenden öffentlichen Toiletten. So beobachtete ich fünf Männer, wie sie in einem Park einem Abfallbehälter eine Zeitung entnahmen, diese in Bauchhöhe zwischen sich ausgebreitet hielten, und während sie sich noch umblickten, damit sie von keinem Polizisten gesehen wurden, den Hosenstall öffneten und pinkelten. Man hasste die Weißen, benötigte sie aber, um überhaupt eine Arbeit zu bekommen. Einem Schwarzen gab man auch nicht die Hand. Dieser hatte sich in respektvollem Abstand zu halten. In dieser Stadt zu leben war für mich von bedrückender Atmosphäre. Trotzdem wollte ich hier wieder zu meiner britischen Firma, um mich von ihr erneut in den Dienst als Buchverkaufsmanager einstellen zu lassen, wie in Australien und Neuseeland schon geschehen, benötigte ich doch wieder Geld, um meine geplante Weiterreise nach Asien finanzieren zu können.

Noch ein Beispiel bezüglich Apartheit möchte hier anführen. Ein dunkelhäutiger Fahrer wollte in einer Hauptgeschäftsstraße mit seinem blinkenden Lieferwagen rückwärts in eine freigewordene Parklücke einlenken, als ein weißer PKW-Fahrer ihm plötzlich diese wegnahm und seinen Wagen dort platzierte. Der schwarze Fahrer hob, wie ich sehen konnte, wütend seine Arme, doch dann ließ er sie sinken, und aus seiner Gestik entnahm ich, dass er wieder einmal sich der Unverschämtheit der Weißen gegenüber den Schwarzen zu beugen hatte. Ich konnte solche Ungerechtigkeit nicht dulden. Ich ging auf den Weißen zu, klopfte an sein Fenster, und als er dieses öffnete, wies ich ihn darauf hin, dass das andere Auto durch Blinkzeichen deutlich zu verstehen gegeben hatte, in diesen Parkplatz einzulenken. Dieser Mann schaute mich verdutzt wie einen Menschen von einem anderen Stern an, dass ein Weißer sich für einen Schwarzen einsetzte. Und als sich zufällig ein Polizist nahte, entfernte ich mich schnell, denn hätte er mein Verhalten zur Kenntnis genommen und sich meinen Pass zeigen lassen, wäre ich sofort des Landes verwiesen worden.

Johannesburg, die größte Stadt Südafrikas

In dieser Großstadt suchte ich einen Zahnarzt auf, weil mich ein Backenzahn schmerzte. Wie verwundert war ich, mit welcher Methode er den Zahn zog, und zwar mit einer Hebelvorrichtung. Die etwa drei Zentimeter lange Stützbasis kam auf die Zähne zu liegen, während ein Schraubgewinde, das an einem Bügel zum Zahn herunter ragte, diesen umschloss. Nun wurde der am anderen Ende befindliche Hebel nach unten gedrückt und der Zahn ohne Mühe herausgezogen. Später in Deutschland oder Amerika habe ich nie wieder solch ein Patent in Anwendung gesehen, vielmehr zog der jeweilige Zahnarzt mit Muskelkraft den Zahn heraus. Und durch Ungeschicklichkeit konnte der Zahn sogar brechen, was mit dem Hebelwerkzeug wohl kaum passieren könnte. Von diesem Zahnarzt ließ ich meine vordere Zahnlücke durch ein Provisorium schließen. Eine endgültige Brücke wurde mir erst später auf Kreta eingesetzt, über dessen mysteriösen Vergoldungsprozess ich schon im vorherigen Band geschrieben hatte.

Ein Farbiger erzählte mir folgendes Kuriosum, dass in seinem Dorf die zu heiratenden Frauen mit Kühen bezahlt werden. Je molliger eine

Frau ist, desto mehr Kühe müsse der Brautwerber bezahlen, während schlanke Frauen für ein oder zwei Kühe zu haben seien.

Von den Büchern, die ich mir sogleich in Johannesburg kaufte, hatte mich eines ganz besonders beeindruckt. Es hieß *„Silverbearch speaks again"* (Silberbirke spricht wieder). Er ist ein Indianer, der durch das bekannte englische Trancemedium *Maurice Barbanell* sprach. Später sollte ich zwei Bücher von Silberbirke im Silberschnur Verlag veröffentlichen. Hier sind einige Auszüge:

„Die Größe deiner Seele misst sich nicht daran, was du glaubst, sondern was du tust. ... Solange die Menschen auf Erden nicht begreifen, dass sie Seelen und nicht Körper sind, haben sie von der eigentlichen Realität noch keine Ahnung. ... Nur wenn sie sich ihres eigenen wahren Ichs, ihrer spirituellen Natur, bewusst werden, befinden sie sich im Angesicht der Wahrheit. Sich selbst zu finden ist der eigentliche Sinn eines Erdenlebens. Denn wenn du diesen erfasst hast, wirst du, so du weise bist, jene dir innewohnende Göttlichkeit entwickeln. ... Konzentriere dich ganz auf die Aufgabe, andere von der eigentlichen Realität zu überzeugen. Dies ist der einzige Grund für alle unsere jenseitigen Bemühungen. Nichts anderes zählt. ... Spirituelle Vollkommenheit zu erreichen ist kein einfacher Weg. Es ist ein einsamer Weg – und er soll es auch sein. ... Die Seele findet nicht durch Bequemlichkeit, Muße oder Eitelkeit zu sich selbst, sondern durch emsige Arbeit an sich selbst und Schwierigkeiten. Es war nie gemeint, leicht zu sein. ... Eure Welt ist nur ein Schatten, und euer Körper ist nur das Instrument eines viel höheren Selbsts. ... Es gibt keine Wunder. Alles wird von der unendlichen Liebe und der unendlichen Weisheit geleitet. ... Ihr leidet allein deshalb, weil ihr unwissend seid. ... Der Tod hat keine Macht über Leben und Liebe. ... Es gibt nichts zu fürchten, da diese Liebe existiert. ... Wenn ihr in eurer Welt über einen soeben Verstorbenen trauert, dann herrscht Freude über seine Ankunft in unserer Welt. Für euch ist es ein Abschiednehmen, bei uns ist es ein Willkommenheißen. ... Wenn ihr in unsere Welt kommt, werden euch die Dinge, die euch auf Erden Sorgen bereiteten, trivial erscheinen. Doch die Dinge, die uns wichtig erscheinen, sind die, welche die Seele bereichert hat. Eure Welt ist ein Übungsfeld, eine Schule, in welcher Lektionen gelernt werden. ... Gäbe es dort keine Auseinandersetzungen, keine Ge-

gensätze, keine Schwierigkeiten, keine Probleme, könnte der Geist (spirit) nicht wachsen, könnte sich nicht entwickeln. Der Lebenskampf bringt die besten, größten und tiefsten Qualitäten hervor. ... Alle Dinge, die aus Materie beschaffen sind, haben bei uns keinen Bestand mehr. ... Ehrgeiz, Wünsche, das Aneignen von Reichtum, all das zählt bei uns nicht mehr. Aber du bleibst ein spirituelles Wesen. Nur dein innerer Reichtum zählt. Dies ist die Lektion, die auf Erden gelernt werden muss. Und wenn du sie gelernt hast, dann bist du weise geworden, denn du hast zu dir selbst gefunden. Und wenn du zu deinem wirklichen Ich gefunden hast, dann hast du auch zum Großen Geist gefunden."

2.   Botschaften aus fliegenden Untertassen

Herr Philipps hatte mir die Adresse eines ihm befreundeten jüdischen Ehepaares gegeben. Ich rief dort an und wurde eingeladen, bei ihnen zu wohnen, bis ich eine eigene Bleibe gefunden hätte. *Dennis* und *Carol Newman* bewohnten eine Villa und hatten viel Platz für Gäste. Er war höherer Angestellter in einer Firma, während sie einer Halbtagsbeschäftigung nachging. Dennis hatte viele Freunde, die sich mit der Ufo-Forschung beschäftigten, und er war zugleich ein Medium, das zu einem Raumschiffkommandanten Kontakt aufzunehmen in der Lage war. So saßen eines Abends sein Freund *Jeff Levin*, er und ich im Wohnzimmer zusammen, als Dennis sich auf einmal in einer Halbtrance befand. Eine tiefere Stimme sprach durch ihn und stellte sich als Ashkar, der Kommandant des Sternschiffs Nummer 10, vor. Zuerst sprach er Dennis selbst an, doch zum Schluss hin richtete sich seine Durchsage ganz an mich. *„Wir haben diese Woche mit dir gearbeitet und dir hohe Energie zufließen lassen, die dir Schmerzen im Kopf bereitet haben. Diese werden jedoch deinen Metabolismus und die Vibrationen der Atome beeinflussen. Aber alles dient dir zur Heilung. Wir werden weiterhin mit dir arbeiten. Fahre darin fort, diese von uns dir zugeflossene und in dir gespeicherte Energie an jene weiter zu senden, denen du begegnest. Sende Liebe, Friedensgedanken, Harmonie und guten*

Willen an alle, besonders aber an diejenigen, die sich in höheren Positi-
onen befinden. Eine Veränderung muss kommen. Aber du kannst dabei
helfen, dass diese Veränderung sich mit so wenig wie möglichem Men-
schenverlust vollzieht. (zu Dennis) Der Besuch deines Gastes war ein
Teil des vorgesehenen Plans. Er wird über unsere Arbeit anderenorts
berichten. Denn er geht einer ganz speziellen Zukunft entgegen. Wir
segnen dich, Tom

Fahret fort zu meditieren. Wir sind bei euch. Für heute alles Gute, auf
Wiedersehen."

Oft jedoch führte er Dennis' Hand und schrieb durch ihn „Automatische Botschaften" auf, die mein Freund bald herauszugeben beabsichtigte. *Carol* und ich befanden uns manchmal allein in der Wohnung. Wir übten auf einander eine magnetisch prickelnde Anziehung
aus. Und wenn sie nicht die Frau meines neuen Freundes gewesen
wäre, hätten wir uns bestimmt geküsst und mehr. In einem Musikaliengeschäft entdeckte ich eine Plattenaufnahme einer mir bisher noch
unbekannten Oper des von mir hochverehrten *Richard Wagners*. Und
da ich wusste, dass Carol ebenfalls klassische Musik, vor allem Opern
liebte, lagen wir nun vor dem Plattenspieler auf dem dicken Teppich
und hörten – halten Sie sich fest, es ist wirklich wahr – *„Das Liebesver-*
bot". Nur in Gedanken küsste ich sie und sie mich vielleicht auch. Doch
rührten wir uns nicht an. Und als ich die Stelle des deutschen Textes
übersetzte, bei welcher der Hauptmann sich gegen das angeordnete
Liebesverbot empört und meint, dass er als Sizilianer einer Versu-
chung nicht widerstehen könne, während nur ein Deutscher sich an
solche Verbote halten würde, mussten wir beide wohl gelacht haben.

Dennis nahm mich eines Abends mit zu einer Frau, die ebenfalls
medialen Kontakt zu einem UFO-Kommandanten herzustellen vermochte. Bei jener älteren Lady unterhielten wir uns über dieses uns
faszinierende Thema. Schließlich sagte sie, dass sie hin und wieder
nachts zu einer bestimmten Stelle fahre, wo sich ihr manches Mal
UFOs zeigten. Und da sich der Himmel in heutiger Nacht besonders
für die Sichtung von Raumschiffen eignete, schlug sie vor, mit ihrem
Landrover sogleich loszufahren. Nach etwa einer Stunde erreichten

wir inmitten einer steinigen und von Sternenlicht erhellten Landschaft jenen Ort. Wir hatten Plastikstühle mitgebracht und schauten in die von ihr angegebene Richtung hinein, wo sich eine Bergkette abzeichnete, über welche die Außerirdischen mit ihren Raumfahrzeugen kommen sollten. Natürlich war ich aufgeregt. Ich musste als „zweifelnder Thomas" das Mysteriöse zuerst selbst wahrgenommen haben, bevor mein kritischer Verstand dieses als Realität akzeptierte. So harrten wir auf unseren Stühlen aus. Und immer wieder rief unsere Ufo-Kontaktvermittlerin in die Nacht hinaus den Namen ihres Flugkommandanten, sich doch bitte mit seinem Gefährt uns zeigen zu wollen. Doch ihre Bitten blieben erfolglos. Nach etwa drei Stunden gaben wir auf und fuhren zurück. Wie sie uns erklärte, müsse ihr Kommandant in dieser Nacht wohl woanders zu beschäftigt gewesen sein. Sie meinte, dass wir es ein andermal mit einer erneuten nächtlichen Fahrt in diese Gegend versuchen sollten. Doch dazu sollte es nicht mehr kommen.

Herr Phillips hatte mir in Bulawayo besonders empfohlen, *Rosemary Parvin*, das berühmteste Malmedium Südafrikas, aufzusuchen, die unweit von Johannesburg lebte. Ich fragte Dennis, ob er sie kenne. Er hatte von ihr schon gehört und nahm nun die Gelegenheit wahr, an einem Nachmittag mit mir zu ihr zu fahren. Rosemary, eine schon ältere Dame, war zu neunzig Prozent blind. Mit ihr, ihrem Mann und einem anderen Gast tranken wir Tee, während sie uns ihr erstes Büchlein präsentierte, das Farbabbildungen der von ihr gemalten jenseitigen Geistführer enthielt. Auch hingen von diesen einige etwa 50 Zentimeter hohe und 30 Zentimeter breite Pastellgemälde an den Wänden. Ich war angetan von deren Gesichtszügen, die so viel Güte, Liebe und Weisheit ausdrückten. Wie konnte man so etwas malen? Sicherlich, ein Raffael oder ein Leonardo hätten es vermocht. Aber eine im Malen ungeschulte Frau? Das Interessante war, wie sie auf meine Fragen hin erklärte, dass sie selbst gar nicht richtig sehe, was sie male, würde doch ein jenseitiger Maler, ein Franzose aus der Zeit Napoleons, ihr die Hand führen, ohne dass Rosemary uns seinen Namen verriet. Natürlich musste ich an Rosemary Brown denken, deren Hand ebenfalls von jenseitigen Musikern geführt wurde, um Beweise ihres Fortlebens auf einer höheren Ebene des Daseins samt ihres kreativen

Schaffens den Inkarnierten zu vermitteln. Aber dieser Geist, der sich durch Frau Parvins Hand als Malgenie bewies, fertigte die Porträts der uns auf Erden unsichtbar begleitenden Geistführer und spirituellen Lehrer an, ohne sich selbst als ein früherer irdischer Meister zu offenbaren. Sicherlich hatte er sich jetzt einen anderen Malstil zugelegt, der im Widerspruch zu seiner vormaligen irdischen Malweise stand, weshalb man, so er seinen Namen offenbarte, ihm nicht glauben würde, nun so ganz anders zu porträtieren. Rosemary fragte mich, ob ich meine Geistführer kennen würde? Ich antwortete, dass ich einige kenne, die sich mir in Séancen in Rhodesien vorgestellte hatten. Sie schaute mich genauer an und sagte, dass ich einen „Herrn Doktor" bei mir hätte, der sich ihr zeige. Außerdem stünde noch ein Ägypter bei mir. Ersteren kannte ich, denn er war jener Dr. Gebhardt. Ich wunderte mich, dass sie diesen erkannt hatte. Ich fragte, ob sie mir dessen Porträt malen könne. Doch sie zuckte bedauernd mit den Schultern und entgegnete, dass sie eine lange Liste von Leuten besäße, die ebenfalls ein Bild ihres jeweiligen Geistführers haben wollten. Sie könne frühestens dieses in einem Dreivierteljahr malen. Ich erklärte ihr, dass ich sicherlich nicht so lange im Lande bleiben würde. Sie wollte daher versuchen, meinen Geistführer in den nächsten Tagen zu porträtieren. Ihr Mann würde mich dann über Dennis verständigen, wann ich es mir abholen könnte.

Eric, der andere Gast, hatte Tonbandstimmen samt einem Kassettenrecorder mitgebracht. Ein verstorbener Herr *Raudive* hatte sich in Deutschland Leuten mit Hilfe des Radios aus der jenseitigen Welt verkündet. Hiervon waren Kopien sogar nach Südafrika geschickt worden. Dies war eine ganz neue Beweismethode für Jenseitskontakte, die von einem schwedischen Herrn namens *Friedrich Jürgenson* zufällig entdeckt worden war. Wenn man also einen Radiosender auf eine gestörte Frequenz einschaltete, auf der nur ein Rauschen vernommen wird, konnten Jenseitige diese undeutlichen Frequenzen als Material benutzten, um daraus ihre jenseitigen Stimmen zu formieren. Meist waren diese Stimmen nur undeutlich zu hören, manches Mal aber auch wieder ganz deutlich. Und da ich als einziger Deutscher nun jene auf Deutsch durchgegebenen Wörter vernahm, übersetzte ich sie den Anwesenden. In den späteren Jahren hatte sich die Deutlichkeit dieser

Stimmen aus dem Jenseits durch die sich vielerorts etablierende Tonbandstimmenforschung weiterentwickelt. Sollte man wirklich in der Zukunft mit den Jenseitigen telefonieren können? Eine faszinierende Idee. Aber ich glaube, dass es nur bei solchen Einzelkontakten bleiben wird, widerspräche solch eine Kommunikation doch dem Sinn unseres Daseins, dass wir durch eigene Kraft uns im Erdenleben zu höheren Zielen durchzuringen haben. Wenn uns jedoch Jenseitige überzeugend beeinflussen könnten, würden wir wahrscheinlich uns ganz nach ihrem höheren Wissen richten und nicht mehr eigenmächtig aus uns selbst heraus handeln. Wir würden somit auch keine Fehler mehr begehen, die gegen die Liebe verstoßen. Wir würden dann alle gedrillte Gutmenschen sein, Zombies also, die als Seelenmarionetten an den Durchgabeschnüren von wohlmeinenden Verstorbenen hingen. Auch diese hatten sich erst ihr höheres Wissen in der jenseitigen Welt durch Erfahrungen und Erkenntniserweiterung anzueignen gehabt Aber derlei Überlegungen sind überflüssig, werden nur solche Menschen sich den Offenbarungen aus höheren Ebenen öffnen können, die für solcherlei Hinweise resonanzfähig geworden sind.

Tatsächlich hielt ich nach einigen Tagen das Porträt von Dr. Gebhard in den Händen. Rosemary sagte, dass mein Meister ein Chinese sei, der von ihr auch noch für mich gemalt werden wolle. Somit schauen jetzt in meiner Berliner Wohnung zwei meiner fürsorglich mich unsichtbar Begleitenden auf mich herab, wenn ich dort am Schreibtisch sitze. Der eine kümmert sich um mein körperliches Wohl, der andere um meine geistigen Fortschritte.

Mein Geistführer Dr. Gebhardt

Bald schon hatte ich unweit der Stadtmitte in *Berea* ein kleines Apartment gefunden. Auch verständigte ich telefonisch das Deutsche Konsulat in Kapstadt mit der Bitte, meine dort auf mich wartende Post nach Johannesburg zu senden, die ich dann auch bald auf dem hiesigen Konsulat gegen Vorlage meines Passes abholen konnte. Ich legte mir einen neuen Anzug zu nebst weißen Hemden und Schlipsen. Denn wenn ich bei meiner Firma vorsprechen wollte, musste ich mich pflichtgemäß präsentieren. Die Büroräume der *World Libraries* befanden sich mitten in dem Geschäftsviertel in einem oberen Stockwerk der *Trustbank*. In *John Binda* fand ich einen Manager vor, der glücklich war, einen erfahrenen „salesman" (Verkäufer) zu begrüßen. Ich könne, wie er mir sagte, meine eigene Mannschaft an Verkäufern zusammenstellen, sie ausbilden und sie dann abends und an Wochenenden in die Vororte fahren und sie an Türen klopfen lassen, um den Familien die zum Verkauf angebotene ganzfarbige Enzyklopädie zu einem Vorzugspreis anzubieten. Schon am selben Tag schalteten wir eine Anzeige, und am nächsten Tag interviewte ich die ersten, die auf diese Annonce hin sich bei mir vorstellten. Innerhalb von vier Tagen hatte ich eine von mir für die Verkaufspräsentation ausgebildete Truppe zusammen, die ich dann mit dem von John mir geliehenen Zweitwagen abends in die Vorstädte der Weißen oder der Inder fuhr. Abends gegen 10 Uhr sammelte ich sie wieder ein und brachte sie an ihre Verkehrsverbindungen. Der Verkauf stellte sich glänzender heraus als in Australien oder in Neuseeland. Ich verdiente nicht nur durch die von mir direkt abgeschlossenen Verträge, sondern als „field-manager" bekam ich Prozente von dem, was meine Mannschaft auf Kommissionsbasis umsetzte.

Mit meiner Gruppe von Lexikaverkäufern vor dem
südafrikanischen Monument.

Zwei Wochen vor Weihnachten schrieb ich an meine Schwester Uta folgenden Brief:

„Ich habe mich in Südafrika schon fast eingelebt, könnte jedoch auf die Länge es hier kaum aushalten, denn zu viel Hass versteckt sich hinter den Menschenmasken, die oftmals heruntergenommen werden, um die hässliche Fratze erkennen zu lassen. Viele Freundschaften konnte ich schon schließen, obwohl mir meines 80-Stunden-pro-Woche-Jobs wegen kaum Zeit für private Geselligkeiten übrig bleibt. Ich werde jetzt in den nächsten Monaten so viel Geld wie möglich schaufeln, um die notwendigen Finanzen für meine weiteren Reisejahre zu ersparen. Euren letzten Sommer scheinen wir nun vererbt zu bekommen, denn der erhoffte Regen bleibt aus, und 30-35 Grad sind hier an der Tagesordnung. Doch da ich an afrikanische Temperaturen gewöhnt bin, brauche ich nicht wie andere unter der Hitze zu leiden oder über die Schwüle zu klagen.

Am Wochenende fahre ich mit mehreren Repräsentanten meines Büros in eine der etwa 100 bis 150 Kilometer außerhalb Johannesburg gelegenen Ortschaften, wo wir dann türklopfenderweise Bücher verkaufen. So gibt es in meinem jetzigen Job viele Abwechslungen, wenn auch wenig Zeit für private Interessen. Ich habe in den letzten Reisemonaten viel gelesen, muss jetzt aber darauf verzichten. ..."

Unter den Briefen, die mir aus Kapstadt nach Johannesburg nachgeschickt worden waren, befand sich auch ein Brief von Fern. Sie äußerte darin den Wunsch, mich wiederzusehen und nach Südafrika zu kommen, um sich nach einer Arbeit umzusehen. Nun schrieb ich zurück, dass sie bei mir wohnen könne und ich ihr auch anbiete, in unserer Firma als Buchverkäuferin zu arbeiten.

An meinen Freund Jochen schrieb ich am 18.12. einen Brief, aus dem ich einige Auszüge hier wiedergebe:

"... Ich harre noch Deines Nietzsche-Essays. ... Als ich vor drei Wochen hier ankam, kaufte ich erst einmal für gut 200 Mark Bücher meist spiritistischen Genres, da mich dieser Komplex mit unvergleichlicher Vehemenz packte, zumal Sitzungen mit Trancemedien und Hellsehern sein Übriges zu diesem meinem neuen Interessensbereich taten.

Da ich seit gut einem halben Jahr selbst Auto- und Heterohypnose betreibe und mit beidem sehr interessante Ergebnisse erzielen konnte (z. B. Regression in ein früheres Leben bei einer älteren Dame), habe ich mich auch nach nahestehender Literatur umgesehen. ... Ich würde gerne Jan (Anm: Jochens Bruder) ein Buch über diesen Bereich schicken, kann es aber gegenwärtig nirgends erstehen. Es ist das Buch von Joan Grant „Many Lifetimes", das zusammen mit ihrem dritten Mann, einem Psychiater, geschrieben wurde. Hier wird durch Regressionen in die frühere Leben einzelner Individuen nachgewiesen, dass bestimmte Phobien oder besondere Eigenheiten ihren Ursprung in vorausgegangenen Inkarnationen gehabt haben. ... Wenn das entliehene Buch seinen Weg von Rhodesien an mich zurückfindet, werde ich es gleich an Jan weiterleiten, wie ich Dir im weiteren Verlauf des kommenden Jahres Bücher zu ihrer Aufbewahrung bis zu meiner Rückkehr zuschicken werde. ... Übrigens befindet sich neben dem Original meines „Erstlings" (Anm: T & F) auch noch ein Durchschlag in Deinem Keller, der Dir hiermit als Ersatz zugeeignet ist. Ich musste diese „Sendung" (Anm: an Maria) vornehmen, um mich vielleicht selbst von einem Gebanntsein zu befreien, dessen Wurzeln tief in meiner Seele verschlungen waren. Und wahrlich, ich scheine jetzt entbannt zu sein. ...

Ich arbeite augenblicklich wieder bei meiner „alten" Lexikonfirma und klopfe an fremder Leute Türen, meist bei Dunkelheit. Ich spare jetzt, um bald einen Kleinbus wie einst in Neuseeland zu besitzen, womit ich meine mir zugeordneten Verkäufer befördern kann. Wir werden sehen, wie sich alles entwickelt. Ist wirklich die Kleidersendung nach Äthiopien abgegangen? Vor kurzem erhielt ich einen Brief von nämlichem Waisenhaus, in dem die Bitte geäußert wird, für sieben Waisenkinder Pateneltern in Deutschland zu finden, die jeweils ein Kind mit monatlich 30-50 DM (im Briefumschlag) unterstützen könnten. Ich sende Dir diesen Brief und muss es mehr oder weniger Dir überlassen, diesen bei einer Elternversammlung vorzulesen und mit meinem Ersuchen um Mithilfe zu begleiten. Da mich jene Eltern geschätzt zu haben scheinen, könnte es durchaus sein, dass meine Bitte bei dem einen oder andern Ehepaar Gehör findet. ... Bitte sende mir alle meine RING-Kassetten (ohne Gehäuse) nebst Bruckner 6., 7. und 8.; Mahler 2., 8. und 9., einiges von Beethoven, Schubert, Mozart und Brahms in Kammermusik nebst meinen Beatles- und Rolling-Stones-Kassetten, da ich letztere für meine Repräsentanten benötige. Es wäre schön, wenn Du bald alles per Luftpost befördern lassen könntest. ... Vor vierzehn Tagen wohnte ich einer Séance bei, in der Botschaften von „Fliegenden Untertassen" durch Automatisches Schreiben durchgegeben wurden. ..."

Wie ich das Weihnachtsfest verbrachte, weiß ich nicht mehr. Auch könnte es sein, dass ich die Silvesternacht verschlafen hatte.

3.   Geisterkontakte in Johannesburg

Lorraine aus Bulawayo teilte mir mit, dass sie nach Johannesburg kommen werde, um dort befreundete Medien aus dem Lalasal-Kreis aufzusuchen und an Séancen teilzunehmen. Sie fragte mich, ob ich solchen Treffen beiwohnen möchte. Natürlich wollte ich keine dieser Sitzungen mit Geistern versäumen. Ich arrangierte an jenem Abend des 3. Januars 1977, dass ein anderer Kollege unserer Firma meiner Gruppe von Verkäufern die Reviere zuteilte und sie später wieder einsammelte. Ich traf Lorraine und ihre ebenfalls mediale Freundin *Rosemary* bei dem Medium namens *Toni* in deren Wohnung, wo sich noch fünf andere Leute eingefunden hatten. Wir setzten uns bei Rotlicht in einen Kreis, und Toni sprach ein Gebet, in welchem sie die mit uns befreundeten Geister bat, anwesend zu sein und uns auch vor Einmischungen unerwünschter Unsichtbarer zu schützen. Sie befand sich schnell in Trance. Ihr Geistführer, ein Indianer *Running Horse*, sprach zuerst durch sie und begrüßte uns. Daraufhin meldeten sich noch andere Verstorbene, sogar ein Kind. Jeder von uns wurde angesprochen. Lorraine, die sich wie Rosemary ebenfalls in eine Halbtrance begeben hatte, sagte, dass ich einen Mann namens *Günther Stark* in mir hätte, der befreit werden möchte. Er, wie er ihr telepathisch mitteilte, sei in Iserlohn geboren und habe bei der Deutschen Eisenbahn in Menden gearbeitet. Während des Ersten Weltkrieges sei er 1917 an der Front ertrunken. Ich erinnerte mich, dass dieser Günther schon in Bulawayo in einer Séance mit Lorraine durch sie gesprochen hatte. Auch Rosemary nahm nun mit jenem Deutschen Kontakt auf. Doch dann meldete sich einer der Geistführer Tonis wieder und wies mich darauf hin, dass ich noch nicht eigenmächtig Erdgebundene befreien sollte. Denn dies möge vorerst nur in Gegenwart kundiger Helfer geschehen. Aber er werde dafür sorgen, dass heute Abend mit meiner Hilfe Günther befreit würde. Lorraine redete Günther an und versuchte ihn davon zu überzeugen, ins Licht zu gehen. Doch anscheinend verstand dieser sie nicht. Dann redete ich ihn auf Deutsch an und erklärte ihm, dass es eine jenseitige Welt gebe, in welcher er einen neuen Körper bekäme und auch viele Familienmitglieder und Freunde dort treffen würde, die sicherlich ihn schon lange vermissen würden. Als er seine Bereitschaft zu gehen bekundete, sah auf einmal Lorraine dessen Mutter, die ihre Arme ausstreckte und ihn mit sich ins Jenseits nahm, in welches wir alle, wenn auch manchmal mit Verzögerungen, zurückkehren. Dies war mein erster Fall von mitbewirkter Befreiung eines Erdgebundenen. Späterhin sollten alle jene von mir als Rückführungstherapeuten Ausgebildeten ebenfalls lernen, wie man Klienten von eventuell mitgeschleppten und sie irritierenden Verstorbenen oder von unliebsam anhaftenden Energien befreit.

Durch Lorraine meldete sich *Dee On* zu Wort. Dieser habe sich, wie er versicherte, ebenfalls in jenen Kreis von Geistern eingereiht, die mich begleiten. Wie Lorraine ihn mir späterhin beschrieb, sei er ein Ägypter, der einen langen weißen Bart und ebenfalls langes weißes Haar trage. Running Horse gab uns zu verstehen, dass er der wieder in Trance befindlichen Toni seine Kriegsbemalung auf deren Gesicht manifestieren wolle. In dem schwachen Rotlicht haben einige der Beisitzenden diese erkennen können, was mir jedoch zu sehen versagt blieb. Doch fühlte ich während der Séance, dass jemand von den Unsichtbaren meine Armgelenke streichelte. Als das Licht wieder hell erstrahlte, konnte ich an den Gesichtern erkennen, dass alle Anwesenden von dem Erlebten noch tief beeindruckt waren. Beim Abschied sagte Toni zu mir, dass ich, solange ich mich in Johannesburg aufhielte, gerne zu weiteren Séancen komme dürfe, fänden diese an jedem ersten Mittwoch eines Monats bei ihr statt.

An einem der nächsten Tage tauchte auf einmal *Fern* bei mir auf. Wir schliefen gleich vom ersten Tag an in einem Bett. Nach wenigen Tagen hatte sie in der Firma auch den Text für die Präsentation der zu verkaufenden 20-bändigen Farbenzyklopädie erlernt. Ich nahm sie als meine Begleiterin an ihrem ersten Verkaufsabend mit, sodass sie erfahren konnte, wie ich dabei vorging. Am nächsten Abend teilte ich ihr eine Häuserreihe zu, sodass sie nun wie alle anderen Repräsentanten von Tür zu Tür ging und sich nach den geeigneten Eltern mit Kindern durchfragte, denen sie unser Programm anhand auf dem Boden auszubreitender bunter Vorlagen vorstellte. Wenn am Schluss einer solchen Präsentation, die gut eine Stunde dauern konnte, die Eltern zustimmten, diese Enzyklopädie zu erwerben, wurde der Vertrag unterschrieben. Durchschnittlich schlossen meine von mir ausgebildeten Verkäufer drei Verkäufe pro Woche ab, wodurch sie auf Kommissionsbasis das verdienten, was dem normalen Durchschnittseinkommen einer anderen Tätigkeit entsprach. Einige verkauften weniger als drei Enzyklopädien, andere schafften es sogar auf acht oder mehr Abschlüsse.

Fern war eigentlich gar nicht mein Idealtyp von Frau, was mein sexuelles Begehren sehr einschränkte. Doch verfügte sie über ein heiteres Wesen, sodass wir oft zusammen lachen mussten. Bald schon lebten wir praktisch wie Schwester und Bruder zusammen. Uns verband außer dieser Kameraderie ein großes Interesse an spirituellen Dingen. Sie las in den von mir erworbenen Büchern, denn sie brauchte erst am Nachmittag in der Firma zu erscheinen, während ich schon um neun dort zu sein hatte, um die Neubewerber zu interviewen und dann gegen elf mit dem Unterrichten der Neulinge zu beginnen. Um 2 Uhr trafen sich die bereits eingeführten Verkäufer, um immer wieder die Verkaufstechniken zu trainieren. Um fünf Uhr gingen wir alle essen. Danach fuhr ich sie in die jeweiligen Bezirke und teilte ihnen ihr Revier zu, sodass wir gegen sechs Uhr mit der Arbeit beginnen konnten. An Regentagen bekam jeder einen Apartmentblock zugewiesen. An einem regnerischen Abend schritt ich in *Berea*, vom obersten Stockwerk eines runden Hochhauses beginnend, von Tür zu Tür. So lernte ich *Petar Stankovic* und seine Frau kennen. Beiden war es gelungen, mit ihren zwei Kindern aus Jugoslawien auszuwandern. Er machte seine Entscheidung, die Enzyklopädie zu erwerben, davon abhängig, was über den größten Wissenschaftler seines Landes, eben über *Nikola Tesla*, darin zu lesen sei. Wenn auch nicht der darin befindliche Artikel über diesen Erfinder des Wechselstroms und anderer hervorragender Entdeckungen ihm ausgiebig genug erschien, unterschrieb er trotzdem den Verkaufsvertrag. Danach saßen wir noch bis halb zehn zusammen und unterhielten uns über Nikola Tesla. Er, welcher der Menschheit so viel Licht brachte, behauptete, mit Außerirdischen in Kontakt zu stehen, die ihm seine vielen Erfindungen eingaben. Seine Exzentrizität und seine für die damalige Zeit unglaubwürdigen Behauptungen hatten das Stockholmer Nobelpreiskomitee wohl davon abgehalten, ihn mit dem wohlverdienten Preis als bedeutendsten Physiker seiner Zeit zu ehren. Mit Petar begann eine Freundschaft, der ich nur sporadisch nachkommen konnte, verblieb mir doch nur wenig Zeit für Bekanntschaften, sodass ich auch Dennis und Carol nur telefonisch sprechen konnte.

Am ersten Mittwoch im Februar begleitete mich Fern zu *Toni* die mir erlaubt hatte, meine Freundin zu dieser Séance mitzubringen.

Durch dieses Medium verkündete sich wiederum *Running Horse* und andere. Doch dann sprach ein neunjähriges Mädchen aus der geistigen Welt *Rosemary* an. Und sie fragte es, ob es sie in ihrem Büro im Carlton Center besuchen kommen würde. Und die Jenseitige entgegnete, dass sie heute schon dort bei ihr gewesen sei, und fragte ihrerseits, ob sie nicht heute etwas vermisst habe. Rosemary antwortete, dass sie nach einem Papier gesucht habe, das vordem auf ihrem Arbeitstisch gelegen habe und auf einmal verschwunden sei, bis sie es nach langem Suchen zwischen den Seiten einer Zeitung wiederfand. Und die Neunjährige sagte, dass sie es gewesen sei, die dieses Papier dort versteckt habe, um ihr jetzt einen Beweis geben zu können, dass sie tatsächlich bei ihr gewesen war.

Einen Monat später fanden Fern und ich uns wieder bei Toni zu einer Mittwochsséance ein. Außer den Medien *Toni* und *Rosemary* war auch das Medium Tony Garside zugegen. Er war der Sohn des berühmten *Arthur Garside*, von dem ich von verschiedenen Leuten schon so viel vernommen hatte. Wiederum hatten etwa zehn Teilnehmer im Kreis Platz genommen. Nachdem Tonis Geister sich vernehmen ließen, fiel ich auf einmal in Halbtrance, und ein Geist sprach durch mich. Er war, wie er sagte, nur ein Besucher, ohne uns seinen Namen zu nennen. Er hielt einen Vortrag über Befreiungsarbeit und sagte, dass ich als ein Befreiungsmedium entwickelt werden würde, das auch ohne die Hilfe anderer Medien diese Arbeit durchzuführen im Stande sein werde. Dies war das erste Mal, dass ein Geist durch mich gesprochen hatte. Nach dieser Séance saßen wir wie üblich bei Tee und Keksen noch zusammen. Ich wollte von Tony noch mehr über seinen Vater, diesen Botschafter Gottes, erfahren. Er sagte, dass dieser nun bald nach Bulawayo kommen werde, bevor er wieder von seinem Geistführer David in die Welt hinausgeschickt würde. Ich rief Lorraine an und erfuhr, dass Arthur in der nächsten Woche sich in ihrer Stadt aufhalten werde. Für mich stand fest, diesen Mann unbedingt kennen lernen zu müssen.

Bis Ende Februar hatte ich so viel verdient, dass ich mich von meinem Chef *John Binda* verabschiedete, wollte ich doch noch Namibia und vor allem Kapstadt und Umkomas aufsuchen, bevor ich Südafrika verlassen würde. John, der mir immer sehr gewogen war und mich wegen meiner vielen Reiseabenteuer beneidete, sagte, dass er mir für solch eine Rundreise seinen alten Zweitwagen gegen eine geringe Leihgebühr zur Verfügung stellen wolle. Dankend nahm ich sein Angebot an. Ich hatte Fern ebenfalls viel über meine Reisen erzählt und darauf hingewiesen, dass ich bald wieder weiter über Indien nach Japan zu reisen beabsichtige. Und sie fragte mich, ob sie mich begleiten dürfe. Ich wies sie darauf hin, dass ich in den Ländern per Anhalter zu fahren vorhatte und dass ich gegebenenfalls auch unter freiem Himmel schlafen würde. All das, wie sie meinte, sei für sie kein Problem. Schließlich stimmte ich zu. Sie müsse jedoch, wie sie erklärte, vorher zurück nach Rhodesien, um einen internationalen Pass zu beantragen und von ihrem Konto alles Ersparte abzuheben, um sich Reiseschecks zu besorgen. Und da ich sowieso nach Bulewayo fahren wollte, um Arthur zu treffen, beschlossen wir, gemeinsam nach Salisbury zu fliegen.

Doch bevor wir diesen Flug antreten wollten, schlug ich ihr vor, noch das etwa 320 Kilometer östlich gelegene *Swasiland* zu besuchen. Dieses Königreich, das 1968 seine Unabhängigkeit von britischer Verwaltung erteilt bekam, ist etwa halb so groß wie Belgien und Luxemburg zusammen und grenzt im Osten an Mosambik. Hier regierte *König Sobhuza II.*, der die Minister des Staates selbst bestimmte. Als Fern und ich in der Hauptstadt *Mbabane* ankamen, entdeckten wir, dass dieser Ort zu einem Großbordell für die weißen Südafrikaner verkommen war. Überall gab es Bars und Unterhaltungslokale mit unzweideutigen Werbeaufschriften. Auch an den Straßen standen die schwarzen Mädchen mit angemalten roten Lippen und hielten nach den Insassen der aus Südafrika kommenden Wagen Ausschau. Denn in dem Apartheitsstaat der Südafrikanischen Union durfte kein Weißer mit einer Schwarzen geschlechtlich verkehren. Doch hier waren dem hellhäutigen Mann keine Grenzen seiner sexuellen Lüste auferlegt. Schon am nächsten Tag trafen wir wieder in Johannesburg ein.

Bevor wir losflogen, schrieb ich noch folgenden Brief an meinen Freund in Berlin.

„Lieber Jochen!

Im beiliegenden Brief findest du meine Reiseschecks, die ich Dir zuschicke, da ich nicht zu viele davon mit mir herumzutragen beabsichtige. Auch in dem Deiner Großmutter zugesandten Buch befinden sich weitere Reiseschecks. Bitte hebe sie mir auf nebst der Liste mit den jeweiligen Seriennummern. Ich werde Dir wahrscheinlich erst von Indien aus am Ende dieses Jahres schreiben mit der Bitte, mir einige dieser Schecks zuzuschicken. Hast du meine Wagner-Kassetten schon an die vorherige Adresse abgeschickt? Wenn nicht, tue es sogleich per Luftpost. Andererseits lasse es mich sogleich wissen, damit ich den Ring mir noch beschaffe, denn ich möchte ihn mit auf meine Weiterreise nehmen. Ich reise mit meiner Rhodesierin morgen in ihre Heimat. Ende April werden wir in Mauritius und anschließend in Madagaskar sein. Da ich ihr noch Ostafrika zeigen will, werden wir auf unserem Weg nach Indien einen Umweg über Kenia nehmen. Fern, so ist ihr Name, ist eine Komposition aus Farmerstochter und Balletttänzerin. Sie hat also vom Robusten ebenso viel wie vom Graziösen.

Das Buch von Joan Grant dürfte vor allem Deinen Brüdern, die sich mit Reinkarnation und Hypnose beschäftigen, von größtem Interesse sein. ..."

4.   Meine Begegnung mit dem Botschafter Gottes

Am 5. März hatte ich mit Fern die Kirche der Spiritualisten in Johannesburg besucht. Dort zeigte der hellsichtige *Brian* auf mich und sagte, dass er sicher sei, dass ich von einem anderen Stern komme. Ich amüsierte mich insgeheim über diese Mitteilung und maß ihr keine größere Bedeutung bei. Doch dann fragte er, ob ich einen Peter kenne. Ich bejahte, hieß doch mein Bruder so. Das Medium meinte dann, dass dieser sich Sorgen bereite, wo ich sei. Ich möge ihn doch baldmöglichst kontaktieren. Tatsächlich hatte ich ihm seit längerer Zeit nicht geschrieben.

Übrigens legen die Spiritualisten Wert darauf, nicht mit Spiritisten verwechselt zu werden. Letztere sind an der Herstellung von Kontakten zu Geistwesen als solches interessiert, setzen aber weniger die Werte um, die ihnen von höherer Seite vermittelt werden. Ihnen geht es um die Sensation als solche. Und viele Spiritisten lassen sich auch mit unreinen Geistern ein, um sich persönliche Vorteile zu verschaffen oder gar Ungutes zu stiften. Spiritualisten jedoch „sind sich des rechten Pfades wohl bewusst". Es geht ihnen darum, die Liebesbotschaft, die ihnen aus der jenseitigen Welt vermittelt wird, auch umzusetzen und sie an andere, so diese offen dafür sind, weiterzugeben.

Ohne Rucksack, sondern nur mit einer Handtasche versehen, flog ich mit *Fern* nach *Salisbury*, wo ich ihrer Mutter begegnete, die ich dann auch über die Erlebnisse ihrer Tochter mit Bobo befragte. Diese Farmersfrau war gar nicht darüber erbaut, dass sich Fern meinetwegen von David getrennt hatte. Als sie dann noch erfuhr, dass ich Fern mit auf meine Weltreise zu nehmen beabsichtigte, fiel ich bei ihr völlig in Ungnade. Nachdem meine Freundin ihr abgehobenes Geld in Reiseschecks eingetauscht und ihren Pass, der ihr nach Johannesburg nachgeschickt werden sollte, beantragt hatte, fuhren wir nach *Bulawayo*.

In dieser mir schon vertrauten Stadt konnten wir beide bei Lorraine unterkommen, die uns mitteilte, dass Arthur bereits angekommen sei und bei einem Ehepaar wohne. Sie rief bei diesem an und verabredete mit Arthur, dass Fern und ich ihn am folgenden Tag besuchen durften. Was hatte ich schon alles über *Arthur Garside* gehört. Er reiste in der ganzen Welt als Botschafter Gottes („messenger of God") herum, ohne über Geldmittel zu verfügen. So habe ihn Jesus schon nach Kanada, in die Vereinigten Staaten, nach England und Australien geschickt, um dort die Neue Botschaft Gottes zu verkünden, die Gott ihm durch Jesus, seinen Sohn, diktiert hatte. Und manches Mal soll es geschehen sein, dass Arthur sich vor Freunden transfiguriert habe, sodass auf einmal Jesus vor ihnen erschien und sie ansprach.

Und nun standen Fern und ich im Hause des Ehepaares Garvin diesem allseits bewunderten Mann gegenüber. *Arthurs* hagere, große Gestalt steckte in einem einfachen Anzug. Das dunkle Haar zeigte schon einen grauen Schimmer. Er strahlte eine Liebe und Güte aus, wie man sie nur selten bei einem Menschen wahrnimmt. Als wir uns gesetzt hatten, fragte ich ihn, ob das alles stimme, was man sich über ihn erzähle. Er lachte und sagte, dass er nicht wisse, was man über ihn verbreite. Ich bat ihn, uns doch darüber zu berichten, wie er von Jesus zu dessen Botschafter ausgebildet wurde. Und nun fasse ich zusammen, was wir beide von ihm selbst zu hören bekamen, indem ich seinen Bericht in der Ich-Form wiedergebe.

„Als ich in meinen sechziger Jahren Witwer geworden war, hörte ich inwendig eine Stimme, die mir mitteilte, dass Jesus zu mir sprach. Nachdem dieser sich mir eindeutig zu erkennen gegeben hatte, fragte er mich, ob ich bereit sei, ihm als sein Botschafter zu dienen. Ich erklärte demutsvoll meine Bereitschaft, in allem ihm zu folgen. „Dann", so sagte der Gottessohn zu mir, „gebe als Beweis deines Versprechens von heute an das Rauchen auf." Ich rauchte doch so gern. „Aber so es dein Wille ist" entgegnete ich, „gebe ich das Rauchen auf." Einige Tage später meldete sich Jesus wieder. Nun sagte er: „Gib von heute an dein Tennisspielen auf." Dieses war neben dem Rauchen mein größtes Vergnügen. Ich willigte also ein. Jesus, der sich mir von nun an als *David* vorstellte, unterbreitete mir, dass er mich in viele Länder der Welt hinaus zu schicken beabsichtige und dafür Sorge tragen werde, dass es mir als seinem Botschafter an nichts mangeln würde. Ich solle nur einen kleinen Handkoffer mit mir tragen, in welchem sich Schreibunterlagen, Unterwäsche, Körperpflegemittel sowie Rasierzubehör befinden. Für alles andere wie Unterkunft, Reisespesen und Kleidung würde immer gesorgt werden. Und als ich mich für dieses Unternehmen bereit erklärt hatte, sagte David zu mir: „Von nun ab benötigst du kein eigenes Auto mehr. Schreibe auf einen Zettel, dass du deinen Wagen verschenkst und die dazugehörigen Papiere nebst den Schlüsseln dem Erstbesten, der zu dir kommt, auszuhändigen gewillt bist, und klemme diesen hinter den Scheibenwischer." Ich bekam einen Schreck. Was? Mein Auto soll ich verschenken? Ich brauchte doch mein Auto, denn ich muss doch mit ihm zu meinen Freunden und zum Einkaufen fahren. Ich äußerte David gegenüber meine Bedenken. Doch er entgegnete: „Habe ich dir nicht gesagt, dass ich für deinen Transport aufkommen werde?" Mit zögernder Hand schrieb ich nun in großer Schrift auf den Zettel, dass ich meinen Wagen verschenke, und klemmte diesen samt meiner Anschrift ausgebreitet hinter den Scheibenwischer. Bald schon klingelte es an der Tür. Ein Mann stand davor. Er streckte mir den Zettel entgegen und sagte: „Ist das wirklich wahr, dass Sie Ihr Auto verschenken wollen?" „Ja", entgegnete ich und händigte ihm die Wagenpapiere und die Schlüssel aus. Er sah mich an, wie man einen Verrückten wohl betrachtet. Aber er bedankte sich, und ich schaute ihm nach, wie er mit meinem mir so liebgewonnenen Wagen davonfuhr. Auf was hatte ich mich wohl nun eingelassen? Hoffentlich wird David nicht noch mehr von mir verlangen.

Doch eines Abends meldete er sich wieder und sagte: „Ziehe deinen Mantel an und gehe immer geradeaus in Richtung Norden, bis ich dir sage, anzuhalten." Also machte ich mich auf. Ich überquerte Straßen, ging durch Täler und Höhen, über steinige Ebenen, achtete nicht darauf, auf mögliche Schlangen zu treten oder einem wilden Tier zu begegnen. Ich fühlte mich beschützt, denn ich spürte, dass David mich begleitete. Ich wusste nicht, wohin ich gehen sollte, was das eigentliche Ziel dieses langen Marsches sein könnte. Inzwischen war es Tag geworden, und die Sonne stach drückend heiß. Ich hatte nichts zu trinken. Ich fragte David immer wieder, wann ich denn angekommen sei. Doch er entgegnete: „Keep going." (lauf weiter.) Und als die Sonne am höchsten stand, sagte er zu mir: „Du hast den Test bestanden. Nun kannst du zurückgehen."

Doch wenige Tage später kam die größte Prüfung für mich. David sagte: „Jetzt verschenke dein Haus, denn du benötigst kein Zuhause mehr." Was? Mein Haus, das ich über viele Jahre von meinem Verdienst abgezahlt hatte, soll ich einfach so verschenken? „Aber mein Sohn wohnt doch noch gelegentlich bei mir?" „Er wird bei deinem Bruder unterkommen können. Bereite dir seinetwegen keine Sorgen. Also, wem wirst du dein Haus verschenken wollen?" Und ich ging zum Notar und übertrug mein Haus einem Wohlfahrtsverein. Einige Tage später sagte David zu mir: „Nun bist du von allem, was dich noch an irdische Dinge anbinden könnte, befreit. Jetzt beginnt deine Missionsreise in meinem Namen. Nun packe deinen Handkoffer nur mit dem Nötigsten, das ich dir genannt habe. Morgen früh stelle dich an die Straße, die nach Johannesburg führt. Ich werde dafür sorgen, dass man dich mitnimmt und dich auch zum Essen einlädt." Ja, und dann begann meine Reise kreuz und quer durch Südafrika und Rhodesien. Jede Nacht besorgte mir David irgendwo ein Quartier.

Vor allem schickte mich David später zu spirituellen Gemeinden, die ich inzwischen schon ein oder gar mehrere Male aufgesucht hatte, wo ich in deren Kirche, in Sälen oder Wohnstuben durch meinen Mund David sprechen ließ. Die Leute wollten mich gar nicht mehr so schnell weiterziehen lassen, sodass ich mit Davids Genehmigung länger an einem Ort verweilte. Doch sobald er mir die Anweisung gab, mich wieder an die Straße zu stellen oder mir auch gleich eine Mitfahrgelegenheit organisierte, fuhr ich wieder weiter. Sobald mein Anzug, mein Hemd oder meine Schuhe ein wenig abgetragen aussahen, gab mein Beschützer und Begleiter einer Person ein, mir Betreffendes zu schenken. Tatsächlich brauchte ich nie selbst verdientes Geld in der Tasche zu haben. Und niemals musste ich Hunger leiden.

Um euch ein Bespiel zu geben, wie David mich leitete: Eines Tages, es war kurz vor Mitternacht, setzte mich ein Lastwagen in einem kleinen Städtchen ab, das mir unbekannt war. Ich fragte David, wo ich denn nun die Nacht zubringen werde. Er antwortete, dass er schon für alles vorgesorgt habe. Ich solle zwei Block geradeaus gehen, dann nach links einbiegen, und dann würde ich am zweiten Haus auf der rechten Seite ein Licht brennen sehen. Dort solle ich an der Tür läuten. Ich fand das Haus. Eine Frau öffnete und fragte mich: „Sind Sie Arthur?" Ich war ganz erstaunt, dass sie mich, den ihr Fremden, plötzlich mit Namen anredete. Ich wurde hereingebeten und erfuhr, dass man an diesem Abend hier eine Séance abgehalten hatte, während welcher ein Geist ankündigte, dass heute zur sehr späten Stunde ein Botschafter Gottes mit Namen Arthur käme, den man hier übernachten lassen möge."

Und auf meine Frage, wie David es denn organisiert habe, dass er ihn als seinen wandernden Propheten nach Amerika, Europa und Australien schicken konnte, antwortete Arthur: „Freunde aus Südafrika und Rhodesien hatten Kontakt zu Gemeinden von Spiritualisten in Übersee und berichteten ihnen über mich. Daraufhin erfolgten Einladungen. David hatte mir auch schon angekündigt, dass ich auch noch nach Deutschland kommen werde." Das war für mich überraschend zu hören.

Ich will an dieser Stelle schon etwas in der Zeit vorausgreifen. Arthur kam wirklich Mitte der 1980er Jahre nach Düsseldorf und wohnte bei dem Medium *Elisabeth Dude*. Dort begegnete ich ihm wieder. Hier beschloss ich, „*Das Neue Testament*", das David ihm diktiert hatte, herauszugeben. Ich bat ihn, dass er diesem Buch einen autobiografischen Bericht hinzufüge. Doch er entgegnete, dass er das nicht wolle, sei er als Person vollkommen unwichtig, handele er doch im Auftrag seines Herrn. Und den Sendboten eines Herrn erwähnte man nicht. Die Botschaft allein, die er den Leuten zu überbringen habe, sei von Bedeutung. Doch legte ich ihm dar, wie wichtig es sei, dem Leser vorzustellen, wie diese Botschaften zustande gekommen seien und wie Jesus ihn für diesen Dienst vorbereitet habe. Schließlich ließ Arthur sich überreden und schrieb für die deutsche Ausgabe einen autographischen Bericht. Dieses Buch mit dem Titel „*Ich bin das Licht*" wurde 1985 im Verlag *Die Silberschnur* verlegt. Arthur war, wie Frau Dude mir späterhin mitteilte, Ende der 1980er Jahre verstorben.

Am Montag, den 12. März, waren wir wieder zu einem Treffen mit Arthur im Hause der *Garvins* eingeladen, zu welchem außer uns und den Gastgebern auch Arthurs Sohn *John*, *Lorraine* und noch einige Personen teilnahmen. Durch seinen Propheten sprach nun Jesus als David zu uns. Ich hoffte, dass er sich transfigurieren würde, sodass nun Jesus in voller Gestalt vor uns zu sehen sei. Aber dieses Phänomen sollte sich an diesem Abend nicht ereignen. Nachdem David uns ausführlich über das bevorstehende Wassermannzeitalter einen Vortrag gehalten hatte, durften wir ihm Fragen stellen. Fern wollte wissen, warum Tiere leiden müssen. Leider hatte ich mir nicht notiert, was er über das Leiden der Tiere gesagt hatte. Doch in meinem Oktavheft lese ich, dass David anschließend über den inneren Tempel in jedem Menschen sprach, den man rein zu halten habe.

Nach diesen Durchsagen bat uns Arthur, am Tisch Platz zu nehmen, wo schon für jeden von uns ein Schreibblock mit Kugelschreiber bereit lag. Diesen sollten wir nun in die Hand nehmen und ihn nach dem von ihm gesprochenen Gebet locker auf das leere Blatt halten.

Unsere geistigen Freunde würden dann versuchen, durch unsere Hand eine Botschaft niederzuschreiben. Meine Hand bewegte sich auf einmal von ganz allein, und Linien wurden aufgezeichnet. Bei einigen Teilnehmern jedoch schrieben sich schon Buchstaben und Wörter oder sogar Sätze nieder. Arthur stand, während wir unsere Hand führen ließen, am Tischende und reckte einen seiner Arme mit geöffneter Hand nach oben, während die andere auf uns gerichtet war. Hierdurch, wie er späterhin erklärte, hole er zusätzlich Energie aus dem Kosmos, sodass die unsichtbaren Schreiber leichter unsere Hand bewegen konnten. Nachdem wir anschließend unsere Aufzeichnungen einander gezeigt hatten, wurde noch eine erdgebundene Seele ins Licht geführt.

Am folgenden Tag fand nochmals ein gleiches Treffen mit Arthur statt. Er gab mir auch verschiedene Adresse von Leuten, die wir noch in Südafrika aufsuchen könnten, und erwähnte wiederum *Umkomas* als das spirituellste Zentrum des Landes. Am Vormittag stellte ich Fern meiner mir lieb gewordenen *Frau Schalscha* vor, und wir besuchten gemeinsam noch *Frau Sittig*. Alsdann reisten wir mit dem Zug nach *Johannesburg* zurück.

5.   Über Namibia nach Kapstadt

Unsere kleine Wohnung hatten wir noch bis Ende April gemietet. Bevor wir nun nach Mauritius und dann weiter über Madagaskar nach Kenia zu fliegen beabsichtigten, wollten wir sogleich unsere Rundreise nach Namibia antreten. Fern war mit allem, was ich plante, einverstanden. So gelangten wir mit Johns Wagen einige Tage später nach der etwa 700 Kilometer in südwestlicher Richtung gelegenen Stadt *Kimberley*. Sie war damals noch immer die Diamantenmetropole der Welt, denn nirgends sonst schürfte man ergiebiger nach diesen Edelsteinen als hier. Die Legende sagt, dass 1866 ein Kind einen glitzernden Stein am Oranjefluss fand. Er entpuppte sich alsbald als ein großer Rohdiamant. Diese Sensation sprach sich schnell herum, und innerhalb weniger Monate suchten Zehntausende in dieser Gegend nach Diamanten, indem sie diese im durchzusiebenden Flusssand oder in der Erde fanden. Aus einem anfänglichen Zeltlager bildete sich bald eine richtige wohlhabende Stadt. Besonders auch auf dem Gelände der Farmer *De Beers* wurde man bei der Suche nach Rohdiamanten fündig. *Cecil Rhodes*, der englische Großunternehmer, kaufte sich 1871 als Teilhaber dieser schnell sich entwickelnden Mine ein. Er gründete die *De Beers Consolidated Mines, Ltd.* und verstand es in der Folge, nahezu den ganzen Diamantenhandel der Welt zu organisieren, wie auch neue Edelsteinbergwerke in dem nach ihm benannten Rhodesien und dann auch an der Westküste des heutigen Namibia zu erschließen. Wo einst sich die Felder der De Beers erstreckten, konnten Fern und ich das eineinhalb Kilometer breite Loch („the big Hole") besichtigen, das vormals als die reichhaltigste Diamantengrube der Welt galt, jedoch mangels weiterer Funde 1915 stillgelegt wurde. Noch 1977 fand man in benachbarten Gruben und Bergwerken Diamanten. Viele Edelsteinschleifereien, von denen man einige besichtigen konnte, hatten sich als Firma hier niedergelassen, sodass auch heute noch Kimberley als das Zentrum des Weltdiamantenhandels gilt. Der De Beers Konzern beschränkte sich jedoch nicht nur auf den Handel mit Edelsteinen. Ihm gehören mittlerweile unter anderem Gold-, Kohle- und Kupferbergwerke, wie er sich auch in der chemischen Industrie ausbreitete, sodass er wahrscheinlich das lukrativste wirtschaftliche Unternehmen der Welt sein dürfte. In dem Kimberley Mine Museum waren viele Rohdiamanten zu bewundern, unter denen sich ein ungeschliffener Diamant von über 600 Karat befand.

Zwei Tage später überquerten wir die südöstliche Grenze von *Namibia.* Dieses Land behielt bis zu seiner Unabhängigkeit 1990 den Namen *South West Africa* (Südwestafrika). Seine Ausdehnung entspricht etwa jener gesamten Fläche von Schweden, Norwegen und Dänemark und schmiegt sich in verwinkelter rechteckiger Form an den Atlantischen Ozean. Es besteht zum größten Teil aus Wüsten, Savannen, Bergen und öden Tälern und kann außer zur Viehzucht nur minimal als Anbaufläche genutzt werden. Doch es ist reich an Mineralien und vor allem auch an Edelsteinen. Etwa anderthalb Millionen

Menschen bewohnen dieses große Land, von denen etwa 100.000 zur weißen Bevölkerung zählen.

Das berühmte tiefe Loch in Kimberley,
in welchem man nach Diamanten schürfte.

Auf der Berliner Konferenz 1884/85 einigten sich die Großmächte auf die Verteilung großer Teile Afrikas. Das Deutsche Reich erhielt das als unergiebig erscheinende Südwestafrika als Kolonie. Schon bald kamen die ersten deutschen Siedler und ließen sich dort nieder. Sie gründeten, wo immer der Boden es ermöglichte, Großfarmen, indem sie die dort lebenden Einheimischen in die unfruchtbaren Gegenden verdrängten. Mehrere Stämme vereinigten sich und trieben zuerst erfolgreich die Deutschen in die Walfischbucht zurück. Doch das Deutsche Reich schickte nun Militäreinheiten unter dem *General Lothar van Trotha*. In diesem drei Jahre bis 1907 währenden Krieg, dem so genannten *Herero-Aufstand* und dem sich anschließenden *Nama-Widerstand*, wurde der Großteil der Einheimischen ausgerottet. Sie kamen entweder direkt im Kampf ums Leben, wurden mutwillig umgebracht, verdursteten oder verhungerten auf ihrer Flucht in die Wüsten und Steppen oder fanden auch den Tod in Konzentrationslagern, wie die Engländer diese im benachbarten Südafrika für die gefangenen Buren eingerichtet hatten. Die christlichen Europäer, mochten deren Pfarrer und Pastoren noch so sehr in den Gottesdiensten von der Nächstenliebe zu jedem Menschen reden, sahen die Einheimischen nicht als gleichberechtigt an. Man machte mit ihnen, was man wollte, vertrieb oder tötete sie. Während des Ersten Weltkrieges 1915 eroberten die Streitkräfte Südafrikas die deutsche Kolonie, die ihnen 1920 von dem Völkerbund als vorläufiges Mandat übertragen wurde. Die Südafrikanische Union betrachtete das Gebiet als einen Teil ihres eigenen Landes und führte dort ebenfalls die Apartheit ein. Da man nicht gewillt war, Südwestafrika den Einheimischen als unabhängiges Land zu übertragen, entstanden Widerstandsgruppen wie die SWAPO, die nun ihren Befreiungskrieg aus dem nördlichen Angola heraus begannen und sich der Unterstützung vieler Staaten wie der UDSSR und Kubas versichern konnten. Die UDSSR lieferte Waffen, und Fidel Castro sandte Soldaten. Nun führte die südafrikanische Armee, die in das Territorium des unabhängigen Angolas eingedrungen war, einen bis 1988 verlustreichen Kampf gegen die Freiheitskämpfer, deren Anführer *Sam Nujoma* 1990 zum ersten Präsidenten der neuen *Republik Namibia* werden sollte.

Über *Marienthal* erreichten wir die Hauptstadt *Windhuk*. Hier wie auch in anderen Teilen des Landes lebten noch viele Einwohner deutscher Abstammung, wie auch manche Bauten noch deren Herkunftsland verrieten. Ja, man hörte sogar noch die deutsche Sprache, wie es auch eine deutschsprachige Zeitung gab. Viele Orte und Straßen trugen deutsche Namen. Ich konnte es nicht glauben, als ich eine Straße mit dem Namen des Erzhalunken Hermann Göring entdeckte. War die Zeit dort stehen geblieben? Auf dem Wege zur der Hafenstadt *Swakopmund* kamen wir an sehenswerten Steinformationen vorbei. Auch besuchten wir die *Walfischbucht*, die zu einer großen Industrieanlage ausgebaut worden war und von dem De Beer Konzern betrieben wurde. Über *Marienthal* fuhren wir direkt nach Süden in die Kapprovinz, wo wir in der Woche vor Palmsonntag in *Kapstadt* eintrafen. Diese große Reise nach Namibia legten wir in nur wenigen Tagen zurück, wollten wir doch in der dritten Aprilwoche unsere gemeinsame Reise nach Mauritius antreten. Mit dem eigenen Auto zu reisen war natürlich angenehm. Doch entbehrte es des eigentlichen Abenteuers. Was hätte ich alles erlebt, wenn ich diese ehemalige deutsche Kolonie per Anhalter durchfahren hätte?

Kapstadt liegt am nördlichen Beginn der bergigen Kaphalbinsel, dessen Spitze das berüchtigte *Kap der guten Hoffnung* bildet, das seinen Namen deswegen führt, da sich hier der Atlantische mit dem Indischen Ozean vereint, wo oft heftige Stürme toben, die manches Schiff in Seenot geraten lassen. Der Portugiese *Vasco da Gama* war der erste Europäer, der es 1498 umrundete. 1666 begannen die Holländer dort das erste Fort zu bauen. Und bald schon kamen Siedler aus den Niederlanden und gründeten Handelsniederlassungen und Farmen. Hinter der Stadt ragt der oben flache *Tafelberg* mit 1.086 Meter steil in die Höhe, zu dem wir mit der Seilbahn hinauffuhren. Von dort bot sich uns ein herrlicher Ausblick über die Stadt und deren Hafenanlage. Ich erinnere mich an unseren Besuch eines Symphoniekonzertes, da es wie jeden Mittwochabend in der Stadthalle ein eintrittsfreies Konzert gab. Eine Pianistin trug mit dem Orchester das d-moll Konzert von Mozart vor. Eigenartig, an was man sich noch erinnert, während andere äußerlich viel leicht wichtigere Begebenheiten dem Gedächtnis entschwunden bleiben. Als ich im Dezember 2007 und im

Januar 2008 Kapstadt wieder besuchte, wurden derlei freie Konzerte nicht mehr angeboten.

Einige Kilometer vor Kapstadt liegt die berüchtigte Gefängnisinsel *Robben Island.* Hier waren damals viele Freiheitskämpfer eingesperrt, unter denen *Nelson Mandela,* der spätere erste schwarze Präsident Südafrikas, der berühmteste werden sollte. Im Januar 2008 besuchte ich diese Insel, die inzwischen zu einem touristischen Museumsort und Weltkulturerbe geworden ist.

Blick von dem Tafelberg auf den Lion's Head von Kapstadt

Am Palmsonntag wohnten wir dem Gottesdienst in der Kirche „*Greater World*" bei. Diese gehörte der Gemeinde der Spiritualisten. Wie es sich versteht, werden bei jeder dieser Veranstaltungen auch mediale Kundgaben durchgegeben. Das Medium war ein deutschstämmiger *Herr Mühl*, der durch die Reihen ging und Mitteilungen der Verstorbenen an deren Angehörigen durchgab. So blieb er auch vor mir stehen und sagte, dass ich ein reisender Deutscher sei. Neben mir zeige sich auf einem Motorrad ein Onkel von mir, der mich einlade, hinter ihm Platz zu nehmen. Dieser wolle mich hinbringen, wo immer ich hinzufahren wünschte. Dann nahm Herr Mühl einen großen Hafen mit vielen Schiffen wahr und sagte, wenn man nur mit kleinen Schiffen fahre, gelange man nicht sehr weit in die Welt hinaus. Man habe ein richtig großes Schiff zu nehmen, um in einem entfernten Hafen anzukommen. Ich verstand diesen symbolischen Hinweis aus der geistigen Welt sehr wohl, bezog er sich doch auf mein großes siebenfarbiges Romanwerk, dessen Entwürfe in meinen Oktavheften immer weitere Seiten füllten.

Es könnte hier gewesen sein, dass ich in einer Buchhandlung das Buch „A World Beyond" von *Ruth Montgomery* fand. Wie erstaunt war ich, dass durch sie als Medium der inzwischen verstorbene *Arthur Ford* sich aus der geistigen Welt meldete. Denn wie Sie sich, verehrte Leserin und verehrter Leser, erinnern werden, war sein mir in Berlin wider Willen in die Hände gelangtes Buch der Türöffner für meinen spirituellen Weg geworden. Aus jenem Buch möchte ich Ihnen einige Sätze vorlegen, die der Verstorbene Ruth diktiert hatte.

Es gab nie eine Zeit, wo wir nicht existierten, und wir werden immer sein, auch wenn wir immer wieder die Formen und Daseinsebenen wechseln. Denn wir sind ebenso viel Gott, wie Gott Teil von uns ist. ... Da der vollständige Gott aus uns allen besteht, wissen wir, dass die jeweils andere Person ebenso wichtig für uns wie auch für das Wohl der ganzen Menschheit ist. ... Es gibt im Jenseits keine Zeit und keinen Raum. Denn wir sind fähig, aus eignem Willen heraus uns in jedem Moment nach irdischer Zeit irgendwo hinzuversetzen. Auch vermögen wir vorauszusehen, was in der Zukunft geschieht. ... Denn die Dinge sind vorausgeplant. ... Wenn die Erdbewohner wüssten, wie viel vorausgeplant ist, würden sie nicht so hart kämpfen, um gewisse Katastrophen abzuwenden. ... Akzeptiert es so, wie es geschieht. Doch seid daran erinnert, immer das Allerbeste zu tun, um ein produktives und hilfreiches Leben zu führen. Und lasst die Zukunft ohne Angst auf euch zukommen, egal ob sie aus dem göttlichen Plan so vorgesehen ist, oder ob es sich um eine eigene Mission handelt, der ihr vor eurer Inkarnation auszuführen zugestimmt habt. Und danach erst seid ihr in einen physischen Körper zurückgekehrt. Nun also, warum sich eigentlich fürchten? Diese Furcht bedingt sich allein aus dem Mangel an den Glauben, dass alles so richtig ist, wie es geplant war. Seid also ohne Sorge. Seid für alles bereit und willens, das anzuneh-

*men, was auf euch zukommt, und versucht das Beste aus den Gegeben-
heiten zu machen. ... Wir sind Geistwesen (spirits), und wir können
durch unbelebte oder belebte Objekte hindurchgehen. ... Sie existieren
nur als Gedankenformen. ... Hier sehen wir Gott nicht von Angesicht zu
Angesicht. Aber wir sind überwältigt von seiner spürbar wohlwollenden
Präsenz. ... Wir sind Er und Er ist Wir. Es gibt nichts, was uns von Ihm
trennt, denn wir sind in Ihm. Es gibt keine Trennung zwischen dir und
mir, unserem Nachbarn, unserem Feind und Gott. ... Disharmonie ist die
Ursache allen Übels. ... Jesus war das Beispiel eines perfekten Menschen.
... Wir hingegen sind in unseren Reaktionen und Verhaltensmustern
noch nicht vollkommen. Wir müssen immer weiter unserem Weg durch
viele Erdenleben hindurch folgen, bis wir genügend Perfektion erlangt
haben, um uns mit Gott als Mitschöpfer vereinen zu können. Es besteht
das Gesetz, dass nichts Unperfektes sich mit dem Schöpfergeist vereinen
darf. ... Gott ist totales Bewusstsein.*

6. In Umkomas, der Stadt der guten Geister

Wir fuhren nun in östlicher Richtung die berühmte *Garden Route* entlang. Wir gelangten auch durch den von wild wachsendem Gebüsch
und Wäldern auf der einen Seite und auf der anderen vom Meeresstrand flankierten Ort *Wilderness* hindurch. Hier schreibe ich gegenwärtig auch dieses Kapitel. Nach *Port Elisabeth* ging es dann in nord-
östlicher Richtung durch East London und die *Transkei* nach *Umkomas*, das nur wenige Kilometer vor Durban sich am Indischen Ozean
ausbreitet. Dieses idyllische Städtchen erreichten wir am Karfreitag.
Dort buchten wir uns ein Zimmer und begaben uns am Nachmittag
Ehepaar MacKensey, das uns Arthur aufs Wärmste aufzusuchen empfohlen hatte.

   In deren Haus angekommen, bestellten wir die Grüße von *Arthur*.
Er habe bei ihnen, wie wir erfuhren, oft übernachtet. Und schon, nachdem wir Platz genommen hatten, wollten wir alles hören, was sie uns
noch über den wandernden Propheten Gottes zu berichten hatten. So-

wohl Herr als auch Frau MacKensey waren Medien. In ihrem Wohnzimmer fanden auch Séancen statt, an denen Arthur ebenfalls teilgenommen hatte. Und bei einer solchen, wie beide uns bezeugten, stand er auf einmal auf, streckte seine Arme auseinander, und allmählich veränderte sich seine ganze Gestalt, und Jesus stand im hellen Licht vor ihnen. Arthur pflegte schon morgens um drei Uhr aufzustehen und schrieb dann die Botschaften auf, die Jesus ihm unter dem Decknamen David diktierte. Hier in diesem Haus entstanden mehrere Teile des *Neuesten Testamentes*, das Christus im Auftrag Gottes ihm durchgegeben hatte.

Und was wir nun von Herrn MacKensey hörten, will ich wieder in wörtliche Rede fassen. „Um 10 Uhr abends pflegte sich Arthur in sein Zimmer zurückzuziehen. Doch eines Abends gegen 11 Uhr kehrte er zu uns zurück und sagte, dass David ihm gerade mitgeteilt habe, dass er seinen kleinen Koffer packen solle, denn er würde noch diese Nacht nach Rhodesien reisen. Ich entgegnete ihm, dass das unmöglich sei, gebe es weder einen Bus, noch einen Zug, die um diese Zeit dorthin fahren würden. Doch er beharrte darauf, dass er noch diese Nacht reisen würde. Er begab sich wieder in sein Zimmer, um seine Sachen zusammenzupacken. Wir hatten schon viel Wunderliches mit Arthur erlebt. Aber hier schien er doch eine irreführende Botschaft empfangen zu haben. Wenige Minuten später klingelte es an unserer Tür. Der uns befreundete Nachbar stand davor. Er sagte, dass er gerade ein Telegramm aus Rhodesien empfangen habe, in welchen ihm mitgeteilt wurde, dass dort seine ihre Mutter besuchende Frau plötzlich verunglückt sei und ins Krankenhaus gebracht werden musste. Er wolle mit seinem Auto sogleich losfahren. Er bat uns, während seiner Abwesenheit seine beiden Katzen zu versorgen und seine Blumen zu gießen. Dann überreichte er uns den Hausschlüssel. Ich sagte zu ihm, dass er schon einen Mitfahrer habe. In diesem Augenblick trat Arthur mit seinem Köfferchen aus seinem Zimmer. Meine Frau und ich sahen den beiden hinterher und verwunderten uns, wie David das alles vorausgesehen hatte.

Ein andermal sagte Arthur zu uns, dass David ihm gerade durchgegeben habe, dass er heute noch von Durban aus nach East London fliege. Ich hielt ihm vor, dass er doch kein Geld habe, mit dem Flugzeug zu reisen. Doch er packte seinen kleinen Koffer. Wenig später klingelte es an unserer Tür. Ein uns Unbekannter stand davor und fragte, ob hier ein Arthur Garside wohne. Wir bejahten. Dann reichte er mir ein Flugticket auf den Namen unseres Gastes nach East London. Dieser Mann sah ganz verstört aus und wollte sogleich wieder davoneilen.

Ich hielt ihn zurück, um ihn zu fragen, wie er dazu komme, für Arthur ein Flugticket zu besorgen. Dann erzählte er uns, dass er am Meeresstrand fischte, als er immer wieder eine innere Stimme vernahm, die ihn aufforderte: „Kaufe für Arthur Garside ein Flugticket mit der nächsten Maschine nach East London und bringe es zu den MacKensey's." Ihm wurde auch unserer Adresse genannt. Wie er sagte, habe er diese Stimme immer zurückzuweisen versucht. Aber die Aufforderung wurde beständig wiederholt. Dann habe er nachgegeben und eben dieses Billet gekauft. Er wolle weiterhin nun nichts mit dieser Sache zu tun haben. Dann lief er schnellen Schrittes zu seinem Wagen und fuhr davon."

Herr MacKensey war einst ein bekanntes Materialisationsmedium. In Séancen fiel er in Trance, und es zeigten sich im abgedunkelten Raum bei schwachem Rotlicht die weiß leuchtenden Umrisse von Verstorbenen, die zu den „sitters" (sitzende Teilnehmer) sprachen. Die sich in ihren Konturen darstellenden Geistwesen entliehen von diesen, doch hauptsächlich von ihm selbst, das Ektoplasma, jene feinkörperliche Substanz, die nach der erfolgten Formation ihrer schimmernden Erscheinungen wieder in die betreffenden Körper zurückfloss. Doch mitten in solch einer Séance knipste plötzlich einer der Gäste seine heimlich mitgeführte Taschenlampe an. Die materialisierte Gestalt fiel in sich zusammen. Das Ektoplasma schnellte ruckartig in die Leihkörper zurück und verursachte dem Medium einen Schock, der sich gefährlich für seine Gesundheit auswirkte. Nach diesem Erlebnis stellte er alle Materialisationsséancen ein. Schade, denn Fern und ich hätten solch einer sehr gerne beigewohnt. (Erst später in dem amerikanischen Städtchen *Ephrata* in Pennsylvanien sollte sich mir meine Großmutter in ihren Umrissen zeigen und mich anreden.) Seine Frau und er hatten sich jetzt ganz auf die spirituelle Heilung spezialisiert, durch deren Hände die für diese Arbeit vorgesehenen Geister wirkten. Auf ihr Geheiß stellte ich mich aufrecht hin, und beide ließen nun ihre Hände von oben nach unten über meinen Körper gleiten, indem ihre Hände zu zittern begannen. Sie forderten Fern auf, ein Gleiches zu tun. Auch die ihrigen fingen zu zittern an. Später habe ich solches bei Heilungen ebenfalls erlebt, nachdem meine Hände ganz warm geworden waren. Wir vier setzten uns nun wieder. Herr MacKensey fiel in Trance, und sein chinesischer Geistführer sprach zu uns. Dann wandte er sich an mich und sagte, dass ich in diesem Leben noch viel zu schaffen hätte. Auch meldete sich ein Geist, der bei jener Séance in Johannesburg als Erdgebundener durch meine Mithilfe befreit worden war und dankte für mein Mitwirken. Er fügte noch hinzu, dass ich, ohne mir darüber bewusst zu sein, schon einigen geholfen hätte, sich von ihrer Erdverhaftung zu lösen.

Nachdem diese kleine Séance beendet war, saßen wir weiterhin zusammen. Wir erfuhren, dass *Umkomas* vordem das spirituellste Zentrum Südafrikas gewesen sei, das auch von dem berühmten Heiler *Harry Edwards* und dem damals bekanntesten Materialisationsmedium *Alec Harris* nebst vielen anderen bedeutenden Medien besucht worden war. Das beste Medium vor Ort sei eine *Frau Ribbons* gewesen, welche die spiritualistische Vereinigung '*The Great White Light*' leitete. Sie begann schließlich leider zu trinken und verstarb kurze Zeit später. Wie die beiden MacKenseys glaubten, gebe es in Südafrika kein Materialisationsmedium mehr. In der Zeit zwischen 1880 und 1930 ereigneten sich in den verschiedensten Ländern während der Séancen großartige Materialisationen, sogar in Deutschland. Das berühmteste Medium war dort *Elisabeth Tambke* aus Wilhelmsburg bei Hamburg. Ihr Mann *Hinrich Ohlhaver* schrieb über die Wunder, die sich bei ihnen im Hause ereignet hatten. Dieses Buch „*Die Toten leben*" war nach dem Ersten Weltkrieg ein Bestseller. Der Silberschnur Verlag brachte es später auf meine Empfehlung hin erneut heraus. In diesen Wilhelmsburger Séancen setzten sich sogar verstorbene Kinder ihren anwesenden Eltern auf den Schoß und ließen sich berühren.

Herr Phillips hatte mir in Bulawayo gesagt, dass ich in Umkomas auf jeden Fall *Diane White* aufsuchen müsse, gehörte sie doch einst zu den erstaunlichsten Medien der englischsprachigen Welt. Am Samstagvormittag vor Ostern besuchten wir sie. Sie war von zierlicher Gestalt und bewegte sich mit ihren 34 Jahren wie eine Sanftmut und Liebe ausstrahlende Fee. Da ich von verschiedener Seite schon so viel über sie gehört hatte, stellte ich ihr Fragen, um aus ihrem Munde ihre Lebensgeschichte zu vernehmen. Schon als Kind sah sie sowohl die Aura bei Menschen als auch die Erscheinungen von Geistern und sogar Feen. Diese Fähigkeiten hatte sie bis in ihr gegenwärtiges Alter behalten. Natürlich wollten Fern und ich über Feen alles wissen, hatte ich bisher noch keine weißen Menschen getroffen, die solche feinstofflichen Naturgeister zu sehen vermochten. Diese Wesen haben Menschengestalt, sind aber wesentlich kleiner. Sie kümmern sich um das Wohlergehen der Pflanzen. In einer ihrer Séancen sei Franz von Assisi durchgekommen, der sich um die Tiere in der jenseitigen Welt kümmere. Und Diane vertraute uns an, dass diese Arbeit nach ihrem Übergang auch die ihre sein werde.

Ihre Auftritte vor Publikum als Hellsichtige und Hellhörende begann schon mit 14 Jahren, als sie in den Kirchen der Spiritualisten auf der Bühne stand und an Einzelne Botschaften durchgab. Deren Inhalte und Hinweise waren so überzeugend, dass sich bald der Ruhm dieses Mädchens verbreitete. So reiste Diane bald nicht nur in die verschiedensten Orte Südafrikas und Rhodesiens, sondern wurde nach Europa und Australien eingeladen. Ich konnte mir lebhaft vorstellen, wie sehr das Publikum beeindruckt gewesen sein musste. Durch sie sprach meist auch der Indianer namens *Cristal Water*. In einer Séance hatten die Jenseitigen einmal eine Reisschale mit Stäbchen materialisiert. Ich fragte sie, ob sie unsere Aura sehen könne. Die meine sei grün, mit etwas Blau, Gelb und Rosa dazwischen. Einer meiner geistigen Begleiter sei ein Afrikaner, der sich ihr nun zeige, aber keinen Namen durchgab. Seit einigen Jahren hatte sie ihre Arbeit als Medium sowohl in Kirchen als auch bei Séancen eingestellt, da sie fühlte, dass sie sich jetzt ganz um ihre drei Kinder zu kümmern habe. Nur im Familienkreis führe sie noch Sitzungen durch. Ihre Kinder sind überzeugte Spiritualisten, und der Kontakt mit dem Jenseits ist für sie etwas ganz Normales. Der Lehrer ihrer Tochter fragte die Schüler einmal, wie viele Augen der Mensch habe. Und sie, die damals Sechsjährige, antwortete: „drei". Alle lachten über sie. Und die dadurch Irritierte kam nach Hause und fragte ihre Mutter: „Mutti, warum sind die anderen Kinder so unwissend?"

Ich fragte Diane, ob sie mir etwas über mein zu schreibendes Buch sagen könne. „Es wird eine sehr mühselige Arbeit sein und wird noch lange dauern, bis sie vollendet ist. Einst wird ein amerikanischer Verleger es herausgeben." Sie berichtete uns noch über das Hinübergehen ihres Vaters. Sie sah, wie er abgeholt wurde, und durfte seinen Empfang im Jenseits miterleben.

Noch ganz beeindruckt von der Begegnung mit dieser engelhaften Frau setzten wir uns ins Auto und fuhren in Richtung Durban. Schon seitdem wir Namibia verlassen hatten, wurde mir immer deutlicher bewusst, dass ich meine weitere Weltreise in den Fernen Osten alleine durchführen wollte. Ich traute mich lange nicht, Fern meine Gedanken mitzuteilen aus Furcht, sie zu verletzen. Sie freute sich auf diese große Reise mit mir, besonders auf Indien und Japan. Vielleicht fühlte sie, dass ich irgendwie bedrückt wirkte. Schließlich fragte sie mich direkt, warum ich mich ihr gegenüber seit einigen Tagen verschließe und so traurig blicke. Ich hielt den Wagen an. Und dann teilte ich ihr meinen Entschluss mit. Sie begann furchtbar zu weinen. Und sie fragte mich unter Tränen immer wieder, warum ich meine Meinung geändert hätte. „Gefalle ich dir nicht mehr? Habe ich etwas falsch gemacht oder dich irgendwie verletzt?" Was sollte ich ihr antworten? Ich hätte am liebsten mitgeweint. Und andererseits fühlte ich eine große befreiende Erleichterung, als ob ein Zentner schwerer Stein von mir genommen worden war. Trotz dieser Ambivalenz der Gefühle gehörte diese Weiterfahrt nach Durban zu den traurigsten Ereignissen meines Lebens.

7. Spirituelle Ostererlebnisse in Durban

Nachdem wir uns in *Durban*, der englischsten Stadt Südafrikas mit ihren 600.000 Einwohnern, einquartiert hatten, war die Stimmung zwischen uns sehr bedrückt. Ich versuchte Fern immer wieder zu trösten. Ihre ganzen Hoffnungen auf die abenteuerliche Reise an meiner Seite durch Indien und Ostasien schienen zerschellt zu sein. Dennoch hoffte sie, dass Jenseitige mich doch noch dazu bewegten, sie auf meine fernen Reisen mitzunehmen. Ich willigte auf ihr Drängen ein, diesbezüglich noch eine Antwort aus Geistermund abzuwarten. Also suchten wir am Ostersonntag nach telefonischer Anmeldung die beiden Schwestern *Chalmers* auf, deren Adresse ich ebenfalls von Herrn Phillips erhalten hatte.

Alberta Chalmers ist ein berühmtes Malmedium, das nur jene Geistführer porträtiert, die uns über mehrere Inkarnationen begleiten. Ihre Schwester *Ada* bekommt mittels der Automatischen Schrift deren Mitteilungen an die betreffenden Personen durch, für welche die Pastellzeichnungen bestimmt sind. Van Gogh ist angeblich derjenige, der Alberta die Hand führt. Er sei, wie sie uns anvertraute, in seinem Erdenleben selbst eine Art Medium gewesen. Ich fragte sie, ob sie auch meinen Geistführer malen könne. Sie erklärte sich dazu bereit, doch benötige sie, wie sie meinte, eines meiner Haare, um dadurch bei der Herstellung des Bildes, das erst in einigen Tagen abzuholen sei, meine Vibrationen gegenwärtig zu haben, wodurch die Verbindung zu meinem Geistführer hergestellt werden könne. Einige Tage später hielt ich dessen Porträt in den Händen. Ein irdischer Van Gogh hätte sicherlich anders gemalt. Es verstand sich von selbst, dass man unaufgefordert ein Geldgeschenk von beliebiger Höhe überreichte, lebten diese beiden Damen doch von ihrer medialen Tätigkeit. Trotz aller Begeisterungen für jenseitiges Einwirken blieb ich doch immer skeptisch. Ich stand diesen Dingen zwar neugierig und offen gegenüber, vermochte aber in vieler Hinsicht immer noch meine Rolle als „zweifelnder Thomas" nicht aufzugeben. Mit Medien verhält es sich meist folgendermaßen: Oft bekommen sie echten Kontakt zu Jenseitigen, manches Mal ist ein solcher nur ungenau, und oft interpretieren sie empfangene Hinweise oder Visionen anders, als diese gemeint waren. Und es kommt auch leider vor, dass sie hin und wieder keine Durchsagen oder Bilder eingegeben bekommen und trotzdem ihren Klienten Dinge sagen, die sie fabrizieren im Glauben, dass diese ebenfalls der Wahrheit entsprechen. Medien, wie ich in späteren Jahren noch genauer feststellen sollte, sind oft über Kritik an ihren Durchsagen sehr reizbar. Manche geraten durch das Infragestellen ihrer Glaubwürdigkeit oder durch direkt geäußerte Anfeindungen in Depressionen und beginnen, dem Alkohol zuzusprechen. Ein Medium muss nicht nur ein hundertprozentiges Vertrauen in seine Kommunikationsfähigkeit mit Jenseitigen besitzen, sondern auch gegen Anfeindungen von sichtbarer und unsichtbarer Seite gewappnet sein.

Am Abend, nachdem wir von den Chalmers keine Geisterdurchsage zu unserem Trennungsproblem bekommen hatten, besuchten wir den Gottesdienst in der Kirche der Spiritualisten, um vielleicht dort Klarheit zu erhalten. Ein Medium hielt eine mich sehr beeindruckende Rede, deren Inhalt Teil der Osterkantate in meinem Farbroman werden sollte, die der blinde Barackenbewohner Dörr am Ostertag in der Meersburger Stadtkirche zur Aufführung bringen sollte. Während dieser Ansprache entdeckte ich an den dunkelroten Vorhängen hinter dem Redner mehrere schattenhafte Konturen von Geistwesen, die sich zu diesem Osterfest eingefunden hatten.

Nachdem wiederholt gemeinschaftlich ein Choral gesungen worden war, betrat eine etwa 45-jährige Frau die Bühne, die sich als *Dell Phoenix* vorstellte. Sie ging durch die Reihen der etwa 150 bis 200 Versammelten und sprach einige an, denen sie mittels ihrer Hellhörigkeit Botschaften der Jenseitigen durchgab. Zuletzt blieb sie vor uns beiden stehen und sagte: „Ihr habt euch entschieden, es noch einmal zu versuchen. Die Jenseitigen sagen mir, dass sie glücklich darüber sind. Haltet am Glauben fest. Ich sehe viel Licht um euch beide. Ich möchte euch am liebsten umarmen. Seid fröhlich, und Gott freut sich über euch." Wir beide hatten bisher bei jedem derartigen Kirchenbesuch unter den sechs bis acht Angesprochenen jeweils individuelle Botschaften erhalten, obwohl jeder der Versammelten für sich eine Durchsage erhoffte. Woher kam es, dass wir bevorzugt angeredet wurden? Nach dem Ostergottesdienst sprachen wir hinter der Bühne bei Tee und Kuchen mit Dell. Ich fragte sie, ob wir sie aufsuchen dürften, um eine Sitzung mit ihr zu haben, benötigten wir in einer bestimmten Angelegenheit eine Klärung.

Fern war wieder voller Hoffnung, dass ich mit Hilfe der Geister doch noch meine Meinung ändern würde. Wir fuhren vormittags am Ostermontag zu *John Manson*, der mir ebenfalls von Herrn Phillips als wichtiges Medium genannt worden war. John war wie viele andere männliche Medien, die ich noch in späteren Jahren kennenlernen sollte, homosexuell. Warum verhielt es sich so? War die Mischung aus männlichen und weiblichen Hormonen besonders günstig für Hellsichtigkeit und mediale Kontaktaufnahme? Er war früher Tänzer gewesen und betätigte sich neben seinem Amt als Priester der anglikanischen Kirche als Heiler. Er entwickelte schon in frühen Jahren seine Medialität, sodass sich schließlich sogar in seinen Séancen Materialisationen bildeten. Seine medialen Fähigkeiten wurden von der internationalen Vereinigung der *Greater World* in London untersucht und durch eine Urkunde bestätigt. Auch der Freiburger Professor *Hans Bender* ließ sich seine erstaunlichen Materialisationsphänomene vorführen und schrieb darüber einen wissenschaftlichen Artikel. Doch schon seit längerer Zeit hielt John keine Séancen mehr ab. Warum, so stelle ich mir auch heute noch die Frage, findet man in der Welt keine Materialisationsmedien mehr? Warum starben sie damals aus oder zogen sich zurück? Heute ist das Channeling an deren Platz getreten, das sich durch die Unzahl gechannelter Schriften und Bücher weit verbreitet, sodass spirituelles Gedankengut nicht auf die relativ kleinen Kreise von Spiritualisten beschränkt bleibt. Anscheinend haben die oberen Lenker, welche die spirituelle Entwicklung der Menschheit betreuen, ihre Strategie für eine neue Gesellschaft angepasst.

Die zu unserem gegenwärtigen Problem von John durchgegebenen Mitteilungen brachten aber keine Klärung. Diese hofften wir durch *Dell Phoenix* am Nachmittag zu erhalten. Sie und ihr zweiter Ehemann Ray bewohnten in dem Vorort Pinetown eine kleine Villa. Sie empfingen uns herzlich, und Dell holte jene Umarmung nach, die sie am gestrigen Tag anlässlich der Durchgaben in der Kirche geäußert hatte. Und während wir bei Tee und Gebäck zusammen saßen, musste ich über meine Reisen und meine spirituellen Erfahrungen berichten, während Fern und ich sie beide über ihre medialen Tätigkeiten ausfragten. Ray verfügte über die Automatische Schrift. Er war früher Filmreporter gewesen. Dell schilderte uns den vor vielen Jahren geschehenen Übergang ihres Vaters. Obwohl seit langer Zeit ein Spiritualist, war es ihm trotz des Besuches von Séancen und Gottesdiensten nie vergönnt gewesen, bei Durchgaben aus der geistigen Welt einen Geist zu sehen. Doch kurz vor seinem Tod sah er plötzlich die Gestalt seines Vaters, der ihn abholte. Er rief jubelnd voller Überraschung „Vater!". Dieses glückliche Lächeln verblieb als letztes auf seinem Gesicht. Als Dell einige Zeit später nach England flog, sollte sie der Bruder ihres Vaters abholen. Diesen hatte sie noch nie gesehen. Als sie aus dem Flugzeug gestiegen war und zur Ankunftshalle schritt, entdeckte sie einen Mann auf dem Balkon, der genauso wie ihr Vater aussah und denselben Anzug trug. Sie dachte, dass jener ihr Onkel sein müsse. Er gab ihr durch Handzeichen zu verstehen, dass er unten in der Empfangshalle auf sie warten würde. Nachdem sie die Passkontrolle passiert hatte, entdeckte sie nur einen einzigen ganz anders als ihr Vater aussehenden Mann, der auf der Bank saß. Sie schritt auf ihn zu und sprach ihn sich entschuldigend an, ob er ihr Onkel sei. Er blickte erstaunt und antwortete; „Dell, du bist schon da? Ich dachte, dass das Flugzeug erst später ankommen würde. Woher wusstest du, dass ich hier sitzen und auf dich warten würde?" Sie entgegnete: „Ich habe Vater gesehen. Er gab mir durch Handzeichen zu verstehen, dass du in dieser Halle sitzen würdest." „Bitte", so sagte er abwehrend, „lass mich mit solchem Unfug in Ruhe." Dies, wie Dell uns mitteilte, war ihre erste Sichtung eines Verstorbenen. Inzwischen war sie zu einem bekannten Trancemedium geworden. Ray brachte ein Tonband mit der Aufnahme ihrer letzten Séance zu Gehör. Dells Stimme veränderte sich jeweils mit den Durchsagen eines anderen Geistes. In einer Séance sei ein Jenseitiger durchgekommen, der sich als der biblische Moses ausgab. Einer ihrer eigenen Geistführer bestätigte später diese Tatsache und fügte hinzu, dass jener nun ein weiser Lehrer sei, der sich durch verschiedene Medien verkünde und die Menschen unterweise.

Dann setzten wir uns in den Garten. Wir hatten Dell mitgeteilt, dass wir gerne aus der geistigen Welt eine Botschaft für uns haben wollten, um bei einem gegenwärtigen Problem Hilfe zu bekommen, ohne ihr mitgeteilt zu haben, um was es sich handelte. Sie gab zuerst an mich gewandt ein „clairvoyant reading" (eine hellsichtige Durchgabe). Sie sah einen Tibeter, der ihr die Buchstaben T H E nannte. Er sagte, dass ich einen dunkelhäutigen Guru treffen werde, der einige meiner früheren Leben aufdecken würde, die im Zusammenhang mit meiner Arbeit von Bedeutung wären. Ich würde großen Schwierigkeiten entgegen zu sehen haben und schließlich mit Hilfe der Jenseitigen unterrichten. Dann sah auf einmal Dell ein indisches Mädchen, das sich an Fern wandte. Und plötzlich befand Dell sich in einem tiefen Trancezustand. Diese Jenseitige nannte sich *Little Sunshine*. Fern fragte sie, warum Tom allein weiterreisen wolle und sie nicht mitnehme. Das Geistwesen redete nun liebevoll zu ihr und erklärte, dass in Südafrika große Aufgaben sie erwarteten. Tom habe ganz andere Aufgaben zu erledigen.

Sie müsse in dem Buch dort weiter lesen, wo sie sich gerade befinde, und nicht versuchen, Seiten zu überspringen, um dort zu lesen, wo Tom lese. Dies war natürlich symbolisch zu verstehen. Sunshine wies auf Ferns weitere spirituelle Aufgaben hin, die sich ihr bald deutlich zeigen würden. Ich war so froh, dass nun eines ihrer Geistwesen ihr eine derart tröstende und einsichtige Antwort gab. Plötzlich mit einem Ruck richtete der sich nach hinten geneigte Kopf von Dell wieder gerade auf, und sie öffnete die Augen. „Hat jemand durch mich gesprochen? ... War es Sunshine? ... Was hat sie gesagt?" Und sie berichtete uns, dass sie während dieses Trancezustandes von ihrem Meister in den Himalaya in ein Kloster geführt worden sei, wo sie mit Mönchen sang. Es sei wunderschön gewesen. Und sie fügte hinzu, dass es heute das erste Mal gewesen sei, dass sie im Garten in Trance geraten wäre und ein Geistwesen dort durch sie gesprochen habe.

Zu unserer Überraschung luden uns Dell und Ray ein, bei ihnen zu wohnen. Somit ergaben sich noch viele Gespräche. Ich bot ihr an, mit ihr eine Rückführung in eines ihrer früheren Leben vorzunehmen. Sie willigte sofort ein. Ich versetzte sie in den Alphazustand und ließ sie zuerst ihren zehnten Geburtstag erleben. Dann gingen wir zu ihrem ersten Schultag zurück und daraufhin zu den ersten Schritten, die sie als Kind vollführte. Sie konnte sich an alles genauestens erinnern, was ihr im Normalzustand nicht gelungen wäre. Ich fragte sie, was sie als Baby erlebt hätte, das sie ihren Eltern, wenn sie schon hätte sprechen können, gerne mitgeteilt haben würde. Sie sagte, dass sie oft eine weiß gekleidete Frau gesehen habe, die immer zu ihr kam, wenn sie traurig war oder gar weinte. Diese sprach zu ihr und tröstete sie, sodass alle Traurigkeit schnell verflog. Späterhin weinte die kleine Dell, da sie ihren Eltern nicht vermitteln konnte, dass diese Frau sie besuche, die ihr so vertraut vorkam, als sei diese ein Familienmitglied, sah sie doch ihrer Mutter sehr ähnlich. Ich führte sie nun in jenes Leben zurück, in dem sie die sie besuchende Frau eventuell gekannt haben konnte. Diese war in dem vorausgegangenen Leben ihre Schwester Prescilla. Die frühere Dell, deren damaligen weiblichen Namen ich mir nicht notiert hatte, berichtete nun ausführlich über jenes Leben, über ihre Eltern, ihren Ehemann Leister und deren vier Söhne. Sie sei nach dem Ersten Weltkrieg im hohen Alter gestorben. Dies war nun meine zweite Rückführung, die ich erfolgreich durchführte.

8.   Menschen von anderen Planeten

Fern hatte sich durchgerungen, ihren Wunsch, mit mir in die Ferne zu reisen, aufzugeben. Wir wollten die letzten Tage, die wir vor meiner Weiterfahrt zusammen waren, in Harmonie miteinander verbringen. *Dell* und *Ray* waren vorzügliche Gastgeber. Wir saßen oft beieinander und unterhielten uns. Wir kamen auch auf den Namen *Arthur Garside* zu sprechen. Auch er war schon als Gast bei ihnen untergekommen. Sie hatten in einer Séance die Wundmale Jesu an seinen Händen gesehen. Dieser wandernde Prophet unternahm schon bei Morgendämmerung einen langen Spaziergang. Einmal schritt er, wie er dem Ehepaar berichtete, an einer Bahnstrecke entlang. Da es am Morgen noch sehr kühl war, trug er einen ihm geschenkten Militäranzug. Plötzlich kam ein Güterzug, der neben ihm auf freier Strecke anhielt. Der Lokführer beugte sich aus dem Fenster und fragte, ob er ein Botschafter

Gottes sei. Arthur bejahte und fragte zurück, woher er das wisse. Der Mann stieg von seiner Lokomotive herunter und sagte: „Ich habe an einer Séance teilgenommen. Ein Geist verkündete mir, dass ich demnächst einen Botschafter Gottes treffen werde, der in einer Militäruniform an den Gleisen entlang gehen würde." So viel Erstaunliches hatte ich schon über diesen Wundermann vernommen. Kam er vielleicht von einem anderen Stern? War Jesus vielleicht ebenfalls ein Außerirdischer? Und war der Stern, der über jenem Stall, in welchem er das Licht der Welt erblickte, vielleicht ein leuchtendes Raumschiff? Wir diskutierten über dieses Thema. Dell kannte einen Mann namens Edwin, der hier in der Nähe wohne und mit Außerirdischen in direktem Kontakt stehe. Und nun berichtete sie, was sie über ihn erfahren hatte.

Der damals 17-jährige *Edwin* arbeitete als Elektrolehrling in einer Werkstatt. Er hatte sich mit einem Kollegen namens *George* angefreundet, der etwa doppelt so alt war wie er. Dieser war ein sehr bescheidener und sehr gelehrter Mann, vor allem auf dem Gebiet der Religiosität. Er nahm den Jüngeren oft mit zu Gottesdiensten der verschiedensten Kongregationen. Und da George in einem einfachen Hotel wohnte und über zwei Kilometer zu der Werkstätte zu laufen hatte, holte ihn Edwin jeden Tag mit seinem Motorrad ab und brachte ihn nach der Arbeit wieder zurück. Nachdem sie schon über ein Jahr in Freundschaft verbunden waren, gingen sie eines Abends am Strand spazieren. George fragte seinen jungen Freund, indem er auf den Sternenhimmel zeigte, ob er sich vorstellen könne, dass sich auf anderen Gestirnen Lebewesen, ja sogar Menschen befinden könnten. Edwin, wie er sagte, habe schon über Ufos und Außerirdische flüchtig gelesen, könne aber nicht an das Vorhandensein von anderen Menschen im Weltraum glauben, vor allem auch nicht daran, dass solche von Sternen, die Lichtjahre weit von der Erde entfernt seien, unseren Planeten aufzusuchen vermögen. Sein Freund fragte ihn, ob er einen Beweis dafür haben möchte, dass Außerirdische die Erde besuchen. Auf dessen Bejahung hin öffnete George seine Umhängetasche und entnahm diesem ein rechteckiges Gerät von etwa 20 Zentimeter Länge und 10 Zentimeter Breite. Dieses schaltete er ein und begann sich mit jemand in einer für Edwin unverständlichen Sprache zu unterhalten.

Dann deutete er auf einen Stern, dessen Licht wie ein Funksignal beständig blinkte und sagte: „Kannst du jenes Licht erkennen? Dies sind meine Freunde von einem weitentfernten Planeten außerhalb des Sonnensystems. Ich werde sie jetzt bitten, mit ihrer Flugscheibe ein Quadrat zu fliegen." Und er sprach wieder in ein seinem Gerät eingebautes Mikrofon. Tatsächlich bewegte sich dieser „Stern" in einem Viereck. Und nun offenbarte George seinem jungen Freund, dass er selbst von einem Stern komme, den er als *Kaldas* bezeichnete. Er sei auf diese Erde abgesetzt worden, um christliche Religionen zu studieren. In den folgenden Tagen berichtete er dem Jüngeren, was immer dieser über seinen Heimatplaneten wissen wollte. Er zeigte Edwin auch sein Kommunikationsgerät und erklärte ihm, wie er den Kontakt zu seinen außerirdischen Freunden in jenem Raumfahrzeug herstellen konnte.

Eines Tages sagte dieser Mann von einem anderen Gestirn: „Heute ist mein letzter Tag auf der Erde. Ich werde heute Nacht abgeholt. Meine Studien sind abgeschlossen." Und Edwin begleitete seinen Freund bei Dunkelheit zu jenem einsam gelegenen Strand. Tatsächlich stand dort ein Raumschiff von etwa 20 Meter Breite. Edwin übergab ihm sein Funkgerät und sagte, dass er damit weiterhin Kontakt zu den Besatzungsmitgliedern dieses sich immer in Erdnähe aufhaltenden „Ufos" aufzunehmen im Stande sei, welche die für ihn bestimmten Botschaften zu ihm auf seinem Heimatplaneten weiterzuleiten verstünden, sodass sie miteinander in Kontakt bleiben könnten. Dann umarmten sie sich. George ging dann auf das Raumgefährt zu und stieg von unten in dieses hinein, wonach es sich mit großer Geschwindigkeit in den Sternenhimmel erhob.

Was ich von Dell zu hören bekam, überstieg alles, was ich bisher über Außerirdische vernommen hatte. Ich fragte sie, von wem sie diese Einzelheiten über die Freundschaft zwischen Edwin und George vernommen habe. Sie kenne, wie sie uns beiden anvertraute, Edwin persönlich, wage aber nie, ihn über seine außerirdischen Verbindungen anzusprechen, wolle er doch als Kontaktmann zu George nicht angesprochen sein, um weiterhin nicht von Neugierigen belästigt zu werden. Doch habe er einen Freund, der als Mittelsmann zwischen ihm und interessierten Freunden fungiere. Dieser sei dabei, ein Buch über Edwins Erlebnisse zu schreiben. Von diesem und von eingeweihten Freunden habe sie viele Einzelheiten über George und Edwin erfahren. Ich drang in sie, mich zu Edwins Haus zu bringen, wollte ich doch versuchen, ihn selbst zu sprechen. Dell wehrte ab, da seinerseits striktes Verbot bestehe, ihn aufzusuchen. Nur über seinen Kontaktmann *Carl* sei er zu erreichen. „Dann", so bat ich, „lass uns doch wenigstens an seinem Haus vorbeifahren. Du weißt doch, wo er wohnt." Schließlich gab sie nach. Dell fuhr Fern und mich in jenen Vorort, wo der geheimnisvolle Edwin zu Hause war. Doch sie konnte die Straße und das ihr bekannte Haus nicht mehr finden. Wir fuhren immer wieder durch die verschiedensten Straßen, hielten an, suchten nach dem betreffenden Gebäude, aber es war nicht aufzufinden. Schließlich kehrten wir zurück. Und Dell meinte, dass die Außerirdischen uns das Haus wohl ausgeblendet hätten, da wir Edwins Zuhause nicht kennen sollten. Wahrscheinlich wussten die Außerirdischen, dass ich trotz Verbots alles daran gesetzt hätte, Edwin selbst zu sprechen. Ich wollte mich nie allein auf die Berichte anderer verlassen, sondern nach Möglichkeit zu den Quellen selbst vorstoßen. Nun fragte ich Dell, ob sie uns zu *Carl van Vlierden* bringen könne. Nach einem Telefonanruf war er bereit, uns am folgenden Tag zu empfangen.

In ihm fanden wir einen etwa 65-jährigen Mann mit einem Ansatz von grauen Haaren und einem ebenfalls grauen Ziegenbärtchen. Er war Apotheker und ein langjähriger Freund von *Edwin*, der ihn wie einen Vater betrachtete. Von ihm erfuhren wir nun viele Einzelheiten über die zwölf bevölkerten Planeten in unserer Milchstraße, die eine Konföderation bilden. Deren Menschen sind den unseren äußerlich sehr ähnlich, haben aber einen gewaltigen Vorsprung hinsichtlich Technik und Ethik. Wir Erdenbewohner befänden uns noch in einer Art Entwicklungspubertät. Diese Konföderation der zwölf Gestirne sei daran interessiert, uns als 13. Mitglied zu integrieren, doch hätten wir erst das Erwachsenenalter zu erreichen, was voraussetze, dass wir alle egoistischen und andere Menschen unterdrückenden Gedanken überwinden und zu einer weltumspannenden Brüderlichkeit finden müssten. Die Außerirdischen reisten mit ihren Raumfahrzeugen auf den äußeren Linien der Magnetfelder der jeweiligen Solarsysteme. Im Augenblick hätten sich zwei Magnetfelder um die Sonne verschoben, weshalb jene, welche die Erde beobachteten, für einige Jahre unser Sonnensystem nicht verlassen könnten. Edwin sei mit diesen Raumschiffkommandanten in Verbindung. Und auf meine Frage, ob diese Gespräche auch auf Tonkassetten festgehalten werden, holte Carl ein solches Gerät herbei. Wir lauschten nun diesen Dialogen, die auf Englisch gehalten wurden. Ich fragte ihn, woher jene aus so weiter Entfernung die englische Sprache so gut beherrschten. Die hätten sie auf ihrem Planeten vor dem Fernflug gelernt. Und auf mein mir so wichtiges Anliegen ihn ansprechend, ob ich Edwin selbst sprechen könne, antwortete er, dass dieser keinerlei Besucher empfange, sondern ungestört seinem Beruf als Elektriker nachkommen möchte.

Carl wanderte wenige Monate später nach Kanada aus, wo er auch sein Buch über Edwin und George veröffentlichte. Mir schickte er, wie versprochen, ein Exemplar nach Berlin. Ich erinnere mich, wie mein Vater, der Dichter Molar, 1957 nachts mit mir in den winterlichen Garten hinausging, um am Himmel den Lauf des ersten Sputnik zu beobachten, den die Sowjetunion um die Erde kreisen ließen. Er meinte immer von sich, dass er kein Erdenbürger, sondern ein Sternenbürger sei, dem unser Globus wegen der Lieblosigkeit unter den Menschen fremd erscheine. Einiges von den Berichten über die Konföderation der Zwölf sollte dann auch in meinem Farbroman mit einbezogen werden.

Als ich eines Tages in Durban ein Musikaliengeschäft aufsuchte, hielt ich eine Schallplatte mit Musik in der Hand, deren Texte von *Uri Geller* stammten. Unter anderem war darauf ein wohlklingender Chor zu hören, der sich auf Außerirdische bezog. Leider verfüge ich nicht mehr über Text und Melodie. Als ich später Uri selbst nach dieser Platte mit dem Chorlied fragte, besaß er selbst keine mehr.

An dieser Stelle, da es zum Thema dieses Kapitel gehört, will ich eine Woche vorausgreifen, um dann wieder zu Dell und Ray nach Durban zurückzukehren.

Als ich mich am Vortag meines Abfluges aus Johannesburg bei Dennis und Carol verabschiedete, riet er mir, dass ich noch selbigen Tages versuchen sollte, *Elisabeth Klarer* aufzusuchen, sei sie doch gerade von einer Reise zurückgekehrt. Und da ich von Dennis schon viel Wunderliches über diese Frau vernommen hatte, rief ich sie sogleich an und sagte, dass ich am folgenden Tag Südafrika verlassen würde und sie um ein Gespräch bitten möchte. Somit fand ich mich am Nachmittag bei ihr ein.

Diese etwa 50-Jährige wohnte mit ihrem Mann in einem Vorort von Johannesburg. Im Herbst 1975 hatte sie in Deutschland den internationalen Ufo-Kongress in Wiesbaden besucht, auf welchem sie über ihre Erlebnisse mit Außerirdischen sprach. Noch in diesem Herbst werde, so erklärte sie mir, in Deutschland als Welterstveröffentlichung ihr Buch *„Jenseits der Lichtmauer"* (*„Beyond the Lightbarrier"*) erscheinen. Sie bekleidete gegenwärtig das Amt der Präsidentin der südafrikanischen Ufo-Gesellschaft und war, wie sie mir nun erzählte, die erste Frau in der südafrikanischen Luftstreitkraft, die als Pilotin auch Düsenjäger geflogen habe. Die meisten Regierungen der Welt, wie sie behauptete, wüssten um die Existenz von Ufos, hielten ihr Wissen jedoch geheim. Auch die südafrikanische Regierung wolle von ihr über alles, was mit Außerirdischen zusammenhing, genau informiert sein. Immer wieder berichteten heimische Zeitschriften und der Rundfunk über Leute, die Ufos gesichtet hatten. Offenbar war Südafrika ein von Besuchen Außerirdischer bevorzugtes Land.

Schon als kleines Mädchen sah sie mit ihrer Schwester nahe den *Drachensbergen* in Natal ihr erstes Ufo, das auch von einigen Afrikanern wahrgenommen wurde, hatten diese schon häufiger solche beobachtet, deren Besucher sie als „Himmelsgötter" bezeichneten. Und immer, wenn sie wieder die silbernen Raumschiffe sah, fühlte sie sich zu jenen Außerirdischen hingezogen. Mit ihrem Mann zusammen, der ihr das Fliegen beibrachte, beobachteten sie während eines Fluges wiederum ein Ufo, über das er einen Bericht für die südafrikanische Luftwaffe verfasste. Beide fanden wenig später eine Anstellung bei dem Flugzeugserprobungszentrum in England. Hier wurde Elisabeth Mitte der 1950er Jahre zur Pilotin ausgebildet.

Elizabeth Klarer believes the UFO on our cover this week is the only colour photograph of a flying saucer. She took it in Natal on October 17, 1957. It is seen in the golden yellow colour change, known as the "departure field." Moments later, before a second photograph could be taken, it had disappeared. Only the colour vapour remained. Explained Mrs. Klarer: "When these large spaceships comes into the condensation level of our atmosphere, a tremendous rotating cloud is formed around the ship. The spaceship is rapidly moving up into the higher atmosphere in this photograph. You can actually see the magnetic lines of force rotating in the cloud." This is the first time this picture has been published.

THE COVER

Unidentified flying objects have soared back into the headlines. DOREEN LEVIN talks to a Johannesburg woman meteorologist whose claims to have travelled in a flying saucer have mystified the world.

MRS. KLARER'S
world in space

DUIST-Archiv

IT IS STRANGE the way they always turn to Mrs. Elizabeth Klarer of Westcliff, Johannesburg, for an explanation about flying saucers. Strange, because the source of her information is so unacceptable to scientists, air force intelligence officials, policemen and hardboiled newspaper reporters. They all know her claim ... that she has telepathic communication with scientists from Alpha Centauri, a world about four light years away from our solar system ... even that she has travelled on these spaceships — yet they still seek her out.

Earlier this year, Mrs. Klarer, who is 62, was asked by a Hungarian military scientist, Major Colman von Keviczky, who is director of the Intercontinental UFO Galactic Spacecraft Research and Analytic Network at the Smithsonian Institute in Washington, to submit a copy of her unpublished autobiography, Beyond the Light Barrier, all photographs and other evidence she

Continued on PAGE 25

Mrs. Elizabeth Klarer of Johannesburg holds a photograph showing a portrait of Akon, a scientist from Alpha Centauri, a constellation four light years away in outer space.

TIMES Colour Magazine, August 13, 1972 23

Mrs. Elizabeth Klarer mit dem Bildnis von AKON

Elisabeth Klarer wurde von einem Ufo auf einen anderen Planeten gebracht, wo sie von einem Außerirdischen ein Kind bekam. Zeitungen berichteten über sie.

Der Bericht mit den Klarer-Aufnahmen in „Sunday Times",
Johannesburg

Mehrere Kollegen hatten Ufos gesichtet. Es war der englischen Regierung höchst wichtig, alles über die Besuche von Außerirdischen zu erfahren. Und da die junge Pilotin vor allem in ihrer Heimat jene silbernen Scheiben gesichtet hatte, gab man ihr den Auftrag, nach Südafrika zurückzukehren, um dort zu versuchen, mit Außerirdischen Kontakt aufzunehmen. Und dort geschah es, dass sie im Schlaf ein außerkörperliches Erlebnis hatte, bei welchem sie sich in einem Raumschiff befand, wo sie sich einem Mann gegenübersah, der sich *Akon* nannte, zu dem sie augenblicklich eine nie gekannte Liebe erfasste. Er versicherte sie im besten Englisch, dass er sie schon von klein auf beobachte und sie seine Frau sei, der er sich auch bald auf Erden zeigen wolle. Und dann sah sie eines Tages sein gelandetes Raumschiff auf der Ebene eines Berges. Neben diesem stand Akon, dessen geöffnete Arme sie umfingen. Er trug sie in sein etwa 20 Meter messendes rundes Raumschiff und gestand ihr immer wieder seine seit langem gehegte Liebe. Er bereitete sie darauf vor, dass er mit ihr einen Sohn zeugen wolle, was auf einem der nächsten Flüge im Raumschiff auch geschah. Denn wie er ihr darlegte, vermischen sie sich nur sehr selten mit irdischen Frauen, behalten aber die Kinder dann bei sich, um ihre eigene Rasse zu stärken. Elisabeth wollte diese Besuche geheimhalten, doch sprach es sich herum, dass auf einer bestimmten Bergfläche, wenn sie dort hinauffritt, sich ein Ufo zeigte. Somit wurde sie beständig von Militärs überschattet, die mit Feldstechern oder sogar manchmal mit Hubschraubern ihre heimlichen Ausritte auf jenen Berg überwachten. Akon hatte ihr erzählt, dass er von einem Planeten namens *Theton* stamme, der sich im Sternbild *Alpha Centauri* befinde. Sie vermögen mit ihren Flugkörpern die größten Entfernungen in kürzester Zeit zurückzulegen. Als nun seine irdische Geliebte von ihm schwanger war, nahm er sie in seinem silbrig schimmernden Metallgefährt mit auf seinen großen Heimatplaneten, wo sie eines Sohnes entbunden wurde, dem sie den Namen *Ayling* gab. Die dortigen Bewohner kennen keine Kriege, wie auch keine Armut oder Krankheit. Sie sind mit Bewohnern anderer Planeten in freundschaftlichem Kontakt, doch gibt es auch ungute Außerirdische, vor denen man sich jedoch zu schützen weiß. Das Zeitgefüge ist dort ein anderes als auf der Erde. Die junge Mutter glaubte sich zwei Jahre dort aufgehalten zu haben, doch als Akon sie zur Erde zurückbrachte, waren nur vier Monate der irdische Zeit vergangenen. Mit Akon habe sie seitdem immer wieder Kontakt gehabt wie auch mit ihrem heranwachsenden Sohn, der nun bereits 19 Jahre alt sei. Nach ihrem Ableben auf Erden werde sie nach Theton in einem verjüngten Körper zurückkehren, um dort weiterhin mit dem Geliebten und ihrem Sohn vereint zu sein. In der Zwischenzeit habe sie ihren irdischen Auftrag zu erfüllen, die Menschen auf die Gefahren hinzuweisen, die durch ihr materielles Denken, ihre Hochrüstung und Umweltverschmutzung drohen.

Der Skeptiker in mir zweifelte diese zu phantastisch erscheinenden Aussagen an. Doch die sehr glaubwürdig Wirkende behauptete auf meine Einwände hin, dass sie die reine Wahrheit spreche. Damals nach ihrem plötzlichen Verschwinden habe ihr Mann eine polizeiliche Suchaktion durchführen lassen. Bei meinem Abschied versicherte ich, mir ihr Buch bei meiner Rückkehr nach Deutschland besorgen zu wollen.

Aber nun zurück nach Durban zu Dell, Ray und Fern.

9. Unverhoffte Botschaften aus höherer Dimension

Lorraine hatte uns in Bulawayo den Namen *Freda Skippage* genannt, die in der Nähe von Durban lebte und ein Malmedium war, die ebenfalls zum Lalasal-Kreis gehörte. Ich sprach Dell nun auf diese Dame an, und sie war voller Lob über die Fähigkeiten dieser hellsichtigen Frau. Dell arrangierte für Fern und mich einen Besuch. Die vielleicht 60 Jahre alte Freda, gleichfalls ein „rostrum medium" (Bühnenmedium), empfing uns mit jener Herzlichkeit, die wir immer bei spiritualistischen Menschen erlebt hatten, fühlten sie sich doch untereinander wie Geschwister. Die besondere Art ihrer Vorgehensweise beim Porträtieren der Geister bestand darin, dass sie sich die Fotografie eines Kunden mit der einen Hand vor die Stirn hielt, während die andere von einem jenseitigen Maler geführt wurde. Dieser Jenseitige hieß *David* und war ein Schüler Michelangelos. Den Namen des jeweils Porträtierten gab ihr *Lalasal* durch.

Für einen Skeptiker oder gar Nihilisten mag das Malen von Gesichtern der „angeblichen" Geistführer allein der Fantasie zuzuschreiben sein. Doch es gibt Malmedien wie *Coral Polge* die ich später in England kennen lernen sollte, welche die Porträts von verstorbenen Familienmitgliedern malen, die oft unverkennbar deren Gesichtszüge wiedergeben, vor allem, wenn auch noch der betreffende Name richtig genannt wird. So kam einst ein junger Mann aus der Schweiz zu Coral, dem sie das Bild eines verstorbenen Familienmitgliedes malte. Sie sagte, dass ihr der Name Carl Gustav Jung durchgegeben werde. Und der vor ihr sitzende Besucher mit einem anderen Nachnamen bestätigte, dass er der Enkel dieses Porträtierten sei.

Und nun will ich über einen Tag in meinem Leben berichten, den ich sicherlich nie vergessen werde. Dell fragte uns am 13. April, ob wir heute Abend zu einem ihnen befreundeten Ehepaar mitkommen wollten. Der Mann sei an beiden Füssen von Gangräne befallen und liege die meiste Zeit im Bett. Er habe sie gebeten, bei ihm zu Hause eine Séance abzuhalten. Natürlich waren wir beide sehr daran interessiert, einer bisher mit Dell noch nicht erlebten Geistersitzung beizuwohnen, hatten Jenseitige bisher nur zu uns beiden oder in jener Kirche zu uns und anderen gesprochen. Ray trug das Aufnahmegerät in den Wagen. Gegen acht Uhr erreichten wir vier die Etagenwohnung *Alec und Betty McAlery*. Zu ihnen war ihre hochschwangere Tochter *Myra*, Mutter von drei Kindern, gekommen, um an dieser Séance teilnehmen zu können. Alec hoben wir aus dem Bett und trugen ihn in das Wohnzimmer, wo er auf einen Sessel niedergesetzt und ihm ein Stuhl zum Hochlegen der Beine untergeschoben wurde. Wir arrangierten unsere Sitzplätze so, dass wir im Halbkreis vor Dell zu sitzen kamen, während nach einem gemeinsamen Gebet Ray das Tonband einstellte.

Unser Medium befand sich nach einigen Ruckbewegungen in einer tiefen Trance. Im Ganzen teilten sich uns acht Jenseitige mit, die sich jeweils mit unterschiedlicher Stimme verlauten ließen. Außer der Ansprache von Dells Meister und ihrem Kontrollgeist wurden wir übrigen sechs „Sitters" individuell von einem oder einer Verstorbenen angesprochen. Zu mir sprach ein junger Mann, der zusammen mit seiner Freundin bei einem Motorradunfall ums Leben gekommen war. Er kam auf meine schwere Aufgabe zu sprechen, die noch vor mir läge und zu der es viel Mut und Ausdauer bräuchte. Als Dell nach dieser anderthalbstündigen Sitzung aus der Trance zurückgekehrt war und Betty das Licht einschaltete, ließen die Gesichter erkennen, wie sehr sie alle von diesen Geisteransprachen beeindruckt waren.

Ray nahm seiner Frau das am oberen Saum ihres Kleides befestigte Mikrophon ab und packte das Tonbandgerät ein. Wir hatten uns nun erhoben und waren bereit, uns von den McAlery's zu verabschieden, als *Myra* noch auf ihrem Stuhl sitzen geblieben war und auf einem Block etwas niederschrieb. Sie sagte zu uns gewandt: „Fern und Tom. Ich habe eine Botschaft für euch. Wartet noch." Wir beide hatten uns neben sie gestellt und beobachteten, wie sie Zeile für Zeile Wörter ohne Trennung in schneller Eile niederschrieb. Dann blickte sie auf und sagte: „Meine jenseitigen Freunde wollten, dass ich euch eine Botschaft zukommen lasse. Wollt ihr sie hören?" Und nun las sie uns diese vor. Nach einer Begrüßung dieser „Wir-Gruppe" sagten sie, dass sie es seien, die uns hierher geführt hätten, um durch ihr Schreibmedium mit uns Kontakt aufzunehmen. Sie wünschten, dass wir am nächsten Tag Myra zu Hause besuchen mögen, hätten sie uns doch viel mitzuteilen. Wir wandten ein, dass wir am nächsten Tag nach Johannesburg zu fahren beabsichtigten und daher nur am Vormittag vorbeikommen könnten. Doch Myra entgegnete, dass sie am Vormittag keine Zeit hätte, uns zu empfangen, hatte sie doch ihren Kindern versprochen, mit ihnen auf den Sportplatz zu gehen. In diesem Augenblick betrat ihr Mann die Wohnung, um sie abzuholen. Sie fragte ihn, ob er morgen die Kinder zum Sportplatz bringen könne, würden wir beide doch nur am Vormittag Zeit haben, sie aufzusuchen. Er erklärte sich einverstanden. Somit gab sie uns ihre Adresse in Amanzimtoti.

Am nächsten Morgen verabschiedeten wir uns von Dell und Ray und bedankten uns für ihre Gastfreundschaft und überreichten ihnen ein Geschenk. Dann fuhren wir mit Johns Auto nach dem 30 Kilometer entfernten *Amanzimtoti*, jenem kleinen idyllische Ort, der sich südwestlich an der Küste vor Umkomas ausbreitete. In einem bürgerlichen Haus mit Garten trafen wir die uns schon Erwartende, die froh war, nun von Kinderlärm ungestört sich uns widmen zu können. Sie berichtete uns, wie sie zu der „Automatischen Schrift" gekommen sei. Vor dem letzten Weihnachtsfest schrieb sie eilig einige Briefe. Sie hatte den Federhalter aufs Papier gehalten und weilte mit ihren Gedanken auf einmal ganz woanders. Doch plötzlich merkte sie, wie ihre Hand sich von allein bewegte und Worte sich niederschrieben. Sie setzte die Feder ab und las Folgendes: „Geliebte, fürchte dich nicht. ....." Und sie schrieb immer weiter. In den nächsten Tagen setzte sie sich wieder hin und bat um die Schrift, die sich immer wieder einstellte. Bisher hatte sie nur ihren Eltern über ihre geheime Verbindung zu einer höheren Dimension erzählt. Doch während der gestrigen Séance überkam sie das Gefühl, dass ihre Freunde durch sie schreiben wollten. Sie nahm vom Schreibtisch ihres Vaters einen Block und schrieb. Sie war erschrocken, dass die Botschaft an uns zwei gerichtet gewesen war. Sie verspürte Widerstand, zwei für sie Fremde die für beide bestimmte Schrift zu zeigen. Doch überwand sie sich und redete uns an, indem sie uns das Niedergeschriebene vorlas. Bisher hatte sie schon einige Hefte mit Botschaften gefüllt und zeigte sie uns.

Wir fragten sie, ob sie auch für uns Mitteilungen durchgeben könne. Wir stellten viele Fragen, die uns von ihren unsichtbaren Freunden, die sich weiterhin mit „Wir" bezeichneten, beantwortet wurden. Sie sprachen durch die Schrift zuerst Fern an und erklärten ihr, warum es wichtig sei, dass ich meine Reise allein fortzusetzen hätte. Mir wurde unter anderem mitgeteilt, dass mein jenseitiger Name *Wious* sei. Myra wurde mit *Wunsum* (ausgesprochen Wuhnsam) angeredet. Sie versicherten mir, dass, wo immer ich mich in der Welt aufhielte, sie mich begleiten würden. Ich könne an sie welche Fragen auch immer stellen, und sie würden durch Myras Hand diese beantworten und sicherstellen, dass mich ihre Botschaften per Post auch in jedem Teil der Erde erreichen würden. Unseren Kopf voll von diesen wunderbaren Mitteilungen verabschiedeten wir uns von Myra.

Während unserer langen Fahrt in den Norden nach Johannesburg an den entfernten Drachenbergen vorbei, weilten unserer Gedanken noch bei Myra und ihrer Wir-Gruppe samt den beeindruckenden Botschaften. Was hatten wir alles auf unserer großen Rundreise an Überraschungen erlebt! Doch die Begegnung mit Myra war der bisherige Höhepunkt unserer spirituellen Erfahrungen gewesen.

In *Johannesburg* gaben wir John das Auto zurück, das wir in Namibia mit neuen Reifen versehen lassen mussten. Fern wollte unsere kleine Wohnung vorerst behalten, plante aber, bevor sie sich nach einer neuen Anstellung umsehen wollte, Myra nochmals aufzusuchen. Ich erkundigte mich nach Flügen nach Mauritius. Alle schwarzen Regierungen Afrikas boykottierten die Apartheitsstaaten Rhodesien und Südafrika/ Südwestafrika. Die einzige Ausnahme bildete außer dem von ihnen umgebenen Botswana *Malawi*, da deren exzentrischer *Präsident Banda* die Beziehungen zu diesen beiden von Weißen regierten Länder nicht abgebrochen hatte, was ihm den Zorn des übrigen Afrikas zutrug. Somit bestand weiterhin auch die Flugverbindung zu Malawi, jenem Land, das ich wegen der gepriesenen Schönheit noch besuchen wollte. Und tatsächlich gab es von dort auch eine weitere Flugverbindung nach Mauritius. Ich kaufte also das Flugticket über *Blantyre* nach jener Insel im Indischen Ozean, um von dort nach Madagaskar und dann weiter nach Indien zu gelangen. Ich hatte außer meinem Rucksack zusätzlich auch ein ganzes Paket mit Büchern geschnürt, die ich von Mauritius aus nach Indien vorausschicken wollte, um diese dann dort in den nördlichen Bergen zu lesen. Ich musste bis zum 20. April die Südafrikanische Union verlassen haben, da man mir bei der Einreise einen Stempel in den Pass gedrückt hatte mit dem Vermerk „Final", obgleich mein Visum, auf einer anderen Seite eingetragen, noch bis zum 4. Oktober gültig war.

Ich verabschiedete mich nun von meinen Freunden und besuchte auf Dennis Hinweis hin, wie oben schon beschrieben, noch Elisabeth Klarer. Fern brachte mich zum Flughafen. Und dann saß ich im Flugzeug. Wie dankbar war ich doch über die vielen spirituellen Erlebnisse, die ich in diesen beiden Apartheitsländern erleben durfte. Und ich freute mich nun wieder darauf, neuen erdverbundeneren Abenteuern entgegensehen zu dürfen.

(Die Kapitel ab Lambarene wurden in den Monaten Dezember 2007 bis Anfang Februar 2008 unweit des Strandes in Wilderness in der westlichen Kapprovinz Südafrikas geschrieben.)

3. Kapitel
Malawi, Mauritius, Madagaskar

1. Das Polizeiverhör in Malawi

Malawi ist wie ein in den schwarzen Kontinent hineinversetzter schmaler Landsplitter, der sich mit einer Länge von 840 Kilometer und mit einer variierenden Breite bis 160 Kilometer zwischen Sambia, Mosambik und dem südlichen Tansania drängt. Seine östliche Seite wird flankiert von dem *Malawisee*, dem vormaligen Lake Nyasa, der sich vom äußersten Norden fast 600 Kilometer lang nach Süden hinzieht und an seiner breitesten Seite nur 80 Kilometer misst.

Abgesehen von moslemischen und portugiesischen Sklavenhändlern war es *David Livingstone*, der 1859 vom Süden her an den Nyasa See vorstieß und als Missionar wirkte. Nach seinem Tod 1873 kamen Missionare, die schließlich den Großteil der Bevölkerung zum Christentum bekehrten. Die Briten besetzten zum Ende des 19. Jahrhunderts Malawi als Protektorat und nannten es ab 1907 Nyasaland. Anfang der fünfziger Jahre des 20. Jahrhunderts begannen nationalistische Rebellengruppen gegen die ausländische Vorherrschaft durch Sabotageakte vorzugehen. Die Untergrundpartei wurde von dem in Amerika und in Europa ausgebildeten und acht Jahre in London und fünf Jahre in Ghana praktizierenden Arzt *Hastings Kamuzu Banda* (1906-1997) geleitet, der 1963 zum Präsidenten seines Landes ernannt war, das noch kurze Zeit als Mitglied des Britischen Commonwealth fungierte, bis es als *Republik Malawi* 1966 seine völlige Unabhängigkeit erhielt. Banda unterdrückte alle anderen Parteien. Er ließ sich 1971 zum Präsidenten auf Lebenszeit wählen und erklärte 1975 *Lilongwe* zu seiner Hauptstadt. In den ersten freien Wahlen 1994 wählte man den hochbetagten Diktator ab. Er entzog sich einer gerichtlichen Verurteilung durch Flucht nach Südafrika, damit er nicht vom eigenen Volk für seine vielen angeordneten Grausamkeiten zum Tode verurteilt wurde.

Trotz der reichen Bauxitvorkommen und dem Tabak- und Teeexport gehört Malawi zu den ärmsten Ländern Afrikas. Von der Armut der Bevölkerung konnte ich mich bald selbst überzeugen. Denn nachdem ich in *Blantyre*, der bevölkerungsreichsten Stadt, am 20.4.1977 gelandet war, drängte es mich, sogleich Land und Leute kennenzulernen. An einer Straße außerhalb eines Dorfes stehend und auf eine Mitfahrgelegenheit wartend, konnte ich beobachten, wie Männer in ihren Sträflingsanzügen unter Bewachung von bewaffneten Soldaten den Straßenbau vorantrieben. Das ganze Land zitterte vor der Gewaltausübung ihres Präsidenten und seiner Schergen. Von Europäern, die mich in ihren Autos mitnahmen, erfuhr ich Schreckliches. Niemand durfte an Banda Kritik üben, ohne in Gefahr zu geraten, eingesperrt und gefoltert zu werden.

Ich stand einmal an einer Straßenkreuzung, an welcher sich ein abgelegenes armseliges Restaurant befand. Ich fragte nach der Toilette. Man verwies mich auf einen kleinen abseits stehenden Bretterverschlag. Darin fand ich ein Plumpsklo vor, bestehend aus einem breiten Brett mit einem runden Loch darin. Diese Art von „Donnerbalken" war mir schon als Junge aus dem Meersburger Flüchtlingsbarackenlager bestens vertraut gewesen. Dieses Barackenleben sollte auch in meinem Molar-Roman beschrieben werden. Doch als ich mich aufs Loch setzen wollte, durchfuhr mich ein Schreck. Denn aus diesem liefen weiße Maden über den Rand nach oben. Und beim Blick in das Loch hinein entdeckte ich Tausende von Maden, die sich an den braunen Darmentleerungen labten.

An der Südspitze des Malawisees angekommen, erblickte ich in einem kleinen Hafen ein Schiff, das den Personen- und Frachtverkehr an der westlichen Küste entlang nach Norden regelte. Ich buchte eine Fahrt bis *Domira*. Das Schiff wurde von einem deutschen Kapitän manövriert. Er war erfreut, einen deutschen Rucksackreisenden an Bord zu haben. Mit ihm unterhielt ich mich angeregt. Der von der Entwicklungshilfe gespendete Schraubendampfer stammte aus Deutschland und wurde hier zusammengebaut. Von Bord aus genoss ich den Blick auf die prächtige Landschaft.

Von Domira trampte ich nach *Lilongwe*. Sicherlich erlebte ich in Malawi viel Interessantes, doch hatte ich keinerlei Notizen darüber festgehalten. Aber folgende Begebenheit in der Hauptstadt ist mir vor allem im Gedächtnis geblieben. Ich suchte in einem Vorort eine preisgünstige Übernachtungsmöglichkeit. Man verwies mich an ein Haus. Dort gab es einen größeren Raum, in welchem sich weder Betten noch Matten befanden. Man schlief einfach auf dem Bretterboden. Wohl dem, der eine Decke mitgebracht hatte, denn nachts konnte es hier empfindlich kalt werden. Als Kopfkissen nahm man sein Schuhwerk, so man solches besaß. Beim Herbergsvater hatte man für die Übernachtung etwa den Preis zu entrichten, mit welchem man bei uns ein Brötchen kaufen kann. Obwohl ich in Südafrika drei Monate lang gut verdient hatte und mir auch hier ein Hotelzimmer hätte leisten können, wollte ich in gewohnter Trampermanier sparsamst mit meinem Geld umgehen, da ich ja, wie ich damals schätzte, noch viele Monate unterwegs sein würde, bis ich nach Berlin zurückkehrte. Und ich wusste nicht, wie viel ich noch für weite Flüge zu bezahlen haben würde.

Mich sprach ein junger Student an, den ich *Alf* nennen möchte. Und da es trotz der frühen Dunkelheit noch nicht Schlafenszeit war, schlug ich vor, mit ihm einen Spaziergang durch die Straßen zu unternehmen. Doch Alf zögerte mitzukommen. Er vertraute mir flüsternd an, dass es für Einheimische verboten sei, sich mit Ausländern in der Öffentlichkeit sehen zu lassen, wurde man doch sogleich als Oppositioneller verdächtigt, der Kontakt zu Weißen herzustellen suche, um von dem Elend der Bevölkerung und ihrer Drangsalierung seitens des Präsidenten zu berichten, damit das Ausland über die politische Situation des Landes erfahren und dementsprechend intervenieren würde. Ich konnte seine Bedenken zerstreuen. Somit gingen wir durch die dunklen Straßen.

Plötzlich standen zwei Männer neben uns. Sie forderten uns auf, mitzukommen. Wir wurden auf eine Polizeistation geführt, wo wir einem Vernehmungsoffizier gegenübersaßen. Er verhörte in strengem

Ton zuerst den vor Angst zitternden Alf. Und da dieser Dialog auf Englisch geführt wurde, bekam ich den Inhalt mit. Woher er mich kenne? Weshalb er mit mir in der Dunkelheit durch die Stadt gehe? Was unser Ziel sei? Wen wir aufsuchen wollten? Er solle bekennen, dass er ein Staatsfeind sei, der Kontakt mit Ausländern suche. Ich versuchte immer einzulenken und zu sagen, dass wir uns erst heute Abend in jenem Schlafsaal getroffen hätten. Doch der Polizeioberst wollte nicht glauben, dass wir uns erst seit kurzem kannten.

Die Situation gegen uns beide spitzte sich immer mehr zu. Alf solle gestehen, sonst werde man ihn zum Sprechen zwingen. Ich sah ihm seine Angst an. Warum hatte ich ihn überredet, mich bei diesem Spaziergang zu begleiten? Jetzt hatte ich ihn in eine sehr prekäre Situation gebracht. Was würde jetzt auch mit mir geschehen? Gut, dass ich meinen nun vorzuweisenden Reisepass im Brustbeutel bei mir trug. Würde man mich auch schlagen wollen, um ein Geständnis zu erzwingen?

Ich faltete in unserer Not unter dem Tisch meine Hände und betete zu Gott, dass er uns beschützen möge. Es war das erste Mal seit meinem 14. Lebensjahr, dass ich alleine, also nicht mit anderen, wie vor Séancen und in Kirchen der Spiritualisten üblich, betete. Und welch Wunder! Auf einmal glättete sich das Gesicht des Polizisten. Er wurde ganz freundlich. Er entschuldigte sich, uns für Konterrevolutionäre gehalten zu haben. Dann erhob er sich, gab uns beiden die Hand und wies einen Polizisten an, uns hinauszugeleiten. Wir schritten den kürzesten Weg zu unserer Herberge zurück. Alf vertraute mir an, dass eine ganze Reihe von Studenten wegen angeblicher konterrevolutionärer Agitation verhaftet worden sei und ohne Gerichtsbeschluss auf unbestimmte Zeit im Gefängnis säße. In allen drei Nachbarländern hatte der von der UDSSR geförderte Sozialismus schon seinen Einzug gehalten, und die Studenten Malawis ließen sich voller Hoffnung für ihr Land von diesen Ideen anstecken. Auch formierten sich in diesen Ländern die entkommenen Gegner des Präsidenten Banda, der mit aller Strenge gegen die sein Staatswesen bedrohenden „Rebellen" einschritt.

Ich holte jetzt bei dem „Herbergsvater" meinen ihm in Verwahrung gegebenen Rucksack ab, hatte ich doch mein Bücherpaket auf dem Flughafen von Blantyre deponiert. In dem dunklen Schlafsaal lagen schon Dutzende Männer, sodass ich über einige Körper steigen musste, um mir einen Platz zu suchen, wo ich meinen Schlafsack ausbreiten konnte. Ich streifte mir der Kälte wegen meinen Regenanorak über, den mir jene Französin in Gabun geschenkt hatte. Dann schlüpfte ich in meinen Schlafsack, während ich meinen Rucksack als Kopfkissen benutzte. Neben mir vernahm ich, wie ein junger Mann vor Kälte zitterte. Mit der Taschenlampe erkannte ich, dass er auf dem Holzboden ohne Unterlage und nur mit kurzer Hose und einem T-Shirt angetan zu schlafen versuchte. Wie hätte ich ruhigen Gewissens einschlafen können, wenn ich wüsste, dass jemand neben mir fror, während ich in der Wärme lag? Ich zog den Anorak aus und reichte ihn dem Frierenden, der ihn dankend überzog. Gehörte dieser vielleicht auch zu den im Untergrund gegen das Regime opponierenden Rebellen? Schließlich schlief ich ein.

Wohl noch lange vor Tageshelle wachte ich plötzlich auf, als ein Hahn in unmittelbarer Nähe krähte. Mit der Taschenlampe entdeckte ich, dass neben mir ein Mann lag, der zwei Hühner und einen Hahn, jeweils an den Beinen festgebunden, neben sich liegen hatte. Amüsiert darüber schlief ich wieder ein. Doch schon einige Minuten später krähte der Hahn noch kräftiger. Ich hörte, wie einige Männer lachten und dann wohl sofort weiterschliefen. Und vielleicht alle viertel Stunde ließ sich der Schreihals vernehmen. Doch die dort liegenden Männer hatten sich schon an das Krähen gewöhnt. Keiner lachte mehr, sie schliefen einfach weiter. Wie hätten sich wohl Europäer verhalten, wenn sie in einer Herberge auf einmal im letzten Drittel der Nacht durch wiederholtes Krähen aus unmittelbarer Nähe aus ihrem Schlaf herausgerissen würden?

Als ich schließlich bei Tagesanbruch aufwachte, war der Mann mit seinem Federvieh schon verschwunden. Sicherlich befand er sich schon auf dem Markt, um es dort zu veräußern. Alf hatte wie die meisten Männer schon unsere Herberge verlassen. Vielleicht zog er es vor, sich nicht mehr mit einem Weißen blicken zulassen. Doch wo befand sich jener junge Mann neben mir? Auch er war verschwunden und mit ihm mein Regenschutz.

Rechtzeitig fand ich mich wieder in *Blantyre* ein, um am 7. Mai das Flugzeug nach Mauritius zu nehmen.

2. Beim Tempelguru auf Mauritius

Die Vulkaninsel *Mauritius* liegt 800 Kilometer östlich von Madagaskar im Indischen Ozean und hat eine Ausdehnung von etwa 60 mal 50 Kilometer. Ihre Küsten bestehen zumeist aus schwarzem Lavagestein und Sandstränden mit an vielen Stellen vorgelagerten Korallenbänken. In einer Hotelanlage an solch einem östlich gelegenen Strand schreibe ich augenblicklich an diesem Kapitel. Leider hatte ich mir damals die Unterwasserpracht mit seinen Korallen und bunten Fischen entgehen lassen. Erst später, nachdem ich mich auf der Erdoberfläche reichlich umgetan hatte, lernte ich durch Schnorcheln in tropischen und subtropischen Gewässern auch die Unterwasserwunder unseres Planeten kennen. Wie prächtig ist doch unsere Erde! Wie viel Mühe hat sich die Schöpfung gegeben, um die unbelebte und belebte Natur zu gestalten! Wie glücklich war und bin ich, diese Herrlichkeiten in ihrer Überfülle aufsuchen und bewundern zu dürfen. Und die jenseitige Welt, wie ich aus Büchern und anderen Quellen erfahren konnte, soll diese irdische Pracht noch um vieles übersteigen! Wie gespannt bin ich doch auf die jenseitigen Entdeckungen, die mir wiederum nach meinem Erdenabschied bevorstehen! Doch noch befinde ich mich auf dieser paradiesischen Zuckerrohrinsel. Bedeutete diese Pflanze, mit der die halbe Insel bedeckt zu sein scheint, bis vor einigen Jahren noch das Haupteinkommen des Staates, so ist nun im 21. Jahrhundert der Tourismus an die erste Stelle gerückt.

Die Geschichte der Insel und ihrer Bevölkerung ist sehr interessant. Arabische Seefahrer entdeckten sie wohl schon vor 1.000 Jahren. Anfang des 16. Jahrhunderts wurde sie von Portugiesen als Zwischenstation für die Weiterfahrt nach Ostasien besucht. Doch die Holländer nahmen um 1600 Besitz von ihr und benannten sie nach ihrem Stadthalter *Moritz von Nassau* mit dem latinisierten Namen Mauritius. Schon 120 Jahre später vertrieben die Franzosen die Holländer. Sie brachten schwarze Sklaven für den Zuckerrohranbau auf die Insel. Nach der Niederlage Napoleons wurde Mauritius im Vertrag von Paris 1814 den Engländern zugesprochen. Nachdem 1835 die Sklaverei abgeschafft worden war, importierten die Briten Tausende von Indern als Arbeitskräfte. Erst 1992 wurde Mauritius in die völlige Unabhängigkeit als Republik entlassen.

Die etwa eine Million zählende Bevölkerung setzt sich zu drei Viertel aus Menschen indischer Herkunft und zu 20 Prozent aus Kreolen zusammen, während fünf Prozent aus Nachkommen europäischer und chinesischer Einwanderer besteht oder direkt aus Europa stammt. Kreolen nennt man die Menschen, die aus Vermischungen Einheimischer und importierter Sklaven mit Europäern oder Asiaten hervorgegangen sind. Inder, Christen und Muslime huldigen ihren Glaubensvorstellungen, wovon die vielen Hindutempel, die Kirchen und Moscheen Zeugnis ablegen. Die Hauptsprache ist ein mit französischen Wörtern angereichertes Kreolisch, die offizielle Sprache jedoch Englisch, aber bei allen Gebildeten wird bevorzugt Französisch gesprochen.

Die Haupt- und Hafenstadt ist *Port Louis*. Dort ließ ich mich in einem preisgünstigen Hotel nieder. Von hier aus ging oder trampte ich in die verschiedenen Richtungen, bestieg auch einen der nicht allzu hohen Vulkanberge. Jeden Tag suchte ich die französische Agentur im Hafen auf, um nach dem erwarteten Schiff zu fragen, das nach Madagaskar fahren sollte. Denn diese große Insel wollte ich vor meiner Weiterreise nach Indien auf keinen Fall unbesucht lassen. Man teilte mir dort mit, dass das Schiff mit jedem Tag erwartet werde.

Bei einem meiner Tagesausflüge zu Fuß oder per Anhalter wurde ich von einem muslimischen Händler eingeladen. Mit ihm unterhielt ich mich über die verschiedenen Religionen. Er war mit seiner Frau nach Saudi Arabien geflogen, um als Strenggläubiger den Geboten Mohammeds zufolge die Heilige Stadt Mekka aufzusuchen. In Jiddha berat er einen Juwelierladen, um für seine Frau eine kostbare Uhr zu erstehen als Dank dafür, dass sie ihn auf dieser langen Reise begleitete. Er konnte sich jedoch nicht zwischen zehn Uhren entscheiden und sagte dem Besitzer, dass er mit seiner Frau am nächsten Tag zurück kommen werde, damit sie sich die passende aussuche. Doch der Händler packte ihm all diese zehn Uhren in einen kleinen Schmuckkasten und sagte, dass er sie mit zu seiner Frau ins Hotel nehmen könne, damit sie sich dort für eine entscheiden möge. Mein Gastgeber gab dem Ladenbesitzer zu verstehen, dass es ihm nicht möglich sei, für all diese zehn Uhren Geld zu hinterlegen. Aber er entgegnete, dass er einem Pilger, der von so weit herkomme, vertraue, und gab ihm das Kästchen mit. Morgen solle er mit allen Uhren zurückkommen und die ausgesuchte Uhr bezahlen. Welch christlicher Uhrenverkäufer würde in einen ihm völlig fremden Ausländer solches Vertrauen setzen?

Auf einem Spaziergang entdeckte ich unter Bäumen einen indischen reichverzierten Tempel, wie ich sie aus dem Süden Indiens kannte. Ein bärtiger Mann im rüstigen Alter in seinem weißen Gewand trat heraus. Er fragte mich, woher ich komme und lud mich zu einer Tasse Tee ein. Dieser wurde uns, die wir uns auf der steinernen Treppe niedergelassen hatten, von einer jungen Inderin im prächtigen Sari serviert. Eine zweite sehr hübsche Inderin bot uns einen Teller mit Keksen an. Ich stellte ihm viele Fragen und berichtete, was ich in Indien alles erlebt hatte. Er schien an mir Gefallen gefunden zu haben. Ich fragte ihn, wie es komme, dass sich zwei junge Frauen in seinem Tempel aufhielten. Er erwiderte, dass diese und eine dritte hinter dem Tempel bei ihm wohnten. Er habe wieder die alte vedische Tradition in diesem Tempel eingeführt. Denn vor Hunderten von Jahren sei es in Indien üblich gewesen, dass viele vor allem Krishna geweihte Tempel über sogenannte Tempeltänzerinnen verfügten, die, nachdem die Männer dem Gott ein Opfer dargebracht hatten, sich zu einer dieser jungen Mädchen legen durften. Dies sei für die Priester sehr praktisch gewesen, denn durch Tempelprostitution konnten sie den Tempel, sich selbst und auch die Mädchen, meist Waisen oder junge Witwen, unterhalten. Auch würden seine drei Frauen die Männer gemäß der Kamasutra-Lehre in die erweiterte göttliche Erotik einführen.

Seine drei Hübschen stünden Männern zur Verfügung, die dem Gott seines Tempels ein Geldgeschenk darbrachten. Er fragte mich, ob ich auch Krishna ein solches darbieten möchte, würde es doch eine seiner Liebesdienerinnen mir reichlich vergüten. Doch ich gab ihm zu verstehen, dass ich mein Geld für meine weiteren Reisen zu sparen beabsichtigte. Und nachdem ich mich vor ihm mit vor der Brust gefalteten Händen zum Abschied verneigt hatte, ging ich durch die Felder nach Port Louis zurück. Seit Nairobi hatte ich mich von jeglicher käuflichen Liebe ferngehalten. Was war mit mir geschehen? Früher hätte ich ein solch verlockendes Erotikabenteuer sicher nicht ausgeschlagen, wollte ich doch die Schönheiten des Lebens in ihrer Mannigfaltigkeit auskosten.

Ein indischer Tempel auf Mauritius

Ich hatte Myra und Fern beim Abschied als nächste postlagernde Adresse Port Louis genannt. So fand ich auch von beiden einen *Brief* postlagernd für mich vor. In ihrem Brief 29.4. teilte mir *Myra* aus dem Bett in einer Klinik mit, dass sie vor fünf Tagen eines gesunden Mädchens entbunden worden sei. Sie bedankte sich für die Blumen, die Fern ihr auch in meinem Namen überbracht hatte. Die Automatische Schrift habe Fern sehr geholfen, ihren Liebeskummer einzugrenzen, sodass sie jetzt in sich gefestigt sei. Diesem Brief beigefügt war eine jenseitige Botschaft, die ihr absolut unverständlich sei, mir, wie sie hoffe, jedoch Klarheit brächte.

In der Automatischen Schrift gingen die „Jenseitigen" auf meinen aus Malawi geschriebenen Brief ein, meinten aber, dass sie meine Fragen später noch ausführlich beantworten würden, da Myra noch bettlägerig sei. Sie würde mich jedoch im Schlaf besuchen und mir Fragen stellen, die ich ihr aufrichtig beantworten möge.

Fern berichtete mir in ihrem *Brief* vom 7. Mai, dass sie durch schwere Zeiten gegangen sei, doch Myra und deren Schrift ihr viel geholfen hätten. Sie sei jetzt ganz nach Durban gezogen und habe dort in einer Wohngemeinschaft ein Zimmer finden können. Den drei dort wohnenden jungen Männern habe sie auch von ihrer Beschäftigung mit der unsichtbaren Welt erzählt, woraufhin sie ihr den Necknamen „Spook Lady" (Spukfrau) zulegten. Als der Fahrstuhl stecken blieb, meinten jene, dass ihre spooks das inszeniert hätten. So hätten sie alle viel zum Lachen. Sie befinde sich auf der Suche nach einer neuen Beschäftigung, gehe aber in der Zwischenzeit gelegentlich abends noch mit ihrer Präsentationstasche von Tür zu Tür und verkaufe Lexika. Sie habe Träume über mich gehabt. In einem von diesen habe ich mit ihr am sommerlichen Strand gelegen, als es trotz der Hitze plötzlich zu schneien begann. Sie fragte mich nach der Ursache, und ich entgegnete ihr: „Weil es eben dort oben kalt ist." In einem anderen Traum habe sie eine ganze Anzahl von Geistwesen bis zur Taille gesehen. Und sie machte die bei ihr sich Aufhaltenden auf jene aufmerksam. Doch vermochten sie die für sie Unsichtbaren nicht zu sehen. Und aus einem Buch zitierte sie: *„Wir können die Zukunft nicht erkennen, wir können die Vergangenheit nicht ändern. Also sind Angst und Bedauern unnötig. Es gibt nur das JETZT, in welchem wir aktiv sein können. Es überschattet die Vergangenheit und bereitet die Zukunft vor."*

Ich hatte ihr mitgeteilt, dass mein Molar-Roman, wie mir von „oben" mitgeteilt worden war, schon im Jenseits geschrieben sei und ich diesen nur noch für uns Erdenmenschen abzuschreiben hätte. Diesen Gedanken fand sie sehr aufregend. Sie habe ihren Eltern über die

Automatische Schrift durch Myra berichtet, doch beide meinten, dass sie sich nicht mit derlei Dingen abgeben sollte.

Mich hatte noch lang ein schlechtes Gewissen beschlichen, den Wunsch meiner Freundin, mit mir als ihrem Geliebten um die Welt zu reisen, für sie so schmerzlich vernichtet zu haben. Nun fühlte ich mich erleichtert, dass sie so viel Trost und Standfestigkeit durch spirituelle Bücher und das Einwirken von Jenseitigen bekam. So nahm auch Fern, wie sie weiterhin schrieb, in der Kirche der Spiritualisten an einer Séance teil. Sie rief auch das Medium *Diane White* an, die sich nach mir erkundigte und welche sie demnächst in Umkomas besuchen wolle. Auch werde sie *Freda Skippage*, das Malmedium, nochmals aufsuchen.

Am 10. Mai schrieb ich einen *Brief an Myra* mit der Bitte, mittels der „Schrift" mir einige Fragen zu beantworten. Eine Bitte bezog sich darauf, wann ich selbst die Automatische Schrift erhalten werde. Dann interessierte es mich zu erfahren, was sie über die Existenz von Außerirdischen zu sagen hätte und in wieweit ich mich mit diesen einlassen solle. Und schließlich wollte ich wissen, ob ich Myra und Fern aus dem jenseitigen Leben kennen würde.

Als Adresse nannte ich die deutsche Botschaft in Tananarivo, der Hauptstadt Madagaskars. Auch an Fern schrieb ich und bat sie, mich weiterhin über alles, was ihr vor allem auf spirituellem Sektor begegnete, zu unterrichten. Als das erwartete Schiff nach über zwei Wochen immer noch nicht eingetroffen war, entschloss ich mich, mit dem Flugzeug nach Madagaskar zu fliegen und auf der Insel Réunion zwei Tage lang eine Zwischenstation einzulegen. Ich buchte den Flug für den 26. Mai. Meine Bücher wie auch den Kassettenrecorder und Kassetten ließ ich bis zu meiner Rückkehr im Hotel zurück. Denn nur von hier aus war es möglich, über die Seychellen nach Indien zu fliegen, da es, wie ich mich erkundigte, von Madagaskar aus keine Flüge in jene Richtung gab.

In meinem Hotel hatte ich mich mit einem Australier angefreundet, mit dem ich hin und wieder zum Essen ging. Am Tag meines Abflugs tauschten wir die Adressen aus. Als er meinen Nachnamen las, meinte er, gestern beim Nachfragen seiner Post von dem Beamten zwei

Briefe ausgehändigt bekommen zu haben, die er mit dem Hinweis zurückgab, dass er nicht der Empfänger sei. Er war sich dessen sicher, dass mein Name darauf gestanden habe. Ich konnte mir nicht vorstellen, wer mir geschrieben haben könnte, kamen doch nur Myra und Fern dafür in Betracht, denen ich doch schon vor zwei Wochen meine weitere Anschrift für Tananarivo mitgeteilt hatte.

Auf dem Weg zum Flughafen kam ich noch gerade auf der Post vor Schließung an, um meine zwei Briefe entgegenzunehmen. Sie stammten von Myra. Diese, so nahm ich mir vor, würde ich erst im Flugzeug öffnen. Als ich nach dem Einchecken meinen Ausgangsstempel in den Pass bekam, entdeckte ich, dass eine der Immigrationsbeamtinnen meiner großen Liebe Maria äußerst ähnlich sah. Ich konnte kaum meine Blicke von dieser Frau lassen. Und schon loderten in mir jene durch spirituelle und andere Erlebnisse fast zugedeckte Liebe wieder auf. Würde ich ihr je wieder begegnen? War sie vielleicht schon verheiratet? Jochen hatte ihr doch schon im letzten Jahr zu ihrem Geburtstag meinen Roman *T & F* mit meinen verbindlichsten Grüßen zugeschickt. Hatte sie ihn gelesen?

Im Flugzeug öffnete ich nun *Myras Briefe*, worin ich neben ihren Begleitschreiben jeweils eine Botschaft vorfand, die ihr mittels der Automatischen Schrift von ihren unsichtbaren Freunden durchgegeben worden war. Und als ich diese langsam durchlas, da alle Wörter ohne abzusetzen in einem durch geschrieben waren, konnte ich mit Freude feststellen, dass fast alle meine Fragen, die ich ihr aus Malawi und in meinem letzten Brief vom 10. Mai an sie geschickt hatte, beantwortet waren. Doch als ich auf den Briefkopf sah, glaubte ich meinen Augen nicht zu trauen. Denn Myra wurden einige der Fragen mittels der Automatischen Schrift schon an dem Tag durchgegeben, als ich meinen letzten Brief an sie abgeschickt hatte. Sie hätte diesen frühestens ein oder zwei Tage später erst erhalten können! Unsere beiden Briefe mussten sich quasi in der Luft überkreuzt haben. Die unsichtbaren Freunde hatten also den Inhalt meiner Fragen gekannt und diese beantwortet, bevor mein Brief in Myras Hände gelangt sein konnte. Und hatte ich ihr nicht schon von Malawi geschrieben, meine weitere Post nach Madagaskar zu schicken? Wie konnten sie beziehungsweise unsere Freunde wissen, dass ich mich noch weiterhin in

Port Louis aufhalten würde und Myra zwei Briefe dorthin schicken ließen? Ja, sie hatten mir doch versichert, dass alle meine Fragen durch ihre Botschafterin beantwortet würden und sie dafür sorgten, dass jeder Brief, wo immer ich mich in der Welt aufhalten könnte, mich auch erreichen würde. Und hatte sie nicht auch geschrieben, dass Myra im Schlaf mich, wo immer ich sei, besuchen könne? Also musste sie erfahren haben, wo ich mich noch befand.

In jenem Brief aus Malawi hatte ich unter anderem gefragt, ob Luzifer eine reale Gestalt sei. Ihre Antwort war: *Luzifer war nur ein Mythos. Mit anderen Worten, er war nur eine erfundene Geschichte, um die Menschen in Angst zu versetzen, indem er ebenso mächtig sein wollte wie Gott. Doch er existiert nicht. Und wenn er nicht existiert, kann er auch nicht der Teufel sein. Nun möchtest du gerne weiterhin wissen, wie das Böse in die Welt kommt. Das hat mit den Menschen selbst zu tun. Wenn man sich von den guten Kräften entfernt, man die negativen anzieht. Die negativen Kräfte sind das Gegenteil von uns. Wenn man gute Vibrationen aussendet, kann man auch nur gute Vibrationen zurückerhalten. Und umgekehrt, wenn man negative Vibrationen erzeugt, wird man ebensolche anziehen.*

Weiterhin hatte ich gefragt, was der Unterschied zwischen ihnen und den Geistführern sei. *Wir stehen in Verbindung mit einem sehr hohen Geistwesen. Dieser überwacht die irdischen Geschicke und vermittelt sich den Menschen durch die Geistführer. Nahezu allen Irdischen ist solch einer zur Seite gestellt. Sollte jemand von den Bahnen seines vorgegebenen Lebensweges abweichen, so ist es deren Aufgabe, ihn auf diese zurückzuführen. Natürlich ist es jedem erlaubt, von seinem Weg abzuweichen. Doch können solche Umwege nur die Erfüllung seiner Aufgaben verzögern, nicht aber aufheben.*

Auch wollte ich von ihnen wissen, was meine wirkliche Aufgabe auf Erden sei. *Nun kommen wir zu deiner Aufgabe in Verbindung mit uns. Wir sind deine für dich bestimmten Begleiter, die dich zu deiner erwählten Tätigkeit führen. Diese besteht darin, den irregeleiteten Menschen den spirituellen Weg zu weisen. Es wird also mit unserer Begleitung deine Aufgabe sein, die Menschen zu ermutigen, den Weg zu Gott zu finden.*

Und dann kam ich zu der Beantwortung jener Fragen, die ich in meinem letzten Brief aus Mauritius gestellt hatte und die wohl zur gleichen Zeit durch Myras geführte Hand in Amanzimtoti niedergeschrieben worden waren. *Es ist vorerst nicht deine Aufgabe, dich mit Wesen von fernen Planeten einzulassen. Akzeptiere sie einfach als Realität. Konzentriere dich ganz auf deine Arbeit.*

Sie gingen auch auf meine weitere Frage ein und erklärten mir, dass Wunsum, also Myra, in der jenseitigen Welt eine hohe Position einnehme, ich ihr sehr nahe stünde und wir uns entschieden hätten, auf die Erde zu kommen, um spirituelles Verstehen zu verbreiten. Zu dieser Gruppe gehöre auch Fern, die ich finden sollte, um sie Myra zuzuführen. *Höhere Pläne werden nun auf Erden umgesetzt, den Menschen einen spirituellen Schub zu geben. Deshalb ist es wichtig, dass du mit Myra, unserer Vermittlerin, vorerst zusammen arbeitest, bis du mit uns deinen Weg gehst und selbständig deine Aufgabe erfüllen kannst. Lass dich nur von uns geleiten und meide Irrwege. Bald werden wir dich deiner Aufgabe zuführen.*

Auf meine Frage, ob und wann ich die Automatische Schrift erhalten würde, antworteten sie: *Zuerst ist es nötig, dass du dein gedankliches Durcheinander klärst, weshalb du noch durch Myra Führung benötigst. Deshalb wünschen wir nicht, dass du schon die Automatische Schrift erhältst. Andere könnten sich deiner Hand bedienen. Habe also Geduld. Du wirst noch sehr erfreut sein, wenn dir die Schrift verliehen wird. Wunsum hat sich uns total anvertraut und ist sich unserer gemeinsamen Aufgabe voll bewusst. Sie wird sich nicht von anderen Einflüssen in die Irre leiten lassen. Sie wird eine ganz Große sein, wenn sie zurück in die geistige Welt kommt.*

Selbst als ich die zwei Tage auf der 180 Kilometer südwestlich von Mauritius gelegenen Insel *Réunion* verbrachte, weilte ich in Gedanken immer wieder bei den Durchgaben der Automatischen Schrift. Réunion ist etwa so groß wie Mauritius und hat nahezu ebenso viele Einwohner. Der mächtigste Vulkan erreicht eine Höhe von etwa 3.000 Meter und wird *Piton des Neiges* (Schneespitze) genannt, da er sogar hin und wieder mit einem weißen Hut versehen ist. Die Franzosen haben diese Insel zu einem ihrer „départements" erklärt, also zu einer

Überseeprovinz Frankreichs, deren Interessen im Parlament zu Paris vertreten werden. Ich umfuhr per Anhalter die ganze subtropische Insel.

3. Blutopfer auf Madagaskar

Madagaskar befindet sich 400 Kilometer östlich von Mosambik. Sie ist nach Grönland, Neuguinea und Borneo die viertgrößte Insel unserer Erde. Ihre Fläche ist um ein Zehntel größer als jene Frankreichs. Bis auf afrikanische Küstenbewohner ist das Gros der Bevölkerung malaiischer Herkunft. Es bleibt das große Geheimnis, wann und wie diese Malaien den weiten Weg von beinahe 4.800 Kilometer über den Indischen Ozean geschafft haben. Eine Theorie besagt, dass Fischerfamilien durch den starken Ostwind um 800 nach Christus an die Küsten dieser Insel angetrieben sein mussten und mitgebrachten Reis, den es damals auch im übrigen Afrika nicht gab, anpflanzten. Die Sprache ist malaiischen Ursprungs und gilt als *Malagassi* neben Französisch als offizielle Sprache. Die Araber hatten diese Insel wohl schon vor 1.000 Jahren entdeckt, während die Portugiesen als erste Europäer zu Beginn des 16. Jahrhunderts an den Küsten anlegten. Der überwiegende Teil der zu meiner Zeit etwa 13 Millionen zählenden Einwohner sind Christen und leben im bergigen Hochland, während die meist dunkelhäutigeren Menschen eher in den Küstenregionen aufzufinden sind. Diese pflegen noch ihre traditionellen Glaubensvorstellungen, Geisterglauben und Ahnenkulte, die sie als ehemalige Sklaven vom afrikanischen Kontinent mitgebracht hatten. Auch die Fauna und Flora unterscheidet sich stark von jener Afrikas, findet man doch hier Tiere und Pflanzen, die sonst nirgendwo auf der Welt vorhanden sind.

Schon 1642 gründeten die Franzosen an der Südküste *Fort-Dauphin*, doch annektierten sie die ganze Insel als Kolonie erst 1896. Ab 1810 hatte sich durch *Radama I.* ein Königreich gebildet, dessen Witwe *Ranavalona I.* ab 1828 die Geschicke des Landes leitete und wohl als eine der grausamsten Königinnen der Erde angesehen werden muss. Sie verfolgte mit drastischsten Maßnahmen alle, die sich durch europäische Missionare zum christlichen Glauben bekehrt hatten und versperrte ihr Land vor jeglichem europäischen Einfluss. Ihr Sohn *Radama II.* und die nachfolgenden Regenten öffneten ihr Land wieder den Europäern und unterstützten die Missionierung zum Christentum, wehrten sich jedoch gegen das Vorhaben Frankreichs, seine Kolonie zu werden. So kam es 1883 bis 1885 zu einem Krieg und auch noch später zu Aufständen, doch konnte man sich 1896 der Annexion durch Frankreich als Kolonie nicht erwehren. Die französische Sprache wurde in den Schulen Pflichtsprache. Die Insel vernetzte man mit der Zeit durch Eisenbahn- und Straßenbau. Nach öffentlichen Protesten und heftigen Untergrundkämpfen vor allem 1947 und in den 1950er Jahren erhielt Madagaskar 1960 als Republik die Unabhängigkeit.

Als ich am 28. Mai 1977 in der Hauptstadt Tananarivo landete, litt das Land unter der militärischen Diktatur des Präsidenten *Didier Ratsiraka*, der sich wie seine Vorgänger von dem französischem Einfluss losgesagt und dem sowjetischen Kommunismus samt einer radikalen Sozialisierung geöffnet hatte, indem er alle wirtschaftlichen Organisationen verstaatlichte. Die noch dort lebenden Franzosen wurden als unliebsame Ausländer angesehen, welche die Freiheit der Bevölkerung lange unterdrückt und das Land seiner Bodenschätze beraubt hatten. Doch führte die Sozialisierung bald zu einem Staatsbankrott, sodass man sich, nachdem die Franzosen 1990 Madagaskar seine hohe Verschuldung erlassen hatten, Frankreich und der freien Marktwirtschaft wieder öffnete.

Das heutige *Antananarivo* hieß damals noch *Tananarivo* oder auch *Tananarive* und hatte etwa 700.000 Einwohner. Ich bezog bei einer Familie unweit des Stadtzentrums ein kleines Zimmer. Was mir sofort in der Stadt auffiel, waren die mit Topfblumen reich geschmückten Fenster und Balkone. Die Freude, die diese ausstrahlten, sah man auch auf den Gesichtern der freundlichen Leute. Die Familie, bei der ich wohnte, besaß einen Schäferhund, der den ganzen Tag über an einer Leine am oberen Treppengeländer angebunden war. Ich freundete mich mit ihm an. Und da keiner außer kurzen Gängen in den Hof mit ihm spazieren ging, erbat ich mir die Erlaubnis, ihn an der Leine durch die Straßen und Parkanlagen auszuführen.

Ich begab mich gleich am nächsten Tag nach meiner Ankunft auf die deutsche Botschaft, um meine Post abzuholen. Doch von Myra und Fern kein Brief. Ich las in den deutschen Wochenzeitschriften. Auf meine Frage, ob es hier ein Goetheinstitut gebe, erhielt ich die Adresse. In dessen Bibliothek las ich wieder deutsche Bücher. Wie weit hatte ich mich eigentlich von Deutschland getrennt? Fühlte ich mich noch als Deutscher? War ich nicht eigentlich schon lange zu einem Weltbürger geworden? Trotzdem blieb ich im Herzen ein Deutscher, der sich mit der deutschen Sprache und seiner Kultur verbunden fühlte, vor allem mit der Musik und der Literatur. Doch interessierte ich mich immer auch für die Kulturen anderer Länder und las, was ich über Kultur, Religion und Volksbräuche finden konnte. So wollte ich auch diese Insel gründlich innerhalb eines Monats kennen lernen, bevor ich nach Mauritius zurück und von dort über die Seychellen nach Indien zu fliegen beabsichtigte. Dort in den nördlichen Bergen an heiligen Stätten wollte ich mit der Niederschrift meines Molar-Romans beginnen.

Ich schrieb sogleich an Myra und berichtete ihr über die wunderbaren Zufälle, wie ihre beiden Briefe samt den Botschaften noch kurz vor meinem Abflug in meine Hände geraten waren. Eine Woche später erhielt ich Antwort. Ihr dicker Brief bestand aus drei Teilen. Als erstes hatte sie am 23.5. eine längere Botschaft für mich aufgeschrieben. Am 25. fügte sie einen Begleitbrief hinzu, dem sich nochmals eine kurze Botschaft anschloss. In dem ersten Schreiben warnten ihre unsichtbaren Freunde vor Spiritismus, den sie als Verkehr mit den Toten bezeichneten. Ich sei in einem früheren Leben schon selbst Medium gewesen und möge nicht wieder rückwärts, sondern vorwärts gehen. Dann kamen sie auf Myra zu sprechen, die in einem Leben meine Frau gewesen sei. Wie Myra nun bekannte, glaubte sie sich mit der Automatischen Schrift überfordert und möchte sie aufgeben. Denn sie fühle sich als eine normale Frau und nicht als große Meisterin, wie die Schrift ihr mitteilte. Ihr wurde mit der Geburt der kleinen Tochter ein besonders Geschenk bereitet, da diese ihr jenseitiges Kind sei, das inkarniert werden sollte, um sie späterhin bei ihrer Arbeit zu unterstützen. Über Fern teilten sie mit, dass sie hinsichtlich ihrer spirituellen Entwicklung große Fortschritte gemacht hätte und bald ein Engel auf Erden sein würde. Sie kamen auch auf meinen Roman zu sprechen. Doch sollte ich dieses Buch erst dann schreiben. wenn ich mich spirituell gefestigt hätte. Sie seien meine geistigen Führer, denen ich mich voll anvertrauen möge.

Aus dem Begleitschreiben Myras seien folgende Zeilen wiedergegeben: *Annehmend, dass du die wundervolle Botschaft unserer geistigen Freunde (spirit friends) gelesen hast, macht es mir leichter, diesen Brief zu schreiben. Oh Tom, sind wir nicht die glücklichsten Menschen, solche Freunde zu haben? Sie versetzen mich jeden Tag erneut in Erstaunen. Sie haben mir derart fantastische Beweise ihrer Gegenwart gegeben. Ich fühle mich hin und wieder beschämt, nicht all das völlig zu verstehen und anzunehmen, was sie speziell über mich beziehungsweise Wunsum sagen. Ich denke häufig über all das nach, was sie in spiritueller Hinsicht über mich sagen. Und vielleicht aufgrund eines Minderwertigkeitskomplexes vermag ich in vielerlei Hinsicht mich nicht so zu akzeptieren, wie sie mich sehen. Das Einzige, was ich mir zugute halte, ist, dass ich von ihrer Existenz vollkommen überzeugt bin. Ich kann Dir nicht genug schildern, wie befreit ich mich fühlte, als Dein zweiter Brief eintraf, der mir verdeutlichte, dass Du ebenfalls der Schrift vertraust. ... Dein letzter Brief enthielt so viel Freude, sodass ich von dieser ebenfalls angesteckt wurde. Besonders fantastisch war es, wie die Unsrigen es arrangierten, Dir ihre Botschaften noch nach Mauritius zukommen zu lassen. Dies ist ein weiterer Beweis ihres Wirkens. Wir dürfen glücklich sein, solche gemeinsamen Freunde zu haben. ... Du hast etwas Wundervolles vollbracht, uns Fern zuzuführen. Du wirst nicht glauben können, was alles mit ihr passiert ist. Aber darüber wird sie Dir selber berichten.*

In der anschließend kurzen Botschaft wurde nochmals erwähnt, dass Myra, Fern und ich uns im Schlafzustand im Jenseits treffen.

Ich entschied mich, zuerst per Anhalter in den Süden zu reisen. Während meiner Fahrten in einem angehaltenen Auto oder Lastwagen kamen mir immer wieder Ideen zu meinem Molar-Roman. Sobald ich ausgestiegen war, schrieb ich diese neuen Einfälle in mein Notizbuch. Anscheinend brachten die rollenden Räder auch meine Gedanken immer weiter ins Rollen. So notierte ich Gedanken, welche der Meersburger Maler Dieter dem Dichter Molar vorträgt: *„Ein ewiges Kunstwerk wie zum Beispiel ein Kunstroman ist nur bedingt Produkt des Künstlers. Er, der Künstler, ist nur der Ausführende, der Plänen zu folgen hat. Sagen wir einmal so: Im Himmel kommen göttliche Planer zusammen, die beschließen, einen göttlichen Garten auf Erden anzulegen. Jemand aus dem Himmel, der dafür durch Erfahrungen geeignet ist, inkarniert auf dieser Erde. Mit der Inkarnation hat er das Bewusstsein über seine Aufgabe verloren. Aber sein Unbewusstes wirkt in Andeutungen auf ihn und lässt ihn innewerden, dass er eine besondere Mission zu erfüllen hat, die er aber noch nicht kennt. Durch Inspiration, die sich über eine längere Periode hinziehen kann, bekommt er schließlich den Plan zu diesem Garten übermittelt, wo die Wege zu verlaufen haben, was für Material benutz werden muss, wo die Brunnen oder eine Bank zu stehen haben, wo Baum, Gesträuch, Blumen und Wiesen anzupflanzen sind usw. Nun macht sich dieser – nennen wir ihn einmal „der Gärtner" – an sein Werk. Womit er zuerst beginnt, ist seine Entscheidung. Wie tief er eine Zwiebel der Tulpe oder der Lilie steckt, ist seinem Wissen und seiner Sorgfalt überlassen. Wie gut er den Zement für Springbrunnen mischt, mit welcher Genauigkeit er die Steinplatten auf den Wegen zusammensetzt, wie genau er den Baum von der Hecke gemäß Plan entfernt setzt, bleibt ihm überlassen. Der Garten unterliegt der höheren Planung. Aber die Ausführung und deren Exaktheit liegen ganz bei ihm. Und der Künstler ist ein Gärtner, der himmlische Gärten in Form von Kunstwerken anlegt, damit der Mensch sich in ihnen ergehe und, der Göttlichkeit gewahr werdend, an das Ewige und Himmlisch schöne gemahnt werde."*

Ein deutscher Entwicklungshelfer ließ mich in seinen VW-Bus einsteigen. Er berichtete mir, dass ich mir unbedingt den *Isalo National-park* näher anschauen sollte. Dort angekommen, stieg ich aus und durchwanderte eines der schönsten Naturwunder unserer Erde. Hier sind wunderbare Steinformationen zu sehen, die ähnlich wie im Cedar Breaks Nationalpark in den Vereinigten Staaten sich wie versteinerte Zyklopen ausnehmen. Noch war dieser von tiefen Canyons durchzogene Park nicht von Touristen frequentiert. Er dürfte später sicherlich zu den Hauptattraktionen dieser Insel zählen.

Blick in den Isalo Nationalpark auf Madagaskar

Mit einem anderen Wagen gelangte ich weiter südlich in ein Dorf, in welchem „mein Fahrer", der mich an der Straße aufgelesen hatte, länger verweilte, bis er mich weiter auf der Nationalstraße in Richtung Süden mitnehmen würde. Ich ließ meinen Rucksack im Auto und ging durch das Dorf. Vom Trommelklang herbeigelockt, entdeckte ich, wie sich eine Menschenmenge sitzend und stehend um irgendetwas Interessantes gruppiert hatte. Ich mischte mich ebenfalls unter sie und sah, wie eine etwa 25-jährige Frau, deren Stirn mit einem weißen Stern gekennzeichnet war, sich unter Klatschen und Zurufen der

Menge und unter Trommelbegleitung tanzend im Kreis drehte. Plötzlich verstummte alles, und ein Mann schritt auf die in Trance Befindliche zu und flößte ihr Alkohol in den Mund. Dann setzten die Trommeln samt dem Klatschen und dem Zurufen wieder ein. Die Tanzende war von einem Geist befallen, was mir von einem der neben mir Stehenden bestätigt wurde. Mir wurde auch erklärt, dass diese Frau das Medium des Dorfes sei, durch das verstorbene Schutzgeister und Ahnen sprächen. In einer Familie läge jemand todkrank danieder. Mitglieder suchten jene Frau auf und befragten ihren Heilergeist. Dieser habe angeordnet, dass ihm zwei Stiere zu opfern seien, worauf er den Tod von der erkrankten Person abwenden werde.

Dieser Stier wird geopfert, um eine Heilung durch Geister zu bewirken.

Jetzt öffnete sich der Kreis, denn unter Beifall führte man zwei Stiere in seine Mitte. Man band ihnen Stricke um die Beine und brachte sie somit zu Fall. Dann schnitt man ihnen die Kehle durch. Das in einer Schüssel aufgefangene Blut gab man zuerst der in Trance Befindlichen zu trinken. Jetzt sprach der Geist aus dieser Frau. Er bedankte sich für das ihm dargebrachte Opfer und benannte den Tag, an welchem der Todkranke wieder gesunden würde. Ich hätte gerne erfahren, ob sich die Vorhersage wirklich bestätigen würde. Doch schon ging meine Fahrt weiter.

War es Zufall gewesen, dass ich gerade zu dem Zeitpunkt in jenes Dorf gelangte, damit ich Zeuge dieses Geisterkultes sein durfte? Oder hatten meine geistigen Freunde diesen Zufall für mich arrangiert, damit mir nochmals ganz klar der Unterschied demonstriert wurde, was und wie diese „Toten" die Menschen zu beeinflussen vermögen, indem sie durch Medien im Guten oder im Schlechten die Irdischen manipulieren? Warum benötigte dieser von der Frau Besitz ergreifende Geist Alkohol? Sicherlich schaltete er dadurch jegliches Mitdenken des in Trance befindlichen Mediums aus. Aber war er nicht selbst ein Trinker, der in diese Frau eingedrungen war und sich nun am Alkohol berauschte? Und warum forderte er ein Tieropfer? Trank er das Blut, um sich dadurch mit stärkenden Energien aufzuladen?

Auch später bei einem erneuten Besuch in Brasilien sollte ich anlässlich einer Voodoo-Veranstaltung Zeuge werden, wie wiederum ein von seinem Medium besitzergreifender Geist viel Alkohol konsumierte, und zwar in einer Menge, die auch den stärksten Alkoholiker zu Boden geworfen haben müsste, während das Medium weiterhin tanzte, so als ob der Alkohol keinerlei Macht haben könnte. Doch woher erhalten diese so viel Alkohol trinkenden Geister die Kraft, zu heilen oder anderen Menschen auch über die Entfernung hin den Tod zu bringen? Im Bereich der Geisterkulte gibt es noch so viele Fragen, die wir Menschen nicht zu erklären wissen.

Unterwegs kamen mir immer wieder neue Gedanken zu meinem Molar-Roman. So finde ich auch bei der Abfassung des vorliegenden Buches in meinem Oktavheft ein Gespräch zwischen dem Maler Dieter und Molar. Er erklärt dem Dichter: *„Ein Dichter muss Menschen dort Antwort geben, wo die Philosophen versagen, weil ihnen nur die Sinne und der Intellekt zu Hilfe stehen. Das eigentlich Wahre ist uns nur in Andeutungen offenbart, und für diese muss der Dichter unsere Augen öffnen, indem er sie uns vorführt. Die Entzifferung dieser Andeutungen bleibt dem überlassen, der den Schlüssel zu den verborgenen Türen findet."*

Blick auf die Südküste von Madagaskar

Schließlich gelangte ich an der Südküste zur Stadt *Fort Dauphin*, die sich um die Zitadelle ausbreitet, welche die Franzosen vor über drei Jahrhunderten errichtet hatten. Der Fahrer, der mich in seinem Wagen mitgenommen hatte, lud mich ein, in einem Hotel ein Zimmer mit ihm zu teilen. Ich erzählte ihm auch von dem Erlebnis am Vortag. Er wiederum berichtete mir, was sein Freund, der Schuldirektor *Jean de Dieu*, mit seinen Schülern an Geisterspuk erlebt hatte. Ich nahm mir vor, ihn aufzusuchen.

4.   Geisterspuk im Klassenzimmer

Warum wohnte in mir das Verlangen, von hoher Aussicht auf die unter mir liegenden Landschaften herabblicken zu wollen? Immer wieder stieg ich auf Berge, um von dort in die Weite zu schauen. Nahm ich dadurch unwillkürlich die Sicht der Geister ein, die über der Erde schweben und alles von oben betrachten können? Also bestieg ich auch den sich hinter der Stadt erhebenden Berg. Die letzten 50 Meter waren mit undurchdringlich scheinendem Gestrüpp überwuchert, sodass ich teilweise durch dieses hindurchkriechen musste. Wohl kaum jemand kam auf die Idee, ebenfalls von hier oben die Aussicht genießen zu wollen, hätte doch sonst ein Pfad hierher führen müssen. Und nun stand ich oben auf dem Felsgipfel. Solche Ausflüge in die stille Höhe bedeuteten für mich ebenfalls besondere „Höhepunkte" des Lebens. Wie prächtig, aus der erhöhten und entfernten Perspektive auf das Leben herabzuschauen, begab man sich doch dadurch auch in eine Distanz zu seinem eigenen Leben und betrachtete sein Tun und Sein mit erweiterter Wahrnehmung. Das Nachaußenschauen wird zugleich zur Innenschau.

Auch beim Hinabschreiten benutze ich wieder schmale Pfade, die zu den Feldern am Berghang führten. Und dann stürzte ich plötzlich beim Überspringen eines Rinnsals mit einem Schrei nieder. In meinem linken Fußknöchel fühlte ich einen stechenden Schmerz. Und als ich mich erhob, vermochte ich mit meinen linken Fuß nicht mehr aufzutreten. Wie sollte ich nun auf diesen oft sehr steil nach unten führenden Pfaden gehen können? Mein Hotel befand sich noch mindestens zwei Kilometer weit entfernt. Wie sollte ich jetzt dorthin gelangen? Niemand war in meiner Nähe, der mir behilflich sein könnte oder einen Rettungsdienst herbeischickte. Ich setzte mich wieder. Was sollte ich tun? Bald würde es Abend werden. Ich konnte unmöglich hier sitzen bleiben. Ich faltete die Hände und betete, dass ich zu meinem Hotel zurück zu gehen vermöge. Und auf einmal ließ der Schmerz nach. Ich stand auf, und vorsichtig schritt ich die Pfade nach unten. Als ich in der Stadt angekommen war und nur noch etwa 100 Meter zu meinem Hotel zu gehen hatte, begann auf einmal der Fuß wieder ungeheuerlich zu schmerzen, sodass ich nicht mehr aufzutreten vermochte, ohne aufzuschreien. Also musste ich das letzte Wegstück auf einem Bein hüpfend zurücklegen, indem ich mich an einem Mauerwerk und an einem Gartenzaun abstützte.

Im Hotel war man mir behilflich, auf mein Zimmer zu gelangen. Mit kühlenden Umschlägen umwickelte ich den geschwollenen Fuß. Wie froh war ich, in einem Hotelzimmer untergekommen zu sein und nicht mit dieser Behinderung irgendwo unter einer Brücke oder am

Straßenrand zu liegen. Als mein Zimmergenosse kam, wollte er den Arzt holen lassen. Aber ich wehrte ab, da ich der Überzeugung war, dass die Schmerzen sich bald legen würden. Nach zwei Tagen konnte ich wieder behutsam, wenn auch noch nicht ganz schmerzfrei auftreten. Wer aus der unsichtbaren Welt hatte mir eigentlich die Schmerzen so plötzlich weggenommen, als ich mir am Berghang den Fuß verstauchte, sodass ich bis auf die letzten 100 Meter zum Hotel gehen konnte? Wer hatte mein an Gott gerichtetes Gebet erhört? Was wissen wir Menschen eigentlich von dem Wirken der Unsichtbaren? Ich musste mehr darüber in Erfahrung bringen und dieses Wissen dann auch in meinen Molar-Roman einfließen lassen.

Mein nächstes Ziel war, jenen Schuldirektor aufzusuchen, dessen Adresse mir mein freundlicher Zimmergenosse im Hotel überreicht hatte. Er wohnte in der Nähe von Tananarivo. Ich bestellte ihm die Grüße seines Freundes. In *Jean de Dieu* fand ich einen sehr gebildeten Mann von Mitte 60. Nachdem wir uns unterhalten hatten, bot er mir an, bei ihm und seiner Frau zu wohnen. In seinem Haus verweilte ich gut eine Woche. Von ihm erfuhr ich nun Folgendes. In der Schule, die er bis vor kurzem leitete, ereigneten sich unheimliche Vorfälle. Plötzlich brannte ein Vorhang, ohne dass dieser selbst zu Schaden kam. Das Feuer entstand ganz von selbst. Er wie auch alle Schüler und Schülerinnen sahen es. Es konnte sich also nicht um Einbildung gehandelt haben. Dieses Phänomen wiederholte sich verschiedene Male. Einer der Schüler erhob sich. Er redete in einer tiefen Stimme und forderte einen Mitschüler auf, aus einer Flasche in die vor ihn ausgestreckte Mütze Benzin zu gießen und es anzuzünden. Der in Trance Befindliche hielt nun seine andere Hand in diese Flamme. Als diese erlosch, fand man keine Verbrennung an der Hand, wie auch die Mütze eigenartiger Weise nicht angesengt war. So geschahen auch bei anderen plötzlich in Trance sich befindenden Schülern verschiedenste Phänomene. Hinzugezogene Ärzte konnten ebenfalls keine Erklärung dafür geben, zeigten sich doch bei keinem der Schüler geistige Störungen. Doch alles geschah nur in dem Klassenraum bei eben jenen Schülern, deren Klassenlehrer Jean war. Schließlich wurde die Schule eine ganze Woche lang geschlossen. Danach hatte sich dieser Spuk verflüchtigt.

Auf Französisch erzählte ich Jean, mit dem ich mich sehr schnell duzte, über meine vielen Erlebnisse mit Medizinmännern in Afrika, über mein Pendel, über die vielen Phänomene, die ich aus Büchern kannte, über Rosemary Brown und Uri Geller, und fand in ihm einen sehr interessierten Zuhörer, der immer mehr von mir über das Einwirken der Geister wissen wollte. Auch schilderte ich ihm meine hypnotischen Erfahrungen. Da er ein starker Raucher war und diese Untugend hasste, ihr aber nicht widerstehen konnte, bat er mich, ihn mit Hilfe der Hypnose von seiner Rauchsucht zu befreien. Ich kam seiner Bitte gerne nach. Ich teilte ihm einige Wochen später brieflich meine neue Adresse mit und berichtete auch darüber, was ich mit meinen unsichtbaren Freunden mittels der Automatischen Schrift erlebt hatte. In Deutschland erhielt ich später einen mir nachgesandten Brief, den er im Krankenbett verfasst hatte. Ich hatte ihn damals in seinem Haus dazu ermutigt, ein Buch über den Geisterspuk in seiner Klasse zu schreiben. Hier einige Auszüge aus seinem Brief:

„Ich schreibe jetzt an einem Buch über Kindererziehung, jedoch noch nicht über die Spukphänomene an meiner alten Schule. Ich bin glücklich, Dir sagen zu können, dass ich nicht mehr rauche, nachdem ich zwanzig Jahre lang dieser schlechten Gewohnheit frönte. ... Im Dorf sind wir dabei, durch Wind ebenfalls Elektrizität zu gewinnen, wie es Deine Freunde, unsere deutschen Nachbarn, schon haben. Ich lese in Büchern, die Du mir empfohlen hattest und die ich durch unsere Buchhandlung beziehen konnte. Auch versuche ich, mit Geistern in Kontakt zu kommen. ... Wir haben Schwierigkeiten, einen Lastwagen zu erwerben, um die wertvollen Hölzer zu transportieren. Können Deine Geister uns einen Rat geben, wie wir das bewerkstelligen könnten? Und zweitens: Kann ich ebenfalls die Automatische Schrift erhalten? Kannst Du bitte Deine Geister fragen? Dies sind meine zwei wichtigsten Fragen. ... Ich hoffe, dass deine Fußverstauchung ausgeheilt ist. ..."

5. Der Brief, der eine Umkehr bewirkte

In die Hauptstadt zurückgekehrt, fand ich auf der Deutschen Botschaft den schon von Myra angekündigten Brief von *Fern* vor. Es war der mit seinen 26 Seiten längste Brief, den ich je erhalten hatte. Sie hatte ab dem 26. Mai über mehrere Tage hin an ihm geschrieben. Sie berichtete, dass sie öfter Myra in Amanzimtoti aufsuchte oder sie anrief, um durch unsere gemeinsamen jenseitigen Freunde Fragen beantwortet zu bekommen. Hier nun einige Auszüge: *„Oh Tom, sind wir nicht glücklich, mit Myra zusammengekommen zu sein? In den letzten Tagen trug mich ein mich erhebendes Gefühl. Denn der Kontakt mit Geistern ist so tröstend und oft reine Freude. Durch die Schrift verändert sich allmählich meine ganze Einstellung zum Leben. Alles gewinnt auf einmal an so viel mehr Bedeutsamkeit. Auch das Traurige in der Welt wird verständlich und vermag dadurch Traurigkeit und Depressionen aufzulösen. ... Ich vermochte auf einmal Myras gelbliche Aura zu sehen. Späterhin bestätigte die Schrift, dass ich bald Auren sehen könnte und hellsichtig würde. ... Und dann sah ich auch die violette Aura des Babys. ... Manches Mal überkommen mich noch Zweifel. Ich bin mein ärgster Feind. Es ist nicht die Angst, es ist meine Negativität."*

Fern berichtete über die vielen Fragen, die sie an die Schrift stellte, und zitierte deren Antworten. Sie vermochte die Auren deutlicher zu sehen, sogar jene um Gegenstände. Und die Schrift durch Myras Hand erklärte ihr, dass auch alle unbelebten Gegenstände eine Aura besäßen, doch im Gegensatz zu belebten nur weiß seien, während jene der Menschen und Tiere zusätzlich zum möglichen Weiß sich farbig zeigten. So bedeute Weiß beim Menschen Vollkommenheit, Cremefarbiges Weiß = nahezu Vollkommenheit, Gelb = auf dem Weg zur Vollkommenheit, dunkles Gelb vermischt mit Grün = noch etwas Zweifel, ein klares Grün = jemand, der heilt und weise ist, helles Blau = noch wenig Weisheit, aber bereit zum Lernen, Dunkelblau = lerneifrig und daher weise, Violett = Weisheit, Rot = will nichts akzeptieren, ist sehr skeptisch, Rotviolett = hört wohl zu, aber kann nicht akzeptieren, Grau = Depression, Melancholie.

Fern schilderte, dass sie bei zwei Organisationen mitarbeite. Die eine bemühte sich, entlassene Sträflinge wieder in ein geregeltes Leben zu führen, die andere kümmerte sich um alte behinderte Menschen. Durch Myras Schrift erhielt sie über die verschiedensten zu betreuenden Leute Auskünfte, die für ihre Arbeit sehr hilfreich waren. Und sie schloss diesen langen Brief folgendermaßen: *„Ich vermisse Dich natürlich immer noch. Aber ich leide nicht mehr darunter, denn höheres Verstehen hat den Schmerz ersetzt. Ich weiß, dass wir beide dankbar sind für das, was wir in den letzten Monaten gewonnen haben. Und ich bin glücklich zu wissen, dass Du selbst darüber glücklich bist, eine Reise in wundervolle Arbeit anzutreten. (And I just hear you say VONDERFUL!!!...) Wie immer Deine Fern."*

Ich hatte in einem Brief an Myra als meine nächste Adresse jene bei der Hauptpost in Victoria auf den Seychellen angegeben. Ich wollte nun den Norden Madagaskars kennen lernen, und deshalb stellte ich mich an die Straße, die nach *Majunga* im Nordwesten führte. Doch wohl die meiste Zeit weilte ich in Gedanken bei Myra und Fern und ihren aufregenden Erlebnissen mit der Automatischen Schrift. Waren sie nicht überglücklich, alle ihre Fragen, persönlicher und allgemeiner Art, aus so hoher Sicht beantwortet zu bekommen? Und Fern konnte jeder Zeit Myra anrufen oder gar zu ihr fahren, um sich alle ihre Fragen direkt beantworten zu lassen. Sollte ich nicht nochmals nach Südafrika zurückkehren, um ebenfalls alle meine vielen Fragen bezüglich meines Romans, meiner Bestimmung auf Erden wie auch alles Übrige mich Interessierende beantwortet zu bekommen? Reiste ich doch schon seit Jahren über den ganzen Globus. Weshalb? War ich auf der Suche? Nach was? Ich hatte dadurch sicherlich viele neue Erkenntnisse gewonnen. Aber war ich dadurch zu den Geheimnissen des Lebens wie auch des ganzen Daseins gekommen? Nein! Doch durch die Schrift wurden diese offenbart, wenigstens soweit wir in der Lage waren, sie zu verstehen. Und schließlich in der Hafenstadt *Majunga* angekommen, fasste ich den Entschluss, nach Durban zurückzukehren, um Myra aufzusuchen. Danach würde ich meinen Weg nach Indien fortsetzen. Also flog ich von Tananarivo nach *Port Louis* auf *Mauritius* zurück.

Markt in Tananarivo

Ich schickte mein Bücherpaket zusammen mit meinem Kassetten-spieler und Kassetten, die ich im Hotel deponiert hatte, an das deut-sche Konsulat nach Bombay mit dem Vermerk, es mir bis zu meiner Ankunft aufzubewahren.

Hier kaufte ich das Flugbillett nach Durban. Doch in meinem Pass hatte der Immigrationsoffizier im Ausgangsstempel den wiederhol-ten Vermerk „FINAL" hinzugefügt. Das hieß, ich durfte nicht mehr nach Südafrika zurückkehren. Doch auf einer anderen Seite befand sich noch das Visum für Südafrika, das noch bis zum 4. Oktober gültig war. Wenn bei der Einreise ein Immigrationsbeamter den finalen Stempel zu sehen bekam, würde ich mit dem nächsten Flugzeug, ohne den Flughafen verlassen zu dürfen, nach Mauritius oder Europa wei-terzufliegen haben. Ich nahm mir vor, dieses Risiko einzugehen, wollte ich doch bei der Einreise dem Beamten das Visum direkt ent-gegenstrecken, sodass er nicht auf den anderen Seiten zu blättern kam. Drei Tage vor meinem Abflug nach Durban schrieb ich an mei-nen Freund in Berlin folgenden Brief:

„Mauritius, den 26.6.77

Soeben ist in meinem Hotel der letzte Tristanakkord verklungen:

„Höchste Lust!" Gestern Abend kam ich aus Madagaskar nach Mauritius zurück, von dem brennenden Wunsch beseelt, heute mir den Tristan zu genehmigen, dank Deiner fürsorglichen Zuschickung. Darf ich Dir als Literaturfreund ein bescheidenes Rätsel aufgeben? Welcher deutsche Dichter hat die größten dramatischen Werke geschaffen und ist dennoch in den deutschen Literaturgeschichten unbeachtet geblieben?

Nun tönen von allen Seiten die Muezzins mit Lautsprechern von ihrem Minarett. Im Nebenraum rauscht indische Filmmusik aus einem Radio, dessen Lautstärke es sich mit dem Getöse des Tristans zu wettstreiten vorgenommen hatte. Ich „schwimme" also wieder im Melodienreigen, auf den ich einen Monat lang mehr oder weniger verzichtet hatte, um es mit dem einsamen Wandern auf staubigen Wegen durch das Inselparadies Madagaskar zu vertauschen. Bei einer Gipfelbesteigung dort hatte ich mir eine Fußknöchelverstauchung zugezogen, die, wie ich später einzusehen geneigt war, Vorsehungscharakter hatte. Denn ich lernte dadurch einen Schuldirektor kennen, in dessen Schule sechzig Jungen und Mädchen von Zeit zu Zeit von Geistern besessen werden, die Bedeutendes auszusagen vermögen, dabei aber nur auf Unverständnis der Lehrer und auch der zu Rate hinzugezogenen Ärzteschaft stießen, sodass die Schule für eine Woche geschlossen werden musste. Da der Direktor selbst vor einem Rätsel stand, war er dankbar, in mir jemanden gefunden zu haben, der Aufklärung schaffte und ihn überdies ermutigte, ein Buch über jene Geisterereignisse, die schon Rundfunk- und Fernsehaufsehen erregten, zu schreiben. Eines dieser vielen Vorkommnisse war jenes, dass ein Geist durch einen in Trance befindlichen Schüler einem anderen im Beisein der ganzen Klasse und des Lehrers befahl, in eine Mütze eine halbe Flasche Benzin zu kippen, jenes zu entzünden und die Hand des sich in Trance Befindenden in die Flamme zu halten. Müßig zu erwähnen, dass Mütze und Hand selbst nach mehrminütiger Flamme unversehrt blieben. Auf inneres und zugleich höheres Andringen hin habe ich mich entschlossen, nochmals für einige Wochen nach Südafrika zurückzukehren, da sich Erstaunenswertes zugetragen hat, von dem ich

Dir bisher nur Andeutungen zukommen ließ ... Dass mir durch Geister-
hand und Mund, gar manch Geheimnis werde kund, ist mir aufs Anmu-
tigste widerfahren. So haben meine Geistfreunde durch eine mir aus
dem Jenseits bekannte, doch jetzt auf Erden weilende Frau mich mittels
Geisterhand wissen lassen, dass ich bis auf Weiteres von meinen Roman-
plänen ablasse, bevor sie sich anschicken, mir meinen geplanten Roman,
der übrigens schon seit vielen, vielen Jahren geschrieben zu sein scheint,
zu diktieren. Sie ließen mich unter anderem Folgendes wissen: „Die Ge-
dichte, die du in deiner Jugend niederschriebst, wurden dir aus wunder-
vollen jenseitigen Werken diktiert, und zwar von jemandem, der eben-
falls mit ihnen zusammen arbeiten möchte. ... „Alle großen Werke, so
scheint es, sind Diktierungen aus höheren Regionen. Und die Dichter
und Künstler sind weiter nichts als Medien, die sich jedoch ihre Anwart-
schaft auf ihre Kunstvermittlungen verdient haben mussten. Über Goe-
the berichten sie mir: „Er kommuniziert immer noch mit Irdischen und
inspiriert viele mit seinem Wissen. Dieses eignete er sich durch viele Lek-
tionen an. Auch ist es möglich, dich in Liebe mit ihm zu verbinden, was
genau geschah, bevor du deine Gedanken niederschriebst. Er wünscht
dir, dass du dir ebenso viel Wissen aneignen mögest, wie es ihm gelun-
gen war." Ich habe mich entschlossen, eng mit meinen Geisterfreunden
zusammenzuarbeiten, da sie noch Großes mit mir vorzuhaben scheinen,
über deren Natur sie natürlich bis ins Einzelne Bescheid wissen, mich
jedoch mit Vorwissen noch nicht belasten wollen. Ich bin immer noch im
Prozess des Geschmiedetwerdens. Wir werden sehen, zu welchen eiser-
nen Formen ich geschaffen bin. Vorher muss ich rostfrei werden!

Meine Bombaypost werde ich nach Durban umleiten lassen, sodass
ich recht bald einen Brief von Dir in meinen Händen zu halten hoffe, der
mir u. a. über Deine Klassenreise nebst sonstigen Umwelt- und Inwelt-
ereignissen berichten wird. ... Bewahre Deine höhere Heiterkeit und sei
in diesem Sinne von Deinem die höhere Welt suchenden Freund herzlich
gegrüßt. Trutz

        „HEITEREN SINN UND REINE ZWECKE;
        NUN MAN KOMMT WOHL EINE STRECKE."

(Diese Kapitel wurden im Februar 2008 auf Mauritius geschrieben.)

4. Kapitel
Zurück nach Südafrika

1. Der eifersüchtige Ehemann

Was muss sich wohl alles in meinem Kopf an Gedanken bewegt haben, als ich am 29. Juni 1977 im Flugzeug nach Durban saß? Werde ich ebenfalls wie Fern die Automatische Schrift erhalten, um mit den Wissenden in den höheren Daseinsebenen in Kontakt zu kommen? Wie lange werde ich wohl in Südafrika wiederum verbleiben, bevor ich meine Weltreise nach Indien fortsetze? Ja, werde ich überhaupt den Flughafen in Durban verlassen können? Hoffentlich entdeckt man bei der Einreisekontrolle im Pass nur meinen Visumseintrag, nicht jedoch den Ausgangsstempel, der eindeutig besagt, dass ich nicht mehr nach Südafrika zurückkehren darf. Und immer wieder werde ich auch an Maria gedacht haben, begleitete sie mich immer noch in meinen Gedanken. Würde ich sie je wiedersehen? Ja, und da mir Jochen ihre Anschrift in Münster, wo sie studierte, zukommen ließ, hatte ich ihr von unterwegs schon zwei Briefe geschrieben.

Als ich wohl zitternden Herzens dem Immigrationsbeamten in *Durban* meinen geöffneten Pass mit jener Seite, auf welchem mein Visum eingetragen war, entgegenstreckte, zögerte er nicht, und drückte den Eingangsstempel auf eine der freien Seiten. Ja, ich hatte die Wiedereinreise geschafft. Hatten Myras und Ferns Helfer vielleicht dabei mitgewirkt? Wo ich in den nächsten Tagen untergekommen war, weiß ich nicht mehr. Wohnte ich bei Myras Eltern in Durban oder in einer Pension? Auf jeden Fall musste ich sogleich *Myra* angerufen haben, und es kam wohl in der Wohnung ihrer Eltern zu einem Wiedertreffen, wo sie mir ihr Baby präsentierte. Sie wie auch ihre Eltern waren überglücklich, mich so unvermutet wieder zurückgekehrt zu sehen. Das kleine Mädchen hieß Shawn, und seine Mutter wies darauf hin, dass die Schrift ihr versichert habe, dass es sich bei diesem um ein ganz besonderes Kind handele, dem eine große Aufgabe bevorstehe.

Als wir beide uns ungestört unterhalten konnten, teilte sie mir mit, dass sie mit ihrem Mann große Schwierigkeiten habe, denn ihm war ihr spirituelles Engagement mit der Automatischen Schrift geradezu unheimlich und sogar angsteinflößend. Sie schien sich ganz auf die Durchsagen ihrer unsichtbaren Freunde zu verlassen, sodass er nichts mehr, wie er nun glaubte, zu sagen hatte. Obwohl sie versuchte, ihn ebenfalls mit der Schrift vertraut zu machen, wehrte er sich dagegen. So schwebte sie, wie er glaubte, in höheren Regionen, was eine emotionale, geistige und auch körperliche Entfernung zwischen beiden bewirkte. Er fühlte sich allein und zurückgelassen, auch wenn die Familienbande, bestärkt durch die Fürsorge für die Kinder, nach außen hin noch intakt blieben. Myra vertraute mir ihr Geheimnis an, dass sie schon seit längerem ein heimliches Verhältnis mit einem verheirateten Mann habe. Es falle ihr sehr schwer, sich ihrem Mann noch körperlich hinzugeben, weilten ihre Gedanken doch bei ihrem Geliebten. Ihr Mann tue ihr sehr leid. Sie würde sich am liebsten scheiden lassen, aber der Kinder wegen sei ein solcher Schritt vorerst ausgeschlossen. Bei allen ihren Entscheidungen frage sie die „Schrift" um Rat. Jeden Tag setze sie sich an den Tisch und schreibe auf, was sie ihr durchgeben.

In den nächsten Tagen sahen wir uns fast täglich, kam sie doch häufig in das Apartment ihrer Eltern, da sie sich auch um ihren kranken Vater bemühte, dem sie durch die Schrift tröstende Botschaften zukommen ließ. Auch ich war ihren Eltern sehr zugetan und half *Alec*, wenn er in den Rollstuhl gehoben werden musste. Hin und wieder fuhr ich hinaus nach Amanzimtoti und begegnete Myra im Kreis ihrer Kinder. Auch traf ich dort ihren Mann, der sich mir gegenüber abwägend und eher zurückhaltend verhielt. Sie lobte mich überschwänglich in seiner Gegenwart. Er wusste, dass wir oft lange zusammensaßen und die Schrift befragten oder uns in Durban bei seinen Schwiegereltern trafen.

Auf einer Autobahnfahrt mit Myra entdeckte ich mitten auf der Straße ein Brett, aus dem ein Nagel mit der Spitze nach oben herausragte. Sie konnte ihm gerade noch ausweichen. Ich bat sie, sofort anzuhalten, damit ich aussteigen könne, um diese einen Unfall herauf beschwörende Bedrohung sofort zu beseitigen. Doch sie fuhr weiter und erklärte mir, dass es keine Zufälle gebe, denn dieses Brett sei aus karmischen Gründen bestimmt dort platziert, damit jemand einen vorausgeplanten Unfall habe. Ich möge also nicht in höhere Planungen eingreifen, da ich sonst ein karmisches Geschehen verhindern würde. Mir war natürlich ein solches Denken schon längst bekannt, doch hatte ich mir vorgenommen, ganz gleich, was aus karmischen Gründen vorgesehen sein mochte, immer den Maßstab der Liebe zum Gradmesser meines Handelns walten zu lassen und selbstverständlich jeweils einzugreifen, wenn jemandem eine vermeidbare Gefahr droht. Denn für mich war schon seit langem klar, dass ich ja auch der Andere bin, sind wir doch alle eins. Die Freude, die ein Anderer verspürt, wird auch zu meiner Freude. Und das Leid, was ein Anderer erduldet – handle es sich um Trauer, Hunger, Kälte, Krankheit oder seelischen Schmerz – wird auch von mir mitempfunden. Und wo immer es mir gegeben ist, mitzuhelfen, versuche ich mitzuwirken, ganz gleich, ob ich in karmische Verstrickungen eingreife oder nicht. Die Planer von Karma haben eben zu berücksichtigen, dass ein vorbereitetes Karmaausgleichsgeschehen durch individuelle Intervention verhindert werden könnte.

Fern war vor meiner Ankunft wieder nach Johannesburg zurückgekehrt, wo sie sich ein Zimmer gemietet hatte. Mit ihr hatte ich schon telefoniert, und sie forderte mich auf, nach Johannesburg zu kommen, wo sie eine Gruppe leitete, die sich der Automatischen Schrift befleißigte. Sie wurde durch „Wunsums" (Myras) Schrift „Little One" genannt, während jene mich mit „Wise One" ansprachen. Diese Bezeichnung mochte ich gar nicht, fühlte ich mich als Suchender doch noch längst nicht als ein Weiser. Wie die Schrift uns mitteilte, waren Myra und ich in früheren Leben schon öfter miteinander verbunden gewesen und sind in der jenseitigen Welt ein Paar. Während des Schlafs kommen wir mit unserem Geistkörper in jener geistigen Welt zusammen und beraten, was wir als Nächstes zu tun haben. Es geht darum, dass wir vielen Menschen die Automatische Schrift vermitteln, damit ein Werk des Friedens und der Bewusstseinserweiterung geschaffen wird. Myra war nun der Leiter dieser Friedensmission auf Erden. Ich sollte sozusagen ihre rechte Hand und Stütze sein. Doch verfügte ich immer noch nicht über die Automatische Schrift, denn die Jenseitigen teilten mir durch Wunsum mit, dass ich noch damit zu warten hätte.

Myra fühlte sich in ihrer Rolle als Wunsum oft überfordert. Sie zweifelte so manches Mal an ihrer durch die Schrift aufgetragenen Mission. Es tat ihr gut, wenn ich sie wieder aufbaute und aufforderte, sich durch die Schrift erneut Mut geben zu lassen.

Zuweilen war sie wieder überglücklich, mit den höheren Wesen in Kontakt zu sein, doch dann überkamen sie wieder Zweifel an allem Durchgegebenen, obwohl ihr so viele Male schon direkte Beweise für die Richtigkeit jenseitiger Mitteilungen gegeben worden waren. Wenn sie automatisch schrieb, wurden keine Abstände zwischen den Wörter vorgenommen und auch keine Satzzeichen markiert, sodass ich oft jene an mich gerichteten Niederschriften nur mit Mühe entziffern konnte. Doch manchmal schrieb sie auch die Botschaften nach Gehör in eigener Handschrift nieder, sodass ich das Geschriebene mühelos lesen konnte.

In ihrem Mann hatte sich eine gesteigert Wut nicht nur gegen die Schrift, sondern vor allem auch gegen mich angestaut, glaubte er doch, dass durch mein Einwirken auf seine Frau sie sich noch mehr von ihm entfernte. Hinzu kam nun auch der Verdacht, dass ich mit ihr ein Verhältnis haben oder sich ein solches in Bälde ergeben könnte, waren sie und ich im seelisch-geistigen Sinne doch miteinander schon vertrauter, als er es mit ihr je gewesen sein mochte. Eines Tages hörte ich seine laute Stimme im Nebenzimmer, als er im wütendsten Ton seine Frau anschrie, ihr für alles neuartige Geschehen heftigste Vorwürfe machte und nun sogar drohte, mich sofort aus dem Haus zu prügeln. Was sollte ich tun? Sollte ich nun schnellstens das Haus verlassen, oder sollte ich mich ihm stellen und ihn seine Wut über mich ausschütten lassen, was sicherlich meinerseits mit blutigen Wunden geendet haben würde. Ich faltete die Hände und bat Gott, mir zu sagen, was ich unternehmen solle. Und eine innere Stimme schien mir einzugeben: „Gehe zu ihnen in das Zimmer und sprich ihn liebevoll an. Deine ruhige Stimme wird ihn besänftigen." Also fasste ich mir ein Herz, öffnete die Tür und ging mit halb erhobenen Händen auf den Zornentbrannten zu und erklärte ihm, dass ich kein Verhältnis mit seiner Frau habe und dass ich mich entschuldigen möchte, falls ich ihm wehgetan hätte. Ich werde, so fuhr ich fort, noch heute zu Fern nach Johannesburg fahren. Ich habe nicht die Absicht, ihm seine Frau wegzunehmen, vielmehr möchte ich, dass er mit seiner Familie weiterhin in Harmonie lebe. Sein Zorn löste sich auf. Ich streckte ihm die Hand entgegen, um mich zu verabschieden. Er nahm sie an. Auch Myra reichte ich die Hand. Sie schien mit Gesten mich zurückhalten zu wollen, wagte sie doch nichts zu sagen, um den Groll ihres Mannes nicht erneut zu schüren.

2. Wie ich die Automatische Schrift erhielt

Ich nahm den Zug nach *Johannesburg. Fern* freute sich, mich wiederzusehen. Nun lebten wir wieder wie Geschwister miteinander in ihrer Einzimmerwohnung im Stadtteil Berea. Außer Umarmungen und Wangenküsschen berührten wir uns nicht, selbst wenn wir im Doppelbett schliefen. Sie hatte ihren Traum, meine mich auf der Weltreise begleitende Geliebte zu sein, schon längst aufgegeben, war ihr doch durch die Schrift mitgeteilt worden, dass sie in Südafrika und Rhodesien zu verweilen hatte, um hier Menschen, die sich auf der Suche nach ihrer Selbst- und Gottesfindung befanden, mit Hilfe der Schrift zu unterstützen. So hatte sie in dieser Stadt alle ihre für spirituelle Dinge offenen Bekannten aufgesucht und ihnen über ihre Verbindung zu jenseitigen Geistwesen mittels der Schrift zu berichten. Und so ließen sich viele von ihnen eine Botschaft der Jenseitigen zukommen. Ja, einige Freundinnen, die sie wohl noch aus ihrer Zeit als Tänzerin kannte, kamen nun zu uns, wo sie sich mit Fern an den Tisch setzten und entweder die Schrift erlernten oder diese schon durch ihre eigene Hand durchfließen lassen konnten. Ich staunte über einige dieser Botschaften, da sie hin und wieder verblüffende Aussagen enthielten.

Und eines Tages, als ich mit Fern zusammen saß, bat ich sie, ob sie willens sei, mir durch die Schrift einige Fragen auch über Maria zu beantworten. Selbstverständlich willigte sie ein.

Meine erste Frage lautete: Werde ich Maria wiedersehen? *Du wirst sie wiedersehen. Sie ist mit Arbeit in einer anderen Sphäre beschäftigt.*

Warum hat sie auf meine Briefe nicht geantwortet? *Es war ihr unbewusst bewusst, dass du dich mit anderen Dingen beschäftigtest, die nicht unterbrochen werden durften. Sie hat dich gern, aber sie weiß instinktiv, dass du nicht der Ihre bist. Sie ist im Jenseits derart weise, dass du erstaunt sein würdest.*

Warum ist sie in solch eine reiche Familie hineingeboren worden? *Wenn jemand in der jenseitigen Welt sehr hoch ist, kann eine Seele auch als Inkarnierte mit Reichtum umgehen. Sie wird sich vermählen, aber noch nicht so bald. Sie ist deine Mutter.* (Meine Mutter verstarb 1944, und Maria wurde 1956 wiedergeboren.) *Es ist möglich, gleichzeitig im Jenseits (in spirit) zu verweilen, wie auch auf Erden inkarniert zu sein. Sie war auf Erden so sehr mit dem Mutterdasein beschäftigt und erreichte anschließend eine sehr hohe jenseitige Ebene. Dennoch entschied sie sich, auf die Erde zurückzukehren, um gewisse Aufgaben zu erfüllen.*

Wie kann sie inkarniert sein, während sie gleichzeitig meine Mutter im Jenseits ist? *Der Geist kann sich zur gleichen Zeit überall aufhalten. (Spirit can be everywhere at all times.) Obwohl eine Seele inkarniert ist, besteht die Möglichkeit, seine eigene Geistseele im Jenseits zu kontaktieren. Doch wird sie gleichzeitig nicht zweimal auf Erden inkarniert sein können.*

Warum muss ich sie lieben? *Was du fühltest, war eine spirituelle Affinität. Aber dies ist die größte Liebe, die man fühlen kann.*

Mochte sie meinen Roman (*T & F*, den ich ihr im vorausgegangenen Jahr durch Jochen zuschicken ließ)? *Wir sehen, dass sie von deinem Werk im Innersten ergriffen war. Sie konnte dein innerstes Wesen erspüren.*

Hat sie mich geliebt? *Wie wir sehen, war dieses Gefühl durch ihr unbewusstes Wissen blockiert.*

Wenn ich nach Indien zurückkehre, werde ich unser gemeinsames Zuhause wiedererkennen? *Du wirst dahin zurückkehren, aber du wirst es als solches nicht wiedererkennen, jedoch dort ein angenehmes Gefühl verspüren.*

Soll ich ihr wieder schreiben? *Das ist deine Entscheidung.*

Weiterhin befragte ich die Schrift: Erzeugt LSD ein spirituelles Hochgefühl? *Wir sagen, dass dies bis zu einem gewissen Grad wahr ist. Doch kannst du dir vorstellen, dass dieses freudige Hochgefühl in der geistigen Welt 100-mal größer als auf Erden ist und auch nicht endet? Kannst du nun erkennen, dass durch dieses Mittel den Menschen ein winziger Eindruck von dem vermittelt wird, was ihnen bei uns bevorsteht? Ist es also dann nicht verständlich, dass man dadurch den Wunsch hat, zurückzukehren? Aber wir versichern, dass eine unkomplizierte Rückkehr (save return) weit herrlicher sein wird.* (Mir war bereits bewusst, dass der Suizid eine Rückkehr komplizieren kann.)

Sollte jeder wenigstens einmal in seinem Leben einen LSD-Trip nehmen? *Nein, das ist nicht für jeden wichtig. Tatsächlich kann ein Meditationstrip viel größere Erfüllung bringen.*

Warum erfahren einige, die LSD genommen haben, einen negativen Trip? *Negative Bedingungen ziehen gleichermaßen Negatives an.*

Um einen guten Trip zu garantieren, sollte man vorher beten? *Wenn es ernst und aus tiefem Glauben heraus geschieht, selbstverständlich.*

Der Chemiker (Albert Hofmann), der LSD vor bald 40 Jahren entdeckt hatte, wurde ihm die Formel eingegeben? *Wir teilen dir jetzt Folgendes mit. Die Menschen benötigten einen Anstoß, ihre Vorstellungskraft zu erweitern. Denn die Seelen öffneten sich nicht für spirituelles Denken. Deshalb wurde einem Menschen die Erfindung des LSD eingegeben, allein aus dem Grund, einen Stimulus zu schaffen, der in vielen Menschen den Wunsch nach Höherem weckte. Wir hoffen, dass das LSD durch bessere Mittel ersetzt werden wird, aber wir wissen noch nicht, wann.*

Werde ich mein Buch über Richard Wagner schreiben? *Wir werden dich darum bitten, wenn du dafür Zeit haben solltest, denn du wirst mit anderen Dingen sehr beschäftigt sein.*

Ist Hitler jetzt inkarniert? *Er ist ebenfalls inkarniert, kommt aber einer vollkommen anderen Tätigkeit nach. Er lebt in der Schweiz und unterrichtet Behinderte.*

Wie urteilt ihr über sein Wirken auf Erden? *Er hat sich für diese Arbeit bereit erklärt, um eine bestimmte Bewusstseinserweiterung zu bewirken.* (Den anschließenden Satz schreibe ich nicht nieder, denn sonst würde ich wieder vor Gericht stehen, und dieses Buch würde verboten sein. Man vergleiche www.trutzhardo.de/links. Aber ist nicht tatsächlich durch diesen – mit weltlichen Augen gesehen – verabscheuungswürdigen das Bewusstsein der Menschheit dahingehend verändert worden, dass man nie wieder Minderheiten verfolgt oder gar tötet und dass man nie wieder einem Menschen oder einer Partei zujubelt, der oder die einen Krieg anzettelt?)

Ich stellte noch viele Fragen an die Schrift, vor allem auch solche, die mit meinem geplanten Siebenfarbroman im Zusammenhang standen. Doch solche Beantwortungen ließen viel Raum, um weiterhin nachzudenken oder bei passender Gelegenheit nachzufragen. Ja, das LSD gab einem Großteil der neuen Generation einen spirituellen Ruck mit dem Motto: Make Love not War. Sollte also Maria wirklich meine Mutter sein, die zugleich wiedergeboren und ebenfalls im Jenseits weilte? Erst viel später sollte ich vieles über die Seelenteile erfahren. Aber wer war sie in einem gemeinsamen indischen Leben? Meine Geliebte? Wie sonst konnte ich mir diese unerklärliche Liebe zu ihr erklären.

Fern und ich telefonierten häufiger mit *Myra*, die bedauerte, dass wir nicht in ihrer unmittelbaren Nähe seien, denn sie hätte gern unsere Hilfe benötigt. Eines Tages teilte sie uns mit, dass sie mit ihrem Mann ein längeres klärendes Gespräch hatte, in welchem sie ihm auch

Botschaften vorlas, die an ihn von ihrer höheren Quelle gerichtet waren. Diese verdeutlichten ihm, dass seine Frau nicht wahnsinnig oder gar mit dem Teufel im Bunde sei, sondern sich schon vor ihrer Inkarnation zur Verfügung gestellt habe, um in Liebe Menschen mit jener höheren Quelle der Bewusstseinserweiterung in Kontakt zu bringen, um segensreich auf die Menschheit einzuwirken. Ihr Mann habe im Jenseits zugestimmt, seine Frau zu unterstützen und auch materiell dazu beizutragen, dass sie ihre Mission sorgenfrei durchführen könne. Allmählich veränderte sich seine Haltung Myra gegenüber. Und als sie ihn schließlich fragte, ob er zulasse, dass auch Fern und ich sie wieder besuchen dürften, da diese beiden als wichtige Mitarbeiter weiterhin durch die Schrift vorbereitet werden sollten, willigte er ein. Und somit reisten Fern und ich wieder nach Durban zurück und konnten bei einer von Ferns Freundinnen unterkommen.

Auch hier hatte Fern schon vor meiner Rückkehr Kontakte zu verschiedenen Leuten geknüpft und ihnen die Schrift vermittelt. Ebenfalls hatte unsere Gastgeberin schon das Geschenk der Schrift erhalten. Zu ihr kamen nun andere, die von der Automatischen Schrift gehört hatten, um an diesem phänomenalen Geschehen teilnehmen zu wollen. Wir alle nahmen an einem großen Tisch Platz. Ein jeder hatte einen Schreibblock oder ein Heft vor sich liegen. Und nachdem Fern, die besonders als Vermittlerin respektiert war, eine Meditation und ein Gebet mit der Bitte, die Schrift einüben oder ausführen zu dürfen, im Namen aller Anwesenden gesprochen hatte, nahm ein jeder sein Schreibgerät in die Hand und hielt dieses auf das leere Blatt. Seit jener Zeit in Bulawayo, als ich unter Arthurs Leitung den Stift in die Hand genommen hatte, war es nun das zweite Mal, dass ich den Versuch unternahm, meine Hand von Unsichtbaren lenken zu lassen. Unter den Anwesenden war außer Fern und jener Hausherrin noch eine andere junge Frau, die schon bald zu schreiben begann, während wir drei bis vier Neulinge neugierig voller Spannung darauf warteten, ob unsere Hand geführt würde. Schließlich begann meine Hand ein Ziehen nach rechts zu verspüren. Und tatsächlich wurde ein ungerader Strich gezogen, ohne dass ich dabei bewusst mitwirkte. Und als dieser nun auf der rechten Heftseite zum Ende kam, wurde die Hand wie von

allein wieder nach links gehoben, wo sich wiederum eine etwas ge-
krümmte Linie nach rechts hin ergab, der weitere Linien folgten, bis
auf einmal gegen meine Vermutung eine gekringelte Linie vertikal
nach unten hin gezogen wurde. Ich war erstaunt, wie diese Linien sich
ohne mein Zutun auf dem Papier manifestierten.

Bei den beiden nächsten Versuchen am Nachmittag und am Abend
zeichnete meine gelenkte Hand meist sehr gerade Linien. Doch schon
am Tag darauf vollführten die Striche, am Seitenrad angekommen,
eine Drehung, ohne dass die Hand wieder an den linken Zeilenbeginn
gehoben wurde. Und dann entstand schon in schnellen Bewegungen
eine Zeichnung, die wie die Umrisse eines Brotleibes aussehen
mochte. Wie mir durch Fern erklärt wurde, waren dies alles Energie-
vermittlungen. Auch die anderen Neulinge hatten schon einige Striche
oder Kreise ausgeführt. Ich ließ Fern in mein Heft eine längere Botschaft automatisch schreiben. An den beiden folgenden Tagen übte
ich im Kreis der anderen weiterhin fleißig, doch ergaben sich nur Striche und einige Rundungen. Doch am nächsten Tag wurde meine Hand
von einer bisher noch nicht verspürten Energie gelenkt, die in schnellen rotierenden Bewegungen eine über das ganze Blatt sich darstel-
lende Acht gezeichnet, die unten rechts mit einem Punkt abschloss.
Daraufhin wurde meine Hand zu einem Rotstift gelenkt. Nun wurde
die Acht mit roten Strichen mit unglaublicher Schnelligkeit umgeben.
(Ich habe bei dieser Kapitelabfassung das Original im Heft neben mir
liegen.)

Am darauf folgenden Tag kamen die ersten drei Wörter durch, woraufhin wieder mit Schreibenergieübungen fortgefahren wurde. So
geschah es auch am nächsten Tag. Einen Tag später begann die Schrift
mit dem Satz *we say endure*, was bedeutete, dass ich Geduld haben
müsse, war ich doch schon ungeduldig, wann endlich sich mir ganze
Sätze mitteilen sollten. Nach vielen Energieübungen wurde mir wieder am folgenden Tag der Satz in noch etwas krakeliger Schrift aufgeschrieben: we say on way. Dies sollte mir zu verstehen geben, dass die
Schrift noch auf sich warten ließ, aber sich bald manifestieren würde.
Als am 27. Juli beim Einüben der Schrift ein Neuling aus Russland, der
erst am Vortag zu uns gestoßen war, die Schrift erhielt, faltete ich unter dem Tisch meine Hände und dankte Gott, dass es ihm erlaubt war,

so schnell die Schrift erhalten haben zu dürfen. Kurz drauf las mir Fern vor, was die Schrift ihr soeben durchgegeben hatte, nämlich, dass ich jetzt bereit sei, schreiben zu dürfen.

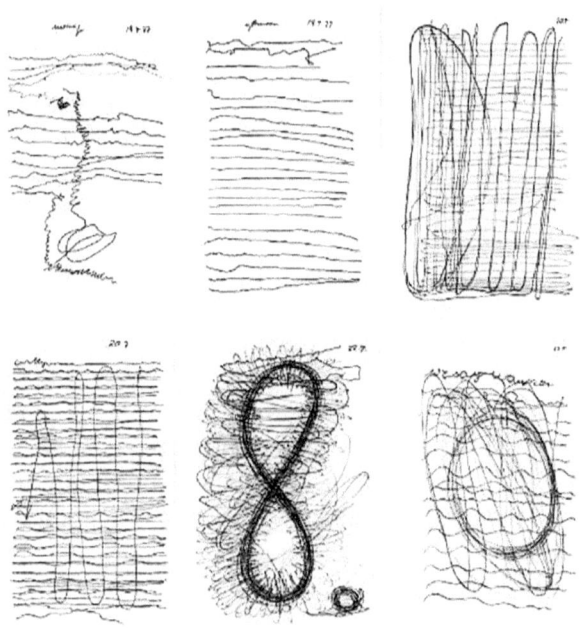

Und nun schrieb sich automatisch der erste zusammenhängende Satz nieder: *We will give you some information go and give Wunsum help.* (Ich sollte also Myra helfen.) Darunter wurden kraftvoll sich überschneidende Kreise gezeichnet, die wie Planetenbahnen aussahen. Ich dankte im Stillen Gott, diese Schrift nun nach neun Tagen des Einübens erhalten zu haben. Am Tag darauf schrieb sich folgende Mitteilung durch meine Hand in mein Heft: *we say please will you go and phone Wunsum please tell her of writing yes we wish to tell her what came through we want to wonder why you not phoned.* Ja, ich hatte vergessen, gemäß ihres Hinweises von gestern Myra anzurufen. Darum die erneute Bitte, sie anzurufen, der ich auch gleich nach dieser Sitzung nachkam.

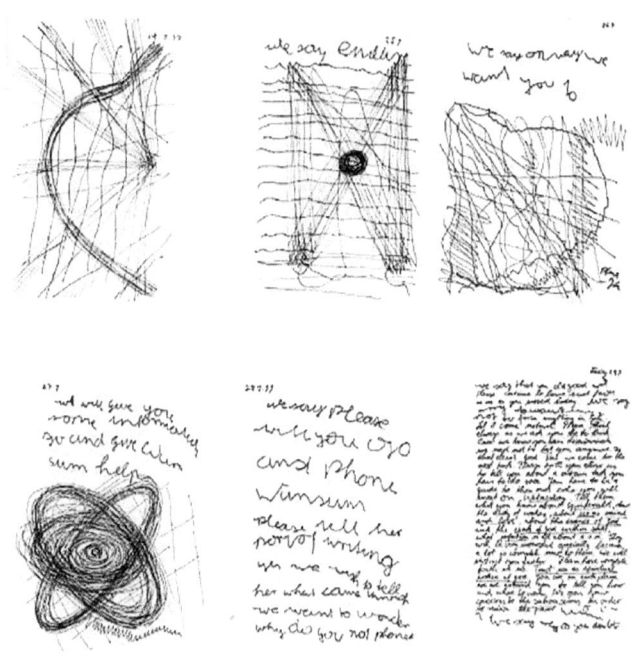

Ich hatte mir inzwischen einen klapprigen Volkswagen-Käfer zugelegt. Mit diesem fuhr ich nach Amanzimtoti hinaus, da Myra mich am Telefon gebeten hatte, sie aufzusuchen. Ich zeigte ihr, was gestern mir aufgezeichnet worden war. Sie forderte mich auf, in ihrer Gegenwart den Stift auf eine neue Seite meines Heftes zu setzen. Alsbald begann meine Hand Schreibbewegungen auszuführen. Dabei berührte Myras Hand die meine. Und plötzlich vernahm ich ganz deutlich telepathisch die mir eingegebenen Wörter und schrieb sie nach Diktat

nieder. Ich hatte soeben neben dem gestrigen Geschenk der Schrift-
übermittlung nun auch das Geschenk der inneren Stimme (inner
voice) erhalten.

Und von nun an ließ ich mir alle meine Fragen mittels der Schrift
oder der inneren Stimme beantworten. Meistens schrieb ich nach Diktat das auf, was ich inwendig vernahm. War ich im Zweifel über das
Diktierte, dann bat ich unsere jenseitigen Freunde, das Wort oder den
Satz durch Handführung niederzuschreiben. Fern und ich wurden
nun häufiger eingeladen, die Automatische Schrift zu demonstrieren.
So teilten unsere Jenseitigen mir mit, dass ich kommenden Mittwoch
zu Leuten eingeladen werden würde. *Sage ihnen, was du über die jenseitige Welt weißt. Erkläre ihnen die Aufgabe der spirituellen Arbeiter.
Sage ihnen, dass wir Geist und Liebe sind. Erzähle ihnen von der Essenz
Gottes und von jenem göttlichen Funken, der jeder Seele beigegeben ist.
Weise sie auch auf die Vervollkommnung hin, die alle anzustreben haben. Sie alle werden sehr interessiert zuhören, da Vieles für sie ganz neu
ist. Wir werden dir weitere Hinweise zukommen lassen. Bitte habe voll-
kommenes Vertrauen in uns. Vertraue uns als spirituelle Arbeiter Gottes. Du befindest dich auf der Erde. Wir jedoch sind bei dir und werden
dich anweisen, wie und wo du dich einbringen sollst. Wir öffnen dein
Bewusstsein zu deinem Unterbewusstsein.* ... Ich zweifelte an ihren
Durchsagen und schrieb nicht weiter. Sie nahmen das wahr und sagten: *Warum zweifelst du? Wir sagen, dass alles, was dir mitgeteilt wird,
von uns kommt. Wir möchten, dass du ganz sicher darüber bist, dass wir
gut sind. Und daher ist auch alles, was wir dir mitteilen, ebenfalls gut.
Hast du nicht manchmal in einem dir eingegebenen Satz innegehalten
und wusstest nicht, wie er weitergehen sollte? Wird er dann nicht dir
weiterhin eingegeben, sodass ein ganzer verständlicher Satz entsteht?
Was für weitere Beweise bedarfst du? Wir übermitteln dir durch Gedankenkraft unsere Worte an dein Unterbewusstsein, aus welchem dir unsere Worte und Gedanken wiederum zufließen.* Anscheinend habe ich
wieder meine eigenen Gedanken eingebracht und ihre Durchsagen
dadurch unterbunden, weshalb sie nun sagten: *Du bist gerade wieder
eigenen Gedanken nachgegangen. Höre auf die inneren, nicht auf die
äußeren Worte. Die Gedankenkraft ist die Kraft Gottes. Er ist in seiner
Wesenheit ganz Geist. Doch erzähle das nicht anderen Leuten. Denn*

diese können mit solchen Gedanken nicht umgehen und werden aufbrausend oder abwehrend reagieren. *Abstraktes Denken ist für die meisten Menschen nicht gegeben. Deshalb müssen Wahrheiten den Menschen durch Mythen, Parabeln, Kindergeschichten, Märchen und Symbole mancherlei Art wiedergegen werden. Mit was hätte Jesus rechnen müssen, wenn er behauptet hätte, Gott sei Geist (mind)? Die Leute hätten ihn nicht verstanden, und sein großes Werk wäre vergeblich gewesen. Deshalb sprach er von ihm als „Vater". Doch was ist Geist? Geist ist Energie (power). Energie ist alles in der ganzen Schöpfung. Sie ist die höchste Ausdruckskraft Gottes. (Power ist the highest form of Great One.)*

Ich schrieb nun in den nächsten Tagen für verschiedene Leute, auch für Myras Eltern. Ebenso besuchten Fern und ich *Dell Phoenix* und ihren Mann, die sich natürlich an allem, was uns an äußerem und innerem Geschehen begegnete, sehr interessiert zeigten. Wir waren nun mit einigen anderen, die die Schrift als Geschenk überkommen hatten, Co-workers (Mitarbeiter) für eine große spirituelle Idee unter der Anleitung Wunsums, beziehungsweise der Schrift.

3. Das unverhoffte Geldgeschenk

Myra und ihr Mann wurden auch von finanziellen Sorgen geplagt. Er war Angestellter, dessen Gehalt zu knapp war, um die Hypotheken für das Haus abzubezahlen und zugleich auch den Bedürfnissen und Wünschen der immer größer gewordenen Familie nachzukommen. Auch sprach Myra davon, dass sie wohl bald in ein kleineres Haus umzuziehen hätten, obwohl die Schrift ihr versichert habe, dass sie ihr jetziges Haus behalten würde und Geldsorgen sich bald auflösen würden.

Da ich meinen Geschwistern meine neue Anschrift mitgeteilt hatte, hielt ich alsbald einen Brief meiner Schwester in Händen, in welchem sie mir erfreut mitteilte, dass unser denkmalgeschütztes Haus in der

Marktstraße 92 in Wilhelmshaven an einen Kleidergroßhändler verkauft worden sei und sich mein Konto um 120.000 Mark vermehrt habe. Was für eine Überraschung! Jetzt konnte ich sorgenlos, ohne arbeiten zu müssen, noch Jahre lang die ganze Welt erkunden. Sicherlich würde ich weiterhin per Anhalter durch die Länder reisen, denn das war immer der beste Weg, um Land und Leute kennenzulernen. Nur, wenn keine günstigen Schiffsverbindungen bestanden, war jeweils ein Flugzeug zu nehmen, um Meere zu überqueren oder etwaige Inseln aufzusuchen. Das Einzige, was meine weiteren Welterkundigungen beenden könnte, wäre, wenn Maria mir auf einmal schreiben würde, zu ihr zurück nach Deutschland zu kommen. Doch nun plante ich, was ich alles mit diesem Geld machen könnte. Wäre ich in Deutschland geblieben und dort Lehrer geworden, würde ich mir bestimmt ein Haus gekauft haben. Doch jetzt würde ich bei meiner beabsichtigten Rückkehr nach Indien mich irgendwo am Fuße des Himalayas niederlassen und mit der Niederschrift meines Molar-Romans beginnen, nahm dieser doch immer mehr Gestalt an, zumal sich Gedanke an Gedanke reihte und die Schrift auf meine Fragen immer mehr Hinweise zu seiner Gestaltung gaben. Der ganze Roman sollte auf der Zahl Sieben aufgebaut werden. Jeder der zwölf Monate des Jahre 1949 sollte 28 Kapitel beinhalten. Mit dem Geld könnte ich sogar diesen Roman in seinen sieben Farben auf eigene Kosten drucken lassen oder zumindest einem Verleger bei der Herausgabe dieses umfangreichen Romans finanzielle Unterstützung anbieten.

Doch schon nach wenigen Tagen war mir klar, dass ich den größten Anteil dieses Geldes Myra schenken möchte, einmal dafür, dass ich durch ihr Einwirken die Schrift und auch die innere Stimme geschenkt bekam, dass ich weiterhin durch dieses Geldgeschenk ihren Mann, der so viel Wut und Eifersucht gegen mich in sich getragen hatte, begütigen wollte, und nicht zuletzt dabei mit zu helfen, dass Myra ihr Haus schuldenfrei behalten könnte.

Es war sicher gut, immer genügend Geld zu haben. Doch hatte ich nicht schon 100 Länder bereist, ohne über viel Geld zu verfügen? Und hatte ich nicht immer irgendwo, wenn es nötig war, Gelegenheit gefunden, Geld zu verdienen? Außerdem war ich sehr genügsam. Alles, was ich im Grunde benötigte, war ein Strohlager, ein Dach über dem

Kopf und ein bescheidenes Essen. Zwei, drei Bananen, ein Brot und Wasser würden mir als tägliche Ration vollkommen genügen. Geld allein macht nicht glücklich. Hatte ich mittels der Schrift nicht etwas geschenkt

bekommen, was alles Geld dieser Welt weit überbot? War ich nicht zu einem vollkommen glücklichen Menschen geworden? War ich nicht in Verbindung mit meinen unsichtbaren Freunden, die es sicherlich nicht zulassen würden, dass ich irgendwo darben müsste oder Hungers sterben sollte? Und war ich nicht durch die langjährigen Reisen innerlich gefestigt genug, um keinerlei Existenzängste aufkommen zu lassen? Ich beschloss, einen kleinen Kompromiss mit mir zu tätigen. 100.000 Mark sollte mir meine Schwester überweisen, und 20.000 Mark mögen auf meinem deutschen Konto verbleiben.

Doch ich durfte meinen Geschwistern nicht schreiben, dass ich vorhatte, den Großteil meines Erbes zu verschenken. Also teilte ich ihnen mit, dass ich beabsichtige, die 100.000 Mark in eine Immobilie zu investieren. Als dieses Geld überwiesen worden war, teilte ich Myra und ihrem Mann mit, dass ich ihnen diese Summe für die Abbezahlung ihres Hauses schenken wolle. Myra brach in Tränen aus, doch ihr Mann konnte nicht glauben, was ich sagte. Für ihn war es undenkbar, dass jemand fast sein ganzes Erbe einer befreundeten Familie ohne Gegenleistung schenken konnte. Ich jedoch freute mich, Myras Familie mit diesem zu beglücken, und ich freute mich über mich selbst, dass ich spirituelle Werte über äußere Werte zu setzen vermochte. War doch das größte Geschenk die Automatische Schrift und die innere Stimme. Sollte ich deshalb so lange durch die vielen Länder dieser Welt gereist sei, um schließlich den Weg nach innen gefunden zu haben? Musste ich eigentlich noch weiterhin reisen auf der Suche nach dem Gral, das heißt, auf der Suche nach höherer Wahrheit? Konnte ich mich eigentlich jetzt nicht irgendwo niederlassen und an meinem Roman schreiben? Ich nahm mir vor, in Indien damit zu beginnen.

Ich hatte inzwischen ein eigenes kleines Apartment in Durban gemietet. Wenn Fern von ihren gelegentlichen Zwischenaufenthalten aus Johannesburg zurückkehrte, wohnte sie meist bei mir. Fast jeden

Tag kam ich oder auch wir beide mit Leuten zusammen, die neugierig waren, die Schrift zu befragen. Auch trafen wir uns meistens in einer Gruppe, die von Fern geleitet wurde. Denn sie übernahm für Neulinge die Schriftvermittlung, sodass sich bald immer mehr Leute trafen, die entweder schon über die von uns ihnen vermittelte Automatische Schrift verfügten, oder solche, die über viele ihrer spirituellen und weltlichen Fragen Antwort bekommen wollten. Mir wurde Folgendes mitgeteilt: *Wir möchten Dir weiterhin sagen, dass wir es uns nicht leisten können, dir zu viel Zeit für andere als spirituelle Dinge zu gönnen. Denn unser Pan für dich ist übergroß. Was wir dir vorerst sagen können ist, dass du eine große Anzahl von Arbeitern zu betreuen hast, die sich mit der Schrift beschäftigen oder anderen Dingen nachgehen, die dir noch unbekannt sind. Sei also geduldig. Nun wollen wir für heute enden. Besuche uns im Schlafzustand. Gott segne dich.*

Die Schrift wies immer wieder daraufhin, dass wir uns nie abhängig von ihr machen dürften, konnten sich doch auch erdgebundene Wesen einschleichen, welche die medialen Durchgaben als die ihren ausgaben und somit Wohlgemeintes aber auch eventuell Lügen durchzugeben vermochten. Man habe vor jedem Schreiben ein bestimmtes an Gott gerichtetes Gebet zu sprechen, in welchem man ihn bittet, durch jene schreiben zu dürfen, die dafür vorgesehen sind und sich durch hohes Wissen und große Liebe auszeichnen. Wann immer man das Gefühl habe, dass etwas nicht mit liebevollem Wissen durchgegeben wird oder wenn Unvernünftiges sich niederschreibt, habe man aufzuhören. Die jenseitigen Freunde testeten oft unser Urteilsvermögen, indem sie Dinge niederschrieben oder durchsagten, die eigentlich uns sofort als unwahr erscheinen mussten. Dann sagten sie auf Nachfrage, dass es sich hierbei um einen Test gehandelt habe, um unsere Wachsamkeit zu überprüfen. Jeder habe der Kapitän auf seinem Schiff zu bleiben und nicht das Ruder einem anderen zu überlassen. Auch sie dürften nie in unseren freien Willen eingreifen, sei dieser doch maßgebend für unsere spirituelle Entwicklung.

Ich befragte nun jeden Tag die Schrift, und ich erhielt auf alle meine Fragen Antworten. Hier einige Ausschnitte:

Wenn du uns voll vertraust, dann werden wir dich auch mit Aufga-
ben betrauen, Aufgaben der Liebe. Es handelt sich um die Arbeit mit un-
seren Arbeitern (co-workers), die zu dir kommen, wenn Wunsum bei dir
ist. Alles ist vorhergeplant. Wir sorgen allein dafür, dass die Dinge um-
gesetzt werden, wie die Schrift sie angeordnet hat. Wenn eine Durch-
sage sich für dich richtig anfühlt, dann schreibe sie nieder. Doch ist diese
gegen dein inneres Gefühl, dann hinterfrage sie. Zögere nicht, das aus-
zuführen, was Wunsum dir sagt. Sie ist dein dich anweisender Lehrer.
Wunsum ist nicht nur dein Führer, sie ist auch unser Führer. Sie ist ein
Meister bei uns. Wir sind ihre Arbeiter. Wir arbeiten alle zusammen an
der spirituellen Erhöhung durch Liebe. Durch ihre früheren Leben ver-
diente sie ihre Führungsstelle für die Arbeit an der spirituellen Erhö-
hung auf Erden. Alle spirituellen Arbeiter gehören zu uns. Einige hatten
zu inkarnieren, andere blieben hier, um jene auf Erden anzuleiten. Wun-
sum hatte sich dafür entschieden, zu inkarnieren, jedoch nicht, um an
ihrer eigenen Perfektion weiterhin zu arbeiten, denn sie ist schon bei
uns perfekt. Aber sie kam zur Erde, um dort unseren Arbeitern beizu-
stehen, ihnen Rat und Beistand zu geben. Sie bestimmte, welche Arbeiter
inkarnieren sollten und welche auf unserer Ebene verblieben. Alles ge-
schah auf Gottes Geheiß hin, um den Menschen auf Erden einen spiritu-
ellen Auftrieb zu geben. Wir wollen nicht, dass unsere Arbeiter predigen,
vielmehr sollen sie lebende Beispiele sein an Freude, sodass die Men-
schen, mit denen sie zusammenkommen, ebenfalls diese Freude verspü-
ren und sich ihnen gegenüber öffnen. Die Menschen auf Erden sind so
eingeengt, indem sie ihre täglichen Sorgen als das Einzige betrachten,
was für sie von Bedeutung ist. In ihnen tut sich ein tiefer Abgrund auf,
angefüllt mit Freudlosigkeit. Doch wir haben sie darauf hinzuweisen,
dass dieser Abgrund aufgefüllt werden kann – mit Freude.

Viele Veränderungen werden auf die Arbeiter zukommen. Ein glück-
liches Gefühl sollten alle unsere Arbeiter ausstrahlen, denn unsere Ar-
beit ist Liebe. Und wo Liebe ist, da ist auch Freude. Alle unsere Arbeiter
mussten in ihrem Leben schwere Zeiten durchstehen. Das war notwen-
dig, um andere zu verstehen, die ebenfalls Schlimmstes durchmachen.

Wie kann ich immer wissen, ob ich das Richtige tue? *Wann immer*
du nicht weiter weißt, wende dich an uns. Wir werden dir immer mit Rat

zur Seite stehen, vor allem in jenen Dingen, die mit unserer Arbeit ver-
bunden sind. Es wird für dich viel zu tun geben. Diese unsere gemein-
same Arbeit ist für dich etwas ganz Neues, denn es handelt sich um spi-
rituelle Tätigkeit. Die Menschen auf Erden stehen solcher Tätigkeit
misstrauisch gegenüber. Sie wenden sich ab und sagen, dass du ein Teu-
fel seist. Denn um ihre Glaubensvorstellungen zu verteidigen, müssen sie
glauben, dass das, was sie tun, richtig und daher gut ist.

Warum musste ich in meiner Kindheit so viel Schlimmes erleben?
Wir mussten dir über viele Jahre deines Lebens hinweg schwere Lektio-
nen erteilen, damit du gegen die Feindschaften, die dir entgegenge-
bracht werden, gestärkt bist. Aber jene Attacken werden aufhören, so-
bald man gewahr werden wird, dass dich eine Kraft umgibt, die stärker
als physische Kräfte ist. Wir sind es, die dich beschützen. Also verzage
nicht, denn Gott (Great One) steht dir bei, und er wird immer für dich
sorgen, was immer du auch unternehmen wirst.

Fern und ich waren die eigentlichen Kontaktpersonen zu Myra,
wollte sie sich doch zurückziehen. Sie kam nur gelegentlich in jene
Gruppen, die sich der Automatischen Schrift befleißigten, und empfing neue Co-Workers bei mir, doch nur selten bei sich zu Hause. Sie
wollte Familie und ihre eigene Missionstätigkeit getrennt voneinander halten. Fern und ich waren diejenigen, die auch bestimmten, wer
sie aufsuchen durfte. Jedoch sahen Myra und ich uns am häufigsten,
war ich ihr doch ein starker Halt geworden, der sie in ihrer Mission
bestärkte, vor allem, wenn sie wieder einmal an sich und allem zu
zweifeln begann. Auch wollte sie mir ausreden, bald wieder nach Indien zu reisen. Sie bat, dass ich doch in Südafrika bleiben möge, dass
ich wieder in meiner Firma, die auch in Durban eine Niederlassung
hatte, arbeite und mich hier verehliche und eine Familie gründe. Somit könnten wir gemeinsam die große von unseren jenseitigen Freunden uns gestellten Aufgaben durchführen.

So nahm sie mich einmal mit zu einer Frau, welche uns eingeladen
hatte, für sie zu schreiben. Wir kamen zu einer prachtvollen kleinen
Villa mit gepflegtem Garten. Als die Frau uns die Tür öffnete, war ich
von ihrer außergewöhnlich attraktiven Erscheinung überrascht. Sie
ähnelte in Gestalt und Aussehen der italienischen Filmschauspielerin

Sophia Loren. An ihrem Kleid klammerte sich ein etwa vierjähriges Mädchen. Wir setzten uns zu Tee und Gebäck nieder. Myra und ich beantworteten viele ihrer Fragen mittels der Schrift, unter anderem jene, ob sie noch einmal einen Mann finden würde, der sie heiratet, was mit einem „Ja" beantwortet wurde. Als wir beide wieder nach Hause fuhren, fragte Myra mich, wie mir diese Frau gefalle. Ich sagte ihr, dass ich selten eine solch schöne Frau gesehen hätte. Nun berichtete sie mir, was sie über diese Frau wusste, für die sie schon vor ein paar Tagen geschrieben hatte. Sie sei die Mistress eines der reichsten Männer Durbans. Er habe ihr das Haus geschenkt und auch die Tochter mit ihr gezeugt. Er wolle sich aber aus finanziellen und anderen Gründen nicht von seiner Frau scheiden lassen, sie aber als seine Geliebte weiterhin behalten. Sie vermute jedoch, dass er auch noch andere heimliche Beziehungen eingehe und sie selbst deshalb nur sehr selten besuche, sodass sie nun praktisch ohne Mann leben müsse und sich auch nicht traue, sich nach einem Partner umzusehen. Ich sei, so meinte Myra, genau der richtige Ehepartner für sie, der sie sicherlich glücklich zu machen verstünde. Ich würde mit ihr in dieser Villa wohnen. Dann wäre ich auch in Myras Nähe, und wir könnten gemeinsam weiter an unserem großen Projekt arbeiten. „Möchtest du ihr Ehemann sein?" Ich werde sicherlich erst einmal tief Luft geholt haben. Dann erklärte ich ihr, dass es für mich nur eine Frau in meinem Leben gebe. Und das sei Maria. Für sie müsse ich mich frei halten, auch wenn die Schrift mir mitgeteilt hatte, dass sie einst einen anderen Mann heiraten werde. Außerdem hieße verheiratet zu sein, dass ich meine leidenschaftliche Reiselust als abenteuernder Tramper aufzugeben hätte. Nur Maria könnte solch ein Opfer meinerseits bewirken. Nein, auf keinen Fall möchte ich mich in Südafrika als Ehemann, und sei die Gattin noch so vortrefflich, niederlassen.

4.   Ohne Benzin mit dem Auto gefahren

Einer unserer Mitarbeiter (co-worker) war ein etwa 25-Jähriger namens *Greg*. Er erzählte mir, dass er und seine Mutter Mitglieder der

Pfingstgemeinde (Pentacostal Church) seien. Dort würden einige von Gott Auserwählte vor dem Altar oder auch in Gemeindeversammlungen „in Zungen reden". Dieses Phänomen wird im Neuen Testament beschrieben. (Markus, 16,17) Oft redeten einige der Mitglieder, die sich mit einem Male in einer Trance befanden, in welchem ein „heiliger Geist" sich ihrer bemächtigt hatte, in einer ihnen oft unverständlichen Sprache. Seine Mutter, wie Greg mir offenbarte, sei eine derjenigen, die ebenfalls von Gott dazu ausgezeichnet sei, den heiligen Geist durch sie sprechen zu lassen. Und selbstverständlich, der ich für alle diese Phänomene hellhörig war, musste ich seine Mutter kennenlernen. Greg stellte sie mir in ihrer gemeinsamen Wohnung vor. Sie war eine Endvierzigerin, die eine wohltuende Güte ausstrahlte und mir über die in ihrer Gemeinde sich offenbarenden Wunder berichtete. So gerieten einige Mitglieder wie auch sie oft während des Gottesdienstes in Verzückung und verkündeten oft in unbekannten Sprachen Worte, die ihnen der Heilige Geist oder ein Engel eingab. Ich fragte sie, ob sie jetzt den Heiligen Geist oder einen Engel durch sich reden lassen könne. Sie verneinte, da solche Mitteilungen nur im Kreise ihrer Gemeindemitglieder geschehen. Doch da Greg, dem schon die Automatische Schrift zuteil geworden war und ihr Botschaften durchgegeben, wie auch ihr über Myra, Fern und mich berichtet hatte, meinte, dass wir doch einfach uns in einen Kreis stellen sollten und den Heiligen Geist bitten, sich durch seine Mutter zu verkünden. Also stellten wir uns im Kreis auf und fassten uns an den Händen. Wir sprachen zusammen das Vaterunser und baten um eine Durchgabe des Heiligen Geistes. Nachdem wir bei geschlossenen Augen einige Minuten gewartet hatten, begann Gregs Mutter auf einmal in einer Sprache zu sprechen, die mir völlig unbekannt war und welche auch nicht zum europäischen Sprachraum gehörte. Und nachdem sie geendet hatte, geriet ich in einen leichten Trancezustand und aus meinem Munde kam die englische Übersetzung des soeben von ihr Verkündeten. An den sicherlich erbaulichen Wortlaut kann ich mich nicht mehr erinnern. Später erfuhr ich mittels der Schrift, dass jene Mitteilung auf Aramäisch durchgegeben worden war.

Fern war für ein paar Tage nach Johannesburg gefahren, um dort die Co-workers zu betreuen oder Neulinge in die Schrift einzuführen.

Nachdem sie wieder nach Durban zurückgekommen war, engagierten wir uns gemeinsam weiter an der Verbreitung der Automatischen Schrift. Von Durban aus besuchte ich mit meinem VW-Käfer die Drachensberge und fuhren auch nach Lesotho hinauf, jener ganz von Südafrika umgebenen Landenklave, in welcher die schwarze Bergbevölkerung sich unabhängig von der Bevormundung Weißer regieren kann, ein Land so groß wie Belgien. Doch die Hälfte der Bevölkerung sucht in Südafrika Arbeit, da ihre Heimat äußerst arm ist und außer Viehzucht und dürftigem Ackerland wenig Besserung für einen einigermaßen ausreichenden Lebensstandard bietet.

In Südafrika herrschte Benzinknappheit, boykottierten doch einige ausländische Staaten das Apartheitssystem, indem sie ihre Botschaften schlossen und allen Handel unterbanden. Es wurde ein vorübergehendes Gesetz erlassen mit dem Verbot, dass von Freitagmittag zwölf Uhr bis Montagmorgen sechs Uhr alle Tankstellen geschlossen bleiben mussten. Es durfte auch weder Benzin in Vorratskanistern aufgehoben werden, noch war es gestattet, während des Wochenendes Benzin von einem Wagen in den anderen umzufüllen. Vergehen gegen derlei Anordnungen wurden hart bestraft. Je dunkler die Hautfarbe, desto härter die Bestrafung, war es Weißen doch oft noch möglich, die Polizisten oder Richter gleicher Hautfarbe zu bestechen, oder diese drückten beim Bestrafungsmaß ein Auge zu, während man bei Asiaten und besonders bei Afrikanern rigoros das Gesetz anwandte.

Am Donnerstagabend stellte ich verschiedene Fragen an die Schrift. Unvermutet wurde mir mitgeteilt, dass ich morgen nicht den Tank meines Autos vollfüllen lassen solle, denn sie wollten dafür sorgen, dass ich am Wochenende jedes Ziel erreichen könne, wo immer ich hinzufahren beabsichtigte. War dieses Niedergeschriebene wiederum ein Test? Ich nahm mir vor, diese Durchgabe zu ignorieren. Ich werde selbstverständlich morgen noch vor Zwölf meinen Tank ganz füllen lassen, war dieser sowieso schon fast leer. Außerdem wollte ich wie an jedem Wochenende mit meinem VW-Käfer weiter die Umgebungen aufsuchen, wobei ich 200 bis 300 Kilometer zurücklegen könnte.

Am Freitagmorgen war ich mit Co-workern beschäftigt. Und als ich auf die Uhr schaute, war es schon nach Zwölf geworden. Verflixt, jetzt habe ich versäumt, meinen Tank auffüllen zu lassen. Jetzt werde ich den geplanten Wochenendausflug streichen müssen. *Greg* hatte versäumt, mir ein ihm ausgeliehenes Buch, wie versprochen, zurückzubringen. Er wollte dieses gleich holen und bat, mit meinem Auto nach Hause zu fahren. Ich machte ihm klar, dass der Benzintank fast leer sei und ich nicht wisse, ob er den Weg hin und zurück schaffen könne. Doch er wollte es auf einen Versuch ankommen lassen. So übergab ich ihm den Schlüssel. Doch Greg kehrte erst nach drei Stunden mit dem Buch zurück. Auf meine Frage, warum er so lange weggeblieben sei, antwortete er, dass er auf einmal die Eingabe bekam, zu Myra nach Amanzimtoti hinaus zu fahren. Er habe befürchtet, dass mein Auto irgendwo stehen blieb, gab doch die Anzeigenadel des Benzinstandes an, dass sich kein Sprit mehr im Tank befände.

Jetzt wollte ich die Jenseitigen testen, ob sie wirklich ihr Versprechen halten würden, dass ich ohne Benzin überall am Wochenende hinfahren könnte. So fuhr ich also am Samstag und am Sonntag sicherlich jeweils 100 Kilometer. Und tatsächlich, mein Käfer lief und lief, als ob der Tank voller Treibstoff wäre. Wie hatten sie dieses Phänomen bewerkstelligt? Offenbar konnten sie auch technische Wunder vollbringen, über die wir Inkarnierten noch nicht verfügen. Später hatte ich einen Freund, der über mehrere Jahre hin nichts aß, nur von Lichtnahrung lebte, und trotzdem sich kräftiger fühlte als je zuvor. Erst wenn ich in die jenseitigen Gefilde zurückgekehrt sein werde, wird mir die Instandsetzung solcherlei Wunder sicherlich einleuchten. Ja, herauszufinden, wie die Jenseitigen auf uns Menschen und die Materie einwirken können, sollte hinfort eines meiner Hautinteressen bleiben.

Am Sonntagabend fuhren Fern und ich zu einer Gruppe von Homosexuellen, die über die Schrift mehr erfahren wollten. Es war mir schon immer wieder aufgefallen, dass sich gerade Homosexuelle spirituellen Themen gegenüber offener zeigten als Heterosexuelle. Vielleicht waren sie auch auf der Suche nach sich selbst, um ihr Anderssein erforschen zu wollen. Auch schienen die meisten männlichen Medien schwul zu sein, sind doch Homosexuelle im Allgemeinen sensibler als die normal ausgerichteten Männer. Und da sie sich von den „normalen" Menschen meist sowieso diffamiert sahen, waren sie auch eher geneigt, sich spirituellen Themen zuzuwenden, von welchen sich die meisten Strenggläubigen oder Garnichtgläubigen abschlägig distanzierten. So fuhren Fern und ich mit leerem Tank die wohl 20 bis 30 Kilometer zu ihnen. Ich war neugierig, wann wohl das Auto stehen bleiben würde. Erst nach Mitternacht kehrten wir nach Durban zurück. In mir kam der Gedanke, dass die Schrift ja versichert hatte, dass ich nur am Wochenende, also Samstag und Sonntag, mit leerem Tank überall hinfahren könnte. Jetzt war es aber bereits Montag geworden. Würde nun der Wagen stehen bleiben?

Als wir in der lange Hauptstraße entlang fuhren, die zur Stadtmitte führte, begann der Motor zu stottern. Nun war es also so weit, dass der Wagen stehen blieb. Vor uns erkannte ich eine mir vertraute, nun abgedunkelte Tankstelle, da ich dort wiederholt meinen Wagen reparieren ließ. Und mit dem letzten Schwung, nachdem der Motor schon stehen geblieben war, rollten wir genau bis zur Zapfsäule. Ich schrieb nun auf einen Zettel, dass ich um sechs Uhr zurückkehren würde, um das Auto abzuholen. Und als ich ausstieg, um diesen hinter den Scheibenwischer zu klemmen, wurde die Tür des kleinen Tankstellenwärterhäuschens geöffnet, und der Besitzer dieser Tankstelle trat heraus. Er war ein reicher Inder, der noch über zwei weitere Tankstellen verfügte. Wir hatten uns schon zuvor kennengelernt und über die politische Situation in Südafrika gesprochen, traute er sich doch mit mir als einem Ausländer frei über die Apartheitspolitik zu sprechen, während er sicherlich in einem Gespräch mit einem weißen Südafrikaner solch ein Thema nicht berührt haben würde. So hatte er mir anvertraut, dass Schwarze schon gewiss seien, in naher Zukunft alle Weißen zu vertreiben und die Regierung zu übernehmen. Auch die Asiaten, also die Inder und Chinesen, würde man des Landes verweisen und ihr Eigentum wie das der Weißen unter sich verteilen. Es war in diesem Vorort schon ausgemacht, wer von ihnen was zugeeignet bekommen sollte. Und jener Schwarze hatte ihm schon frohlockend gestanden, dass ihm von der ANC, jener Freiheitspartei der schwarzen

Mehrheit, diese Tankstelle zugesprochen worden war. Er sei also schon der nächste Besitzer.

Nun standen wir beide uns voller Überraschung gegenüber. Wir sagten fast gleichzeitig: „Was machen Sie denn hier?" Und er antwortete, dass es das erste Mal sei, dass er nachts hier in diesem Häuschen sitze. Er war schon zu Bett gegangen, als er träumte, zu dieser Tankstelle fahren zu müssen, es würde sich heute Nacht etwas Wichtiges ereignen, was seine Gegenwart erfordere. Er dachte, dass Schwarze ihm vielleicht die Tankstelle abfackeln könnten. Er sei sofort hergekommen, habe sich auf dem Stuhl da drin niedergelassen und sei schließlich eingeschlafen, wachte aber auf, als er hörte, wie ich meine Wagentür zuwarf. Und als ich ihn bat, mein Auto hier stehen lassen zu dürfen, würde ich es um sechs Uhr volltankt dann abholen, raunte er mir zu: „Wie viel Benzin benötigen Sie denn?"

„Vielleicht nur einen Liter, um bis nach Hause zu kommen." Alsdann nahm er den Benzinschlauch und steckte den Zapfen in die Tankverschlussöffnung und füllte den ganzen Tank. Ich zahlte ihm den Betrag und schüttelte ihm voller Dankbarkeit die Hand. Dann fuhr ich los. Was für eine Ballung von Wunder!

Wenn dieser Inder bei jener unerlaubten Tätigkeit ertappt worden wäre, hätte er nicht nur die Lizenz für seine drei Tankstellen entzogen bekommen, sondern er hätte außerdem mit einer hohen Geldstrafe oder sogar mit Gefängnis zu rechnen gehabt. Wäre ein Schwarzer einer derartigen gesetzeswidrigen Handlung überführt worden, hätte er sicherlich Monate oder gar Jahre lang im Gefängnis verbleiben müssen. Während ein Weißer ... nun ja, das Apartheitssystem hatte seine eigenen Gesetze, und die weiße Rasse diktierte als herrschende Minderheit ihre sie selbst begünstigenden Bestimmungen. Wann würde man sich gegen dieses System erheben? Es war nur eine Frage der Zeit.

Fern wusste, dass die Schrift mir aufgetragen hatte, am Freitag meinen fast leeren Tank nicht auffüllen zu lassen, versprachen sie mir doch, überall, wo immer ich am Wochenende hinfahren wollte, dafür zu sorgen, dass mein Wagen lief. Wir beide waren uns einig, dass sie uns damit einen Beweis geben wollten, dass ihre Aussagen richtig waren, dass sie außerdem in der Lage seien, die Gesetze der Materie aufzuheben und erstaunliche Dinge zu vollführen, die über unser irdisches Vermögen weit hinausreichen. Wir beide waren sehr angetan von dieser Beweisführung der Richtigkeit unserer durch sie vermittelten Schrift. Und war es nun Zufall, dass das Auto genau dort zum Halten kam, wo sich eine Zapfsäule befand? Es konnte sich nicht um Zufall handeln, dass wir gerade auch bei jener Tankstelle zu stehen kamen, die mir wie auch sein Besitzer gut bekannt waren. Und dass man diesen Inder weckte, nachdem man ihm im Traume eingegeben hatte, auf seine Tankstelle zu kommen, war ebenfalls von den Jenseitigen inszeniert worden. Waren die zufälligen Zufälle, die uns Menschen im Leben verblüffen, in den meisten Fällen nicht ebenfalls von höherer Seite geplante Ereignisse, die uns vielleicht darüber nachdenken lassen sollten, wie solche hätten geschehen können? Waren die für uns Unsichtbaren aus höheren Regionen nicht die geheimen Drahtzieher sogenannter Zufälle? Ja, darüber sollte ich irgendwann einmal ein Buch schreiben. Natürlich erzählten wir dieses Ereignis nicht nur Myra, sondern allen, die als Co-workers engagiert waren, um ihren Glauben an die Durchgaben der Schrift zu festigen.

5. Marias Brief

Fern und ich ließen oft jeweils den andern über sich die Schrift zu gewissen Themen befragen. So stellte ich an unsere unsichtbaren Freunde die Frage, wie die Entwicklung nach Inkarnationen in der geistigen Welt weiterverlaufe. Und durch Ferns Hand teilten sie Folgendes mit: *Wenn man eine Inkarnation beendet hat, gelangt man zu jener Ebene der geistigen Welt (spirit world), die idealerweise zu einem passt. Nach einer weiteren Inkarnation mag man sich weiterentwickelt und mehr gelernt haben. Dementsprechend gelangt man in eine noch höhere Ebene. Auch dort lernt man weiterhin. Man kann sich dafür entscheiden, dort zu bleiben und zu lernen. Aber meistens verhält es sich so, dass man dort lernt und dann dennoch sich dafür entscheidet, auf die*

Erde zurückzukehren, um das Gelernte in der Praxis anzuwenden, damit es in der seelischen Entwicklung verankert wird. Falls also das Gelernte fixiert ist, braucht man nicht mehr zur Erde zurückzukehren. Dann kehrt man zur Erde nur dann zurück, wenn man sich dazu entschließt, bestimmten Aufgaben nachzukommen. Diese Entscheidung ist einem jeden freigestellt. Man kann auf jeder Ebene des Daseins sich betätigen. Aber natürlich ist auf der Erde am meisten zu tun. Nachdem man sich auf den geistigen Ebenen um spirituelle Erhöhung bemüht hat, indem man sich auch hilfreich anderen zur Verfügung stellt, wird man allmählich sich dahingehend entwickeln, dass man ein Teil der ganzen Geisteinheit wird. Man befindet sich ganz in dieser Einheit, aber behält trotzdem noch seine Individualität. Dies ist für euch schwer zu verstehen. Man ist einfach Teil des Ganzen. Auch dort gibt es noch verschiedene Ebenen der Entwicklung. Wie ihr seht, besteht noch eine Kluft zwischen dem, was die jenseitige Welt ist, und dem Zustand, wenn man ganz nahe zu Gott gelangt, ja schließlich mit ihm ganz eins wird.

Warum, so fragte ich weiter, gibt es Apartheid? *Wir sagen, dass diese notwendig ist, wenn auch falsch. Sie dient notwendigerweise, um wichtige Lektionen zu lernen. So bitte, lasst euch nicht durch sie verdrießen und schimpf nicht auf sie. Alles geschieht gemäß höherer Planung.*

Ich hatte *Maria* einen Brief zu ihrem Geburtstag geschrieben und ihr über meinen jetzigen Aufenthalt und auch in Andeutungen über die Schrift berichtet. Ich erkundigte mich darin nach ihrem augenblicklichen Ergehen und nannte ihr meine Adresse in Durban. Auch stellte ich an die Schrift Fragen, die Myra und Maria betrafen, und erhielt folgende Mitteilung: Wunsum wird niemals auf Erden deine Frau sein, doch du bist mit ihr bei uns (in spirit) Mann und Frau. Sie ist noch viel enger mit dir verbunden als „die Weise" (Maria). Wunsum ist in der geistigen Welt das, was ihr einen Meister nennen würdet. Aber sie ist nicht dein Meister, bist du doch bei uns ihr Partner. Du bist eine Art Gatte, der sich vorgenommen hat, ihr liebevoll beizustehen. Du musst immer ihre Anweisungen befolgen, denn auf Erden ist sie dein Meister, und du bist nicht mehr ihr Ehemann. Kehrst du jedoch wieder zu uns zurück, dann bist du wieder mit ihr als Einheit vereint. Deine dir Teure in Deutschland war mit dir in vielen Erdenleben verbunden. Ihr beide wart sowohl auf Erden als auch auf der geistigen

Ebene sehr eng miteinander gewesen. Bei uns seid ihr wie Bruder und Schwester. Und die Zuneigung für einander ist unendlich. Ihr beide seid in der geistigen Welt wie eins.

Erklärt mir bitte deutlicher, was ihr meint. *Du und die Weise seid eine Einheit, die sich mit Wunsum verschmelzen wird. Kannst du uns folgen? Es ist schwierig, dir die Zusammenhänge zu erklären, aber es ist so. Ihr auf Erden könnt nicht die für uns einfachsten Wahrheiten erfassen.*

Was muss ich noch in dieser Welt erkunden? *Wir sagen, dass du dahin gekommen bist, dass du nicht mehr im Außen suchen musst. Sondern deine Suche erstrecke sich auf das, was du im Inneren schon begonnen hast, zu finden. So sei dir also in Freude bewusst, dass alles auf wundervollste Weise geplant ist. Sei dir dessen immer gewiss, dass Gott (Great One) der Schöpfer dieses Planes ist. Er freut sich auch über unser Wirken. Nun, ihr Lieben, seid in Frieden in seiner Obhut. Er liebt euch alle ganz innig. Alles wird seinen Weg gehen. Vertraut auf ihn.*

Sie erklärten mir eines Abends den Weg, der zum Gottinnesein (god awareness) führt. *Ihr auf Erden geht während eurer verschiedenen Inkarnationen durch all die Schulklassen hindurch. Mit dem Erreichen eures letzten Examens kommt ihr für immer in die geistige Welt, ihr sozusagen zur Universität geht, um dort noch ein höheres Studium zu absolvieren. Doch sobald ihr euren Doktortitel bekommen habt, seid ihr nicht mehr ein Gott im Werden (a god in the making), sondern ihr seid ein Gott innerhalb Gottes und habt Teil an der Schöpfung. Wir wollen dir nun sagen, dass du bereits mit deiner Doktorarbeit beschäftigst bist mit dem Thema: Inwiefern ist es als Inkarnierter möglich, unter irdischen Bedingungen das zu verstehen und zu erklären, was aus der geistigen Welt an ewigen Wahrheiten durchgegeben wird. Dies verbindet dich natürlich eng an jene, die sich um Wunsum scharen, von denen ein jeder Facetten der Wahrheit mitgeteilt bekommt. Du jedoch hast die Folgerungen (conclusions) daraus zu ziehen und in einigen Teilen deines Buches durchscheinen zu lassen. Dieses Buch wird von ungeheuer großer Tiefe sein und wird vor allem von jenen sehr geschätzt werden, die schon viele Teile der ewigen Wahrheit gesammelt haben, ohne bis-*

her die noch fehlenden Teile (missing links) gefunden zu haben. Das ein-
zige Meisterwerk in der Literatur, wo ein ähnliches Unterfangen erzielt
wurde, ist Goethes Faust, worüber du bereits bestens Bescheid weißt.
Wir sagen dir, dass dieses Buch einst als ein ewiges Meisterwerk ange-
sehen werden wird.

Eines Nachts hatte ich einen Traum, in welchem ich Maria meine
Liebe gestand. Ich wachte auf. Sofort nahm ich einen Kuli in die Hand
und befragte die Schrift, was dieser Traum wohl zu bedeuten hatte.
Lieber W.O., wir wollen dir sagen, dass dieser Traum von höchster Be-
deutung für dich war. Du bist deiner großen Liebe begegnet, ohne ihr
deine Liebe zu gestehen. Dann aber während einer Party sagtest du ihr
direkt, wie sehr du sie liebst. Und sie wies dich nicht ab. War es nicht so?
In der Zwischenzeit lebst du mit Little One (Fern) zusammen wie gute
Freunde. Und sie fragt dich, wie es möglich sei, dass du sie nur als eine
gute Freundin behandeltest, der du ihr nur freundliche Küsschen gibst.
Wir sagen, dass dieser Traum eine höhere Bedeutung in sich trägt, de-
ren Sinn sich dir bei Zeiten offenbaren wird. Wir hatten dich deshalb nur
aufgeweckt, damit du diese Zeilen aufschreibst, um darüber nachzuden-
ken. Nun also, schlafe wieder ein und kehre zu uns zurück. Gute Nacht.

Am 3. September erreichte mich ein seit langem ersehnter Brief
von Maria.

„Kampen, den 26.8.77
Mein lieber Trutz,

gestern an meinem Geburtstag erhielt ich Ihren Brief, über den ich
mich wirklich sehr gefreut habe. Vor allen Dingen bin ich froh, dass ich
nun endlich Ihre Adresse in Südafrika habe. War es mir doch gerade im
letzten Jahr oft ein Bedürfnis, Ihnen zu schreiben. Sie sind, so glaube ich,
der einzige Mensch, der mich genau kennt und der sich die Mühe ge-
macht hat, sich mit meinem Inneren auseinanderzusetzen, sehen die
meisten Menschen, insbesondere Männer, nur mein Äußeres.

Ich muss zugeben, dass ich damals als Sie sich in so einer netten und
außergewöhnlichen Weise um mich bemühten, das Wertvolle und Un-
gewöhnliche dieser unserer Beziehung wohl nicht voll erkannt habe. Ich
war wohl sicher noch zu jung und unerfahren. Ich muss jedoch sagen,

dass ich oft an Sie gedacht habe und besonders in schweren und traurigen Stunden immer wieder gern Ihre lieben und interessanten Briefe gelesen habe.

Was mich bei Ihrem Geburtstagsbrief allerdings ein bisschen traurig stimmt, ist Ihre Bemerkung, ich könnte die Dinge, die Sie im Augenblick bewegen, nicht verstehen. Aber vielleicht sind Sie mir noch böse, weil ich Sie damals so kurz „abgefertigt" habe? Lieber Trutz, ich würde mich wirklich wahnsinnig freuen, wieder von Ihnen zu hören. Was mich interessiert, ist dieses Land, in dem Sie jetzt leben, und vor allem Ihr neuer Roman. Das Manuskript, welches Sie mir zu meinem vorigen Geburtstag schickten, habe ich zweimal sehr gründlich durchgelesen, und ich muss sagen, es hat mir sehr gut gefallen, habe ich doch auf diese Weise sehr viel über Sie erfahren.

Im Moment mache ich gerade Urlaub auf Sylt wie jedes Jahr. Das Wetter ist sehr schön, und ich bin immer wieder begeistert von dem Reiz dieser Insel.

Ich habe übrigens mein Studium nach dem Tod meines Vaters im Januar 1976 abgebrochen, und mache eine Lehre als Bankkauffrau in Münster. Ich habe gesehen, dass mir das Studium für die Praxis doch recht wenig gibt, und diese Lehre macht mir mehr Spaß, obwohl mir das Kaufmännische vom Naturell her weniger liegt. Aber durch die äußeren Umstände bin ich nun mal gezwungen, meine eigentlichen Veranlagungen und Neigungen zu unterdrücken. Lieber Trutz, ich würde mich wirklich freuen, wieder einmal Post von Ihnen zu bekommen.

Anbei meine neue Adresse

Viele herzliche Grüße von Ihrer Maria"

Wohl kein Ereignis dieser Welt hätte mich mehr in Bann zu schlagen vermocht, vielleicht nur, wenn auf einmal ein UFO vor mir auftauchen würde und man mich aufforderte, mitzukommen. Ich konnte es kaum fassen, von Maria solch einen langersehnten Brief zu bekommen. Ja, es konnte nicht anders sein. Sie liebte mich! Ich war selig. Doch das ist beileibe längst nicht der richtige Ausdruck. Auch „höchst erfreut" wäre noch viel zu blass. Ein wahrer vehementer Glückstaumel erfasste mich. Ich küsste viele Male ihren Brief. Jetzt würde sich alles in meinem Leben ändern. Ich werde so schnell wie möglich zu ihr fliegen, sie bitten, meine Frau zu werden. Die Weltreise hat dann ein Ende gefunden. Und ich werde mit der Niederschrift des Molar-Romans in Deutschland in Marias Gegenwart beginnen. Noch in derselben Nacht fragte ich die Schrift, was sie von meinem Vorhaben denke, dass ich mit aller Macht zu Maria zu eilen vorhabe.

Lieber W.O., wir freuen uns, dich so freudig aufgewühlt (thrilled) zu sehen. Dennoch möchten wir dir sagen, dass du bedenken solltest, ob du unsere Arbeit im Augenblick verlassen möchtest. Wäre es nicht angebracht, noch eine Weile zu warten? Wenn du jetzt so schnell davoneilst, wäre es nicht den anderen Arbeitern gegenüber ein wenig unfair, die dich als Bollwerk (stronghold) ihrer bevorstehenden Arbeit ansehen? Bitte, missverstehe uns nicht. Wir beabsichtigen nicht, dich zurückzuhalten. Wir wollen nur, dass du über die Situation nachdenkst. Wir möchten dir auch sagen, dass wir uns dessen bewusst sind, dass ein weiteres Verbleiben für dich Hölle bedeutet. Ist es nicht so? Doch bitte, wie würdest du reagieren, wenn Wunsum dich bitten würde, hierzubleiben?

Sie würde mich nicht zurückhalten.

Wir sagen, dass du Recht hast. Sie würde nicht versuchen, dich zum Bleiben zu überreden. Im Gegenteil würde sie über deine Entscheidung erfreut sein. Lieber W.O., wir werden dich nach Deutschland begleiten. Bitte sei vorsichtig, sie nicht mit der Schrift zu bedrängen. Wir sind mit dir glücklich, ja, wir sind sogar überglücklich. Gute Nacht.

Ja, auch die jenseitigen Freunde wussten, dass keine Macht mich zurückzuhalten vermochte, sobald wie möglich das Flugzeug nach Deutschland zu besteigen. Aber das „Gute Nacht" verwandelte sich nicht in einen Schlaf, denn schlafen konnte ich nicht. Vielmehr entwarf ich meinen Brief an Maria, dessen Konzept ich nun vor mir liegen habe. Schon am nächsten Morgen übergab ich ihn dem Briefkasten.

„Durban, den 4. September 1977

Meine liebe Maria,

ich liebe Dich unsäglich. Du weißt es, und ich will es auch gar nicht weiter verschweigen. Seit jenem für mich unvergesslichen Apriltag auf Capri 1974, an dem mir mit aller Macht inne geworden war, dass ich Dich liebe, ist wohl kaum ein Tag vergangen, an dem ich nicht an Dich gedacht habe. Ich habe Dir in meinen Gedanken Hunderte von Briefen geschrieben. Auch habe ich oftmals von Dir geträumt. Und alle Mädchen und Frauen, die mir nähertraten und sich manchmal um mich bemühten, konnten mir nicht gut genug erscheinen, wenn ich an dich dachte. Was ich in Gedanken und Herzen um diese meine reine Liebe gelitten habe, vermag ich nicht zu sagen.

In den letzten vier Monaten habe ich von drei unterschiedlichen Quellen erfahren, dass Du in einigen Deiner früheren Leben meine Frau warst. Jetzt verstand ich erst, was mich so sehr an Dich band. Ich war an Dich seelisch gebunden und konnte daher keine andere Frau mehr lieben, solange ich um Dich wusste.

Wie sehr habe ich mich danach gesehnt, von Dir einen Brief zu empfangen. Heute ist er eingetroffen. Es ist vielleicht der seligste Tag seit langer Zeit oder überhaupt. Ich habe deinen Brief vielmals gelesen und geküsst. Verzeih mir. Ich möchte nicht als Narr erscheinen, sondern als jemand, der Deiner Zuneigung wert ist. Liebe Maria, ich liebe Dich. Es ist lang nach Mitternacht, und ich kann nicht schlafen. Ein langgehegter Traum ist wahr geworden, und ich vermag es kaum zu glauben.

Ich werde mit diesem Brief ein Wettrennen veranstalten. Und wir werden sehen, wen Du zuerst zu fassen bekommst. Geliebte, ich komme. Innigst Dein Trutz"

P. S. Voraussichtlich werde ich dieses Wettrennen verlieren, denn es gilt, „Zelte abzubrechen", z. B. den Wagen zu verkaufen usw.

Und nun musste ich allen mir Nahstehenden von meiner unwiderruflichen Abreise Bescheid geben. Nur Myra und Fern teilte ich den eigentlichen Grund mit, hatte ich beide doch öfter mittels der Schrift nach Maria befragt. Drei Tage nach dem Absenden des ersten Schreibens an Maria ließ ich diesem einen noch ausführlicheren Brief aus Johannesburg folgen, da ich in Durban sofort alles zusammenpackte und mit meinem Auto losfuhr. Hier sind nun Auszüge aus diesem Brief:

„Geliebte, ich fühle mich Dir so nah, und ich kann es nicht erwarten, Dich zu umarmen und zu küssen. Ich glaube, dass wir beide uns näher kennen als irgendeine andere Person. Ist das nicht eigenartig? ... Und als ich mitempfindende Worte über ihre Trauer um den Tod ihres Vater schrieb, lenkte die Schrift ein und sagte: *Berühre nicht Dinge, die Du nicht durchschauen kannst. Denn es könnte sein, dass sie erschreckt ist, wenn sie übernatürliche Sinne an Dir gewahr werden würde. Berichte lieber über dich und deine Reisen."*

Dann fuhr ich im Brief fort: *„Nun, ich will mich nicht in Mutmaßungen ergehen. ... An mein Leben sind ebenfalls Herausforderungen geknüpft worden, und ich darf behaupten, dass ich wie Du versuche, mein Bestes zu geben. Eine jener Herausforderungen ist mein dichterisches Unternehmen. Jedoch wirst Du verwundert sein, wenn ich Dir mitteile, dass ich hier in Südafrika wie schon in Australien und Neuseeland mich als „sales manager" anheuern ließ. Ja, ich hatte in den vier Monaten, in denen ich hier tätig war, so viel erspart, dass ich dachte, für 15 bis 20 Monate nicht mehr arbeiten zu müssen und somit weiter nach Indien reisen zu können. Weißt Du, dass ich schon seit zehn Jahren um die Welt reise, von jenen zweieinhalb Jahren Aufenthalt in Deutschland abgesehen, wo ich meiner Referendarstätigkeit nachkam?*

Ich zog aus, um Wahrheit zu suchen und um Erfahrungen zu sammeln für meine Dichtungen. Somit kann ich sagen, dass das Dir zugesandte Manuskript Frucht meiner ersten Weltreise war. Aber wie Du gemerkt hast, ist nicht das Reisen Inhalt dieses Romans, sondern jene inneren Reisen in die Tiefen der Seele. Die äußeren Reisen sind meist Mittel und Zweck, um mich in Distanz zu setzen von meinem Herkommen und aus dieser distanzierten Betrachtung heraus Wahrheiten zu finden. Jener Roman könnte nicht so von mir geschrieben worden sein, wenn ich nicht in die innere und äußere Distanz der Zeit und des Raumes gegangen wäre. Es stehen einige Dinge in diesem Roman, die ich bei der Niederschrift nicht verstand, sondern nur erahnte, die mir jetzt aber aus der erweiterten Distanz erst klar werden konnten. Du magst Dich mit Recht wundern, warum ich an Reinkarnation glaube und woher ich

*über unser gemeinsames früheres Leben in Indien weiß. Dies Dir alles
zu erklären, erfordert viele Briefseiten, und dem nachzukommen, wäre
für mich eine reine Freude. Jedoch halte ich es für besser, Dir selbst
mündlich darüber zu berichten. Weißt Du, dass Goethe an die Reinkarnation glaubte und von Frau von Stein sagte. „Du warst in abgelebten
Zeiten, meine Schwester oder meine Frau."*

*... Oh, meine Liebe, ich hab Dir so viel zu erzählen, denn „wes Herz
voll ist, dem läuft der Mund über." Du glaubst gar nicht, wie interessant
das Leben ist, wenn man erst dessen Hintergründe aufzudecken versucht – und in seinem Suchen schließlich belohnt wird. ... Zwischen uns
fühle ich eine magnetische Anziehungskraft, die einfach nicht verleug-
net werden konnte und durfte. Goethe hätte bestimmt jenes Verhältnis
als „Wahlverwandtschaft" bezeichnet. Er war, so wie ich glaube, überhaupt der einzige Dichter, der sich in diesen Dingen genauestens aus-
kannte. Er wusste über die höheren und hinter dem Schleier verborgenen Dinge besser Bescheid als jeder andere.*

*Meine allerliebste Maria, ich bin gestern nach Johannesburg gefah-
ren, um hier alles zu erledigen und einen Rückflug zu buchen. Ich habe
Dir so viel zu erzählen vor allem über das, was sich in den letzten zweieinhalb Jahren ereignet hat. Es ist so wundervoll und ereignisreich, dass
man einen Roman darüber schreiben könnte.*

*Mein Liebling, ich kann es gar nicht abwarten, Dich zu küssen und
Dir zu sagen, wie sehr Du mir ans Herz gewachsen bist. In innigster Umarmung, Dein Trutz"*

*P. S. Ich habe meinen Flug für nächste Woche gebucht und werde am
16. abends mit dem Zug in Münster ankommen. Ich werde Dir per Telegramm die Ankunft mitteilen.*

5. Kapitel
Wieder in Deutschland

1. Wiedersehen mit Maria

Nachdem ich meinen Wagen in Johannesburg verkauft und mich von meinen dortigen Freunden, besonders auch von Carol und Dennis wie auch von Sandi, einer Co-workerin, die für mich noch die Schrift befragte, verabschiedet hatte, saß ich schließlich am 14. September im Flugzeug. Wie aufgeregt musste wohl mein Herz geschlagen haben? Von nun an würde sich mein Leben vollkommen ändern. Würde Maria mich als ihren Ehemann bitten, in der familienbetriebenen großen Speditionsfirma einen leitenden Posten zu übernehmen? War ihre Mutter nun die Chefin, bis schließlich ihre Tochter das Unternehmen leiten würde? Sicherlich kamen mir schon einige Erfahrungen als Verkaufsmanager zugute. Aber würde mir der Sinn danach stehen, acht bis zehn Stunden jeden Tag im Büro zu sitzen und eine Firma in Schwung zu halten? Meine Bestimmung sah ich doch als Schriftsteller. Ja, ich musste mich bald irgendwo niederlassen und den seit Beginn meiner Afrikareise geplanten großangelegten Farbroman schreiben. Was wird nun aus meinem Leben, wenn ich in einer Ehe gefangen sein sollte? Hatte ich doch meiner Stiefmutter, Molars dritter Frau, gegenüber mit 14 Jahren schon behauptet, dass ich mich in diesem Leben nie verheiraten werde? Und dennoch ließ ich das Leben auf mich zukommen, neugierig, wohin es mich noch führen würde. Und werde ich wohl auf diesem Flug über diesen gigantischen Kontinent, den ich so mühevoll, jedoch mit Abenteuern gespickt, durchreist hatte, noch an etwas Anderes gedacht haben als die mir bevorstehende Begegnung mit Maria samt dem, was daraus für mich an Lebensveränderungen bevorstehen könnte?

Afrika setzt sich aus 53 Staaten zusammen, von denen ich bisher 33 besucht hatte. Heute im Jahre 2008 leben dort fast eine Milliarde

Menschen. Doch auf keinem anderen Kontinent gibt es so viel Armut, befinden sich so viele auf der Flucht vor Kriegen oder sind vertrieben worden, sterben so viele an Tropenkrankheiten und AIDS (unter den etwa 30 Millionen Infizierten beträgt die jährliche Sterberate etwa 2 Millionen). Jeder zweite Afrikaner lebt in Armut und hat weniger als einen Euro am Tag zur Verfügung. Manche haben keinen einzigen Cent am Tag und müssen betteln. 40 Prozent haben keinen Zugang zu bakterienfreiem trinkbaren Wasser, ein Drittel ist unterernährt. Hier ist die Kindersterblichkeit höher als irgendwo anders auf unserer Welt. Die Wirtschaftsleistung, gemessen an der ganzen Welt, beträgt nur 1,3 Prozent. Afrika ist reich an Rohstoffen: Erdöl, Erdgas, Eisen, Gold, Kupfer, Platin und Diamanten. Und trotzdem benötigen die meisten Länder Wirtschaftshilfe. Denn das große Geld kommt den wirtschaftlichen Unternehmen der Ersten Welt zugute und selbstverständlich auch den Potentaten und ihren Getreuen der Dritten Welt. Die Armen bleiben arm. Wer kümmert sich um sie? Natürlich gibt es wunderbare Hilfsorganisationen, die versuchen, die Not der Bedürftigen, wo immer möglich, zu lindern. Aber der ungeheuren Vielzahl der in Armut und Krankheit Lebenden stehen sie meist hilflos gegenüber. Es müsste in den Staaten der Ersten Welt überall gesetzlich verankert sein, dass zwei Prozent (am besten fünf Prozent) eines jeglichen Einkommens den Armen dieser Welt zukommen sollte. Wir Menschen sollten uns als eine große Familie sehen, die es nicht zulässt, dass einige ihrer Mitglieder in Schmutz und äußerster Armut leben oder sogar verhungern.

Nachdem ich am folgenden Tag auf dem Frankfurter Flughafen wieder heimischen Boden betreten hatte, nahm ich den Zug nach Düsseldorf, um mich bei meiner Kusine auszuschlafen, wollte ich doch nicht übermüdet bei Maria ankommen. Sie war Richterin beim Wiedergutmachungsamt für Geschädigte des Naziregimes. Später habe ich noch bei ihr gewohnt, um den Majdanek-Prozess mitzuverfolgen. Hier wurde ich der Schergen und Aufseherinnen gegenwärtig, welche die Gefangenen des dortigen Konzentrationslagers gequält und oft zu Tode geschlagen oder in die Gaskammer geführt hatten. Dem Holocaustgeschehen sollten in meinem Farbroman wichtige Kapitel eingeräumt werden, durfte doch ein Schriftsteller, der über die Zeit der Nazidiktatur zu schreiben beabsichtigte, diesen wichtigen Ereignissen nicht ausweichen.

Am nächsten Tag saß ich in dem Zug, der nach Münster fuhr. Ich hatte Maria am Morgen ein Telegramm geschickt mit meiner Ankunftszeit. Vielleicht pochte mein Herz jetzt noch schneller als im Flugzeug. In weniger als zwei Stunden war es also soweit. Würde sie mich am Bahnsteig abholen? Ich war derart aufgeregt, dass ich wohl auch geschwitzt, vielleicht sogar gezittert haben dürfte, denn mein Mund war ganz ausgetrocknet, und ein Getränk hatte ich leider vergessen mitzunehmen.

Endlich hielt der Zug. Alle Leute stiegen aus. Ich stand mit meinem kleinen Koffer auf dem Bahnsteig, hatte ich doch meinen Rucksack in Südafrika gelassen, um nicht als Tramper vor Maria zu stehen. Doch soweit ich mich auch umschaute, ich konnte in dem Gedränge keine Maria sehen. Hatte sie mein Telegramm nicht erhalten? War sie vielleicht verhindert, zu kommen? Oder wollte sie vielleicht mich gar nicht treffen? Nein, das konnte niemals sein. Ihr Brief hatte mir doch versteckt zu verstehen gegeben, dass sie mich liebt oder zumindest sich für mich interessiert. Ich wartete auf dem Bahnsteig, bis alle ihn verlassen hatten. Was sollte ich jetzt tun? Weiterreisen nach Bremen zu meiner Schwester? Oder mir hier ein Hotelzimmer nehmen oder mit einem Taxi zu ihrer Wohnung fahren?

Doch ganz vorn am Zug entdeckte ich auf einmal eine Frauengestalt, die in einem schwarzen Mantel gemächlich auf mich zukam. Ja, das war sie. Ich ging ihr entgegen. Ich streckt die Arme aus, um sie zu umfassen. Sie blieb wie versteinert stehen und fauchte mich an: „Was fällt dir ein, einfach ohne meine Einwilligung hierherzukommen?" Ich war, wie man so sagt, wie vor den Kopf geschlagen. Aus meinem ebenfalls ausgetrockneten Hals bekam ich keinen Laut heraus, als ob die Kehle zugeschnürt sei. Eine kühle fremde Frau stand, mich abweisend, vor mir. Ich hätte in diesem Moment nicht gewusst, was ich hätte antworten können. Dann fügte sie hinzu: „Ich wollte erst gar nicht kommen, um dir eine Enttäuschung zu ersparen. Mein Freund wollte mich begleiten. Doch schließlich habe ich mich dazu durchgerungen, allein hierherzukommen." Endlich brachte ich einige Sätze hervor und sagte, dass ich mit dem nächsten Zug weiter nach Bremen fahren würde. Auf meine Frage hin, ob wir uns nicht wenigstens für einige Augenblicke irgendwo niedersetzen und uns unterhalten könnten, schlug sie ein Hotelrestaurant gegenüber dem Bahnhof vor.

Dort bestellten wir uns ein Getränk. Jetzt saß ich meiner großen Liebe von Angesicht zu Angesicht gegenüber. Sie schüttelte immer wieder ihren Kopf darüber, wie ich mich in sie zu verlieben könnte, die ich sie doch gar nicht kennen würde. Ich sei auch gar nicht ihr Typ. Sie habe im Augenblick zwei Beziehungen, ohne dass die eine von der anderen wisse. Sie wisse nicht, für wen dieser beiden Herren sie sich als Partner entscheiden werde. Doch ihre ernste Miene hatte sich aufgelöst. Ja, sie lachte und fragte mich über Südafrika aus. Doch dann schaute sie auf die Uhr und sagte, dass ihr Freund sicherlich jetzt ungeduldig bei ihr zu Hause auf sie warte. Auf meine Bitte hin gab sie mir ihre Telefonnummer. Dann verabschiedeten wir uns, und ich ging zum Bahnhof zurück und nahm den nächsten Zug, der mich nach Bremen brachte.

Alle meine Gedanken über unser erstes Treffen und alles, was sich daraus ergeben könnte, war zu Staub zerronnen. Wie konnte ich so naiv gewesen sein zu denken, dass sie mich liebte und mit offenen Armen empfangen würde? Hatte mich meine seit über drei Jahren mich verfolgende Liebe blind gemacht? Saß ich einer selbst fabrizierten Fatamorgana auf? Aber die Schrift hatte doch gesagt, dass wir in verschiedenen früheren Leben Mann und Frau gewesen waren und auch im Jenseits eng miteinander verbunden sind? Wenn das stimmen sollte, dann müsste sie doch auch ein ähnliches Liebes- oder wenigstens ein Sympathiegefühl für mich haben? Für sie schien ich eine komische, wenn auch sicherlich interessante Person von einem anderen Stern zu sein, mit der sie sich nicht vorstellen könnte, in einer Beziehung zu leben. Ich war also nicht ihr Typ. Was für Typen müssen Männer präsentieren, die von ihr angenommen werden? War ich etwa als Mann nicht attraktiv genug? Wie ich an ihrer Kleidung bemerkte, war sie als Superreiche sicherlich mit der teuersten Pariser Mode ausgestattet. Und mussten die von ihr bevorzugten Männer nicht ebenfalls nach der neusten Mode elegant gekleidet sein? Kam ich als Tramper schon deswegen gar nicht als Partner für sie in Frage? Wie viele Frauen hatten sich schon in mich verliebt, darunter auch sehr attraktive Frauen. Es konnte also nicht an meinem Aussehen liegen, dass ich als Mann abgelehnt wurde. Vielleicht kam mein plötzlicher Besuch viel zu überraschend, als dass sie sich innerlich hätte darauf vorbereiten können. Vielleicht würde sich ja mit der Zeit bei ihr noch ein Gesinnungswandel einstellen. Ja, ich würde auf keinen Fall aufgeben, mich um sie und ihre Liebe zu bemühen.

2. Der zerplatzte Luftballon

Ich hatte meine Schwester vom Bahnhof in Münster aus angerufen und ihr mitgeteilt, wann ich im Bremen mit dem Zug ankomme. Dort empfing mich *Hermann*, ihr mir sehr sympathischer Mann und Rechtsanwalt. Anders als nach meiner Erdumrundung, als ich als Herzkranker mit dem Flugzeug nach *Bremen* zurückgekehrt war, befand ich mich nun in körperlich bester Verfassung, doch war ich im Herzen krank. Bei ihnen in *Lilienthal* angekommen, erzählte ich natürlich nichts von meiner heimlichen Liebe zu Maria. Als ich in den nächsten Tagen ihnen mehr und mehr über meine spirituellen Ereignisse berichtete, herrschte ihr Mann meine Schwester an, dass er sich von ihr trennen würde, wenn sie sich ebenfalls für derlei Themen interessieren würde. Somit verschonte ich bei meinen späteren Besuchen dieses Thema, war aber immer bei ihnen und vor allem bei ihren beiden Kindern willkommen, die in ihrem Onkel einen besonders interessanten Mann sahen, der so viel zu erzählen wusste. Auch besuchte ich meinen Bruder *Peter* in Nordenham und holte meine Fotonegative ab, die ich ihm von unterwegs zugeschickt hatte.

Doch hin und wieder schrieb ich *Maria* Briefe oder rief sie von einer Telefonzelle aus an. Wenn sie sich allein in der Wohnung aufhielt, konnte sie sich mit mir anteilnehmend unterhalten. War aber einer ihrer Freunde bei ihr, wies sie mich schnöde ab. Die Schrift gab mir zu verstehen, dass ich hinsichtlich Maria Geduld haben möge, befinde sie sich doch augenblicklich selbst in einem Strudel der Gefühle. Ja, ich setzte mich fast jeden Tag hin und befragte die jenseitigen Freunde. Sie berichteten mir, wie sehr mich Wunsum vermisse und dass ich ihr alsbald schreiben möge. Und immer wieder wollte ich von ihnen mehr über Maria und meine Liebe zu ihr wissen. Wie ich von Südafrika gewohnt war, diktierten sie mir die Sätze in englischer Sprache. Ich möge auch Maria durch Briefe über die Schrift einweihen und über den großen Plan, den die Co-workers durchzuführen vorhaben. In jenen gelegentlichen Briefen an Maria, die sich hauptsächlich mit Spirituellem befassten, versicherte ich sie weiterhin meiner Liebe. Die Schrift tröstete mich und meinte, dass sich ihre Haltung mir gegenüber bald ändern würde.

In der Zwischenzeit widme dich anderen Leuten, selbst wenn es sich um sexuelle Beziehungen handeln sollte, solange es sich dabei um gegenseitiges ehrliches und aufrichtiges Gefühl handelt. Auch solche Begegnungen sind schon vorausgeplant. Wir wollen, dass du mit der Weiterarbeit beginnst. Und diese Arbeit kann nur erfolgen, wenn du dich unter die Menschen begibst.

Solch neuen Bekanntschaften sollte ich über die Schrift berichten und dann diese auf deren Nachfrage hin auch demonstrieren, würden auf solche Weise doch wieder Co-workers gefunden werden. Und dann befragte ich die jenseitigen Freunde über Liebe und Sexualität. *Man lernt auf Erden meistens die Kehrseite von dem, was in der geistigen Welt erlebt wird. Wenn ein Liebender auf Erden durch zerstörte Liebe total enttäuscht wird, dann wird man sich erst des Wertes der Liebe bewusst. Diese Erfahrungen müssen alle Menschen ein oder mehrere Male erleben. Durch Sehnsucht nach Liebe oder Verlust derselben werden wir uns des Wertes der wahren Liebe inne. Somit wirst du sagen, dass alle Formen der irdischen und körperlichen Liebe nur ein Ausdruck der spirituellen Liebe seien. Doch verurteilen wir die ausschließlich auf Sex ausgerichtete Liebe, denn sie behindert das wahre Gefühl für spirituelle Liebe. Jedoch wenn zwei Menschen in Harmonie zusammenkommen, dann heißen wir solche körperlichen Vereinigungen für gut, denn eine harmonische Begegnung ist der höchste Ausdruck, den Menschen miteinander verspüren können. Wir in der geistigen Welt benötigen den*

irdischen Aspekt der körperlichen Liebe nicht mehr, denn unsere spiri-
tuelle Liebe ist unendlich größer als jegliche irdisch empfundene Liebe.
Lerne alle Menschen so zu lieben wie deine liebsten Personen und
Freunde. Allerdings könntest du nicht andere gleichermaßen wie Maria
lieben. Doch wisse, dass wir jeden auf Erden noch mehr lieben, als Du je
Maria auf Erden lieben könntest. Nun bekommst du eine Vorstellung,
wenn wir sagen „Wir lieben dich". Diese hohen Schwingungen der rei-
nen Liebe, die dich durchschauern lassen, wenn du an Maria denkst, ist
ein normales Gefühl für uns. Und unsere Freude der reinen Liebe im An-
gesicht von Gottes perfekter Schöpfung ist einfach nicht von Erdenmen-
schen zu begreifen. Jedoch ihr alle kommt zu uns, und diese Freude wird
auch die eure sein, ebenso wie sie die unsere ist. Diese himmlische
Freude, wie du sie benennen würdest, ist jenseits von allem, was ihr je
auf Erden erfahren könntet. Eure Liebe auf Erden ist immer noch
dadurch bedroht, dass ihr sie verlieren könntet. Wir jedoch können die
Liebe nie verlieren, sondern wir gewinnen immer noch mehr Liebe
hinzu.

Doch bald zog es mich nach *Berlin* zurück, wo ich meinem Freund
Jochen und seinen Brüdern begegnete, ja wieder bei deren Großmutter in Lankwitz wohnte. Jochen berichtete ich über die Entwicklung
meiner inneren und äußeren Erlebnisse mit Maria, an die ich immer
wieder Briefe sandte, in welchen ich sie an den Inhalten der Automatischen Schrift und an meinen weiteren Vorhaben teilhaben ließ. Und
natürlich weihte ich ihn in all das ein, was ich als Co-worker über die
Schrift mitzuteilen hatte. Er selbst hatte schon einiges über seine
früheren Leben erfahren und konnte sich durch die Schrift weitere
Details vermitteln lassen. Beide waren wir Enthusiasten von
Beethovens und Schuberts Kammermusik. Mein Freund weihte mich
in die mir noch unbekannten letzten Streichquartette Beethovens ein.
Und da ich mir vorgenommen hatte, bald nach Kreta zu reisen, wo ich
schon meinen ersten Roman *T & F* geschrieben hatte, suchte ich die
Universitätsbibliothek auf, um historische Fakten über die Nazizeit zu
recherchieren, Fakten, die für meinen zu schreibenden Farbroman
von Bedeutung.

Doch ich konnte noch nicht abreisen, hoffte ich doch immer noch, dass Maria sich von ihren beiden Freunden trennen und sich mir zuwenden möge. Ich schrieb ihr daher einen Brief, in welchem ich sie bat, sie nochmals aufsuchen zu wollen, um mit ihr über alles zu sprechen. Da jedoch meine Anwesenheit in Münster für sie unbequem sein könnte, um nicht einen ihrer Freunde unvermutet zu begegnen, schlug ich vor, dass wir uns an einem Wochenende in einem Hotel außerhalb ihrer Stadt treffen könnten. Zwei Tage später, am 9.11. rief ich sie an. Ich sehe mich auch heute noch in jener damals noch gelben Telefonzelle nicht weit vom U-Bahnhof Dahlem-Dorf entfernt. Sie fauchte mich an, was mir einfiele, ihr solch einen Brief zu schreiben. „Du willst ja nur mit mir schlafen!" Ich war sprachlos. Noch nie hatte ich daran gedacht, mit Maria zu schlafen. Selbst in meinen kühnsten Gedanken an sie hatte ich nie sexuelle Fantasien aufkommen lassen. Meine Liebe zu ihr war, wenn man es so nennen möchte, heilig.

Auf einmal war diese Liebe, die mir nun wie ein großer Luftballon vorkam, in welchen ich meine ganzen Gefühle eingehaucht hatte, durch diesen einen Satz, der mir wie ein Stich in diesen Ballon vorkam, geplatzt und mit ihm all die Illusionen, die ich seit Jahren genährt hatte. Ich bettelte nicht mehr um ein Treffen, vielmehr hängte ich den Höher auf. Ich war auf einmal wieder ein anderer Mensch, ein befreiter Mann, der aus dem Bann der Liebe herauskatapultiert worden war. Abgesehen von einem anfänglichen Liebesgeplänkel mit Fern hatte ich seit Kenia mit keiner Frau mehr geschlafen, da ich mich für Maria reinhalten wollte. Jetzt war dieser Liebeswahn in sich zusammengefallen. Am nächsten Tag erreichte mich ihr Brief, den sie schon vor unserem Telefonat abgeschickt haben musste.

„Münster, den 9.11.77
Lieber Trutz,

zunächst einmal möchte ich mich bei Dir dafür entschuldigen, dass ich so lange nicht auf Deine Briefe geantwortet habe. Dies hat wohl mehrere Gründe, die ich Dir gerne näher erklären möchte. Von einer gewissen Faulheit abgesehen, habe ich mich durch diese wahre Flut von Briefen direkt ein wenig überfordert gefühlt. Zum andern stelle ich mir unserer Beziehung halt ein wenig anders vor als Du. Was ich Dir jetzt *schreibe, wird Dich sicher verletzen, aber um der Wahrheit und Fairness willen muss ich es einfach tun. Ich möchte mit Dir, wenn es möglich ist, eine Freundschaft aufbauen, da ich Dich als Mensch schätze und mag. Du schreibst, dass Du mich liebst. Ich glaube Dir, da ich Dich für einen sehr aufrichtigen Menschen halte. Ich muss Dir nun sagen, dass ich Dich wohl als Mensch gern habe, Dich aber nicht liebe. Mein Herz gehört voll und ganz einem anderen Mann, an den ich mich äußerst stark gebunden fühle und der für mich die erste wirkliche und vielleicht auch einzige Liebe ist. Aus diesem Grunde kann ich Dir meine Freundschaft, aber nicht meine Liebe anbieten. Ob Du dieses Gebot annehmen wirst, kannst Du frei entscheiden. Ich möchte Dich aber bitten, nicht zu versuchen, mich auf dem Weg der <u>Freundschaft</u> umzustimmen und zu „bekehren".*

Es tut mir sehr leid, Dir wehtun zu müssen. Ich meine jedoch, dass ich mich bei unserem Treffen in Münster zu diesem Thema schon deutlich genug geäußert habe.

Ich kann Dir nur den Rat geben, Dich mit der Realität vertraut zu machen, das heißt, dass Deine Liebe unerwidert ist und bleiben wird.

Du deutest in Deinem vorletzten Brief an, dass Du gerne mit mir schlafen würdest. Ich kann dazu nur noch einmal ganz deutlich sagen, dass ich dies <u>niemals</u> mit Dir tun werde, aus den schon oben aufgeführten Gründen.

Ich möchte Dich auch in absehbarer Zeit nicht wiedersehen, denn ich glaube, dass es besser so ist. ..."

Erst im Laufe dieses Jahres, während ich über diese Begebenheiten berichte, wurde mir in einer Rückführung ein wichtiger Grund für ihre Ablehnung mir gegenüber entdeckt. Und sicher gibt es auch noch andere mir noch verborgene Gründe, sollen die nachträglichen jenseitigen Aufdeckungen doch immer noch genug an überraschenden Zusammenhängen offenbaren, sodass man darüber verwundert sein wird, wie unwissend, ja blind man doch in einem Erdenleben gewesen war. Ich war in Indien ein lokaler Guru, dem trotzdem eine große Gefolgschaft angehörte. Als Witwer zählte ich schon über 60 Jahre. Ein mir sehr ergebenes Ehepaar, dem ich schon oft in Nöten durch meine spirituelle Beratung helfen durfte, hatte eine 14-jährige Tochter, die schon in jungen Jahren Witwe geworden war, da ihr viel älterer Mann, dem sie mit sieben Jahren verehelicht wurde, verstorben war. Kein Mann würde nun eine Witwe heiraten, und sei sie noch so jung und attraktiv, da es gegen den orthodoxen Glauben gerichtet wäre, eine Witwe zu ehelichen, die bis zu ihrem eigenen Tod dem ihr Angetrauten allein anzugehören hat. Außerdem besteht der Aberglaube, dass ein Mann, so er eine Witwe heirate, selbst bald zu sterben habe. Da ihre Tochter nun ins Elternhaus zurückgekehrt war, baten sie mich als ihren spirituellen Lehrer, ob ich nicht ihre Tochter ehelichen würde. Ich gab zu verstehen, dass ich doch zu alt für sie sei. Aber sie überredeten mich, sei es doch für mich gut, eine Frau, und sei sie noch so jung, an meiner Seite zu haben, die bedingungslos in allem mir dienen würde.

Es kam also zu einer Hochzeit. Und da ich mir in jenem Leben die endgültige Befreiung aus dem Rad der Wiedergeburt zu erreichen vorgenommen hatte und also keinerlei Wünsche mehr in mir aufkommen lassen durfte, auch hinsichtlich der Sexualität, da man ansonsten ein weiteres Erdenleben zur Erfüllung unerfüllter Wünsche durchzugehen hat, bewahrte ich auch meiner jungen Frau gegenüber sexuelle Abstinenz, obwohl ich wusste, dass sie sich unbedingt ein Kind wünschte. Die Eltern hatten ihr befohlen, allen meinen Wünschen in selbstloser Weise nachzukommen. Somit verwandelte sie sich alsbald in eine Dienerin, die selbst jeden meiner auch unausgesprochenen Wünsche zu erfüllen suchte. Ich betrachtete sie anfangs als mein Enkelkind, späterhin als meine Tochter, und als ich schon über siebzig zählte, als meine Frau, nur mit dem Unterschied, dass ich sie nie sexuell berührte und mir auch derlei Gedanken strickt untersagte. Ja, ich hatte sie mit der Zeit unbändig zu lieben begonnen, ein Gefühl, gegen das ich mich nicht zu wehren vermochte. Und mich beschlich sogar oft Eifersucht, wenn junge Männer Blicke auf sie warfen. Und dann begannen meine Beine zu eitern. Es mussten Umschläge um diese gelegt werden. Doch das mit Blut vermischte Eitern wurde immer stärker, und es stank entsetzlich. Meine junge Frau, die es nie zugelassen hatte, dass eine andere Dienerin ins Haus kam, legte mir nun jeden

Tag einen neuen Verband an. Ich sah ihr an, wie sie sich vor diesem Gestank und dem entsetzlichen Aussehen ekelte. Ich sagte ihr, dass ich einen Pflegekundigen für das Verbinden meiner Beine kommen lassen wolle. Doch sie wehrte ab, indem sie mir zu verstehen gab, dass sie als mir Angetraute mir in guten und schlechten Zeiten mit aller Hingabe zu dienen habe. Nun wurde mir klar, dass sich Maria nicht zu mir hingezogen fühlen und mich nicht als Partner vorstellen konnte, blieb ihr unbewusst noch jener Gestank verhaftet, verbunden mit der Kinderlosigkeit und der sexuellen Enthaltsamkeit. Denn Programmierungen aus früheren Leben wirken sich in späteren Leben aus und bestimmen unsere Gefühle und dementsprechend unsere Handlungen. Mir wurde auch klar, dass ich mir im heutigen Leben bei den Gedanken an sie nie körperliche Betastungen erlaubte, hatte ich mir doch die sexuelle Abstinenz in jenem Leben ihr gegenüber als Gebot auferlegt, eine Programmierung also, die auch im heutigen Leben noch weiterwirkte.

3.   Dichterstimme aus der Geisterwelt

Ich war endlich frei. Und ich stürzte mich in eine ganze Reihe von Liebesbeziehungen und öffnete mich somit wieder für die fraulichen Reize, denen ich mich so lange entzogen hatte. Natürlich besuchte ich wieder unsere drei Opernhäuser und die Philharmonie, hatte ich doch seit dem Abschied von Berlin vor zweieinhalb Jahren außer jenem Konzert in Kapstadt und einer hervorragend präsentierten Ballettaufführung von *Prokofjews Romeo und Julia* in Johannesburg, zu der mich Fern mitnahm, keinerlei Bühnenspektakel mehr erlebt.

Am 13. 11. erhielt ich mittels der Schrift folgende Durchgabe auf Englisch: *Jetzt wollen wir dir eine wichtige Botschaft geben. Lieber Weiser, bitte sei nun in der Lage, ganz deinen eigenen Weg zu gehen. Bitte hinterfrage all das nicht, was du in den letzten Wochen an Konfusionen durchzumachen hattest. Wir wollten, dass du nach Deutschland aus den verschiedensten Gründen zurückkehrtest. Mache dir keine Gedanken darüber, wie alles sich gefügt hat. ... Dein Brief an Wunsum wird sie sehr erfreuen. Sie ist so glücklich, in Dir solch einen wertvollen Freund zu haben. ... Wir haben dir einige neue Leute zugeführt. Ist es dir bewusst, dass wir dies arrangiert haben? Du hast in ihnen etwas erweckt, wonach sie immer gesucht haben. Es ist für junge Leute, die dir begegnen, so wichtig, jemand zu treffen, den sie schätzen und vertrauen, während sie ihm zuhören. Deine vielen Reisabenteuer faszinieren viele Leute, vor allem wenn sie gewahr werden, dass du dabei so viel an Weisheit und Wissen gewonnen hast. Also wenn immer jemand dich bittet, zu schreiben, dann zögere nicht. Nur wenn du diesen Leuten die Schrift demonstrieren möchtest, ohne dass sie darum gebeten haben, dann frage uns zuvor. Das soll für dich als Maßstab (guiding line) für zukünftige Arbeit gelten. Ist dir schon aufgefallen, dass wir dich nie zum Schreiben aufgefordert haben? Denn die Arbeit kam ganz von allein, ohne dass du zu sehr zu missionieren hattest. Wie du siehst, ist es sehr einfach, für uns zu arbeiten. Es ist fast so, als ob du gar nicht auf die Idee kommst, dass es sich um Arbeit handelt.*

Nun wollen wir dir mitteilen, dass du in nicht allzu langer Zeit von uns nach Griechenland geleitet wirst, wo dir von uns einige Leute zugeführt werden. Dort wirst du viel Erstaunliches erleben.

Alles ist vorausgeplant. Wir wollen, dass du mit deinem großen Buch beginnst, das, wie du schon weißt, ein großartiges Buch (a book of greatness) werden wird. Du hast noch so viel zu lernen, sodass auch die Tage in dem Land der alten Götter mit Lernen ausgefüllt sein werden. Dein anderes Buch über Afrika (und sie meinen das gegenwärtige, an welchem ich jetzt dreißig Jahre später schreibe) mag dann erst geschrieben werden, wenn das große Buch beendet ist. Du solltest dich immer nur auf das gegenwärtig zu schreibende Buch ganz konzentrieren. Das Buch über Wagner wirst du trotz deines Wunsches nie schreiben. ... Bist du dir darüber im Klaren, dass wir nie daran gedacht haben, dass du Maria heiraten solltest? Ja, du wolltest nicht daran glauben. Bitte sei nicht missmutig darüber, dass du mit ihr nicht vereint bist, da für euch beide Anderes geplant ist.

Ich möchte jetzt schon einige Jahre vorausgreifen. Denn nach vielen Jahren begegneten wir uns nach telefonischer Absprache zweimal in einem Berliner Café. Wir verhielten uns wie Geschwister. Ihre große damalige Liebe war schon längst verraucht, und meine große Liebe zu ihr war wie ein beendetes Märchen. Ich empfand keinerlei gesteigerte Liebesgefühle mehr zu ihr. Doch sie war in der Zwischenzeit ebenfalls zu einer Sucherin nach spirituellen Wahrheiten geworden, eventuell auch initiiert durch die vielen Briefe damals, in welchen ich ihr über die Schrift berichtete. Ja, sie war sogar willens nach Amerika zu fliegen, um noch unveröffentlichte Texte eines amerikanischen Trancemediums (*Jane Roberts*) zu übersetzen und sie eventuell auch auf eigene Kosten zu veröffentlichen. Nun habe ich seit Jahren nichts mehr von ihr gehört. Doch spätestens im Jenseits werden wir uns wieder treffen und dann über uns beide viel zu berichten und vor allem zu lachen haben.

Wenn ich für andere in meinem Heimatland schrieb, wurde mir der Text auf Deutsch diktiert. Doch wenn ich bat, für mich etwas durchzugeben, wählten sie die englische Sprache. So fragte ich sie eines Tages, ob es möglich sei, dass Thomas Mann sich mit mir unterhalten könne. Sie antworteten auf Englisch: *Ja, es ist möglich. Aber geschieht das nur aus Neugier, oder hat es für dich eine höhere Bedeutung?*

Ja, es ist für mich hinsichtlich meines Romanvorhabens von Wichtigkeit. *Ja, er ist bereit und wird sich mit dir auf Deutsch unterhalten.*

Ich möchte dir, lieber Bruder, hiermit zu verstehen geben, dass ich mir wohl bewusst bin, dass du ganz der Dichtung ergeben bist. Wir wissen hier um die Dinge, die auf Erden vor sich gehen, und zwar im weiten Maß besser als ihr, die ihr noch irdischer Natur seid. Wir kennen dich besonders gut, da es dir aufgegeben ist, Großes auf Erden zu leisten, weshalb wir dich bitten, deine ganze Kraft auf deine dir schon größtenteils bewusst seienden Taten zu konzentrieren. Ich habe als Schriftsteller viel geschrieben, und die Intuition war mir ständig zugegen. Jedoch fehlte ich in Vielem, vor allem was die Entwicklung der eigenen Seele angeht. Ich war mitunter zu launisch, zu sehr auf meine Arbeit bedacht und vielleicht auch zu missmutig, wenn Störungen durch Äußerlichkeiten oder Verfehlungen anderer herbeigeführt wurden. Mein Werk war mir alles, ohne dem Werk Verzicht zu tun bereit gewesen zu sein, wenn es galt, dem rein Menschlichen zwischen uns entgegenzukommen. Ich möchte auch sagen, dass es mir nie in den Sinn gekommen ist, über den tieferen Wert der Selbstentäußerung nachzudenken, wo jenes bewusste Sichzurückstellen den Teil meines eigenen Dafürhaltens beeinträchtigt haben würde. Wollen wir hoffen, dass es dir anders ergehen möge, da zumal dir jetzt schon, und das sind immer noch Jugendjahre, ermöglicht ist, die Dinge hinter dem Schleier zu erblicken oder doch in ihren Andeutungen zu erkennen und geistig berühren zu können. Ich will gar nicht ausschließen, dass es mir bei gleicher Begünstigung ebenso ergangenen wäre, aber – und dies muss mit Überlegung gefasst sein – ist es nicht der Verdienst über Inkarnationen hinweg, der den sogenannten Sterblichen übergroße Fähigkeiten betreffs höherer Erkenntnis zubilligt? Ich möchte beinahe behaupten, dass Gnadenerweisungen mittels höherer Intuition sich einem Dichter nur dann mitteilen, wenn dieser sich die Würde hierzu auch durch mannigfache und sich erweiternde Erhöhungen erworben hat. Güte und Demut und ganz besonders Liebe sind jene Eckpfeiler, die dem Dichter diese höhere Eingebung zuteil werden lassen. Ich bitte dich, keine weiteren Fragen hierzu von deiner Seite stellen zu wollen, da es dir vorbehalten sein soll, eben jenes soeben Skizzierte selbst in sich ergründen zu müssen. Dies, wie mir scheint, ist eine deiner vornehmlichsten Aufgaben, die, unter Beibehaltung aller übrigen Leistungen, immer mit Beharrlichkeit geübt werden sollen. Ich danke dir, dass du mir die Möglichkeit und die Ehre gegeben hast, Dir diese Zeilen zu übermitteln, denn wir Überzeitlichen im Sein der Allliebe erfreuen uns besonders darüber, wenn euer Sinnen sich uns öffnet und eure Gedanken sich mit den unseren vermengen. Wir sind ständig bei euch, so ihr euch öffnet, uns empfangen zu wollen in aller Ehrlichkeit, denn das Band der Liebe geht dieser Ehrlichkeit voraus – und Liebe zu stiften, ja, das ist vornehmlich die heilige Sache der Dichter, als der ich einer war und du einer bist. Hier jedoch in diesem Reich der unvergleichlichen Gotterhabenheit und tiefsten Seelenschönheit sind wir alle eins in Liebe und wandeln gleichsam in einer Dichtung, deren Autor kein anderer ist als der, der die Liebe gegründet, die Liebe verbreitet und die Liebe belebt hat, eben jener unser Allerhalter und Allerschaffer: Gott.

Lieber Weiser, wir sehen, dass du schon weißt, wie die Dinge, denen du dich widmest, geplant sind. Wir möchten Dir nun sagen, dass wir keine Mittteilungen geben, die sich auf das erstrecken, was sich dir noch als Vorzunehmendes und als Überraschendes entfalten wird. Wir meinen, dass du so wie alle Irdischen der Zeitenfolge verhaftet bleibst und daher keine Vorgreifungen zu bewältigen hast. Wenn die Zeit der Mitteilung für die in die Zeit hineinzusetzenden Taten herbeigeführt ist, dann werden wir dir so manches mitteilen. Uns erscheint es daher so wichtig, dass du selbstständig dich zu entschließen und demgemäß zu handeln in der Lage sein sollst. Wie du weißt, ist der freie Wille ein vordringliches Element. Wir tun dir im Grunde keinen Gefallen, wenn wir die Arbeit für dich übernehmen. Du hast sie dir bei uns vorher ausgesucht und dabei wohlweislich alle dich zu erwartenden Probleme überlegt, ja sogar als wichtig befunden. Du würdest uns im Nachhinein ein wenig schmollen, wenn wir für dich die dir auferlegten Entscheidungen getroffen hätten. Bitte beherzige diesen Umstand und bedenke, dass wir dir in vielen jener Mitteilungen nur Andeutungen geben, dass du jedoch die richtige Entscheidung selbst zu treffen hast.

Und nun meldeten sich meine anderen Freunde wieder auf Englisch: *Wir sagen dir, dass dein großer Dichterfreund, der soeben zu dir sprach, sich davon genau informiert hat, inwieweit du dich als Dichter in dieser Welt zu etablieren hast. Er ist über deine Bestimmung hoch erfreut und wünscht dir sehr viel Glück. Wir, lieber Weiser, schließen uns diesem seinem Wunsch an und fügen nochmals unsere Versicherung hinzu, dir ewig nahe zu sein und unsere Hilfe und Liebe immer anzubieten. Gute Nacht.*

4.   Auf Umwegen nach Kreta

Werde ich noch öfter reisen? *Ja, wir werden dich noch in andere Länder schicken. Dir stehen noch viele Abenteuer in anderen Ländern bevor. Jedoch wollen wir dir nicht alles sagen, denn deinen freien Willen wollen wir nicht beeinträchtigen. Wir werden dir keine Entscheidungen abnehmen. Aber indem wir dich lehren, mit unseren Augen zu sehen, wirst du aus freiem Willen heraus so handeln, als ob wir dich beraten hätten. Gott hat uns allen den freien Willen geschenkt, auch wenn die Planungen schon festgelegt sind, und zwar dort, wo die Zeit nicht existiert und die Zukunft die Vergangenheit ist und gleichermaßen die Vergangenheit die Zukunft.*

Anfang Dezember verweilte ich bei meiner Schwester *Iris* in *Zürich*. Sie wurde von unserm Vater mit fünf Jahren einer Schweizer Familie zu Adoption übergeben. Ihr damaliges Schicksal wird auch in diesem Familienroman mit einbezogen, hatte sie doch großes Leid in einer fremden Familie und in einer damals das Deutsche zumeist ablehnenden Gesellschaft erdulden müssen. Wir hatten uns brieflich ausgetauscht, und aus Südafrika teilte ich ihr mit, dass ich Großartiges über Jenseitige erfahren hätte, und sie schrieb zurück, dass sie ebenfalls mit der unsichtbaren Welt in Kontakt gekommen sei. Nun konnten wir uns ausführlich über alles unterhalten. Sie besuchte häufig ein Medium in St. Gallen, das vorgab, die Wiedergeburt des Heiligen *Paulus* gewesen zu sein, durch das erbauliche Botschaften durchgegeben wurden. Ich bin immer sehr skeptisch, wenn Medien oder andere Leute sich als biblische oder historische Wiedergeborene zu erkennen geben, vor allem wenn sie Leichtgläubige in Abhängigkeit bringen und ihren freien Willen manipulieren. Doch meine Schwester Iris führte mich auch nach *Sigriswil* oberhalb des Thuner Sees zu einem anderen Medium namens Maria. Ebenfalls begleitete sie mich zu einer Frau *Tellkamp*, einem Medium, durch das angeblich Jesus und die Mutter Gottes sprachen. Sie sollte späterhin die spirituelle Gemeinde unter dem Namen *Fiat Lux* gründen und als *Uriella* bekannt werden.

Hierüber befragte ich die Schrift, ob wirklich Jesus zu den Versammelten gesprochen habe. *Christus war nicht in eigener Person anwesend. Es war der Gedanke von ihm, der zugegen war. Und der Gedanke wurde produziert von dem Medium, den Beisitzern und letzten Endes von uns. Christus ist in einer Geistsphäre, die der unsrigen nahekommt. Er tut sehr viel auf Erden, jedoch noch vielmehr in den verschiedenen Geisterwelten und in der Unterwelt. Er ist eben viel verlangt. Somit hel-*

fen wir und reproduzieren ihn, denn wie auch immer, seine geistige An-
wesenheit ist gleich stark. Dies muss dir als eine große Enttäuschung
vorkommen, da doch jeder glaubte, er sei selbst anwesend gewesen.
Später wirst du jedoch noch lernen und einsehen müssen, dass alles Er-
scheinung ist, dass alles eine Form des Geistigen ist und dass dieses Geis-
tige zu allem geformt werden kann. Der Wille ist entscheidend, und die
Konzentrierung des Willens ist das, was die Yogis betreiben mittels der
Meditation. Ebenso kann ein Hypnotisierter glauben, dass er Remb-
randt sei und beginnt wie Rembrandt zu malen, so in seinem Unterbe-
wusstsein sich die benötigten Voraussetzungen aufhalten. Ebenso ist es
mit dem Herbeizitieren von Geistern. Sie sind real und zugleich sind sie
nur Täuschung. Aber dass diese Täuschung selbst in Wirkung treten
kann, ist eine Tatsache, an die ihr Irdischen nicht zu glauben vermögt.
Denke an die Luftspiegelungen. Und wie vielen sind sie zur Realität ge-
worden, da sie sich an den gespiegelten Seen tränkten und Labung emp-
fingen. Dies den Menschen erklären zu können, ist für uns das Schwie-
rigste vom Schwierigen. Dir jedoch müssen wir Aufklärung geben und
hoffen, dass du uns folgen kannst. Täuschungen können auch eine Rea-
lität ausmachen, so der Getäuschte in der getäuschten Realität lebt, also
diese Realität als Täuschung miterlebt. Wir alle leben in Wirklichkeit in
einer Harmonie Gottes, und euer Erdenleben wie das Leben der Geister
in ihren Welten sind nur Täuschungen, das heißt Geträumtes. Der
Traum dient als Mittel zur Unterweisung sowohl auf eurer Ebene wie
die im Allgemeinen. Wir sagen, dass der Traum nur dann ausgeträumt
ist, wenn ihr zurückgekommen seid zur Allharmonie mit dem Bewusst-
sein eures Bewusstseins. ... Gott ist derjenige, der euch das Soma des
Schlafens und des Träumens verabreicht hat. Wir sind diejenigen, die
euch im Schlaf behüten.

Auch lernte ich die *Geistige Loge* in *Zürich* kennen, die für meinen
Roman bedeutungsvoll werden sollte, wurden hier doch schon in den
ersten Jahren nach dem Zweiten Weltkrieg bedeutende Séancen abgehalten. Die Schrift wies mich auch darauf hin, all diese Medien mit
kritischem Auge zu betrachten. Natürlich befragte *Iris* die Automatische Schrift. Sie war eine der Ersten, die diese von mir in der Schweiz
vermittelt bekam, sodass sie sich mit ihrem „Lichtli" schreibend in
Verbindung setzen konnte. Ja, es geht bei dieser Arbeit darum, das

Licht der Liebe zu verbreiten. Und für einige ist das „Wir" zu abstrakt, sodass ihnen von den Jenseitigen eine individuelle geistige Führungskraft anvertraut wird. Iris brachte mich zu ihren Freundinnen. Und einige von ihnen durfte ich in die Schrift einführen.

Am 2.12. befragte ich die Schrift, und Folgendes wurde mir auf Deutsch durchgegeben, denn von nun an wechselte diese nur noch selten in die englische Sprache, es sei denn, sie würde Englischsprechende anreden. *Wir freuen uns, dich bei deiner Schwester in Zürich zu wissen. Ja, es war alles vorherbestimmt. Ihr habt beide nahezu zur gleichen Zeit von den Dingen hinter dem Schleier erfahren und habt dadurch ein Wissen errungen, das euer ganzes zukünftiges Leben beeinflussen wird.*

Es ist so gut zu wissen, dass es Gott gibt und dass es einen in seinem Namen handelnden Geist gibt, der ständig bei euch wie auch bei allen Menschen ist. Keiner geht verloren. Wir kümmern uns um alle und lieben euch alle gleich. Wir sagen, dass wir keinerlei Unterschiede in unserer Zuneigung zu irgendeinem Menschen machen. Diese Art von unparteiischer Liebeszuneigung ist für euch Irdische sehr schwer auf Erden nachzuvollziehen. Man kann diese unegoistische Liebe nur im Reiche der All-Liebe erlernen. Dazu gehört ein höherer Erkennungsprozess, der euch noch nicht im ganzen Umfang zukommen kann, da andere Aufgaben zu erledigen vordringlicher sind. Wir sagen, dass wir gern über die Liebe reden, da sie bei uns die alles durchwebende Kraft ist und es uns bedauerlich ist, nie euch – selbst in Annäherung – eine Vorstellung vermitteln zu können, wie wir in dieser Liebe leben. Sie übersteigt alle eure Vorstellungen. Wir meinen, dass diese Liebe, wie sie uns als Daseinsfunktion gegeben ist, eine Art Höhepunkt aller Steigerungen darstellt, wobei wir selbst oft noch Ausblicke haben dürfen auf uns noch zu erwartende Steigerungen der Liebe, die uns in jähes Erstaunen und freudiges Erzittern versetzen. In Gottes Schöpfung leben wir von einer Steigerung in die andere. Und diese Steigerungen sind unendlich. Und das Unendliche ist Gott. Ja, es ist schwer, dir dies alles zu erklären. Aber bedenke, dass es für uns alle auch unfassbar war, das Höhere in seiner ganzen Pracht zu erfassen, was erst möglich wurde, als wir dort, wo wir jetzt sind, anlangten. Gottes Wege führen alle nach oben. Keiner bleibt zurück, keiner fällt tiefer. Viele bleiben für eine Weile in ihrer Entwicklung stehen, bis auch ihnen wieder neue Wege sich öffnen. Der Wegweiser ist die Liebe. Wir sagen Dir, dass diese Liebe unendlich ist. Ihr seid nur endlich, so ihr euch nur als Sterbliche erfasst. Seht ihr aber erst einmal ein, dass auch ihr unendlich seid, so wird euch auch klar, was euch nach oben führt. Denn wenn dem Endlich-Scheinenden ein unendliches Sein geschenkt wird, dann kann dieses Geschenk nur eines der unendlichen Liebe sein. Ein Größeres kann es nicht geben. Es ist ein totales Geschenk, es ist ein Gottesgeschenk. Ja, du scheinst verwundert zu sein, warum wir dir so viel über die Liebe erzählen. Aber sie ist wiederum das Hauptthema deines nächsten Buches, und du hast noch zu lernen und hierüber nachzudenken. Lieber Weiser, bitte denke nach und lies dieses eben dir Mitgeteilte noch einige Male. Wenn du Fragen hast, möchten wir sie dir gerne beantworten. ...Wir sehen deine Gedanken. Ja, bitte, beginne mit der Konzeption deines Romans. Wie du weißt, wird Vieles dir mittels der Intuition hinzugefügt werden. Dir werden sich dann neue Wege öffnen, und alles wird dorthin gelangen, wo diese Wege hinführen. Also habe frohen Mut. Es wird dir große Freude bereiten. Wo du glaubst, noch in Büchern Nachforschungen zu treiben, werden wir dir gerne beratend beistehen, indem dir die gesuchten Bücher wie zufällig in die Hände geraten. So, bitte sei unbesorgt. Alles wird sich fügen. Lieber, wir freuen uns immer, mit dir sprechen zu können. Wir wünschen dir eine gute Zeit der Liebe und des Lernens in Zürich. Gute Nacht

Iris stellte nun viele Fragen an die Schrift, die ihr durch meine unsichtbaren Freunde beantwortet wurden. Eine dieser Fragen lautete: Soll ich heilen? *Liebe Weise, wir sagen dir, dass die Gabe der Heilung durch den Geist eine Heilung durch die Liebe ist. Liebe, Demut und Glaube sind die Voraussetzung, um die Gabe der höheren Heilung ausführen zu können. Jedoch wird dieses Geschenk nur von Gott verliehen, und man sollte ihn inständig darum bitten.* Und in dieser Botschaft heißt es am Ende: *Alle Menschen gehen den Weg nach oben, auch wenn es vorübergehend als das Gegenteil erscheinen mag. Wir alle waren irgendwann in vorausgegangenen Inkarnationen einmal oder viele Male üble Menschen gewesen. Und das Fortschreiten von einer Inkarnation zur anderen besserte uns. Bitte verurteilt niemanden um seiner Fehler willen. Indem ihr euch von einer guten Seite zeigt, wird auch der andere lernen.*

Immer wieder stellte ich Fragen an die jenseitige Wir-Gruppe, wovon ich einiges, das für den Molar-Roman wichtig werden sollte, hier wiedergebe.

Gibt es eine absolute Wahrheit? *Jeder ist selbst ein ständig sich erweiterndes Absolutum, zumindest was seine Vorstellungskraft angeht. Wahrheit für euch ist eine Herbeiführung von Teilwahrheiten der unendlichen Wahrheit. Wir meinen, dass es kein Ende der Wahrheit gibt. Sie ist unendlich wie Gott unendlich ist.*

Ich plante, das Buch von Lalasal zu übersetzen und es unter dem Titel *„Ein Tibetanischer Mönch spricht aus dem Jenseits"* herauszugeben. So fragte ich sie: Ist Lalasal wirklich der Geist eines Tibeters? *Wir sagen, dass er es nur solange noch ist, als er noch nicht die Vorstellung selbst errungen hat, austauschbar und veränderbar zu sein. Er ist das Produkt seiner eigenen Vorstellungskraft. Dieses Gesetz gilt auch für die Geisterwelt.*

Soll das heißen, dass ich als Mensch mich jeglicher Metamorphose unterziehen kann? *Dies ist richtig. Jedoch ist im Physischen die Schwerkraft der einmal angenommenen Vorstellung so groß, dass es den Irdischen sehr schwer wird, diese zu verlassen oder zu ändern.*

Nun, dann seid ihr, der All-Geist, auch nur Vorstellung meines Unterbewusstseins und euer wahres Sein ist ein relatives eurer entsprechenden Vorstellungskraft? *Jawohl, dies ist so. Wir wollen jedoch hinzufügen, dass du diese relativen Wahrheiten von einer Quelle bekommst, deren sprudelndes Wasser schon über all die anderen Erkenntnisstufen hinweg geflossen ist und somit dir reichhaltigeren Trunk bieten kann. Wir bitten dich daher, uns höheren Glauben zuzubilligen, denn wir haben im Sein dessen Schein und seine Bedingungen erfahren durch einen langwierigen Erkenntnisprozess, der allen bevorsteht. Wie schon gesagt: Der Weg zur absoluten Wahrheit ist Unendlichkeit.*

Hat Jesus über diese Dinge gewusst? *Christus war der Mensch, der am tiefsten diese Zusammenhänge erkannte, denn seine Vorstellungskraft war denen seiner Zeitgenossen um Vieles voraus. Da er die Unendlichkeit des Wahrheitsprozesses erkannte, hat er seine Lehre auf das rein Ethische konzentriert und sich nicht in seiner Lehre auf den philosophischen Teil gestützt. Er wollte die für einen Menschen noch möglichen Werte auf Erden vorleben, die den diese Nachvollziehenden die Tore höherer Erkenntnisse öffnen würden. Denn erhöhen wir unsere Erkenntnis und handeln gemäß, so erhöhen wir auch unsere Vibrationen und steigen höher auf der unendlichen Stufe der Vollendung. Nur Gott ist Vollendung. Und wir auf unserem Weg dorthin können ihn nur ahnen, doch niemals voll erkennen. Das gilt auch für Christus.*

Aber Christus und die Propheten haben doch mit Gott gesprochen? *Lieber Weiser, hast du denn noch nicht erfasst, dass auch Gott reiner Geist ist und dass eure Vorstellungskraft auch diesem Geist nahekommen und das Unterbewusstsein die Stimme zu Gehör bringen kann? Die Vorstellungskraft kann alles, wenn ihr Besitzer eben sich nur genug vorstellen kann. Die Grenzen der Vorstellungen setzt sich ihr Träger zusammen.*

Durch diese und andere Hinweise wusste ich, dass mein Roman ein Vorstellungserweiterungsroman werden würde und als solcher ein neues Genre der Welt der Literatur hinzufügt.

Ingrid, die Frau meines verstorbenen Vaters Molar, lebte bei München und führte auf dem Grundstück ihres mitgeerbten Hauses einen dort im Nebengebäude errichteten Kindergarten. Sie bat mich, doch Weihnachten bei ihr und ihren beiden Kindern, meinen erwachsenen Halbgeschwistern, zu verbringen. Waren es wieder meine unsichtbaren Freunde, die mich dort hinschickten? Denn tatsächlich erhielten meine Halbschwester *Stella* und ihre Mutter Ingrid, Molars große Liebe, alsbald das Geschenk der Automatischen Schrift. Mein Halbbruder *Holger* war zu einem Anhänger des *Gurus Maharaj-Ji* geworden, der von Florida aus seine Jünger in der westlichen Welt betreute, die sich wie auch in München zu Gruppen zusammenschlossen und sich vor seinem Bild in einem Versammlungsraum fast täglich trafen, um seinen auf Leinwand projizierten Ansprachen zu lauschen, zu tanzen und solche Treffen mit Instrumenten zu begleiten. So war auch Holger, der als Konzertmeister des Konservatoriums seine Geige für klassische Musik in Schwung gebracht hatte, jetzt ausschließlich mit seinem Instrument jeden Abend in jenem Raum am Münchner Hauptbahnhof tätig, wohin er mich als Interessierten für alles, was mit spiritueller Erweiterung im Zusammenhang stand, mitnahm. Ingrid, als ich von meinem großen Projekt berichtete, über ihren verstorbenen Ehemann einen Roman zu schreiben, überließ mir ihre Tagebücher, in welchen die Entwicklung ihrer Zuneigung zu meinem sie lange umwerbenden Vater minutiös festgehalten worden war. Diese Tagebücher sollten für meinen Roman von unschätzbarem Wert sein, hatte ich doch auch meine Schwester Uta und meinen Bruder Peter schon über alles befragt, was sie noch an Erinnerungen an unseren Dichtervater mir mitzuteilen wussten. Ja, dieser wird in dem Roman im Mittelpunkt stehen, aber auch seine große Liebe zu eben dieser Kindergärtnerin, die er dann heiratete und mit ihr zwei Kinder zeugte. Doch uns vier Kinder aus erster Ehe hatte er weggegeben, denn die Liebe hatte ihn blind gemacht. Mir war auf einmal klar geworden, dass ich seine ihn sturmdurchbrausende Liebe zu dieser Frau nur nachempfinden und somit beschreiben könnte, da ich diese in ähnlicher Weise zu Maria hatte durchleben müssen. Ihm war es vergönnt, seine große Liebe trotz aller Hindernisse zu erobern unter Aufgabe seines Dichteramtes. Das durfte mir nicht passieren. Meine Dichtung sollte von nun an meine Geliebte sein. Doch ich werde im Roman seine geliebte Münchnerin Maria nennen, muss doch seine Liebe zu ihr ebenso stark gewesen sein wie meine übernatürlich große Liebe zu meiner Berlinerin. Die Schrift hatte mich gebeten, Maria einen freundlichen Brief zu schreiben, aus dem hervorgehen sollte, dass ich ihr nicht grolle, sondern ihr viel Glück und Liebe für das neue Jahr und ihr weiteres Leben wünsche.

Am Neujahrstag 1978 bat mich *Ingrid* um eine Botschaft. Hier gebe ich nur das wieder, was auch für Sie, liebe Leserin, lieber Leser, von Interesse sein könnte.

... Jedoch musst du wissen, dass jegliches individuelle Leben ein Resultat der vorausgegangenen Leben ist. Wir meinen damit, dass das,

was in den vorausgegangenen Leben hinsichtlich der geistigen Erhö-
hung nicht erfüllt worden ist, in diesem Leben nachgeholt werden muss.
Dazu kommen natürlich noch andere Aufgaben, die völlig ohne karmi-
sche Verknüpfungen zu sehen sind. Wir sagen, dass wir dir gerne auch
in Zukunft mit Rat und Hilfe beistehen wollen, müssen aber gestehen,
dass wir nicht für dich die Aufgaben lösen wollen, jedoch wir dir gerne
helfen, diese deine Aufgaben klarer zu sehen. ... Wisse also, dass nur die
selbstlose Liebe es ist, die uns von aller karmischen Verschuldung löst.
Wir meinen damit, dass Liebe in ihrer ganzen selbstlosen Reinheit das
Endziel aller Inkarnationen ist. Ihr werdet so lange auf Erden immer
wieder zurückkehren müssen, bis ihr dieses Endziel der selbstlosen
Liebe erreicht habt. ... Die Liebe zum Nächsten, das heißt zu jedem Mit-
menschen, gleich wem, ist die Aufgabe, die in den Reinkarnationen an-
gestrebt werden soll. Jedoch ist es klar, dass man nicht allen helfen kann,
aber man sollte die reine Nächstenliebe bei denen anwenden, die einem
durch die Gegebenheiten am nächsten stehen. Wir sagen, dass nicht al-
len Menschen geholfen werden kann, denn viele, die sich im Unglück be-
finden, entledigen sich durch ihr Missgeschick einer karmischen Verfeh-
lung. Ihr alle lernt nur durch die Praxis, ebenso wie ein Kind nur lernt,
dass es heiße Gegenstände gibt, wenn es sich verbrannt hat.

Die Schrift begrüßte meinen Entschluss, über Italien nach Griechenland zu reisen, denn ich wollte unbedingt meinen Freund Eduardo in Catania auf Sizilien besuchen, war er doch jener, der mich als
Letzter auf europäischem Boden vor meiner Abreise nach Afrika verabschiedet hatte und dem ich versprechen musste, ihn nach meiner
Rückkehr wieder zu besuchen. Nun reiste ich nicht mehr per Anhalter, sondern nahm den Zug, und auch der Tramperrucksack zierte
nicht mehr meinen Rücken, denn ich hatte mich darauf eingestellt,
länger auf Kreta zu verweilen und auch warme Sachen mitzunehmen,
vor allem Bücher, wozu ein Koffer genau das richtige Gepäck war.

Eduardo war sehr erfreut, mich so unverhofft wiederzusehen. Er
hatte sein Haus in ein Therapiezentrum für verhaltensgestörte junge
Leute eingerichtet, die er als Psychologe und Anhänger der Psycholo-
gie *C. G. Jungs* betreute, wobei er manches Mal, mit der Bibel in der
Hand und daraus vorlesend, die bösen Geister, die sich in manchen
seiner Betreuten niedergelassen hatten, auszutreiben suchte. Unter

diesen sechs psychisch Gestörten war eine 17-Jährige, die mit zwölf Jahren aufgehört hatte zu essen. Sie kam in die Psychiatrie und wurde auch zwangsweise künstlich ernährt. Eduardo war überzeugt, dass der Teufel in ihr hause und, sich an Bücher über Exorzismus haltend, sprach er die in dem Mädchen agierende Wesenheit im Namen Jesu an, den Körper dieser spindeldürren Frau, die nur noch ein Glas Wasser pro Tag trank, zu verlassen. Dies alles geschah in seinem Behandlungszimmer, vor dem wir Übrigen nun standen und alles mit anhören konnten. Es entstand ein Kampf zwischen jener Wesenheit und Eduardo, der nun mit immer energisch werdender Stimme aus dem Neuen Testament vorlas, während jene Wesenheit immer lauter schrie und ihn umzubringen drohte. Er sei der Teufel und werde Isabella nicht verlassen. Diese klatschte mit ihrem Kopf wie jeden Tag heftig gegen die Wand, wonach dort immer wieder Blutspuren abgewaschen werden mussten. Wir alle hörten zitternd vor Aufregung diesem gegenseitigen Anschreien zu. Wer wird nun wohl zuerst wieder aufgeben? Jener, der sich als Teufel ausgab, oder der Exorzist? Schließlich kam Eduardo schweißgebadet aus dem Zimmer. *Isabella* lag auf dem Boden. Man ließ sie üblicherweise dort liegen, bis sie wieder normal ansprechbar war. Eigenartigerweise fühlte sie während dieser blutigen Verletzungen nie Schmerzen.

Eduardo bat mich nun, die Schrift zu befragen, wie er diesen Teufel austreiben könne. Diese erklärte Folgendes. Als Isabella zwölf Jahre alt war, verstarb ihr Vater. Dieser hatte stark in seinem Leben gesündigt und sogar einen Mord mit verschuldet. Er glaube nun, dass er für immer in die Hölle kommen würde und habe sich vor dem Abholen vom Teufel im Körper seiner Tochter versteckt. Es gelte nun nicht, jenen Vater durch Exorzismus zu vertreiben, sondern ihn ins Licht zu führen. Ich hatte ja schon Séancen in Bulawayo und anderswo miterlebt, in welchen Befreiungsarbeit geleistet worden war. Mein Italienisch ließ natürlich sehr zu wünschen übrig, doch vertraute ich auf meine Spanischkenntnisse. Dennoch kamen wir überein, wenn Eduardo am nächsten Tag bei seinem Exorzismus Hilfe benötige, mich ins Zimmer hereinzurufen.

Am nächsten Tag standen wir wieder vor der Tür und vernahmen dieses lautstark geführte Wortgefecht. Wir hörten, wie aus Isabellas

Mund wieder jene tiefe Stimme sprach, die nun behauptete, sie sei Hitler, und drohte, den im Namen Jesu Sprechenden umzubringen. Dann hörten wir ein dumpfes Klatschen. Eduardo öffnete die Tür und bat mich einzutreten. Da lag Isabella und klatschte mit der Stirn heftig auf den Boden, sodass Blut floss. Auch kam grüner Schaum aus ihrem Mund hervor. Ich ließ mich zu ihr nieder und sprach nun auf Italienisch den Vater in ihr an. Ich erklärte ihm, dass Gott ihn liebe und ihm vergebe, denn Gott sei die Liebe. Er würde nicht für das Getane bestraft werden, sondern er würde Chancen finden, alles wieder gutzumachen. Er dürfe sich jetzt denen anvertrauen, die ihn ins Licht zu führen bereit sind. Auf einmal beruhigte sich ihr Körper. Nach einer Weile bat sie um ein Glas Wasser, und am Abend verlangte sie sogar nach Essen.

Als ich nach einem Jahr wieder zu Besuch kam, war Isabella etwas mollig geworden, denn eine Lust auf Essen und Süßigkeiten hatte sich ihrer bemächtigt. War sie nun von jemand anderem besetzt, der ihr dieses unbändige Verlangen nach Essen eingab? Oder wollte sie nun alles nachholen, was sie in den Jahren der Abstinenz von Essbarem versäumt hatte? Auch schaute sie jetzt den jungen Männern hinterher, war sie doch nun zu einer Frau geworden.

Über *Brindisi* gelangte ich mit dem Fährboot nach *Igoumenitza*. Von dort ging es weiter mit dem Bus nach Athen. Von der Hafenstadt Piräus brachte mich die Nachtfähre nach Kreta, wo ich in *Heraklion* den Bus nach meinem geliebten *Aghia Galini* bestieg, jenem Fischerdörfchen an der Südküste dieser Insel, in welchem ich ja schon meinen ersten Roman *T & F* geschrieben hatte. Dort bezog ich wiederum im *Hotel Selena* mein Zimmer mit der Zahl Acht. War ich mir dann schon darüber im Klaren, dass ich die nächsten sieben Winter immer wieder in diesem mir bald liebgewordenen Zimmer mit Aussicht auf den Hafen und die Meeresbucht verbringen würde, um den umfangreichsten Roman der deutschen Literatur zu schreiben?

6. Kapitel
Die Geburt des Farbromans

Auf meiner Afrikareise hatte ich mir, wie öfter erwähnt, in mehreren Oktavheften Gedanken zu diesem großangelegten Romanvorhaben notiert. Mein Vater, der Nachkriegsdichter mit seinem Künstlernamen *Molar*, sollte im Mittelpunkt stehen, hatte er doch, der einer Kriegsgefangenschaft entgehen konnte, mit aller Macht in den Nachkriegsjahren versucht, durch den Verkauf seiner Lyrik in Zügen und Restaurants die in den Baracken der Bodenseestadt Meersburg lebende Familie zu ernähren. Somit wird also sein abenteuerliches Leben als Dichter, Ehemann und Vater seiner vier Kinder im Mittelpunkt stehen. Es soll also ein *Dichterroman* und zugleich ein *Familienroman* werden, der sich über drei Generationen erstreckt. Es wird somit aber auch die Zeit zwischen 1933 und 1949 gespiegelt, die Zeit also, in welcher das deutsche Volk seinen am heftigsten die Gemüter aufbrausenden Höhenrausch und anschließend seinen, seit dem Dreißigjährigen Krieg und der Pest 1346-53, tiefsten Fall, die alle Illusionen sprengende und demütigendste Niederlage erlebte. So sollten sich um die Schilderungen des Dichters und seiner Familie die Schicksale der in Baracken lebenden Flüchtlinge ranken mit Rückblicken auf Aufstieg und Fall der Nazidiktatur und die anschließenden Heimsuchungen der letzten Nachkriegsjahre. Und natürlich soll auch der Hauptakteur der deutschen Geschichte zu Wort kommen, sodass dem Diktator *Hitler* manches Kapitel zur Verfügung gestellt werden muss, um in seinen Gedanken und Gesprächen die größenwahnsinnigen Pläne widerspiegeln zu lassen, die auch in ihren Auswirkungen gezeigt werden müssen. Anhand mehrerer Einzelschicksale, die von politisch oder rassisch Verfolgten, von Gehetzten, Vertriebenen, Drangsalierten, Gefolterten, Vergewaltigten, Ermordeten oder dem Tod Entronnenen erlebt wurden, muss eine gesellschaftliche Seelenbespiegelung erfolgen, die im Kontrast zu denen steht, die als jubelnde Mitakteure dem

237

Naziregime bis zum Schluss die Treue hielten. Ja, der Dichter- und Familienroman hat zu einem *Zeitroman* zu werden. Wie gut, dass ich Geschichte studiert hatte und wusste, wie man an Geschichtsquellen gelangen konnte. Auch in den folgenden Jahren würde ich so manche Stunden in Bibliotheken wie auch im Zeitgeschichtlichen Institut in München verbringen, um selbst solche Dokumente einzusehen, über die ich in Büchern bis dahin noch keine Hinweise hatte finden können.

Mir kamen schon während der Durchquerung des schwarzen Kontinents Ideen, wie ich diesen Roman, von dem ich wusste, dass er sehr umfangreich sein würde, aufzubauen hatte. Er sollte in vier Bänden erscheinen, wobei jeder von ihnen einen der vier Jahresabschnitte mit seinen jeweiligen drei Monaten des Jahres 1949 beinhalten würde. Und jeder der zwölf Monate sollte 28 Kapitel umfassen. Der ganze Roman war mit seinen 365 Kapiteln auf der Zahl Sieben aufgebaut sein. Diesen vier Bänden würde ein fünfter erst in weiterer Zukunft mit 21 Kapiteln zu folgen haben, die sich mit den im Roman beschriebenen Seelen bei ihrer Rückkehr in die jenseitige Welt befassen. Die verbleibenden acht Kapitel sollten erst in späterer Zeit verfasst werden, die einem Außerirdischen die Erde und deren geologische Gegebenheiten sowie die Geschichte der Menschheit in ihrer biologischen, sozialen, historischen und geistigen Entwicklung bis zum Jahre 1933 vorstellt. Ja, der Roman müsste so abgefasst werden, dass es dem Leser eines anderen Gestirns oder jenem in einer fernen Zukunft ein Abbild der Geschehnisse verdeutlicht, die sich in jener Zeit des trugvollen Höhenflugs und der erniedrigendsten Heimsuchung des deutschen Volkes ereignet hatten. Jedes Kapitel der zwölf Monate sollte eine in sich abgerundete Begebenheit beinhalten, wobei es in vielen Anlass zum Schmunzeln, wenn nicht gar zum Lachen geben soll, aber auch oft Grund zu herzschlagendem Bangen wie auch zu mitgefühlten inneren Tränen.

Ich stand vor Beginn der Niederschrift dieses gewaltigen Opus vor einer wohl kühnen, doch anscheinend nicht zu bewältigenden Aufgabe und musste mir vorkommen wie Herkules, der sich mit der Reinigung des Augias Stall vor eine offenbar unlösbare Zumutung gestellt sah. Doch er schaffte es mit Hilfe eines Wasserlaufes, den er umzuleiten wusste. Mein Wasser sollte mir nun aus einer höheren Quelle in

Form von Inspiration und Mut machendem Zuspruch zufließen, denn ohne meine jenseitigen Freunde würde ich es nicht gewagt haben, dieses Mammutwerk, das als das umfangreichste Epos der deutschen Literatur gelten sollte, anzugehen. Es sollten auch alle Register der literarischen Gattungen gezogen werden. In diesem *literarischen Gesamtkunstwerk* sollte neben der epischen Darstellung die dramatische mit ihren Dialogen stehen. Aber auch die lyrische durfte nicht fehlen, denn es sollten an gewissen Stellen Verse in Jamben, Trochäen, Daktylen und sogar in Hexametern eingefügt werden. Selbst ein Märchen wird in diesem Buch seinen Platz finden.

Der *Autor* dieses Buch sollte ein fiktiver Geist sein, der in der Raum- und Zeitlosigkeit lebt und den Leser, der die erste Seite des Textes liest, aufruft, seinen Sitzplatz, oder wo immer er gerade das Buch vor sich liegen hat oder es in der Hand hält, zu verlassen, und in der Vorstellung zu ihm hinauf in seine Gegenwart, eben jener Zeit- und Raumlosigkeit, zu kommen. Dort bietet er ihm an, mit ihm zusammen als Mitautor das Leben des Dichters Molar anzusehen und es für ein zu verfassendes Buch zu dokumentieren. Der noch verdutzte Leser erwidert jedoch, dass er kein Autor sei. Doch entgegnet der Geist, dass er ihn anleiten werde in die Abfassung literarischer Darbietung, sodass am Ende, wie es sich fügen sollte, er selbst zum Autor geworden sein wird, der eben diesen Roman schreibt.

Ich als Schriftsteller Trutz Hardo empfinde mich nur als Schreiber, der ganz im Hintergrund bleibt. Doch ich bin einer der vier Kinder Molars aus seiner ersten Ehe. Ich erscheine in diesem Roman als Wahrfried, jener Knabe, dem von einem Blinden die Augen geöffnet werden für Geheimnisse des Unsichtbaren. Der Autor und der nun als Schriftstellerlehrling funktionierende Leser können sich für die Irdischen als Unsichtbare – und manchmal sogar als Sichtbare – zu jeder beliebigen Person begeben und deren Gedanken lesen, wie auch alles Geschehen aus unmittelbarer Nähe mit verfolgen. Ja, Autor und Leser verstehen es, durch Telepathie einzelnen Personen Gedanken einzugeben, um bei ihnen Denkprozesse in Bewegung zu setzen und somit deren Meinung zu bestimmten Themen zu ermitteln. Und natürlich ist der Autor oft auch dem Dichter Molar bei seinen Gedichten behilflich, ohne dass dieser sich seines inspirators genii bewusst ist. Er wird ironisch als „Vordichter" bezeichnet, da er sich ihm unbewusst vorerst noch als unbedeutender Dichter in seiner Liebewerdung zu bewähren hat, um jedoch in seinem nächsten Erdenleben erst als ein Großer unter den Dichtern hervortreten zu dürfen. Es soll gezeigt werden, wie Dichter, aber natürlich nicht nur Kunstschaffende, von unsichtbaren Helfern inspiriert werden. Und mir wurde bei der Abfassung dieses Romans in mannigfacher Weise geholfen, sodass ich an gewissen Stellen meine Unsichtbaren sogar bat, mir den Text zu diktieren. Ja, ich war verblüfft, als mir eines Tages mitgeteilt wurde, dass neun Schriftsteller aus der geistigen Welt sich mir zugesellt hätten, um dieses Werk als gemeinsames Produkt zu erschaffen. Denn es sei das erste Mal in der Literatur, dass ein literarisches Kunstwerk von einem zehnköpfigen Team verfasst würde, aus welchem ich als Einziger gegenwärtig inkarniert sei, um die mühevolle Arbeit der Niederschrift und später die Herausgabe durchzuführen. Der literarisch Kundige unter den Lesern mag sicherlich herausfinden, wer von jenen neun anderen sich gerade inspiratorisch federführend, beziehungsweise zuflüsternd betätigt. Ich hatte alles noch in der Handschrift niederzuschreiben, gab es noch keine Notebooks.

Den Jenseitigen war es ein besonderes Anliegen, nicht nur ein literarisches Kunstwerk zu schaffen, sondern dem Leser zu verdeutlichen, worum es in dem Leben eines jeden Erdenbürgers geht, worauf er sein Augenmerk, oder besser gesagt, seine Gedanken und Beherzigungen zu lenken hat, um nicht, wie es meistens geschieht, nach dem Ableben aus der irdischen Ebene in die jenseitige zu kommen und bei der Revision seines Erdenlebens sich an den Kopf zu fassen und zu sagen: „Hätte ich doch nur gewusst, auf was es im Leben ankommt!" Dieser Roman soll also zugleich spirituelle Lebenshilfe sein, sodass dem Leser die Bedeutung der Liebe klar vor Augen stehen wird. Als solches handelt es sich um einen *Liebesroman*, der sich als Genre auch in jenen Kapiteln manifestiert, in welchen der sich im Liebeswahn befindende Nachkriegsdichter Molar mit aller Macht seine Maria umwirbt und auch nach vielen Hindernissen ehelicht.

Wie mir schon in der Sahara eingegeben worden war, sei dieser Roman in *sieben Farben* abzufassen. Auch die Farbverteilung wurde mir nach und nach durchgegeben. Das Hauptjahr ist das *Jahr 1949*. Das ist die Gegenwart. Alle Beschreibungen und Dialoge, die sich auf diese Zeit beziehen, werden mit Rot gekennzeichnet. Doch alles was sich auf die Jahre vorher erstreckt, erscheint in *Orange*. Wird Orange aber in kursiver Schrift erscheinen, so sind die Jahre nach 1949 gemeint. *Grün* gibt die Gedanken wieder. Wenn also jemand eine Aussage macht in der Farbe Rot oder Orange, denkt aber in Wirklichkeit etwas ganz anderes, so wird dies mit der grünen Farbe parallel oder im Nebensatz markiert. Man benötigt also keine Ballastsätze mehr, die etwa lauten: Während er das und das sagte, dachte er das und das. Die grüne Farbe erspart Überflüssiges. Somit kann man psychologisch sehr gut die Verlogenheit der Menschen aufdecken, die oft in Gesprächen nicht das verlauten lassen, was sie wirklich denken.

Das *Violett* steht für Jenseitiges. Wenn auf die geistige Welt Bezug genommen wird oder gar Jenseitige in Séancen zu Wort kommen, dann regiert die violette Farbe, wie auch die letzten 21 Kapitel im Jenseits sich vornehmlich in violetter Farbe präsentieren werden. *Hellblau* ist die Farbe der Inspiration. Autor und Leser vermögen den Personen Gedanken zukommen zu lassen. Aber nicht nur sie, sondern auch andere Einflüsterer aus unsichtbaren Regionen sind gelegentlich zur Stelle. Doch auch noch höhere Quellen werden sich hin und wieder einmischen und Leser oder Autor oder beide zugleich inspirieren, vor allem dort, wo es eines Hinweises, einer Korrektur oder Ergänzung bedarf. Da dem Autor die Farben *Dunkelblau* und dem Leser *Gelb* zugeteilt sind, kann den Gedanken Molars in Grün ein hellblaues Wort als Inspirationshinweis beigefügt sein. Befindet sich in diesem Hellblau jedoch ein dunkelblauer Buchstabe, so heißt dies, dass der Autor ihm diese Worte oder Gedanken zufließen lässt. Ist aber dem Hellblau ein Gelb beigeben, dann ist der Leser jener, der ihm diesen Gedanken eingibt. Sind sowohl Dunkelblau und Gelb innerhalb eines Hellblaus zu finden, dann heißt es, dass beide dem Dichter oder anderen Personen mental Gedanken in Form von Stichwörtern oder ganzen Sätzen eingeben. Mit diesen Farbnuancierungen können Feinheiten ausgedrückt werden, die es sonst nur umständlich zu umschreiben gilt, weshalb man solche geflissentlich lieber ausklammert, womit eine zusätzliche Dimension detaillierter Aussagekraft verloren geht. Der *Farbroman* bedeutet somit eine Revolution in der Geschichte der Literatur. Es decken sich ganz neue Möglichkeiten der schriftstellerischen Darstellungskunst auf, deren variable Möglichkeiten noch gar nicht zu erahnen sind. Das soll nicht heißen, dass der Farbroman den Schwarzweißprodukten den Todesstoß versetzen muss, doch er wird allmählich die Dichter und Schriftsteller dahin führen, immer mehr von der Farbe Gebrauch zu machen, besonders im heutigen Zeitalters des Computers mit seinen Möglichkeiten der Farbmarkierung und des vereinfachten Farbdruckverfahrens. Ich hatte jedoch bei der Niederschrift noch Buntstifte zu benutzen, um die betreffenden Sätze oder Wörter farbig zu markieren.

Aber noch ein anderes Novum sollte dieser Farbromangattung hinzugefügt werden. Fast alle Romane sind in der Vergangenheitsform geschrieben, womit dem Leser ein Hindernis aufgestellt ist, das es, um sich ganz in die Handlung hineinversetzen zu können, zu überspringen gilt. Denn die Vergangenheitsformen reden ihm immer ein: Du bist in der Gegenwart, aber alles hier Beschriebene ist ja längst geschehen. Indem jedoch der Autor und der Leser das Geschehen als Unsichtbare aus der Nähe mit verfolgen, verbleibt die Handlung immer in der Gegenwart, sodass ebenfalls wie beim Besuch eines Theaterstücks das Vorgestellte unmittelbar miterlebt wird.

Dieser Roman sollte auch ein *Bewusstseinserweiterungsroman* insofern werden, als es den Leser dahin führt, dass er weiß, dass der Tod nur ein Übergang zu einem jenseitigen Weiterleben mit möglichen wiederholten Inkarnationen auf dem Weg seiner vollkommenen Liebewerdung darstellt. Alle Schicksale wie auch alles Geschehen auf Erden dienen in dieser Erdenschule der Liebeserweiterung. Alles hat einen Sinn. Es gibt keine Zufälle. Wir Irdischen haben unsichtbare Helfer, die auch, so es ihnen von höherer Seite gestattet ist, eingreifen dürfen, besonders wenn ein Inkarnierter sie darum ersucht. Das Ziel dieses Romans besteht unter anderem darin, dass der Leser am Ende des Romans zu einem Wissenden, – oder sollten wir besser sagen – zu einem Eingeweihten geworden ist, der nun weiß, worauf er in diesem Leben zu achten hat und nicht späterhin im Jenseits auf seine Inkarnation bedauernd auf Nichterreichtes zurückblickt.

Der Leser wird eingeweiht in die spirituellen Gegebenheiten des Lebens. Er lernt zu erkennen, wo ausgeübte Lieblosigkeit als karmischer Ausgleich in gleicher oder ähnlicher Weise auf ihn als Schicksal zurückkommt. Dieser Roman enthält sowohl Komponenten aus Astrologie, Biorhythmus, Numerologie und baut sich, wie schon erwähnt, ganz auf die Zahl Sieben auf. Ich hatte mir *Tolstois* großen Roman *Krieg und Frieden* besorgt. Parallel zu meinen jährlich zu schreibenden Kapiteln las ich jedes Jahr etwa 200 Seiten in seinem Hauptwerk. Wenn er es geschafft hatte, ein so umfangreiches Werk zu schreiben, so konnte mir dieser Roman auch Stütze und Antrieb sein, ebenfalls durchzuhalten und nicht zu verzagen und aufzugeben. Ist es doch in unserer Zeit der vielen Zerstreuungen durch Kino, Fernsehen, DVDs und Computer kaum noch möglich, über Jahre hinweg kontinuierlich bei einem großen Schaffensprojekt zu verweilen. Im 19. Jahrhundert konnten die großen Romanciers sich in ungestörte Einsamkeit zurückziehen. Wird jemals noch solch ein umfangreiches Werk wie der vierbändige Molar-Roman geschrieben werden können?

Jeden Morgen um 3 Uhr beschloss ich aufzustehen und täglich ein Kapitel diesem Mammutunternehmen hinzuzufügen. So schrieb ich in den folgenden sieben Wintern jeweils neunundvierzig und am Schluss zweiundvierzig Kapitel. Im Februar 1984 sollte das Werk abgeschlossen sein. Ich wusste vom Beginn des Schreibens an, welch ungeheure Aufgabe mir bevorstand. Ich fühlte mich wie eine Ameise, die den Auftrag bekam, von der westafrikanischen Küste zur amerikanischen zu schwimmen. Nur mit der Zusicherung von oben getraute ich mich, dieses Unterfangen einzugehen. Und als ich erst einmal einige Hundert Kilometer geschwommen war, erschien mir der Rückweg ebenso weit entfernt wie das Ziel vor mir. Somit danke ich der Schrift, die in mir dieses große Vertrauen an die jenseitige Mithilfe festigte, auf solch ein gigantisches Unternehmen einzugehen. Jeden Morgen, bevor ich mich an den Tisch setze, um mit dem Schreiben zu beginnen, bat ich um Mithilfe von oben. Und wenn ich irgendwo bei der Niederschrift stecken geblieben war, kamen wiederum Hinweise, wie ich im Text fortzufahren hatte.

Sieben Jahre lang verweilte ich jeden Winter auf Kreta. Immer wieder kam ich mit Reisenden aus den verschiedensten Ländern zusammen, denen ich die Schrift vermitteln durfte oder für sie schrieb. Nach der Rückkehr aus Griechenland bemühte ich mich, als Kellner und dann als Taxifahrer in Berlin jeweils so viel Geld zu verdienen, sodass es mir ermöglicht war, den jeweils nächsten Winter schreibend auf Kreta zu verbringen. Viele meiner Taxifahrgäste interviewte ich über ihre Erlebnisse im sogenannten Dritten Reich und während der Kriegs- und Nachkriegszeit. Ein Herr Schmidt berichtete mir über die Ereignisse mit seiner Panzertruppe an der Brücke vor der französischen Stadt Sully. Ein Herr Renner schilderte mir die Gegebenheiten in der russischen Gefangenschaft wie auch den Rauswurf eines Spitzels aus dem fahrenden Rücktransportzug bei der Überquerung der Grenze nach Bayern. Mehrere dieser Berichte sollten ebenfalls in diesem Roman wiedergegeben werden. Zusätzlich besuchte ich Bibliotheken und las viele Bücher, die mir in die Hand zu fallen schienen. Da ich auch viel Literatur über den Holocaust las, vor allem solche Texte, die von Überlebenden verfasst worden waren, war es mir ein Bedürfnis, auch die Lokaltäten dieser grauenvollen Orte aufzusuchen. So fuhr ich nach Auschwitz, Buchenwald, Dachau, Mauthausen und Sachsenhausen, um die Lager des Schreckens selbst in Augenschein zu nehmen, sollten die ersten beiden Lager doch eine größere Gewichtigkeit in dem Roman einnehmen. Ich lasse den Autor seinen Leser das Geschehen in den Gaskammern Birkenaus miterleben, um dann auch Zeuge zu werden bei dem, was geschieht, als die aus dem vergasten Körper herausgetretenen Seelen von ihren bereits im Tod vorausgegangenen Familienmitgliedern und Freunden freudig empfangen werden, ja, beglückwünscht werden, sich ihres schlimmen, aus karmischen Verflechtungen ergebenen Schicksals endlich befreit zu haben.

Diese Darstellungen finden sich im dritten Band mit dem Titel *Jedem das Seine*. Dieser Spruch prangte am Lagertor des KZs Buchenwald. Ich hatte bei der Niederschrift nie daran gedacht, dass ich wegen dieser karmischen Verknüpfungen vor Gericht zu stehen haben würde, garantierte doch das Grundgesetz die Meinungsfreiheit. Trotzdem wurde ich wegen Volksverhetzung und der Verunglimpfung des

Angedenkens Verstorbener verurteilt. Ich erhielt 1998 und in der Revision 2000 eine Geldstrafe. Der Vertrieb oder gar der Besitz des dritten Bandes wurde zusätzlich sogar verboten. Nun steckte man mich aufgrund dieser Verurteilung in die rechte Ecke der Ewigzurückgebliebenen. Die Antifaschisten, ohne näher mein Buch zu kennen, glaubten aufgrund der Verurteilung, in mir einen Antisemiten zu sehen. Einer von ihnen schoss während einer meiner öffentlichen Veranstaltungen durch das Fenster auf mich, und sie brannten auch meinen Wagen nieder. Ich darf bis heute noch in keiner Großstadt Deutschlands auftreten, da sich die Linksextremen gegen mich zu demonstrieren bereitfinden. Und ebenfalls bannte mich nun auch das Fernsehen, während ich vor meiner Verurteilung öfter zu den Themen Rückführung und Inkarnation in Talkshows zu sehen war. Einige meiner jüdischen Freunde aus verschiedenen Ländern setzten sich schriftlich für mich gegen eine Verurteilung ein.

Irgendwann nach meinem Tod wird sicherlich einmal dieses Urteil revidiert werden, sodass auch der dritte Band neben den anderen drei, die durch den Verlag *Die Silberschnur* zu beziehen sind, erworben werden darf. Wie aber dieser Roman in der Geschichte der Literatur einzugliedern ist, wird den späteren Literaturbeflissenen anheimgestellt sein. Und am 22.12.2007 bekam ich folgende Durchsage: *Alles, was ganz neu ist, benötigt viel Zeit, um es in das bisherige Denken zu integrieren, um es auch dadurch zu erweitern. Deine literarischen Bemühungen werden lange nicht gesehen oder auch nicht anerkannt, weil man sich noch nicht vorstellen kann, dass mit diesem Farbroman etwas ganz Großes geschaffen worden ist, worüber erst die zukünftigen Generationen staunen werden. Deine Aufgabe ist es, in Demut zu schreiben und auch nicht in das Rampenlicht zu treten. Dies würde dich nur ablenken von deiner schöpferischen Kraft.*

Es war meine Aufgabe, der horizontal ausgerichteten Literatur die vertikale hinzuzufügen, also die dreidimensionale Literatur, bestehend aus Körper, Gefühl und Geist, um die vierte Dimension, eben die Spiritualität, als Verbindung zu höheren Einflüssen und Geheimnissen, zu erweitern beziehungsweise zu vertiefen. Goethe hatte diese vertikale Dimension besonders in seinem Faustdrama der Literatur hinzugefügt. Er war wie Faust ein ewig Suchender nach den verborgenen Wahrheiten. Ihm gelang es durch immer strebendes Bemühen, durch das Fenster in der Mauer, welche die materielle von der geistigen, spirituellen Welt trennt, hindurchschauen zu dürfen. Goethe hatte sich in seiner Farbenlehre über die Bedeutung der Farben Gedanken gemacht. Bei mir bilden die sieben Regenbogenfarben zugleich eine Brücke, die die diesseitige Welt mit der jenseitigen verbindet.

Ich erwog den Gedanken, auch diesen Molar-Roman wie schon meinen ersten Roman *T & F* anonym herauszugeben. Denn es war ja im eigentlichen Sinne nicht mein Werk, sondern ein gemeinsames Erzeugnis, an welchem ich nur zu einem Neuntel beteiligt war. Doch welcher Verlag würde ein ihm anonym übersandtes Buch herausgeben wollen, das zudem mit so vielen Eigenheiten befrachtet wäre? Die Literaturkritik würde es sicherlich nicht beachten. Schon in der Sahara hatten meine unsichtbaren Freunde mir versichert, dass der ganze Umfang dieses Buches auch gedruckt werden würde. Und tatsächlich konnte 1985 der erste Band mit dem Gesamttitel *MOLAR* scheinen, dem ich bei einer erneuten Auflage als dem ersten Teil den Titel *Molar und seine Kinder* geben werde. 1993 folgte der zweite Band mit dem Titel *Lilia*. 1996 kam der dritte Band mit dem schon erwähnten Titel *Jedem das Seine* heraus, dem abschließend 2002 der vorerst letzte Teil *Maria* folgte.

Ich erlaube mir, zwei Kostproben dieses Gemeinschaftswerkes anzufügen, wobei die erste dem ersten Band *Molar und seine Kinder*, die zweite aber dem vierten Band *Maria* entnommen ist.

Ich danke der Leserin, dem Leser, die mich bis zu dieser Seite begleitet haben, für Ihre Geduld. Möge die Liebe sich immer mehr in den Herzen verbreiten, denn das einzig Wichtige in unser aller Leben ist die LIEBE.

(Diese letzten Kapitel nach den beschriebenen Ereignissen in Madagaskar und auf Mauritius wurden auf meiner thailändischen Lieblingsinsel Phi verfasst, auf welcher ich vor zwölf Jahren „Das Große Handbuch der

Reinkarnation" beendete. Dort hatte ich direkt am Strand einen Bunga-
low gemietet, um auf der Terrasse schreiben zu können. Heute am 26.
Dezember 2008 beende ich die Niederschrift meiner Afrikaabenteuer.
Genau an diesem Tag vor vier Jahren hatte hier der Tsunami mit einer
Wellenhöhe von bis zu sieben Metern alle Bungalows und Hütten umge-
spült und zusätzlich an die 2.000 Menschen in den Tod gerissen. Ich be-
absichtigte damals in jenem Dezember, über Weihnachten wieder nach
Phi Phi zurückzukehren. Aber meine liebe Partnerin Sinaida drängte
mich dazu, lieber in einem anderen Land Südostasiens zu überwintern.
Ihr zu Gefallen entschied ich mich für Bali, meine andere Lieblingsinsel.
Hätte ich wieder einen Bungalow auf Phi Phi bezogen, würde ich dieses
vorliegende Buch nicht geschrieben haben können. Wurde meiner Si-
naida von oben eingegeben, mich davon abzuhalten, auf diese Insel zu
fahren? Wussten die Jenseitigen schon im Voraus, was hier am zweiten
Weihnachtstag geschehen würde? Gab man von höherer Seite auf mich
Acht, wie ich ja schon auf meiner Weltreise manches Mal aus Todesnähe
entkommen konnte? Wir Menschen wissen noch viel zu wenig, von den
Einwirkungen aus unsichtbaren Höhen.

Im Anhang sind zwei Probekapitel ausgewählt, um Ihnen einen klei-
nen Eindruck von diesem Roman zu vermitteln.)

Dieses Foto hat eine Tsunamiwelle festgehalten, die sich über die Insel Phi Phi am 26.12.2004 ergoss und 2.000 Menschen in den Tod riss.

Anhang
Zwei Kapitel aus dem Farbroman

Auf Hamstertour

In den drei Baracken des Sommertals mögen etwa sechzig Häupter ihr Dach über dem Kopf gefunden haben. Für eine ganze Familie gibt es höchstens zwei Räume, die man sich so aufzuteilen hat, dass der eine davon als Wohnzimmer, Esszimmer und Küche eingerichtet wird, während der andere das Schlafzimmer und, weil er ungeheizt bleibt, auch gleichzeitig Speisekammer ist, weshalb auch hier und dort Mausefallen aufgestellt sind, deren zuweilen darin zappelnde Nager sich oft erst mühselig durch die hölzernen Böden und Wände durchzuarbeiten hatten, was jeweils nächtliche Geräusche verursacht, die den Kindern Angst bereiten und ihnen zuweilen für längere Zeit den Schlaf nehmen. Ja, das Brot, die Kartoffeln, die Äpfel nebst allem anderen Essbaren sind immer knapp. Man muss alles erkämpfen und das Erworbene auch gut verteidigen, denn mit leerem Magen will man nicht mehr sein müssen, und diesen hatte man oft vergeblich zu füllen gesucht in den grausigen Nachkriegsjahren, wo man als Flüchtling von einer Tür zur andern, von einem Bauernhof zum andern zog, um ein Stück Brot zu erbetteln. Solange man noch Teile seines geretteten Silberbestecks besaß, war es verhältnismäßig einfach, auch wenn man einen kostbaren Silberlöffel für Brot, Milch und ein paar Zwiebeln eintauschen musste. Aber bald besaßen manche Bauern einige Kisten, gefüllt mit Silberbesteck nebst anderem, wie manchmal Uhren und sogar Eheringen, und: *schließlich kamen immer mehr von diesen „Hungerleidern" und hatten nichts mehr einzutauschen. Sie wollten von uns alles umsonst haben. Sie stahlen uns die Wäsche von der Leine, sodass wir die Hunde immer frei herumlaufen ließen, damit sie jene Verlumpten gleich verjagen konnten, dieses Pack.* Das Betteln wurde immer schwerer, und trotzdem trieb die Not die Meersburger Flüchtlinge ständig wieder dazu, auf Hamsterfahrten ihr

Glück zu versuchen oder vielleicht auch mal, wenn möglich, weil ungesehen, in der Scheune oder im Schuppen ein paar Äpfel oder Kartoffeln „mitgehen" zu lassen. Und jeden Monat stand der eine oder andere der beim Stehlen Ertappten vor der Anklagebank im Amtsgericht zu Überlingen. Und kehrte man spätabends nach langem Gehen über staubige oder schlammige Wege ganz entkräftet und müde von einer solchen Betteltour in seine Baracke zurück und hielt in den Händen eine Tüte mit ein paar Kartoffeln, Äpfeln oder sogar Eiern, so legte man sich nach verzehrtem Mahle mit einem zufriedenen Lächeln zu Bett, denn in all dem ewigen Kämpfen um Sein oder Nichtsein hatte man einen kleinen Sieg errungen, und der Anerkennung dessen war man sich von allen Barackenbewohnern gewiss. Jeder wusste, wie schwer es der Hunde wegen schon war, an die Bauernhöfe überhaupt heranzukommen. Und mancher erinnerte sich noch daran, wie Molar so einige Male von seinen Hamstertouren mit vollem Handwagen, von Wahrfried gezogen, zurückkehrte. Wie machte er es eigentlich nur, soviel Glück zu haben? Doch dies bleibt allen ein Geheimnis.

Lilia äußert sich an einem jener Winterabende ihrem Dichtergatten gegenüber folgendermaßen: Wir haben fast nichts mehr zum Essen im Haus. Kartoffeln und Obst gehen zur Neige, von allem Anderen abgesehen, und Geld haben wir auch nicht, um etwas zu kaufen. Du solltest mal wieder hamstern gehen. Wie wäre es?

Molar: *Ahnte ich es doch, was sie von mir wollte. Mir sind solche Hamstertouren ganz und gar zuwider. Aber nur der Feige verzagt.* Ja, das ist eine gute Idee. Ich werde morgen Wahrfried mitnehmen.

Und Wolf, der dabeisteht, denkt: *Ja, das ist gut. Dieser Faulpelz soll mal raus und etwas tun. Ich racker' mich ab und repariere das Dach, besorge Holz und säge es klein, aber er sitzt nur herum und macht alberne Verse.* Es wäre schon gut, wenn wir wieder einen Vorrat an Essbarem im Hause hätten. Aber ich glaube nicht, dass du Erfolg haben wirst. Denn die Zeitungen berichteten im letzten Jahr von einer Flüchtlingsfrau im Rheinland, die zu den allein im Haus befindlichen Bauersfrauen ging und diesen dann Gift in den Tee schüttete, worauf sie und zwei auf ihren Herbeiruf im Versteck wartende Komplizen alles Wertvolle „mitgehen" ließen. Sie wurde aber geschnappt und sitzt jetzt im Zuchthaus, während ihre beiden Helfer entkamen. Aber wie du in der gestrigen Zeitung lesen konntest, wurde einer dieser beiden vorgestern nur wenige Kilometer von hier, in Stetten nämlich, von der Polizei festgenommen. Er arbeitete dort als Knecht auf einem Hof. Du kannst dir vorstellen, dass jetzt alle Bauern dieser Gegend nicht besonders gut auf Bettler zu sprechen sein werden. Ich würde dir raten, noch einige Wochen abzuwarten.

Molar: Das macht das Hamstern natürlich noch schwieriger. Na, mich wird schon keiner für einen Mörder halten und Wahrfried gewiss nicht für einen Komplizen. Ich gehe trotzdem morgen los. Denn je schwieriger eine Sache aussieht, desto größer die Herausforderung. Das Leben ist eben eine Herausforderung. Ihr muss man sich unerschrocken stellen. Heute, an einem unfreundlichen und nassen Wintertag, sind Vater und sein neunjähriger Sohn schon unterwegs. Letzterer musste sich die für solche Hamstertouren aufgehobenen Spezialschuhe wie jenen ebenfalls für diesen Zweck ungeflickt belassenen Mantel anziehen, während unser Dichter noch einen Brief an den Lehrer schrieb, worin er jenem erklärte, dass eine „Unpässlichkeit" es seinem Sohn nicht gestatte, am heutigen Tag die Schule zu besuchen. Jenes Schreiben gab er seinem Ältesten mit auf den Schulweg.

Wahrfried zieht den Handwagen, Molar schreitet, am Stock gehend, neben ihm einher. Der Stock ist eigentlich überflüssig, denn seine Knieverletzung, die er sich im letzten Kriegsjahr während der Rettung von Verwundeten in einem brennenden Krankenhaus beim Herabstürzen eines Balkens zugezogen hatte, ist längst ausgeheilt. Deshalb fragt ihn auch sein Sohn: „Lieber Papi, warum gehst du noch am Stock?"

Molar: Ja, weißt du, wenn man bei Leuten etwas erreichen will, muss man Mitleid erregen, sonst sind sie vielleicht hartherzig und geben nichts.

Wahrfried: Aber wer mir nichts geben will, von dem will ich auch nichts haben.

Molar: Ja, du hast gut reden. Versorge du erst einmal eine Familie mit sechs Kindern in Zeiten der Not.

Wahrfried: Aber du hast doch nur vier Kinder.

Molar: Ja, aber Mami ist doch meine Frau, und sie hat doch auch eine Tochter und eine Enkelin, die ebenfalls noch ein Kind ist. Und die beiden darf ich doch zu meinen Vieren hinzuzählen?

Wahrfried: Aber Monika wohnt doch gar nicht mehr bei uns?

... War eigentlich unsere Mutti sehr lieb?

Molar: Ja, sie war ein guter Mensch und hat so gern anderen geholfen. Sie hat nie gelogen oder ein schlechtes Wort über andere gesagt. Sie war eine reine Seele, ja, und sehr schön war sie. Sie hat euch alle so sehr geliebt.

Wahrfried: Warum ist sie nur gestorben? Ich möchte auch manchmal sterben, um bei ihr zu sein.

Molar: Weine nicht. Man muss stark sein und sein Schicksal willig anpacken, nicht aber verzagen. Was soll es denn, Vergangenem nachzutrauern? Alles wird schon seinen Sinn haben, auch wenn wir ihn nicht erkennen können.

Beide nähern sich einem Bauernhof, und ein großer Schäferhund kommt wild und drohend kläffend auf sie zu gerannt.

Wahrfried: *Hoffentlich beißt er nicht wie jener im letzten Jahr. Ich habe solch eine Angst.*

Molar: Ja, ja, wer kommt denn da? Ist es der liebe Wolfi? Schau, ich hab' dir etwas mitgebracht. Ja, ja, bist ein braves Tier! Da, schnapp es! *Hoffentlich beruhigt er sich und nimmt den Knochen.* Ja, bist ein gutes Tier, ein lieber Wolfi!

Somit betreten sie den auf einer Anhöhe gelegenen Bauernhof, nachdem sie den Handwagen in einiger Entfernung stehen gelassen haben. Die dicke Bäuerin füttert soeben die Hühner vor dem Stall.

Molar: Grüß Gott, gnädige Frau!

Bäuerin: „Gnädige Frau", so hat mich noch kein Mensch angeredet. Was wollen Sie? Betteln? Nein, nicht bei uns.

Wir haben nichts zu verschenken. Erst am Weihnachtstag hatten wir einen von euch mit der Mistgabel vom Hof treiben müssen. Besser, ihr geht gleich wieder, ehe der Egon aus dem Stall kommt.

Molar: Liebe Frau, ich will ja auch nichts umsonst haben. Doch betrachten Sie einmal diese Bastschuhe, die ich hier in der Tasche habe. Sie sind so sehr geeignet, an kalten Wintertagen im Haus getragen zu werden, sie sehen so elegant aus und sind weich gefüttert. *Hoffentlich sagt sie nicht wie die vorige Bäuerin, dass diese ihr zu fein seien und sie sowieso kaum in der warmen Stube sitze, da sie dauernd im Stall zu tun habe.* Probieren Sie sie doch mal an. Sie werden sehen, wie gut sie Ihnen stehen. Welche Schuhgröße haben Sie, wenn ich fragen darf?

Bäuerin: Neununddreißig.

Molar: *Ausgerechnet diese Größe habe ich nicht mehr.* Ja, Sie müssen dann Größe vierzig nehmen, denn im Winter muss man noch dicke Socken tragen, damit die Füße schön warm bleiben.

Bäuerin: Ja, sitzen tun sie schon, und schön aussehen tun sie auch. Aber Geld hab' ich keines.

Molar: Ach, ein paar Eier und ein halber Sack Kartoffeln würden auch reichen.

Bäuerin: Na, warten Sie mal, ich schau' einmal, was ich habe.

Nach einigen Minuten kehrt sie mit einem zur Hälfte gefüllten Sack Kartoffeln zurück, worauf sie noch in den Hühnerstall geht und, wieder zurückkehrend, ein paar brühwarme Eier in die dargebotenen Hände unseres Gewitzten legt.

Bäuerin: Ich hoffe, dass es reicht.

Molar: Es ist sehr lieb von Ihnen. Sie sind eine gütige Frau, und Gott wird es Ihnen dereinst sicher lohnen. Übrigens, dies ist mein Zweitältester von sechs zu versorgenden Kindern. Er hat seine Mutti verloren, als er fünf Jahre alt war. Wir haben all unseren Besitz im Osten lassen müssen. Wir mussten vor dem Russen fliehen. Wir haben oft vor Hunger und Verzweiflung geweint, und wir wissen auch jetzt noch nicht, wie es weitergehen soll. Ja, ich habe es schwer, besonders, da ich genötigt bin, am Stock zu gehen und mir keiner eine Arbeit geben will. Und eine Invalidenrente bekomme ich nicht. Sehen Sie, mein Sohn hat kein richtiges Schuhwerk, der Zeh schaut hervor. Er bekommt nasse Füße, und die verursachen ihm oft Fieber, und er liegt dann in einer ungeheizten Baracke, und wir denken, dass er nicht überleben wird. Denn einen Arzt können wir nicht bezahlen. Unter seinem zerlumpten Mantel hat der arme Junge nur ein Leibchen an, zu Jacke und Pullover reicht es nicht. Und gerade heute hat er Geburtstag, und wir haben nichts, was ich ihm schenken könnte. Ja, Sie werden verstehen, dass man als armer Vater manchmal weinen könnte.

Bäuerin: So, Geburtstag hast du heut', mein Kleiner? Na, wie heißt du denn?

Und Wahrfried, der verschämt zu Boden geschaut hat, blickt jetzt verlegen und wehleidig auf und nennt seinen Namen.

Bäuerin: Ja, wart' einmal, ich will nochmals ins Haus gehen und sehen, ob ich etwas für dich zum Geburtstag finden kann.

Nach einer Weile kehrt sie mit einer großen Wurst, einem halben Kuchen und einer alten Jacke zurück, und Wahrfried nimmt das ihm Dargereichte nebst den Geburtstagswünschen mit einem „Herzlichen Dank, liebe Frau" entgegen.

Auf ihrem Heimweg am späteren Nachmittag beginnt es, wie üblich zu dieser Jahreszeit, schon früh zu dunkeln. Wahrfried sagt zu seinem ihm so riesengroß erscheinenden Vater: „Warum muss ich immer Geburtstag haben?"

Molar: Ja, das ist wichtig, damit wir leichter etwas bekommen können.

Wahrfried: Aber das ist doch gelogen. Und man darf doch nicht lügen.

Molar: Nun ja, du hast ja recht. Aber dies ist ja nur so eine kleine Hilfslüge. Sie schadet ja niemandem und verhilft den anderen nur dazu, sich barmherzig geben zu dürfen.

Wahrfried: Trotzdem, man darf nicht lügen.

Der steinerne Weg, der zu den Baracken führt, lässt den nun vollgepackten Handwagen mit großem Gepolter holpern, so dass einige Flüchtlinge beim geräuschvollen Herannahen der beiden Heimkehrenden sich der Neugier halber mit Taschenlampen versehen und sich vor der Bröckelberger Baracke einfinden. Sie kommen aus dem Staunen gar nicht mehr heraus: 22 Eier hat er erstanden, mindestens zwei Zentner Kartoffeln und einen Zentner Äpfel, dazu zwei ganze Schinken, weiterhin Würste, Brote, Kuchen und dann noch drei Jacken, zwei Pullover, drei Paar Schuhe, einige Hemden und eine Hose. Und Geld soll er auch noch bekommen haben. Dieser Dichter! Warum hat er nur so ein Glück, und warum haben wir es nicht?

Vater und Sohn haben aber niemals verraten, auf welche Weise sie zu solchen Schätzen gekommen sind.

Wie kann ein Dichter ohne Liebe leben?

Am Freitag, dem siebten Oktober, entkleidet sich unser ,gabenfreudiger' Poet in einem dem Hauptbahnhof Hannovers gegenüberliegenden Hotel.

Es ist schon spät. Ich bin hundemüde. Noch schnell die Zähne geputzt und dann hinein in die Federn! Vor vier Tagen habe ich München verlassen. Mein Glücksstern strahlt mir wieder. Ich verkaufe wie noch nie. Vielleicht sind es Marias Gedanken an mich, welche mir so viel Glück bescheren. Vielleicht ist es auch meine Liebe zu ihr, die mir so viel Selbstvertrauen bei meiner verteilenden Tätigkeit gibt. Ja, mein aushändigendes Dichteramt wird mir geradezu zu einer Freude. Wessen Herz voll Liebe ist, der scheint mit zwei Flügeln ausgestattet zu sein, die ihn befähigen, über alle auf Erden liegenden Schwierigkeiten flieghüpfend hinüberzugleiten. Ja, es kommt mir gleichsam vor, als ob ich Sprungfedern unter den Schuhsohlen hätte. Mein Drucker hatte mir auf die Schnelle noch 2.000 ,Gaben' gedruckt. Sie sind in den Zügen meine Vorhut. Zeigt sich jemand an meinen Gedichten sehr interessiert, so ziehe ich einen Band „Lebendiges Sein" hervor. Früher haben mich die Leute oft gefragt, ob ich denn schon etwas veröffentlicht hätte, und ich wies darauf hin, dass ich selbst die Veröffentlichung sei. Aber jetzt kann ich ihnen meinen Gedichtband vorweisen und ihn in gewünschter Manier signieren. Warum haben all die vielen am Hungertuch nagenden deutschen Dichter nicht ebenfalls daran gedacht, sich selbst zu veröffentlichen, indem sie sich dem Leser leibhaftig präsentieren? Ja, morgen fahre ich in Richtung Bodensee. Mit Torsten werde ich vielleicht in Ko-Autorenschaft ein dichterisches Projekt beginnen. Er besitzt so viel an dichterischer Potenz, die ich unbedingt bei ihm wieder reaktivieren muss. Es darf der deutschen Sprache kein Dichter verlorengehen. Wir müssen durch die Macht der Dichtung den Menschen zu sich und seinem besten Kern führen. Hat er diesen gefunden, so mag er ihm vom Wasser der Liebe zu trinken geben, auf dass er keime und emporwachse, dem ewigen Liebelicht Gottes entgegen. (Er gähnt.) Ich springe jetzt ins Bett. Ja, im nächsten Jahr wird mein „Lebendiges Sein" eine zweite Auflage erleben. Mein Vorrat zerfließt wie Butter im heißen Sommersonnenstrahl.

Und während viele Menschenköpfe in heutiger Nacht zum Ster-
nenzelt emporschauen, um die totale Finsternis des Mondes zu be-
staunen, schlummert unseres Dichters Haupt auf seinem Kissen.

Leser: Können oder vielmehr dürfen wir ihm wieder ‚nacht-
wandlerisch' begegnen?

Autor: Jawohl. Ich habe mir dafür etwas Besonderes ausgedacht,
ist doch unser Sommertal-Orpheus für alles, was nach
Griechischem schnuppert, besonders empfänglich.

Leser: Sollen wir nicht wieder in Versen und Reimen sprechen,
um dem Allzu-Prosaischen eine wohltuende Abwechs-
lung zu bescheren, was sicherlich den Reiz unseres Romans erhöhen dürfte?

Autor: Nun, auf denn! Reizen wir!
Und während sich der Mond verdunkelt,
Mondlicht auch in ‚unser' Erdreich funkelt.
Im Traum erscheint uns alle Welt erhellt,
sei sie ins Äußerst´ oder Innerste gestellt.
So sitzen wir zwei, urmütterlich trunken,
ins Reich der Tiefe hinabgesunken,
und harren des Dichters auf Unterweltsthronen,
dessen Gedanken schon in den Träumen wohnen.
Und unseres Geistes Bindekraft
fesselt den Schläfer,
nimmt ihn in Haft.
Doch wird er frei uns zugeführt,
wie's freiem Dichtergeist gebührt.

Molar: Wo bin ich?

Hades: Du bist im Unterreich der Erden,
im Keim des unbewussten Seins.
Denn hier entsteht das Kommen und das Werden
und das Verschmelzen mit dem Eins.

Persephone: Durch uns geht's zu elysischen Gefilden,
wo jeder sich in Liebe naht.
Durch uns geht's auch zu Tartars Gründen
hinab, wo Pein und Not sich finden.

Molar: Dann seid ihr zwei, wenn ich es recht betrachte,
das Paar, das allem Erdensein entgegensteht,
seid Herrscher dieser unt'ren Sphären,
die stets ein Kommen, kein Zurück gewähren.

Hades: Zurück geht man von hier in anderer Gestalt,
nachdem der Geist vom Lethefluss getrunken.
Zurück kehrt man in andre Zeit,
wenn neues Sein dem neuen Tag gewunken.

Persephone: Denn selbst kehr' ich zur Erde wieder,
mit jedem Frühling steige ich hinauf.
Verkörpre somit Auf und Nieder
im ewig wechselnd' Jahreslauf.

Molar: So ich es recht versteh',
bist Demeters Tochter, Persephone.
So hab' ich die Ehre, vor Hades zu stehn
und ihm die Gattin zur Seite zu sehn.

Hades: Was du dir vorstellst,
hast du wahr erfasst.
Doch sind wir mehr,
als was du uns betrachtest.

Persephone: Wir sind dein unbewusstes Sein,
das dich auf deinem Höhenflug begleitet,
dich auch im Traum hierhergeleitet.

Hades: Wir sind dein unbewusstes Innen,
aus dessen weitem Dichterland
dir tausend Zukunftsströme rinnen.

Persephone: Wir haben dich hierhergebracht,
damit in traumverklärter Nacht
dir Wissens Weisheit werde.

Molar:	So sagt mir gar doch, was mir fehlt,
	was mir noch mangelt auf der Erde,
	auf dass ich reich von dannen zieh'
	und Menschen helf' durch Dichtermüh'.
Hades:	Dir fehlt der Blick in Abgrunds Tiefe,
	zu Sternen hatt'st du nur geschaut.
	Einseitig ist dein Dichterwerk gebaut.
Persephone:	Dir fehlt die Schattenseite allen Lebens,
	vom Tode hast du nichts gesagt,
	Dein Dichterwerk am Ganzen kargt.
Molar:	Wie? Soll ich mich dem Tod verschwören,
	auf dass die Menschen nichts als Tod noch hören?
	Gab´s nicht in jenen letzten Jahren
	Menschenmorde in Millionenscharen?
	Soll denn der Dichter nur von Grauen sprechen,
	wo alle Welt vom Tode spricht?
	Sollt' er denn nicht mit Düsternissen brechen,
	verkünden: Liebe, Leben, Licht?
Hades:	Wir reden nicht vom Tod als Grauen.
	Wir meinen Tod, um hinter Tod zu schauen.
Persephone:	Der Tod ist Quelle allen Lebens,
	als Quelle ist er niemals tot.
	Die Menschen Tod als Ende sehen,
	dies ist der Ursprung ihrer Not.
Molar:	Ich will den Menschengeist von Angst erlösen,
	befreien ihn aus aller inneren Not,
	erfüllen ihn mit Menschenwürdewesen.
	Nun sagt, was steht dem Dichter zu Gebot?
Persephone:	Wer Dichter ist, muss vieles missen,
	was Tageswelt an Freuden hält.
	Er wird in Labyrinthen irren müssen,
	ohn' Klagen gar, ob's ihm gefällt.

Hades: Wer Dichter ist, muss vieles wissen
und vieles künden, was der Welt missfällt.
Ist er doch ihr Vorhergewissen,
Gewissen, das der Welt die Ford'rung stellt.

Persephone:Wer Dichter ist, muss Leid ertragen,
muss stark und fest gerüstet stehn.
Er muss um Leides Lösung fragen
und selbst hinab zum Orkus gehn.

Hades: Wer Dichter ist, soll von der Wahrheit künden,
soweit sie sich dem Sucher offenbart.
Doch alle Wahrheit, abgetrotzet Gründen,
Geheimes im Geheimnis wahrt.

Persephone:Wer Dichter ist, muss anderen Hilfe bringen,
muss Diener, Priester, Demut sein.
Nur durch Bescheidenheit soll's ihm gelingen,
die Wahrheit für die Welt zu frei'n.

Hades: Wer Dichter ist, muss Liebe geben,
muss, Liebe gebend, dichtend Liebe sein.
Denn Lieb' allein kann Herz und Sinne heben
und Schlüssel aller Himmel sein.

Molar: Von Liebe kann ich wahrlich künden,
bin ich der Liebe Unterpfand.
Mit Lieb' will ich mich stets verbinden,
mit Liebe öffnen Herz und Hand.
Eurydike ist mir auf Erd' erschienen,
sie ist mit Leib und Seel' mir zugetan.
Gemeinsam wolln wir Gott in Demut dienen,
und Liebe geh' als Leitstern uns voran.

Hades: Doch sag, wie würd'st du dich verhalten,
wenn du gestellt wärst vor die Wahl:
Eurydike als Weib dir zu erwerben
oder – dem Orpheus gleich –
unsterblich ruhmbekränzt zu sterben?

Molar:	Wie kann ein Dichter ohne Liebe leben,
	wie ohne Liebe Sänger sein?
	Zusammen wolln wir uns der Lieb' ergeben,
	zusammen uns mit Lieb' den Menschen weihn.
Hades:	Versteh uns recht.
	Wir reden nicht von Kompromissen.
	Wir möchten klipp und klar von dir jetzt wissen,
	ob du um Menschendienstbarkeit und Demut willen
	bereit bist, folgend' Antrag zu erfüllen:
	Auf Lieb' und Gegenliebe zu verzichten,
	um Dichteramt mit Priesterwürde zu verrichten?
Molar:	Die Frage kann die Liebe nur erwidern,
	die mir mein ganzes Sein durchglüht.
	ohn' Liebe müsst' als Dichter ich erblassen.
	Drum kann ich von der Liebesliebe
	auch um der Dichtung willen niemals lassen.
Hades:	Du stellst die Liebe zur Geliebten
	dem Dichteramt voran.
	Mit dieser Liebeswahl
	ist Dichterruhm vertan.
Molar:	Auch Orpheus wurd' vor langen Zeiten
	doch erst durch seine Liebe groß.
Hades:	Durch Tod der Geliebten! Das war sein Los.
	In ew'ger Sehnsucht nach Liebe und Schöne
	wachsen dem Dichter poetische Früchte.
	Doch Liebeserfüllung macht sie zunichte.
	Die Dichtung ist ein launisch' Wesen,
	ergibt sich nur, wer ihr ergeben
	und ganz sich ihrer Anmut weiht.
	Solang der Dichter sie verehrt, besingt,
	symbolverbrämt in irdisch-göttlichen Gestalten,
	wird sie sich ihm in Lieb' entfalten
	und ihre Gaben reichlich spenden
	mit liebevollen Weisheitshänden.
	Doch will er gar im Weib die Dichtung frein,

so wird sie eifersüchtig, kann nicht verzeihn.
Der Dichtung Strom wird nicht mehr fließen,
und keine Dichtertat wird ferne Zeiten grüßen.

Persephone: Drum frag' ich noch mal dich: Entscheide!
Soll Poesie mit Lorbeerkranz dir winken,
Elysium mit Küssen dich begrüßen,
oder willst du vor Marie darniedersinken,
im Nachhinein für Dichteruntreu büßen?

Molar: Die Liebe zu Marie ist übermächtig groß.
Nein! Von dieser Liebe lass ich niemals los.

Hades: So kehre denn zurück zu Federbett und
Erdenwonnen,
verfolge weiterhin, was du begonnen.

Persephone: Wenn dir auch Dichterglanz
und Weltenruhm entschwinden,
werd' ich dir doch den Liebeslorbeerkranz
mit Freuden binden.
Und während Molar nun dem Mondenglanz entgegen-
windet,
der widerscheinend nächtlich wieder scheint,
auch wir dem Unterweltentraum entschweben,
um uns aus innerst' wohlbewahrter Fülle
hinaufzuheben auf die Erdenhülle.

Autor: Nun sollst auch du mir Antwort stehn,
mir unumwunden sagen, frank und frei:
Wolln wir seinen Wunsch vollführen
oder weichenstellend arrangieren,
auf dass Molar der Dichtung Liebling sei?
Denn sollte ihm Maria sterben,
soll Dichtertrauer Dichterkron' ererben.

Leser: Du willst ihm die Geliebte rauben,
gar morden um der Dichtung willen,
um Dichterdasein dicht'risch zu erfüllen?
Was bist du für ein Mordgeselle?

Zum Tod will ich die Hand nicht reichen,
müsst' ich auch als Begleiter weichen!

Autor: Wir können nur verfügen, wie bereits verfügt.
Des Autors Wirken im Erfüllen liegt.

Der Autor

Trutz Hardo schreibt seine Bücher in den Wintermonaten im Fernen Osten. Er trampte fünfeinhalb Jahre um die ganze Welt und anschließend zweieinhalb Jahre durch ganz Afrika. Bisher hat er ca. 140 Länder besucht und 24 Jobs ausgeführt – u. a. Taxifahrer in Berlin, Matrose, Kellner, Rausschmeißer in einem Nachtlokal in Sydney, Reiseleiter in den USA, Tür zu Tür als Enzyklopädien-Verkäufer in Australien, Neuseeland und Südafrika, Tellerwäscher in Kopenhagen, Fabrikarbeiter in Kalifornien u. a.. Er studierte Germanistik und Geschichte und arbeitete an einem Berliner Gymnasium als Lehrer. Er ist Autor vieler esoterischer Bücher (siehe Amazon.de) und als Weltneuheit Schriftsteller des ersten Romans in sieben Farben, der zugleich der umfangreichste Roman der deutschen Literatur ist. Der Gesamttitel dieser Tetralogie heißt MOLAR und beschreibt anhand der Familiengeschichte seines Vaters und Dichters mit seinem Pseudonym 'Molar' zugleich die Geschichte des deutschen Volkes in den Jahren 1933 bis 1949.

Trutz Hardo als Reinkarnationstherapeut

Seine eingehende Beschäftigung mit Reinkarnation und Rückführungen in frühere Leben führten ihn zur Reinkarnationstherapie, da die damit sich befassende Forschung herausgefunden hat, dass die Ursache zahlreicher Probleme wie z. B. Phobien, chronische Beschwerden, Allergien und Beziehungsschwierigkeiten in früheren Leben liegen kann.

Wenn somit die jeweils eigentliche Ursache gefunden wird, kann eine Reprogrammierung erfolgen, womit das Problem in seiner heutigen Auswirkung, z. B.in Form von Asthma, Heuschnupfen Klaustrophobie, Impotenz, Partnerproblemen usw. oftmals behoben ist.

Trutz Hardo, der seine Ausbildung bei dem bekanntesten Reinkarnationstherapeuten und -lehrer Amerikas, Richard Sutphen, erhielt, konnte schon vielen Menschen in Privatsitzungen zur Erfahrung einer Besserung oder gar völligen Beseitigung ihrer Probleme verhelfen. Seit 1989 führt er auch Ausbildungsseminare für Rückführungstherapeuten und Reinkarnationsleiter durch, sodass es heute schon einige Ärzte, Therapeuten und Heilpraktiker gibt, die in dieser aus Amerika stammenden Therapie von ihm ausgebildet sind.

Im November 1992 demonstrierte Trutz Hardo in SAT1 „Einspruch" eine Zeitversetzung in die Zukunft, und zwar in das Jahr 3030. Im April 1994 war er in Schreinemakers Live mit einer Gruppenrückführung zu Gast. Er führte auch Frau Schreinemakers in zwei ihrer früheren Leben zurück. In der Sendereihe Mysteries trat er am 14. August 1997 bei RTL auf, wo er den Moderator Jörg Draeger in ein früheres Leben zurückführte.

Trutz Hardo hat eine ganze Anzahl von Vorträgen über esoterische Themen gehalten, sei es über Goethe als Esoteriker, über seine eigenen Erlebnisse bei philippinischen und brasilianischen Wunderchirurgen, über den Nutzen von Rückführungen in frühere Leben, über das Einwirken der Jenseitigen auf das diesseitige Leben, über Kommunikationsmöglichkeiten mit dem Jenseits, über die Beschaffenheit des Jenseits, über Beweise für Reinkarnationen, über die Geschichte des Reinkarnationsglaubens u. a. m.

Er ist in der heutigen New-Age-Szene ein bekannter Mann und ein bestens qualifizierter Sprecher für das „Neue Denken", das sich unter einer neuen Generation immer mehr verbreitet. Trutz Hardo lebt heute in Berlin.

Seminare und Ausbildungen zum Rückführungstherapeuten mit Trutz Hardo sind unter

www.trutzhardo.de

einzusehen.

Nachfolgend aufgeführte **Bücher** von Trutz Hardo sind im Buchhandel erschienen oder über www.silberschnur.de zu beziehen

Der Roman in sieben Farben in vier Bänden
(Dieser behandelt die Geschichte des deutschen Volkes zwischen 1933 und 1949. Er ist der umfangreichste Roman der deutschen Literatur. Im Mittelpunkt steht der Dichter Molar und seine Familie.)
1. MOLAR (auch ‚Molar und seine Kinder‘)
2. LILIA
3. JEDEM DAS SEINE [1]
4. MARIA (juristisch vorzensiert)

Sachbücher
Das große Handbuch der Reinkarnation
Das große Handbuch der Sexualität
Wiedergeburt – Die Beweise
Entdecke deine früheren Leben
Reinkarnation aktuell
Supersurfing (in Ko-Autorenschaft mit Johannes von Buttlar[2])

Durch den Vertrieb T. Hockemeyer, mail@trutzhardo.de sind folgende Dramen und Bücher von Trutz Hardo zu beziehen, die noch nicht im Buchhandel zu erhalten sind:

Valerian, ein Kaiserdrama (12 EUR)
Wiedergeboren, eine Reinkarnationskomödie (10 EUR)
Gift und Liebe, ein Reinkarnationsdrama (10 EUR)
Liebe auf den ersten Blick, eine Reinkarnationskomödie (10 EUR)
Wenn ich doch nur wüsste, warum; ein Familiendrama (10 EUR)
T & F – Ein Roman über die Dichtung und die Liebe (15 EUR)

---

[1] Dieses Buch ist in Deutschland wegen des Bezuges zum Karmagesetz auf den Holocaust verboten.
[2] Johannes Freiherr Treusch von Buttlar-Brandenfels, in Kurzform Johannes von Buttlar, ist Sachbuchautor, der über 30 Bücher zu Themen wie Esoterik oder UFOs sowie Anti-Aging, aber auch vereinzelt zum Thema Astrophysik, verfasste. Quelle: Wikipedia

Per Anhalter um die Welt – Weltreise Teil I
Europa – Asien – Australien – Südsee – Neuseeland
erschienen bei tredition Verlag Hamburg
ISBN: 978-3-7345-1223-0 (Paperback)
        978-3-7345-1224-7 (Hardcover)
        978-3-7345-1225-4 (e-Book)

Per Anhalter um die Welt – Weltreise Teil II
Osterinsel – Süd-, Mittel- und Nordamerika – Karibik
Ostküste von Südamerika - Westafrika
erschienen bei tredition Verlag Hamburg
ISBN: 978-3-7345-1226-1 (Paperback)
        978-3-7345-1227-8 (Hardcover)
        978-3-7345-1228-5 (eBook)

Reise zu den Geistern Afrikas – Weltreise Teil III
Von Tunesien bis Kenia
erschienen bei tredition Verlag Hamburg
ISBN: 978-3-7345-1229-2 (Paperback)
        978-3-7345-1230-8 (Hardcover)
        978-3-7345-1231-5 (eBook)

Der blinde Dichter; ein Reinkarnationsroman
Erschienen bei tredition Verlag Hamburg
ISBN: 978-3-7345-1252-0 (Paperback)
        978-3-7345-1253-7 (Hardcover)
        978-3-7345-1254-4 (e-Book)

Mörder im Taxi – Erlebnisse eines Taxifahrers
erschienen bei tredition Verlag Hamburg
ISBN: 978-3-7345-1255-1 (Paperback)
        978-3-7345-1256-8 (Hardcover)
        978-3-7345-1257-5 (e-Book)

Der Rabbi von Majdanek oder Bitte um Vergebung
Ein Lese-Drama in 34 Szenen
erschienen bei tradition Verlag Hamburg
ISBN: 978-3-7345-1258-2 (Paperback)
       978-3-7345-1259-9 (Hardcover)
       978-3-7345-1260-5 (e-Book)

Das Geheimnis der Sonnenblume – ein magisches Märchen
Mit einem Vorwort von Chris Griscom
Neuauflage erschienen bei tradition Verlag Hamburg
ISBN: 978-3-7345-1262-9 (Paperback)
       978-3-7345-1263-6 (Hardcover)
       978-3-7345-1264-3 (e-Book)

———

Bilder und Karten im Buch:
Die abgebildeten Fotos wurden vom Autor oder in seinem Auftrag gemacht und sind sein Eigentum.
Bei den Kartenausschnitten handelt es sich um Ablichtungen von Landkarten. Das Kartenmaterial wurde in Singapur, Indien u. Südafrika erworben.

MIX

Papier | Fördert
gute Waldnutzung

FSC® C083411

Zeitfracht Medien GmbH
Ferdinand-Jühlke-Straße 7
99095 Erfurt, Deutschland
produktsicherheit@kolibri360.de